U0450891

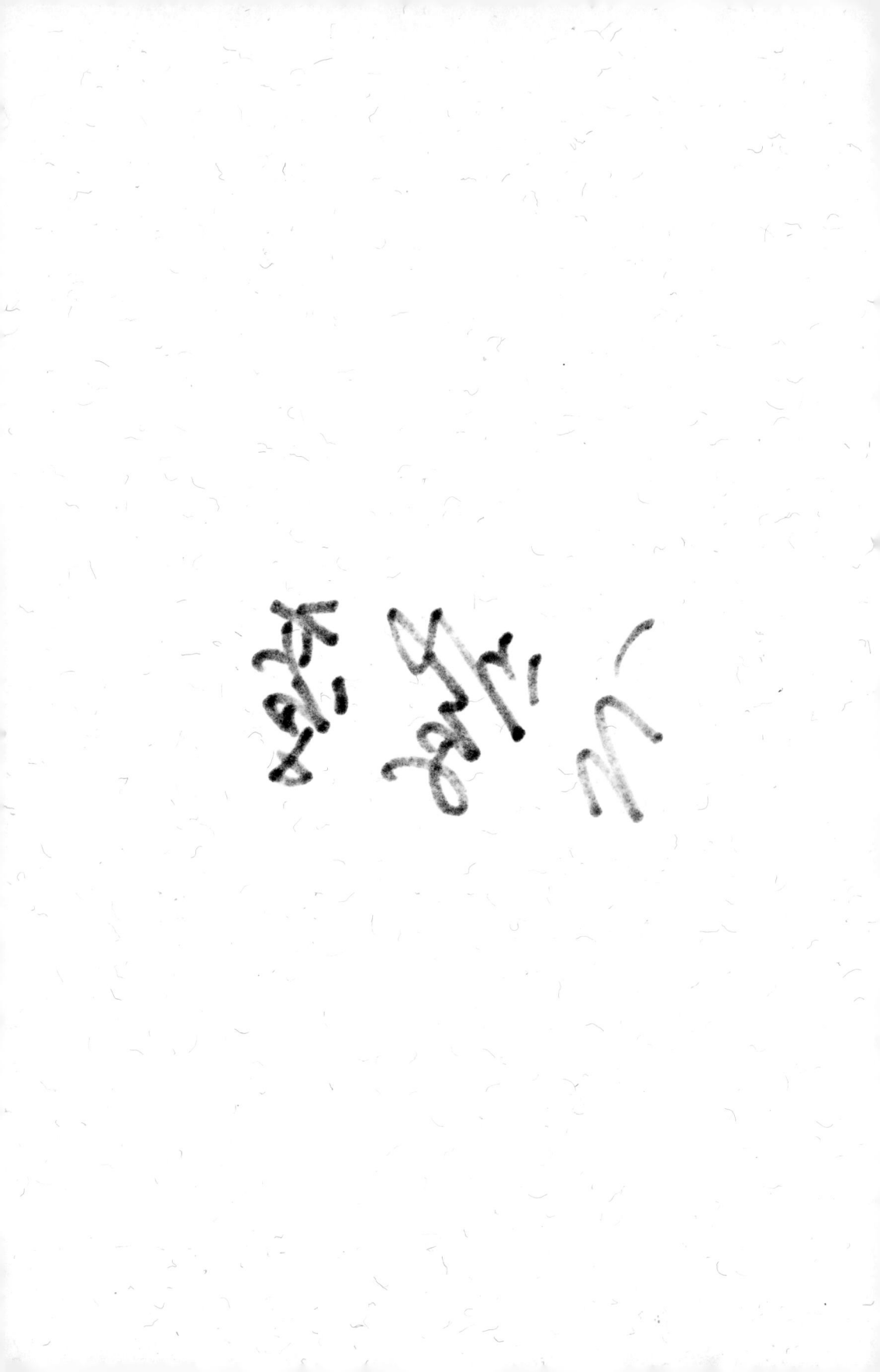

白宫留影

与亲友录制央视《读书》栏目

做客昌平读书会

芽庄的岁月

新疆禾木村

与妈妈乘坐
开往福冈的游轮

1	2
	4
3	

1. 巴斯古城，美丽的秀姐
2. 五台山上三朵花
3. 和小茹相约北海道
4. 好玄米爱上海城隍庙

英格兰之行有爱的团友们

土耳其卡帕多奇亚，澳新旅伴，六人再聚首

美丽的喀纳斯，才华横溢的小别克

巴厘岛大家庭

相聚于土楼，相伴至永远  西班牙的小朋友

美国黄石公园，偶遇的游人，一致的快乐  乌鲁木齐南山蒙古包内，新朋故友举杯

万水千山，随／爱流转

方紫鸢 著

世界是一部书　有幸与你共读

九州出版社　全国百佳图书出版单位

图书在版编目（CIP）数据

万水千山，随爱流转 / 方紫鸢著. -- 北京：九州出版社，2017.5
ISBN 978-7-5108-5374-6

Ⅰ．①万… Ⅱ．①方… Ⅲ．①游记－作品集－中国－当代 Ⅳ．①I267.4

中国版本图书馆CIP数据核字(2017)第123442号

万水千山，随爱流转

作　　者	方紫鸢　著
出版发行	九州出版社
地　　址	北京市西城区阜外大街甲35号（100037）
发行电话	(010)68992190/3/5/6
网　　址	www.jiuzhoupress.com
电子信箱	jiuzhou@jiuzhoupress.com
印　　刷	三河市九洲财鑫印刷有限公司
开　　本	787毫米×1092毫米　16开
印　　张	19.75
字　　数	320千字
版　　次	2017年9月第1版
印　　次	2017年9月第1次印刷
书　　号	ISBN 978-7-5108-5374-6
定　　价	39.80元

★版权所有　侵权必究★

前言
用眼中的深情留住

　　无意中，发现大熊的QQ签名竟然是：凡所未知的远方，都是值得一去的人间天堂。这不是《一路走来，一路盛开》的封面语吗？难道对于我经常出游偶有微词的他，内心是和我一样的？

　　这个发现让我感动又欣喜。一个人的生活态度和对事物的认知，是非常个人的，却也需要亲人的理解和支持，并且绝对不能影响到别人，不能为了自己的痛快而给别人带去不便。所以说，生活，需要平衡。

　　我自认平衡得不错，坚持自己的原则，照顾着身边人的情绪和日常。在理想和现实间从容地变换着角色，书写着一路走来一路相伴的人与事。

　　这本书是我人生的第十本，也是我的第二本旅游故事书，写着写着，就将近三十万字，却仍旧意犹未尽。从在巴厘岛差点溺海，到爆炸后怀着忐忑的心与熊二和几位澳新旅伴前往土耳其；从借着工作的名义，陪伴号称我的"老助理"的妈妈回上海探望老闺蜜，到跟小茹疯狂地行走在北海道的大雪纷飞中；从带着妈妈与来自五湖四海的读者群的姐妹相聚厦门，到为了去央视录制《读书》节目而衍生的北京两日游；最后，从跟小茹在西班牙小镇上悠闲地晒着太阳喝着啤酒到与熊二携手美国十八天。满满的，是充实。

　　只是，走了那么多的路，去了那么多的地方，我终于明白，再美的景色，也只能用眼中的深情留住。相机、手机，再高的像素都只能是瞬间的拥有。可以定格的画面，毕竟缺乏了一丝生命力。于是，我才明白，为什么我会有这么强烈的用文字记录的冲动。眼中的深情，文字中的动容。

每个人，都是演员，演绎着自己的人生，演绎着每一段经历中的不同的自己。如果说《一路走来，一路盛开》是最自我的个性化的描述，那么《一路有"你"，一路相伴》便是我对于旅途有了更深刻的领悟后，更热忱的表达。

人生就是一次最久的旅途，遇到的每一个人串起了一个个故事，这些故事不仅让我们的生活跌宕起伏，也多姿多彩。故事中的每个人所给予我们的正知正解，都会让我们的眼中燃起热情，心中充满善意。

朋友们都非常钦佩我的妈妈，快八十岁的人，乐于走天涯，甚至敢于穿泳装。给她拍照的那一刻，我的眼中是最柔和的光，而她则是我看到的最美的风景。

一路上的你们，不仅仅在旅途中，也在日常的每一天。一声问候，一句安好，便是最难能可贵的情谊。

我喜欢乐观积极的湖北"大长今"九妹将简单的食材变出各种花样，我喜欢漂亮的李婷嘟起红唇的自拍，我喜欢可可姐自称"二爷"时的潇洒，我喜欢春姐姐将我们的照片做成影集，我喜欢波波爬上香山时的振臂一呼，我喜欢绿叶和九儿跳舞时的自信满满，我喜欢石莉初升为婆婆的那份慷慨，我喜欢保姐姐练就的模特般的身材，我喜欢小草、琳达、珊瑚、月儿……这些姐妹们时不时发来的问候与关怀，我喜欢读者群才华横溢的姑娘为我画的蜡笔画……我喜欢和琼丽十年文学路上的相伴，我喜欢杨姐认真看完我的文字后说越来越喜欢，我喜欢伊展姐与姐夫相濡以沫相伴相随，我喜欢倩倩把蒙奇奇的可爱融汇入她崭新的生活，我喜欢和海霞、宁宁聊吃聊到嗨，我喜欢大冬瓜、大红、二红……我的一众老闺蜜们每日里毫无底线地互黑，我喜欢玄米在任何时候都会坚定地说"姐，没事的"，我喜欢去杜姐姐的"天驿行"茶社，与大民民、小颜吃着零食喝着"甘泉"论着人生……我喜欢跟熊二在健身的路上越走越远，相爱相杀相安无事……我喜欢的很多很多，都是我人生旅途中的"你们"，都是给予我无限美好的"你们"，都值得说一句"一路有你，真好"！都记录在那本叫做生命的最长的书卷里。

眼睛是最好的相机，世间的一切美景，只有靠眼中的深情方可留住。而我，留住了"你们"。你们是否也留住了我？

世间的一切美景，就让我们用眼中的深情留住吧。

目 录

前言　用眼中的深情留住 / 1

第一章　不完美，却有难得体验的巴厘岛之行 / 001

　　一、此行允许自己长两斤（2015.9.8）/ 001

　　二、随处可以觅到的美丽（2015.9.9）/ 005

　　三、是龙虾，还是"毒虾"？（2015.9.10）/ 008

　　四、落水的我，挣扎挣扎……（2015.9.11）/ 011

　　五、文艺女阔太太变身流浪女（2015.9.12）/ 014

　　六、期待再同行（2015.9.13）/ 018

　　放心蜜饯：/ 020

第二章　土耳其，爱恨纠结终成行 / 022

　　一、想去哪儿就去哪儿（2015.10.20）/ 025

　　二、灯影里，感受番红花曾经的年轮与繁华（2015.10.21）/ 027

　　三、不着边际的徒走（2015.10.22）/ 032

　　四、只想深深印在眼睛里（2015.10.23）/ 037

　　五、清净中轻快而行（2015.10.24）/ 043

　　六、两个小时，却可定格终身（2015.10.25 上午）/ 049

七、为这世间美景而痴狂（2015.10.25 下午　晚上）/ 054

八、如此，甚是，完美（2015.10.26）/ 059

九、回到伊斯坦布尔（2015.10.27）/ 065

十、失散（2015.10.28 上午）/ 069

十一、闷头赶路（2015.10.28 下午）/ 078

十二、在我心底，罪魁祸首就是他（2015.10.28 晚）/ 084

十三、只有幸福和快乐才应成为永恒的回忆（2015.10.29）/ 088

方心蜜建：/ 089

第三章　上海行，圆"老助理"思乡梦 / 091

一、家乡的美味佳肴（2015.12.4）/ 091

二、"老助理"，尽职尽责（2015.12.5）/ 092

三、说好了，明年再来（2015.12.6）/ 095

四、上海，再会（2015.12.7）/ 099

第四章　国世界，纯洁的绽放 / 101

一、函馆的夜，璀璨了心房（2015.12.22）/ 102

二、洞爷湖畔，红豆枝头俏（2015.12.23）/ 104

三、远处传来圣诞歌（2015.12.24）/ 108

四、从浪漫的小樽，到商业的札幌（2015.12.25）/ 112

五、不夜之城，一醉方休（2015.12.26）/ 117

六、最美的纯洁的绽放（2015.12.27）/ 120

方心蜜建：/ 121

第五章　厦门，一路走来一路相伴 / 122

一、和娘亲顺利抵达厦门（2016.3.1）/ 123

二、萍水相逢喜相伴（2016.3.2）/ 127

三、以后，同床的机会还多着呢（2016.3.3）/ 131

四、定格的瞬间，记载着这一程的相伴（2016.3.4）/ 133

五、老人就是小孩儿，一点儿没错（2016.3.5）/ 139

六、鼓浪屿，一个还想再去的地方（2016.3.6—3.7）/ 143

七、夕阳西下，岁月静好（2016.3.8）/ 148

八、等我下次再来（2016.3.9）/ 150

九、不虚此行（2016.3.10）/ 153

十、一定还会再见（2016.3.11—3.12）/ 157

方心蜜建：/ 159

第六章　北京啊，北京 / 161

一、和朴槿惠、习大大同在颐和园，但未相遇 / 163

二、灰蒙蒙的七孔桥，已然最美 / 168

三、北京之夜 / 170

四、央视的盒饭还挺好吃 / 173

五、告别昨天 / 176

第七章　热烈西葡，点燃身体里每一个安静的细胞 / 178

一、如同武侠片里的神仙眷侣（2016.5.16）/ 179

二、火炉里，随处可见的"阿拉伯王子"（2016.5.17）/ 181

三、走走停停，人生的一种境界（2016.5.18）/ 184

四、大地的尽头，海洋的开端（2016.5.19）/ 189

五、没看斗牛，也不遗憾（2016.5.20）/ 195

六、龙达、米哈斯，回味无穷（2016.5.21）/ 201

七、阿尔罕布拉宫的回忆（2016.5.22）/ 207

八、穿着汉服，当了把瓦伦西亚街头的孩子王（2016.5.23）/ 212

九、巴塞罗那，怎会忘记它的绝世风华（2016.5.24）/ 217

十、干杯，在萨拉戈萨的街头（2016.5.25）/ 225

十一、人与人之间，都需要磨合（2016.5.26）/ 229

十二、无志者，坐享其成（2016.5.27）/ 233

十三、只有向前，方无悔（2016.5.27—5.28）/ 238

方心蜜建：/ 239

第八章　美国之行，异国他乡十八天 / 242

一、夜，在星光与月色中沉入灯海。（2016.10.11）/ 243

二、生命就这样被延长（2016.10.12）/ 245

三、好像爱情又来了（2016.10.13）/ 250

四、反正也改不了（2016.10.14）/ 253

五、36000多步，记录下洛杉矶的一天（2016.10.15）/ 255

六、Good night, Las Vegas！（2016.10.16）/ 262

七、顺利而归，他说啥是啥（2016.10.17）/ 264

八、一盒冰淇凌，沁润心房（2016.10.18）/ 268

九、在漆黑的车里，赶紧眯一觉（2016.10.19）/ 269

十、斑斓黄石，体会绝妙（2016.10.20）/ 270

十一、不是牙膏，是假牙粘合剂（2016.10.21）/ 272

十二、旅途中，需要一些当机立断（2016.10.22）/ 274

十三、这世间的灯红酒绿，大抵如此吧（2016.10.23）/ 277

十四、马不停蹄地逛逛逛、买买买（2016.10.24）/ 281

十五、再美的景色，也只能用眼中的深情留住（2016.10.25）/ 281

十六、大约是有国会，在给它们撑腰（2016.10.26）/ 283

十七、Goodbye，America！（2016.10.27）/ 284

十八、一路走来，感恩无限（2016.10.28）/ 285

方心蜜建：/ 286

后记　它，被我心底的快乐阻挡 / 288

一路上的"你们"，精彩纷呈 / 290
　　夕阳下，容颜娇艳 / 290
　　无尽的温暖 / 291
　　做一个满心祝福的送行者 / 292
　　同行 / 292
　　游缘 / 293
　　随时准备再出发 / 294
　　我们曾经相聚过 / 295
　　回望来时路 / 296
　　落在家中的充电线，并不重要 / 296
　　一段旅程，一份友谊 / 297
　　痴癫狂，相伴走天涯 / 298
　　独一无二 / 300
　　意外而就的旅途 / 300
　　知天命，更要走四方 / 301
　　我会一直陪着你们在路上 / 302
　　遇到你们，真好 / 303
　　风雨彩虹 / 304
　　我与旅游的不解之缘 / 304
　　别忘了给朋友点赞 / 305

第一章
不完美，却有难得体验的巴厘岛之行

  一个执着于写小说的人，迷恋上了旅行，并且在每一段旅途中感受到了从未有过的新奇，真诚地记录下来那些人和事，这一定是因为那些过程赋予了太多的美好，太多的生动，太多的富有生命力的体验。

  巴厘岛之行前，我的第一本旅游书《一路走来，一路盛开》已经设计好了封面，定在十月中旬出版上市。本来这一次的海岛游，没有计划写在下一本书中。海岛休闲，那就彻底轻闲一把。没想到，短短四晚六天，可谓惊险不绝。而同团的十二个人，充满趣味、友善、和谐与情感。这一切，太值得记录值得书写了。大千世界，看的就是人生百态。而在百态中，种种情谊串成无比晶莹剔透的珍珠项链，戴在脖颈上，不仅仅是装饰，还是一种美妙绝伦的升华。

一、此行允许自己长两斤
  (2015.9.8)

  对于更喜欢人文景观的我，岛屿类的地方很少涉足。总觉得那就是情侣们牵手漫步的所在，美则美矣，少了一份大自然对我的内心的撞击。但，一张巴厘岛情人崖的图片刺激了我的视觉神经，继而激发了我的渴望。恰好，和我一起在斯里兰卡疯狂过的小茹也有去海岛的想法。

  小茹问我："是去巴厘岛还是普吉岛？"

  "巴厘岛。"我不假思索地回答，"你看那些明星都跑那儿结婚去，咱没去那儿结婚，总可以去瞧瞧吧。"

其实，最主要的原因是我看过那张图片，并且看到图片下的一句话：巴厘岛，世界上最美的海岛，某种程度，海水比马尔代夫都美。

"好好。"小茹应允，"我都成，没看到我微信签名的话？不止想去桂林。意思就是哪儿都想去，哈哈，只要能出去玩就高兴。"

我俩隔着手机狂笑，再次一拍即合。

又是一番准备，去海岛，沙滩裙是必需的，玩水容易弄湿衣服，怎么着一天也得两套吧？这大半年运动瘦身成功，是否要挑战一下比基尼？踌躇半天，还是买了一件相对保守的红色连体泳衣，省得大熊叫我"老妖婆"。但，我那些八零后妹妹们，倩倩、潇潇、晓亮她们一致撇嘴，给予差评——泳装布料太多，能当裙子穿。不理她们，保持我中年女性的沉稳度。最后，还买了一袋子的花儿，以鸡蛋花为主，各种颜色，配合不同的衣裙。

终于到了出发的这一天。中午十二点十分从首都 T2 出发，但集合时间却要求提前三个小时，只好赶早上六点的机场大巴。这是我第二次自己乘坐大巴从天津奔赴北京机场，没有了第一次的兴奋，困得睡了一路。可结果，足足又等了一个小时才开始办理手续。我心想：生病后我真是变了，换做以前，才不管这些，最多在起飞前两个小时到达。可现在，却总怕给别人的工作带去困扰，给同伴们造成麻烦。算了，虽然苦了些自己，但也落得个心安。

小茹一袭白衣长裙，款款飘来，说："这个团人少，算咱俩才十二个人，可多是年轻人，这下应该又能玩得很爽。"

我放眼望去，一张张年轻的脸，便也一个劲儿地点头。我俩都记着在斯里兰卡时，那些年轻的团友们带给我们的青春活力，甚是美妙。

只不过，这一次，除了九零后的阳光美少女亚坤是和自己的妈妈一起出游，另外三对儿都是甜蜜蜜的小夫妻，再加上和我们年龄相仿的画家夫妇，美子姐和姐夫。我们整个团队，相当年轻化。

领队姓恒，很特别的姓。小恒很自信地说："应该说这么多去巴厘岛的领队，姓恒的只有我一人。这几天希望能带给大家优质的服务，愉快的心情。"

小茹在一边扑哧笑了，说："哇，我们领队是个小帅哥呀，Q 版佟大为。"

小恒乐开了花，更加卖力地给我们讲解。提到酒店的时候，我产生了疑问。小恒说这四个晚上，我们都住在 ALEA 酒店，距离海边很远，但，我当初报团的时候强调了这一点，即便不是海景房，也要距离海边近的，这样，自由活动的两天，就不必参加自费项目，而尽情享受蓝天碧海，轻柔沙滩。小恒耸耸肩，说："十几分钟内绝对走不到，这家酒店我住过。"

我立刻电话同程网，请客服给我落实，毕竟他们承诺的是"位置绝佳"。客服经过核实坚持告诉我只需要五六分钟就可以走到海滩，请我们先去亲身感受，再下定论。

我们面面相觑，亲身感受了，如果小恒说得对，便来不及修正，那么我们的很多计划就会无法实施。带着这样的疑惑，一下子，让这趟旅程的热情度降低了些。

紧接着，又涉及一些小事儿。旅行社派来的送行官主要是干两件事儿的，一是帮我们换卢比，另外就是看看我们需不需要租用 WiFi。

适当换些当地的钱币是有必要的，可以买水果买瓶水。旅游从来不是为了购物，自然不需要换太多。我和小茹一商量，两个人一共换三百元人民币的卢比就足够了。但送行官说最少一千。那几个年轻人没有太多经验，就要妥协。我忙制止他们，建议大家合在一起换。于是，我俩和亚坤娘俩以及张兴小两口，一共换了一千元的。再说 WiFi，我的经验是一台机器可以带起来五个人，那么我们完全可以两家租一台，可送行官说巴厘岛的 WiFi 一台只能三个人用，否则信号就超级弱。我们只好两个人合租。我一边接过机器，一边忍不住笑了。对这个事情都没有任何异议，没有去探究送行官的话的真伪，是为什么？因为所有人，都是手机控，微信控，上网控。所以说，很多时候，上当受骗绝对不是因为骗人者手段多么高明，而是受骗者对于这个事情的执着程度，给了骗人者机会。

但，不管怎么说，这么一折腾，倒让我们一行十二人立刻熟识起来。那个叫张兴的可爱的大男孩被我们昵称为"小星星"，选他当了群主，立刻成立了微信群，好让大家这些天有组织和家的感觉。"小星星"也不负众望，热情满满。他浓眉大眼长相可人的新婚妻子望着他认真的样子，眼中充满爱恋，羡煞旁人。

另外两对小夫妻也不甘示弱，山西的梅梅和她的暖男老公始终牵着手，浩和丫丫这一对儿则完全体现了东北人的豪爽，偶尔还会有些搞笑担当。

港龙航空还算不错，并没有晚点，准时起飞。大家精神头儿都很好。望着一脸笑容的空姐空少忙碌穿行，我悄声对小茹说："这半程好熬，吃顿中饭，就该到香港机场了。"

我说得并不夸张，从北京到香港，大约两个半小时，一边吃饭一边看场电影，当电影到尾声时，飞机也该降落了。

直飞应该是七个多小时，转机自然耗费的时间长，但转机也有转机的好处，至少可以中途调整，让刚刚有些僵的腿舒展。再加上，香港机场的确不愧为世界上最大的机场之一，干净整洁，商品琳琅。喜欢购物的，就去购物，不想购物，也可以优哉游哉地逛逛，或者享受机场信号超强的免费WiFi。我和小茹在这一点上步调极其一致，不热衷购物，找一处敞亮的地方坐下，聊天看视频。亚坤发来微信，丫头看上了手表。图片发过来，立刻被我劝说一番，既然家中有类似的，就没必要再花这笔钱。这个九零后甜妹子特别乖巧，很是听劝。只是自嘲是不折不扣的吃货，同时也是手表控。亚坤的爱吃，在短短几个小时里已经展现。登机前的一盒周黑鸭既分享给了我和小茹，也被她自己吃了一大半。吃得那个美呀，到最后，就差舔手指头儿了。而在放弃了买手表后，又带着妈妈大吃了一顿，等来到登机口，竟然仍旧在往嘴巴里塞薯片。

我和小茹超级感叹，人家小姑娘就这么吃，却苗条得很。不过话又说回来，我们年轻的时候不也是这样吗？哪跟现在似的，喝口水都长肉。像我，通过每天坚持不懈地运动，迈开腿还管住了嘴，好不容易瘦下来，但，只要大吃一顿立马长上去两斤。而这两斤再想减下来，可就难了。所以，我对自己非常自律。不暴饮暴食，不大吃大喝，如果又稍微吃得多了些的时候，一定会增加当天的运动量。可这一次的巴厘岛之行，行程中好几顿海鲜自助餐呢？这着实诱人，真怕自己抵挡不住。罢了罢了，不吃白不吃，此行允许自己长两斤。

二、随处可以觅到的美丽

（2015.9.9）

我们是在凌晨时分抵达巴厘岛登巴萨机场的。虽然免签了，但过关时必须要给工作人员一美元的小费。

我们齐问小恒："不给又如何？"

小恒摇头叹息道："多重刁难，比如在护照盖章故意改错时间，这样，在离境的时候会很麻烦，之前有客人出现过这种情况，最后逗留在这儿将近一个月，才办好各种手续。所以，建议大家就不要跟他们较这个真儿了，不要就罢了，如果开口要，就给他们一美元。没有零钱的，我借给你们。"

小恒说得没错，柜台后边的工作人员非常自然地说出两个中文字"小费"。好吧，破小财找大顺。给了！

躺到酒店的床上，已经两点多。没有丝毫的过渡，就呼呼睡去。一觉就是早晨七点。

推开窗子，探身，楼下就是泳池，清水明净，夹在两排楼之间，与澄蓝的天遥遥相望，映衬出云朵的白。一下子便来了精神，和小茹一起，进入"快"的模式。梳洗打扮，去吃早餐。

去餐厅的路上，才发现酒店似乎很偏僻，周围只有一条狭长小路，两边除了民宿就是稻田，虽有我们难见的乡土气息，却让我对距离海边只有五六分钟颇为怀疑。唯一的惊喜是餐厅，在酒店二楼的拐角处，是半露天的。餐台在里，而餐桌有一部分在外，再加上墨染一般的远景，湛蓝清澈的天空，如同在空中花园里就餐。我和小茹对视一眼，哪里还有吃饭的兴趣，还是趁着此时没有多少客人，在每一个角落拍下与天际融合的画面吧。特别是在最右角的地方，驻足而立，轻倚栏杆，如同头枕白云，肩绕蓝纱绿绸。前一日的旅途跋涉，前几分钟还在心中的疑惑一扫而光。这清晨的美丽远景让我们对巴厘岛的自然风光充满期待，便也忽视了早餐种类的匮乏。对于几乎不吃晚餐、异常重视早餐的我，在这样的环境中，一片面包，一个煎蛋，些许西瓜木瓜，也吃得津津有味。

九点钟出发，开启我们在巴厘岛的正式行程，前往海神庙。

海神庙是巴厘岛地标性建筑，始建于16世纪。该庙坐落在海边一块巨大的岩石上，每逢涨潮之时，岩石被海水包围，整座寺庙与陆地隔绝，孤零零地矗立在海水中，只在落潮时才与陆地相连。据说涨潮时海神庙如一座水上楼阁漂浮在海平面上，海神和传说中的千年海蛇以其神威保佑着岛上的居民免受海水的肆虐侵害。日落时分的海神庙是观赏的最佳时间，晕黄的日落照射下，海浪凶猛地拍打着海岸，激起千层浪，景色壮观不已。当然，这里的美也是一年四季不减，一天二十四小时不变的。即便是上午，阳光毒辣，也止不住那份走进壮阔与秀美完美结合的所在的热情。浮现于印度洋之汹涌波涛中的海神庙，象征着宗教巴厘岛屹立不摇的指标，这是当地居民宗教崇拜的圣地。这里是一个信奉印度教的国度，进入寺庙无论居民还是游客，均需穿着纱笼，以表示对神明的尊敬。而我们并未有进入寺庙的计划，只在周边的美景处体会它的精妙别致，所以，完全可以花枝招展。

一路往前走，当地导游小麦下半身裹成裙装的纱笼分外醒目。小麦三十八九岁，印尼第三代华人，中文很流利，长相很"唐僧"，倒是颇为随和友善。他告诉我们："在这里真的要注意防晒的，不然不仅仅是晒黑，还会被晒伤。"而我们一行十二个人，步调简直是太一致了。一玩儿起来，便陶醉于既碧蓝宽广又海浪激荡的景色中，顾不得防晒。

站在一处可以拍到海神庙的观景台，我们任花花绿绿的裙摆丝巾肆意飞扬，任大滴大滴的汗珠直落，毫无保留地开怀而笑。

从包里拿出那一袋子花儿，发给大家。男男女女，一人一朵，戴在鬓角戴在帽子上，相当合称这里的风光。特别是团里的"可爱担当"小星星，还特意挑了一朵粉色大花，别在右侧帽子上，扮着鬼脸，超级搞笑。

一个小时很快过去。我和小茹还有亚坤母女组成四人小分队往回走，去停车场的路上，我们也不放过任何值得雀跃的景观。我一眼看到一处微妙的所在，高高的台阶，两侧葱郁的绿树，台阶的下边就是海，而树木形成一扇门，将海隐显。站在上边的台阶处，伸出手去，似是要推开海之门。倘若回眸，又似从海中走回来。这让我颇为感触。任何的景点儿，为何进入每个人的眼中或大同小异或别具一格？其实，全靠自己去探知。我们希望看到的是什么，便会出现什么。换言之，用心感受自然，走马观花也会收获多多。反之，便真的很难记住什么。

美则美矣，迷路却是女人的天性。并不远的路途，因为沉浸在景色中，四个人全都有些糊涂。关键时刻，还是小茹记忆力瞬间恢复，让我们再见导游助理，那个个子矮矮的、皮肤黑黑的、一笑便露出一口白白牙齿的当地小伙子。而美的延续一直到中午的那顿脏鸭餐。并不是脏鸭餐有多美妙绝伦，而是餐厅的环境。所有的餐桌都在湖面上，湖里是很多游来游去的鱼。两个长方形的藤木桌子，并放在一个竹屋顶下。赤足，将脚放在餐桌底下的空荡处。如果谁淘气，把脚丫子使劲儿伸到底，那就会成为鱼儿的美味。著名的脏鸭餐也抵挡不了我们与鱼儿嬉戏的童心，在玩闹中，十二个人更加熟悉亲近。一时忘记了来餐厅的路上，领队与导游和我们商议的自费项目的价格问题。性格爽利的画家美姐姐自告奋勇，去帮大家和小麦砍价。美姐姐挺挺胸膛说："孩子们，你们玩，我去找导游，咱们团多是年轻人，哪有什么钱。"大家齐齐给美姐姐鼓掌。

这真是一个有爱的集体，大合照中的每个人都开心无比。人与人之间的缘分很奇妙，就是这么简单的旅程，就是这么短短的几十个小时，竟没有一点儿隔阂一丝芥蒂，只有信任和暖暖的温馨惬意。七个年轻人，五个看上去也似年轻人的中年人，都似被青春的清新侵袭，笑得甜吃得香聊得爽玩得嗨。

下午的行程比较轻松，乌布皇宫和乌布市场。皇宫是苏卡瓦堤王室的居所，位于乌布市场的对面，又恰是主街与猴林路交会处。皇宫是乌布的地标，颇具当地色彩的建筑，是由著名的艺术家蓝帕德设计，最特别的地方就是它山形的大门，以及里头许多迷宫般的小径。踏进王宫，院落幽静，建筑物充满自然、古朴、典雅的印尼特色，当地导游都会叮嘱游客，因为仍有皇室的人居住在此，所以切忌喧哗。于是，尽管游客不少，大家还是非常遵循礼节，轻言细语，举步轻巧。院墙，甚至墙壁，各座院子门口的都有石雕佛像，也有草编的屋顶，热带植物的艳丽色彩与金碧辉煌的院门，配上已经在日月的侵蚀下变得陈旧的石雕、墙壁，似乎在向我们叙述它的历史，展示它曾经的辉煌，虽说同样的建筑风格在别的地方也有，但不像王宫那样给你一种震撼，那种感觉不像北京故宫的庄严，高高在上，而是感觉到皇族的尊贵与亲民极好地糅合在一起，让你可以随意地悠闲地靠在每一个小小的角落，心也随之沉静安宁。

小茹在此如鱼得水，她喜欢每一处凸显的娇艳花簇，将那份娇艳与明澈的天际勾勒在一起，形成博大与细小的完美结合。忽然，小茹拉拉我，努努嘴。我顺着她指示的方向望去，一对儿年轻的男女正驻足在一个屋檐的花团下，甜蜜亲吻。

"年轻真好。"我由衷地说。笑望那般醉人画面，有羡慕有感叹，更有祝福。

我和小茹真的是非常合拍的旅伴，都不热衷逛街。所以，只在乌布市场逗留了一会儿，便拐进街巷中。还真被我俩发现了一处小庭院，简直就是一个迷你版的皇宫。而实际上，不过是一处餐厅后院。在这样的热带地区，茂盛是最简单的美丽。

的确，在巴厘岛，随处，都可以觅到简单的美丽。比如归途中的落日黄昏。在我们通过车窗惊呼的时候，小麦不以为然地说："明天晚上，在金芭兰海滩，你们可以看到最美的日落。"

哇，最美的日落。期待！

三、是龙虾，还是"毒虾"？

（2015.9.10）

新的一天开始了。早上的阳光柔和清亮，云朵如棉絮般。如此，晚间应该可以欣赏到美不胜收的日落景观。

八点半，小麦和司机来接我们前往南湾。南湾是巴厘岛最著名的水上活动集中区，海面宽阔碧蓝，沙滩洁白柔细，远处天水相接。海风吹来，情不自禁会闭上眼睛，徜徉在南洋风情之中。我们分搭乘两只玻璃底船前往海龟岛，我俩和亚坤娘俩还有东北小夫妻浩与丫丫乘坐一只船。伴着浩的大碴子口音，我们在海浪中左右摇摆，起初大家还用手遮挡冲击而来的浪花，很快，便一副乘风破浪的架势，任凭海水打湿衣衫。浩和亚坤负责给这样的行进伴奏，一会儿唱一会儿叫。几乎每个人都一直张大着嘴巴，笑声和海浪声融合，宛如一首摇滚乐曲，激荡自由。忽然，船趋于平稳，船家示意我们看船底的玻璃。哇，透过玻璃底，看到海中成群的各色热带鱼和瑰丽多彩的珊瑚礁群。六个人立刻变成快乐的孩子，恨不得一头扎进去，融入海底世界。当然，这仅仅是设想，没有穿救生衣，在这样的汹涌大海，再好的水性，也难驾驭。有些东西，就是用来观赏的，而有些，才是真正可以亲近的。真正可以亲近的是海龟岛上的小动物们。憨实可掬的海龟，冷傲的猫头鹰，绒球般的獭猴，光滑皮肤的蟒蛇……刚一上岛，大家便直奔各自最喜爱的动物，欢声笑语一片。而我，却有些惶然。从小到大，我都超级害怕毛茸茸的小动物，更别说猫头鹰和蟒蛇了。但，看到海龟岛上的所有人都在争先恐后地和各种小动物嬉戏合照，我把心一横，凡事都得有第一次。四十几岁的人，还怕这些毫无侵害力的动物吗？生病后，有一个莫大的转变，就是很多以前没有尝试过的事情都很想尝试，我知道这其实是我比以前更热爱生活更珍惜拥有，也更有勇气了。因为珍惜每一天的安宁和不易，便有勇气面对所有未曾面对过的人生体验。不觉畏惧，反倒是享受。

于是，我决定以亲近最温柔的海龟开始。大大的海龟很沉，我的右臂因为手术而残疾，用不上力，便尽量把重心置于左臂，随着那股力，身子自然偏斜，好像被海龟引领，这家伙要带我去它家认门儿。

我这边刚刚把海龟放走，那边看到亚坤正在和猫头鹰纠缠，猫头鹰一旦离开手臂上罩着的胶布袖子，就会直接踩向裸露的手臂。亚坤并不怕，反倒乐不可支。好不容易把猫头鹰放下去，正不知去哪里，已经失踪片刻的小茹冒了出来，说："哎呀，你们还在这边，那边的有更可爱好玩的，尤其那个小獭猴，快去快去，抱着它，跟抱着一个小娃娃似的。"

随着小茹过去，看到美姐姐和姐夫也在。他俩笑不拢嘴，指着攀附在一个女孩子身上的毛茸茸的獭猴说："这个太可爱了，你们快抱一抱。"

亚坤已经等不及，忙接过獭猴，任由它在身上攀爬，甚至亲到面颊。眼看着大家一个个都和它有了亲密接触，我还在踌躇。真的，这对我太难了。毛茸茸的小动物是我的死穴，可看着每一个人历经的最大限度的欢乐，我不能不尝试。闭上眼，那个绒球已经到了我的胳膊上，肩膀，哈，凑到了我的脸上。我竟然没有害怕，无比温柔地叫道："哎呦，儿呀。"美姐姐笑得前仰后合，说："把方方爱的，都叫儿了。"

小茹帮我捕捉下这别开生面的一幕，我忙发到我的闺蜜群里。我的闺蜜们都很了解我，知道这样的嬉戏于我，绝对是莫大突破。尤其是大冬瓜，立刻坏坏地说："你必须感谢我们家珍珠，是它这一年多来锻炼了你。"

珍珠是冬瓜家一年多前养的一条超级黏人淘气的小泰迪，被冬瓜唤为女儿。我第一次见珍珠，冬瓜抱着它，摸着它说："闺女，你方姨妈来了。"我差点掉头就走，她这才按照电话里说好的，把珍珠关进房间。但后来，一次次，我也懈怠了，珍珠便也很少被关。到现在，每次进门，都是珍珠先蹿出来，缠绕在我双腿间，让我举步维艰。我也从开始的惧怕厌烦，到如今的无可奈何地跟它商量："外甥女，你让我先进去行吗？你缠着我可以，别咬我，不然我还得去打针，又得花钱还耽误工夫。好不好？拜托了。"

这么说来，冬瓜说得没错，这一次的突破和珍珠还真是有些关系。当然，最终没有让蟒蛇缠人。不过，已经非常欣喜满足。

在小麦的催促下，我们恋恋不舍地离开。上午还有一个景点，情人崖。

南湾海龟岛和情人崖真是完全不同的两处风光。海龟岛让我们亲近了人类的朋友，放松而愉悦。情人崖则会让人只想站在台阶上，屏住呼吸，手遮阳光，用眼睛摄录下一花一树一浪一断崖。

情人崖位于巴厘岛最南端。名字后面是一段凄美的爱情悲剧传说，传说当地有对门户不当的青年男女相恋，女方的父亲是村长，不允许女儿下嫁布衣，两人的爱情没有结果，绝望之下在乌鲁瓦图断崖相拥投海殉情。这个未经证实的传说，为乌鲁瓦图断崖平添了离奇色彩。在此欣赏断崖、海洋尽收眼底。即便不去想那个爱情故事，也可以由断崖展开无限的遐想。这一段台阶并不长，沿途会有很多猴子。小茹的墨镜不幸被一个小猴哥一把抢走，让这里的宁静又多了一重惊异。花了一万卢比请了当地人又帮着抢回来，不禁叹道："太欺生了。"

欺生的不仅仅是猴子，还有金巴兰海滩的海鲜烧烤。

正如我和小茹早上所料，这样的天气一定能欣赏到落日晚景。差不多五点钟，我们做完精油按摩又去咖啡店品尝了一番咖啡后，便来到了金巴兰海滩。

这片海滩真的非常有亲切感，细沙如泥，浪涛如舞。来自世界各地的游人众多，却全无陌生感，不喧闹，却是满满的热情，不张扬，却是真诚的呈现。

当傍晚霞光满天，当日落映照海面，真的能体会到一种叫做人间天堂的感觉。坐在餐桌前，龙虾、螃蟹、大虾、烤鱼……还有乡村乐队，聚在我们周围弹唱着那首经典的《小薇》。鬓边戴着花儿的我们和乐手们一起欢唱，不管是六零后、七零后、八零后，还是唯一的九零后亚坤，全都青春洋溢。所谓青春，是少年时期的美好时光，也是心中快乐怒放的合理篇章。此时，我们拥有着。

只是，世事难料，剧情飞转。七点钟，走出海滩，准备乘车回酒店。等车的时候，一阵风吹来，我的心底就是一阵恶心，差点就吐了出来。身边的小茹还算好，而后边跟上来的美姐、姐夫、梅梅、丫丫和小星星的媳妇儿雪梅，全都一个症状。不到半个小时的车程，如同煎熬。好不容易到了酒店，我就直奔洗手间，直吐得胃内空空，才稍觉轻松。两天来的美好瞬间凝固，只想平躺在床上，放空自己。这时候，我们的群里小星星说了句话："谁有治疗肠胃的药？我媳妇很不舒服。"

天呀，我们吃的究竟是龙虾，还是"毒虾"呀？

上帝呀，祈求快快睡着，或许一觉醒来，症状就没了。因为，我可不想耽误转天的出海。阿门！

四、落水的我，挣扎挣扎……

(2015.9.11)

大约是我的虔心感动了上帝，一番剧烈呕吐后，还真就呼呼睡去，并且一夜无梦。

醒来，深呼吸下，感觉舒服多了。猛地想起，昨日下午与亚坤约好，今晨要去酒店周围走走，尽管狭窄小路，望不到头，但乘车回来时也看到沿路有一些别致的小院落，当然，还有绿油油的稻田。约好的事情，我就不喜欢毁约。穿了小茹的一身白色长袖长裙与亚坤在酒店门口会合。真是爱美之心不分老幼，款款而来的亚坤也是一件白裙。我们这两个年龄差了二十岁的女子相视而笑。亚坤甜甜地说："方姐姐，咱俩穿的都是白色衣裙呢。"

我们都很喜欢亚坤，这个团里唯一的九零后小姑娘，贴心又善良，乖巧又随和。嘟嘴卖萌，于她，是那么自然舒坦。看着亚坤在小路上欢跳，我不禁笑了,那是属于纯真年代的美好,即便距离我们已经很远,但,当我们看到,便也可以重温自己的年轻岁月,拾起记忆里的青葱痕迹。

年轻真好。全团人基本都出现了不同症状的不适,而亚坤竟然没有一点儿异样。我俩回到酒店,她立刻又奔向餐厅,嘴巴里念叨着:"饿了,饿了。"

而我,想到餐厅胃口就不舒服,坚决罢餐。宁愿饿着,也不能吃了再吐。没想到,美姐和姐夫还有亚坤妈比我还严重,不仅全都吐了半宿,美姐夫还发烧了。

领队小恒跟小麦商议,得带着美姐夫去医院。很快,地接社的经理来了,开车接了美姐夫妇前去就医。我们则按原计划出海,去往努萨博尼嗒岛。原本,浩和美姐她们很想去蓝梦岛,但小麦极力推荐努萨博尼嗒岛,我们功课做得不足,便听从了安排。

其实,来到海岛,自由活动的时间真的不必参加自费项目。如果酒店在海边,干脆就尽情享受阳光海滩。只可惜,我们住的酒店距离海边很远,便只好参加出海的自费项目。而我们大家对出海的认识都颇为浅显,绝对没有想到那艘船是那样的颠簸。在车上再次呕吐的亚坤妈刚一上船,就忙上到二楼甲板,唯恐一楼的舱内空气不好,再造成身体的不适。我们护送她前往二楼时,便领教了那份颠簸。每个人都像景阳冈打虎的武松,脚下轻飘,身子摇晃,双手在空中用力,试图抓到点儿什么,一把没抓住,便如施展了一通醉拳。小茹放弃了跟我和亚坤到三楼也是顶层甲板拍照观海景,和亚坤妈互相搀扶着坐下后,才松了口气。而我和亚坤一咬牙,继续!又是一通醉拳,我俩到了顶层甲板。突然,就是好几个陌生人晃到面前,刚要定睛,我俩又被晃到了别处。别说拍照,就连站都站不稳。可我俩不甘心,先护送一个人走到最适合拍照的角落,另一个人一手死抓住边上的椅子背儿,一手掌握手机拍照。毫不夸张,我俩真是拼了,必须要留下这大风大浪的瞬间。好在都是手机拍照的高手,这般艰难,也拍出了不少精彩的照片。看着屏幕上娇俏可爱的亚坤,迎风潇洒的我,我俩心满意足地晃到二楼,倒在小茹和亚坤妈一边。

终于靠岸了,这个岛真的很小。没有什么特别的景观,唯有海水确实纯净,碧蓝透明,清澈见底。

岛上有斗鸡的，本就喜欢打麻将的小茹自是不会错过，立刻押了一只鸡。我觉得斗鸡残忍，不想观战，便和亚坤去穿当地的民族服装拍照。等我俩都换好后，互相看看，颇为失望，真的是超级难看，上身是黄色小褂，下边酱色筒裙，中间的灰色腰带，再加上我的齐肩直发，像极了女游击队长。而那边，小茹兴奋欢呼，斗鸡赢了。

　　小岛上短暂逗留，就上大船吃饭，玩水上项目。小茹早早就换好了浮潜的衣服下水了，我装备齐全后，摆造型拍了两张照片，便傻眼了。要知道我是在游泳池里被大熊保护着还会喊救命的那种人，百分之百纯旱鸭子。但大家都说穿着救生衣，戴着面罩，很安全。可以扶着绳子，慢慢来。勇于尝试的思想占了上风，怕水晕高的我竟然将头探进水中。也就是这么一探，哇噻，海底世界太美了，这真的是我这辈子见到的最美的景象。鱼儿在游，海草飘荡，珊瑚羞答答地摇曳身姿。一下子，忘记了自己晕高又怕水，好像到了常有的一个梦境中：突然间就落水了，挣扎挣扎着，便会游泳，虽然百般艰难，却还是游上了岸。这真是我以前经常做的一个梦。还被人析梦说是要发财。可今天，没想到的是，状况来了。越看越美，一个人竟然一手抓住绳子，一手拨着海水，到了挺远的海面，忽然，面罩掉了，海水冲入口中。霎时间，真以为自己上不来了，就要留在这大海里了。可能是有过生死之间的考验，那瞬间，并没有太多的恐惧，只觉遗憾。难道真的就此与大熊别过了吗？真的再也见不到妈妈了吗？不行，绝对不行。奋力挣扎，终于冒出头来，狂喊救命。团友们都听见了，可小茹却找不着我的踪迹，实在没想到我这只旱鸭子自己蹭蹭地，走得太远了。大家冲着我大声喊："方姐姐，别害怕，已经找人去救你了。"在我快没有力气挣扎时，救生员赶到。上来后，便是一阵狂吐，吐出的都是海水。

　　我也真是没心没肺得很，稍事休息，又投入到争分夺秒的玩耍中。和同样怕水的亚坤妈摆起各种pose，拍起泳装照来。但，午餐不敢吃，等着小茹她们大快朵颐后，又连玩了两把香蕉船。好了伤疤忘了痛的我，竟然嫌船家开得不够刺激。这是有多么贼大胆呀？

　　傍晚回到酒店，再一次倾胃呕吐。其实，胃里已经没有食物，真是喝口水都吐。不过，吐完了，就舒服多了。正好浩提议出去逛逛，便又和年轻人们一起去逛街。这里的夜空有这里的美，这里的海也的确美。这一天，又做了这辈子都觉得不可能做的事。把白天的事告诉我的闺蜜们和大熊，他们都没有担心的感觉，大熊慢悠悠地说："穿着救生衣，想沉下去都难，我看你是彻底玩儿疯了。"

"是真的很惊险。"我强调，"但，如果你在我身边肯定我就会很安全，并且能看到更多更美的海底世界。"

"好，我们找时间去，我带你去浮潜。"游泳水平很高的大熊豪气相应。

夜深了，这个晚上，还会不会做那样的梦，落水的我，挣扎挣扎……

五、文艺女阔太太变身流浪女

（2015.9.12）

亚坤这个小姑娘的美好，真的是从点滴中体现。一早，看到团友群里，她前一晚发出的问候，是问候美姐夫的："哥哥怎么样？好些了吗？"

美姐回答："他好多了，我又不行了。"

我不禁摇头叹息，一顿海鲜餐，真是让我们遭了罪。

看下时间已经七点钟，答应亚坤帮她在泳池边拍几张泳装照。昨天亚坤和小茹玩得最爽，都顾不上拍照了，只是美美的比基尼不能就那么被淹没了，所以想在酒店泳池边儿拍几张。

刚要起身，亚坤发来微信："方姐姐，你昨儿又不舒服了，咱们就不拍了。"

善解人意、替人着想的女孩子总是那么美好，将美好的女孩儿美美地呈现，是我十分愿意做的事情。尽管因为连续吐了两天，腹内空空，感觉脚底下都轻飘飘，还是敲了亚坤的房门，笑着说："走吧，姐姐会把你拍得美美哒。"

青春逼人的亚坤穿着比基尼，是那么充满活力又娇娆可人。看着她的人，不会嫉妒，只会会心地微笑，唯望她的青春岁月无怨无悔。

出发了，这一次，要带上行李。先去阿勇漂流，再去库塔一带，逗留到晚间十点，便赶赴机场。

上车后，我默默坐在后边，感觉浑身松软。看看右边的美姐和姐夫，姐夫气色好多了，美姐则和我一样，无力状。我俩互相瘪瘪嘴，商量了一下，回去后必须投诉，不为别的，就为了后边的游人不要再遭这份罪了。听领队小恒说之前就有很多客人吃了海鲜餐上吐下泻，为什么还安排这样的餐食？或者可以说清楚，那么即便饿一顿，也好过这样的后果。而这一顿海鲜餐直接削减了我们此次行程的愉悦度。阿勇漂流？我还能进行吗？美姐摇头，他俩肯定不玩了，在上边等我们。

到了阿勇漂流的地儿。连下车，都眼前一片漆黑。扶了一把车门，让自己定一定。这是明显的低血糖的症状，肚子里没食儿的缘故，并无大碍。

"姐姐行吗？"团友们贴心地问。

"没问题。"想想这两年多来，每天暴走六千米的健身运动，我对自己的体魄体力还是很有信心的，感觉自己可以坚持，但如果放弃了，就会有遗憾。

没想到的是，进行上游的阿勇漂流，还要来回攀爬八百多个台阶。这在平日根本不在话下，可此时？于是，我对大家说："各位弟弟妹妹，我体力欠佳，可能会走得慢些，你们等等我，别把我一个人丢好远，不然，真会怕了。"

"放心吧，方姐，我们等你。"大家齐刷刷回答。

我们开始向下走。三百多个台阶，即将走完，而我仍旧紧紧跟在小茹的后边，排名第二。小星星在后边大声喊着："方姐，谁说让我们等她的？你等等我们好吗？"

大家的笑声在山间回荡。我用红色的船桨撑住地，回望他们。每个人都穿着救生衣戴着安全帽，手持一把浆，虽然身体都不同程度地有些不适，却兴致盎然。是的，任何事情，一个人的精神状态是最重要的。于是，我更加抖擞精神，向下走去。

仍旧是分乘两个气筏，一个五人。我和小茹主动拆伙，为的是不让那三对小夫妻以及亚坤母女分开。这一次，我和亚坤娘俩还有梅梅和她的暖男老公麦兜在一个气筏上。我们的教练名叫阿里，是一个精练干瘦的小伙子。超级爱笑，嗓门也很大。气筏刚荡漾在湍急的水流中，阿里便大声地鼓起劲儿来。随着他一声吆喝，我们的气筏打转儿，清水激荡在身上。五个人全部尖叫，而后，便是一片欢腾。随后而来的另一个气筏，那五个人要比我们活跃，当我们刚要友好打招呼时，他们已经向我们进攻。浩、丫丫、小茹，小星星和他媳妇儿，每个人都是颇有战斗力的。而我们，只能靠麦兜回击。而麦兜是天生暖男型，温和腼腆，又以一抵五。很快，我们便只有抱团挨打的份儿了。最后，还是阿里的一声怒吼激发了大家的斗志，打不过也得打，更何况神勇的阿里加入了混战。败也不能败得太过窝囊。正在我们两队人马内讧的当儿，后边又上来一队，六个欧洲人，不由分说，就来袭击我们。他们人高马大，身体健硕。一桨挑起，水柱都带着力气。眼看着我们被打，浩和小星星五人毫不犹豫地就来救我们，小星星振臂高呼："停止内战，一致对外。"

团结就是力量，很快，欧洲人被我们打败了。大家刚要松口气，淘气的阿里指着不远处的瀑布大声喊："美！"

美！实在是太美了。两岸的青山，就像是花园房屋的墙，头顶的湛蓝的天际如同山水画卷制成的屋顶，真是苍天为被河流为床。而那隔一段就会出现的清澈秀美的瀑布像极了房间内装饰的透明灯柱，有些羞怯却又无私释放。一时之间，忘记了身体的不适，只想欢呼，只想歌唱。但，又是一刹那，阿里狡黠一笑，桨一划，我们便全部置身于瀑布下。刚刚的唯美绝妙变成一声声的惨叫。亚坤都笑岔了音儿，利用小女孩儿的身份撒娇："阿里，阿里，go，go！别淋了。"

在哀求中，阿里带领我们离开。随后，便听到小茹她们的惨叫。而我们，又成为十足的起哄看热闹的。这样反复多次，我们到了休息站。稍作休整，再进行后边一个小时的漂流。

停下来，我感觉有点冷，蜷缩着坐在石头上，甚至有点迷糊。忽然听到阿里冲我大叫。我刚直起身，他就从我眼前跃了过去，漂亮地横入水中。这下不得了，小伙伴们又得来了劲儿。亚坤、小茹、麦兜、浩和小星星媳妇，纷纷玩起了跳水。小星星踌躇着，却迟迟不敢行动。他媳妇站在他身后，叉着腰说："再不跳，我就踢你下去。"小星星连忙作揖求饶，可嘴巴里却嘟囔着："前天吐了一晚上，我还以为你怀孕了呢，今儿就这么满血复活，想谋害亲夫呀。"

我们笑得前仰后合。小茹笑弯了腰说："真有你的，媳妇吃海鲜吃坏了胃口，你竟然说是怀孕了。不过，如果真在这儿怀上了，那你们宝贝的到来就太有纪念意义了。"

小星星一副搞怪模样，咧咧嘴，惊喜状。他媳妇也没客气，顺势推他一把，小星星扑通落水，溅起一团浪花。

两个小时的漂流结束了，上岸。欢快的团友们都有点发怵，还得攀爬五百多个台阶，才能上去。漂流也是蛮消耗体力的。我刚想说如果我丢队，请大家等等我，却没有说。的确感觉被河水击打那么久，身体状况更糟了。但我很了解自己，不喜欢给别人添麻烦，不喜欢拖后腿，所以，掉队应该是不可能的。如是几年前，我一定没有毅力跟上队伍。而今不同，我相信什么事情，只要坚持，都能完成。

最了解自己的，就是自己，我仍旧第二个达到。冲了凉，大家便直奔餐厅。我拷问了下自己的胃口，宁愿饿着，也不能吃一口，甚至不能闻饭菜味儿。于是，我一个人坐在餐厅外的树墩子上。阳光透过茂密的树叶洒下来，虽不强烈，却也温暖。暖暖的，身体感觉便好多了。

离回家越来越近了。这一次，大约是经历了太多跌宕，竟然有些想家。别人都在乳胶厂参观产品，我干脆找了张床休息。贴心的亚坤还为我盖上一件纱笼，真心觉得这个女孩子太可爱了，将来谁娶了她都会有福气。

这短暂的休息太重要了。再次出发，去到此行的最后一站库塔洋人街库塔海滩，竟然觉得身上有了些力气。

四点多，海滩上还能晒化了人。我和小茹躲进购物中心，逛逛坐坐。我俩沿袭一贯的风格，不买东西，静等购物中心外的库塔海滩阳光柔和，形成落日。

五点半，海滩上渐渐人多了起来。六点钟，便是繁华一片。海面上落日娇艳，海对面霓虹灯闪。中间的台阶处拥坐着来自世界各地的游客，观赏日落，观看乐队的表演。

库塔海滩的日落与金巴兰略有不同，金巴兰更返璞归真，乡土气息浓郁，而库塔海滩，则完全是现代的热烈。两者我都喜欢，凡所能够见到的美景，就想一并收入眼中心里。只可惜，我的肚子咕咕叫，却不能闻到附近餐厅的味道。小茹吃了两个肯德基的鸡翅后也不舒服了，活力无比的她，找了块木板就躺下了。两个对大自然充满无限热爱的女子，就那么躺在一大块木板上，望着欢笑的人群、绚丽的景色，心有余而力不足了。

涨潮了，海水已经到台阶下，木板也待不下去了。我俩决定去找一家按摩店。还真巧，刚回到购物中心，就看见了一家。时间原因，只能享受半小时的足底按摩了。终于躺在床上了，从来没感觉到床是那么珍贵那么舒服。两个当地的女技师手法一般，但笑容可掬。这都不重要，重要的是让我们躺一会吧。

我和小茹相视，吐了吐舌头，我说："两个文艺女变身流浪女，也是醉了。"

"你是文艺女，我是阔太太，我走阔太太路线。"小茹还笑得出来。

此言有原因，第一天，我发了我俩合影在朋友圈，大冬瓜玩笑留言："你又瘦了，小茹又丰满了。"

小茹看到，傲然说："本女现在是走阔太太路线。"

无论是阔太太，还是文艺女，此时，我俩都是流浪女。

六、期待再同行

(2015.9.13)

我们是半夜一点的飞机，也就是说，这一晚，我们将在飞机上度过。

自称为老年人作息的我，在登机口便坐着睡着了。于是，两个多小时的等待转瞬即到。飞机没晚点，我们按时登机。

突然，很奇妙。一踏上空乘说着不标准普通话的港龙航空，我的胃便不再翻涌，只剩下对食物的渴望。很快就发餐了，夜宵只有一个热乎乎的夹着肉馅的面包。我以为根本就不能吃一口肉，却没想到，不到三十秒，这个肉馅面包就进入了肚子里。而嘴巴中胃口里只剩下一个字"香"。哇，这是什么魔法？难道是我的胃太爱国了吗？难道以后出国旅游真的都要带着国产方便面了吗？连习大大都号召国人在出国旅游的时候就不要带方便面了，难道我不响应？习大大可是我的男神。

这一段飞行要五个多小时，吃完了，就想睡。身边却坐着一个话痨般的女孩儿，是别的旅游团队的，告诉我她们也在吃完那顿海鲜餐后都吐了。这个信息很重要，我已经决定回去后必须反馈给旅游网站，以免更多人遭遇这样的危难。可在我已经昏昏欲睡的时候，她竟然摇醒我，愣愣地说："你能和我聊天吗？我害怕，我怕飞机掉下去。"

我差点崩溃了，心想真是乌鸦嘴。这要是换做我以前的脾气一定没鼻子没脸狠狠教育她一顿，但，现在的我，真的温和了很多。便安慰她说："睡不着，就默念南无阿弥陀佛吧。不过放心，不会有事的。晚安。"

　　都是年轻女孩子，真的大不相同。这更让我觉得亚坤的难能可贵。恰好，转机后，我和亚坤座位挨着。前一段都睡足了，也该到醒来的时候了，这一段的飞行路程只有两个半小时，聊会儿天就过去了。

　　右边是亚坤，左边是美姐。睡饱了，再加上这么好的聊伴儿，又有一顿鸡蛋香肠面包早餐提神儿。我基本上满血复活了。

　　和亚坤聊到她的婚姻问题。

　　"方姐姐，你知道吗？现在的男孩子都很现实。"亚坤有些无奈地说，"相亲经常会遇到劈头盖脸就问你会做饭吗？你家能出多少陪嫁？结婚后你还会经常出去旅游吗？你说我脾气就算很好了，可是受不了这些。不会做饭，我可以学，但，也不能为了一个专门找我给他做饭的人学。至于旅行，那是我钟爱的事情，不影响家庭生活的前提下，我不想为别人改变这些。"

　　我点头，说："真的懂得你的人，也不会不允许你做自己喜欢的事情，毕竟我们也不是购物狂花钱狂魔，我们只是在自己的收入范畴内，让自己过自己想过的生活。行走于大千世界和过普通的百姓生活绝不矛盾。"

　　"所以呀，真的觉得遇到一个合适的很难。"亚坤嘟嘟嘴，"你看咱们团里的几个哥哥就特别好，至少他们让我觉得都很爱老婆，都在付出。我不怕付出，怕对方只要求我付出，而自己却对自己没要求。"

　　"放心吧，亚坤。"我搂住小姑娘的肩膀，由衷地说，"你一定会遇到能带给你，同时你也愿意给予他幸福的人。因为你是一个特别真诚善良懂事的姑娘，记住姐姐一句话，也是我家客厅墙画上的话——只要我们一直善良着，就会越来越靠近幸福，只要我们一直真诚地付出，就会越来越幸福。"

　　美姐毫不掩饰地说："我也特别喜欢亚坤，真想把我侄子介绍给她，就是比亚坤小一些。"

　　我嬉笑摇头说："美姐，我是不主张姐弟恋的，除非是王菲谢霆锋。"

　　美姐和姐夫都是画家，后来又做了画商，开画室，生意相当红火。夫妻俩有一个刚满二十岁的儿子。美姐和我聊起儿子颇为骄傲:"从来不溺爱,我儿子现在就会做饭,我告诉他一个男人更要学会自立。班里同学都用苹果三星,我儿子的手机就是交话费送的。我对他很严格,不攀比不嫉妒也不能自以为是。还建议他不要轻易交女朋友,虽然很多人都说恋爱是练出来的,但我的儿子绝对不可以那么不负责任,恋爱,就奔着结婚去。"

我托着腮倾听,更加喜欢美姐。我俩似有说不完的话。美姐夫插话说:"这次巴厘岛之行尽管咱们都受了罪,但收获很多,我们这位说一直想结识一位作家,现在如愿了。而且咱们这一行人不分老少,都很善良真诚,这几日真像一个大家庭,希望我们有朝一日再次同行。"

美姐夫的话道出了我们的心声。小星星夫妻,梅梅麦兜,浩两口子,亚坤母女,美姐姐夫,我和小茹,在中午十一点半于北京机场 T2 航站楼分别,各自回到自己的生活中,而这几日的同甘共苦却将成为记忆中十分温馨的画面。想起来,就会笑溢嘴角。

没错,每一次的离别,都是为了下一次更好地重逢。就像 2013 年 9 月,同游澳新的几个伙伴,不久,我们将在土耳其之旅重聚。

巴厘岛之行的伙伴们,期待着我们的再同行。

放心蜜饯:

1. 巴厘岛是免签的,对于甚少出国游的人们,可以把这些免签的地方先走一遍。这样可以增加护照的厚重,对以后再去往欧洲、澳洲、美加等地,办理签证的时候会有帮助。

2. 不是雨季,巴厘岛早晚并不是特别热,但阳光绝对毒辣,如果不想晒黑,防晒措施必须齐备,防晒霜、帽子、防晒衣。当然,不惧暴晒的,也可以尽情享受阳光海滩。没准,回来后就成了流行的巧克力色。

3. 巴厘岛完全可以自由行,但酒店要选择好,海边酒店是首选,出门看海,迎着朝阳,伴着日落,什么都不干,就静静,也是享受。即便是跟团游,也要看好酒店,未必非得是五星级的,但起码位置要好,否则被放到鸟都不拉屎的地方，除了闻到空气中弥散的乡村野味，真的举步维艰。

4.到了巴厘岛肯定要玩海上项目，无论是去蓝梦岛还是其他岛屿，在惊艳那海水的清澈湛蓝之余，一定要注意安全。感觉当地人很随性，从小生活在海边，都是水性超级好的，无法想象不通水性的人可能遇到的危险。浮潜还好一些，肯定会有救生员跟着，但其他项目，一定要和工作人员沟通好。

5.吃海鲜大餐要慎重，新鲜的生猛海货，可以亲眼看得到的还行。但那种烧烤性质的就要当心，把坏了的烤熟，加上各种作料，当时吃不出来，之后肠胃就会有反应。我们一团十二人，就上吐下泻了一半多，苦不堪言。

6.旅游就是游山玩水，当地钱币不用兑换太多。

7.多带些色彩斑斓的衣服，比基尼也必不可少，让自己美美的，该是头等大事。

第二章

土耳其，爱恨纠结终成行

十八九岁的时候，跟好友闹别扭，俩人争得脸红脖子粗时，她忽然指着身穿直筒式及膝粗纺呢大衣的我，强忍着笑，颇为嫌弃地说："你今天的造型简直酷似土耳其面包师。"说完，她双手捂脸笑弯了腰。而我，则是羞愤至极，足足有两天没理她。

于是，对于土耳其，地理学得很糟糕的我，最初的印象，便因她的嘲笑而颇为反感。之后的若干年，也没有想过要涉足那里。甚至，爱美的我，对当年好友的挖苦奚落耿耿于怀。

突然之间，土耳其成为热门，让我跃跃欲试。何故呢？相信很多人跟我一样，对于这个横跨了欧亚大陆的国家，有了一丝好感，缘于一个真人秀的节目——《花样姐姐》。这档节目，让我对台湾第一美女林志玲刮目相看，知性温婉却毫无一丝矫揉造作。同时，更让我迷恋上了土耳其这个美丽的国家。番红花小镇、棉花堡、爱琴海、博斯普鲁斯海峡……当然，还有热气球，还有洞穴酒店。太多的世界遗产，告诉我们，土耳其有着古老而悠久的历史，有太多的故事和神奇的预示。

还未等我表示这份向往，两年前，澳新旅游时结识的虹姐在我们的袋鼠考拉群里先表达了出来。

"今年下半年，一定要去土耳其。"虹姐无比坚定地说。

随之，是大叔二叔和我的齐声附和。既然如此，干脆，来一个两年后的再聚首。北京的虹姐和姐夫，天津的我和大熊，衡水的二叔，陕西的大叔，再续前缘，将在澳大利亚新西兰产生的缘分延续到土耳其。这么一说，六个人兴奋异常。想到当初在悉尼在奥克兰在布里斯班，二叔带着大家找大型超市买便宜东西，真是快哉。

不过，人多，自然也会问题多多，首先是时间上的协商，六个人中，只有大熊和虹姐时间不够灵活。为了照顾他俩，我们便定于十月份前往土耳其。六月确定，八月报名交定金，九月交付全款，就等机场的相会了。

但……没错，人生就怕多说几次"但"。打从八月底土耳其的局势开始动荡，大事小事不断，关键还跟恐怖分子挂钩。除了我和虹姐夫，其他人都开始纠结。更加密切关注土国的情况。一会儿大叔发个消息，一会儿二叔转个链接，让坚定的虹姐也内心惶惶。

可能真的跟生病后的改变有关系。曾经做事瞻前顾后的我，如今是一旦决定了，就会充满定力和信念。干脆，手机铃声都换成了周传雄的《蓝色土耳其》。决定了的事情，不会因为外界的变故而变化。并且我始终认为凡是内心向好的一面设想，多半会好，反之，好的也变成不好。还有最重要的一点，好久没有休假的大熊终于可以跟我一起出行了，尽管每次旅程，我都能体会到其中的美妙，结识很多小伙伴，但，两个人同行，也是很期待的。

小茹原本是要跟我们一起去土耳其的，但因为她表姐相邀，便在我俩从巴厘岛回来后一周就开启了土耳其之行。我问她："面对不安稳的土耳其局势，你就没有纠结一下，是不是退了，不去了？"

小茹摇头，说："不纠结，就问了问客服。这些情况对于此行有影响吗？客服说没影响。那就高高兴兴去看世界。"

我很欣赏小茹的这种态度，与其纠结，不如改变，既然不变，纠结无意义，徒增烦恼。

终于，袋鼠考拉群里安静了很多，大家达成共识，按计划于十月二十日前往土耳其。

这期间，我把小茹在土耳其拍的照片分享给大家，几个均喜欢畅游世界的旅伴更加沉醉。

十一过后，距离我们出游还有十天。一早虹姐在群里激动地说："亲们，出发的时间越来越近了，好开心。"

也就在那天，半夜里，二叔转过来土耳其首都安卡拉爆炸的消息。瞬间，我的困意全无，开始在微博逐条搜索，尽可能地了解。我知道第二天，群里一定会炸锅的。

果然，几个人的情绪跌落谷底。咨询了旅游网站的客服，我们的票已经出了，这时候退团的话几乎全损。这样一来，我又坚定了。这个世界上，任何的地方都不可能百分之百地安全，难道就困守家中了吗？

二叔语重心长地说："方方呀，你还是年轻，不是说那里出事了，就会接着有事，也不是说没出事的地方就肯定没事，但，因为出事了，心里会更慌的，我们此行遇到危险的可能性就更大了些。"

奇怪，为什么我的心里不慌？为什么我没有会遇到危险的感觉？

小茹安慰我，说："既然旅游局没有严禁去土耳其旅游，就不会有什么事儿。最近，我常常想人活着究竟是为了什么？像咱俩这样，四十几岁，没有孩子，就想走遍世界，是在寻找这个答案吗？"

"那倒谈不上，但，走着走着，那个答案便会更清晰。"我很认真地说，"其实，我们每个人对于很多事情真的是无能为力的，我们能左右的，就是在不影响别人的情况下做一些自己喜欢的。比如，我们俩的一次次旅途。"

很难得，真的很难得，我和小茹在这个问题上颇有共识。小茹特别诚恳地说："年轻的时候咱们也打拼过了，现在，我只想趁着自己还未老，到处走走，看看花看看草看看湖看看日出日落名胜古迹，在那个过程中让自己更加平静。"

是啊，更加平静！

只是我们的袋鼠考拉群难以平静，忐忑纠结并没有随着确定如期出行而匿迹，仍旧时隐时现。虹姐干脆把群名改成了"爱恨交织的土耳其"，真真是让我哭笑不得。

终于，终于，终于出行了。大叔、二叔、虹姐、姐夫、大熊和我，缘分驱使，土耳其，等着我们！

一、想去哪儿就去哪儿

（2015.10.20）

我和大熊在很多方面有共性，但最大的不同是，我喜欢凡事都在事前计划好，时间上也必须充裕，而他则恰恰相反，只有事情临头，才不急不忙地处理。两种方式在面对不同事件的时候，结果完全不同。我不否认在某些时候，他那种可以叫作淡定，而在很多时候，则就是耽误事儿。

果然，因为大熊坚持掐点儿前往大巴站，而不是按我提出来的至少要提早半个小时，再加上出租司机走错了路，让我俩没有赶上十一点的机场大巴。前面的乘客买走了最后两张票，我们只能乘坐一个小时后的车。我给二叔和虹姐发微信，告诉他们不能在规定的一点五十到达，最早，也得两点半。二叔和虹姐很着急，说："这可怎么办？不知道领队会不会等呀。"

我赶忙联系领队，说明情况，领队小党是个非常温和的男子，很好说话，告诉我们应该没问题，不会耽误登机。

我这才一颗心落下来。而大熊仍旧不紧不慢，还非常有理地说："本来旅行社规定的集合时间就太早。"

我更加没好气了，说："别管早不早，既然规定了，就应该遵守，真的耽误了，去不成了，损失的是我们自己。并且，我们不能按时到，大家都得等，我不喜欢影响别人。"

大熊对我的坚持嗤之以鼻，固执地认为自己的漫不经心是淡定自如。如此，两个多小时的车程中，几乎没有什么交流。成年人，如果不是真的想让步，根本就不可能有"说服"这码子事儿。

还好，赶到机场，和二叔、虹姐虹姐夫见到面后，那种两年后重聚的快乐立刻冲淡了之前的不顺。时间也的确还充裕，我们办完手续，就在登机口聊天。聊到两年前澳大利亚新西兰的蓝天白云，那次旅行中遇到的奇葩"土豪"，聊到对此行的憧憬……

领队小党问我们："你们是一家人吗？"

我们微笑摇头。解释是曾经的旅途中结识的朋友，如今再次同行，而我们中的大叔是直接从西安飞乌鲁木齐,几个小时候后与我们在那儿会合,再同乘后半段,飞往伊斯坦布尔。

远途飞行,中间经停是不错的选择,至少可以下来活动活动。从北京到乌鲁木齐,三个多小时,我开玩笑说:"等坐定了,吃顿饭,就该准备下飞机了。"

经常在旅途中,三个多小时对于我而言,真的不算什么。只是可怜的大叔提早一天就到了乌鲁木齐,还赶上降温,又没有整时间去个景点。在机场相见后,大叔颇为疲惫,与两年前在澳大利亚精力充沛的状态相差很多。

经停的时间很短,就是这短短的时间内,让我经历了一件超级搞笑的事情。出关的时候,柜台后边那个工作人员一边摇头一边足足盘查了我五分钟。原因很简单,本人和护照上的照片相差甚远,他怀疑不是同一个人。尽管我解释说:"那是六年前拍的,那时候是长发,也比现在重十斤,现在瘦了,头发短了,但,肯定还能看出是一个人呀。"

工作人员固执地继续摇头,连连说着:"不像不像不像。"

我要晕了!大哥,敬业没错,严查更是应该,可那明明就是我呀!我干脆什么都不说了,默默等着他在电脑系统中查询。终于放行了。大熊笑得不亦乐乎,颇为幸灾乐祸地说:"你黑着一张脸,人家把你当恐怖分子了。"

我又气又笑,发朋友圈寻求安慰。还是一个叫瑞秋的女孩儿会说话,留言道:"你不觉得这是最好的变相夸奖吗?说明你近半年瘦身成功后样子大变呀。"

这句话立刻让我一扫颓势,得意洋洋地反击大熊:"看见了吗?看见人家说的了吗?这大半年,我运动健身,体重掉了二十斤,比六年前没生病的时候状态都好,才会被误会。现在,你跟我走一起,就是大叔和萝莉,好好珍惜吧!"

大熊梗着脖子说:"你还说呢,瘦得都是骨头了,旅途中可不能少吃一顿。"

我没搭理他,抱着双肩就往通向飞机的甬道里跑。乌鲁木齐要比北京天津气温低很多,真想一步就跨到飞机上。大熊在后边嘟囔着:"那么瘦,能不怕冷吗?"

他这话倒是的确没错。身上没有什么脂肪了,自然会怕冷,但"有钱难买老来瘦"。两年半前,经历了化疗放疗后,体重达到了128斤,在美丽的澳大利亚新西兰,所有的照片都是标准微胖界妇女。后来回落了些,也一直在122斤左右。大半年前,我彻彻底底狠下心来,制订了严格的健身瘦身计划,每天快走六千米,并且基本不吃晚餐。终于,现在的我比十年前还清瘦些,敢于挑战各种衣服了。所以,此行,我带足了十套服装,一天一套,必须不重样儿。

虹姐跟我一样,也带了一大箱子衣服,并且根据每天的景点儿不同而做好了细致的搭配。二叔打趣我俩:"你们是带着挑夫出来的呀。"

我和虹姐相视一笑,在旅途中,臭美也是其中最爽的一件事儿。

飞机就要起飞,大叔却不落座,探着身子伸着脖子向后张望。原来,他在出关的时候帮忙陌生的乘客拿了些东西,现在要给对方送过去。我们笑笑,大叔跟我们当初认识的时候一样,热心厚道。只是大熊提醒得对,他说:"您以后还是不要随便帮陌生人拿东西了,谁知道让您帮着拿的是什么呢?万一要是违禁品呢?到时候再不承认是她的了,就麻烦了。"

大叔恍然大悟,拍拍额头说:"哎呀,大熊说得对呀,我真是老了,怎么没想到这些,亏了没什么问题,以后一定不会再这样做了。"

大叔今年六十六岁了,两年前的他也不年轻,但精力相当旺盛,短短两年,这次相见,却感觉精神头儿差了些。所以说,岁月不饶人,这话不仅仅适用于女人。趁着精神尚好,趁着体力仍佳,想去哪儿就去哪儿,世界各地、大江南北……

二、灯影里,感受番红花曾经的年轮与繁华

(2015.10.21)

之所以选择这个行程,很重要的一点是因为大多数土耳其的行程都是在飞了十一个小时后,直接进入到游玩状态。而我们这个行程,是在半夜一点左右到达,立刻入住酒店。对于乘坐了长时间飞机的游客,那几个小时与床的亲密接触,是多么难得?

五小时的时差,置身伊斯坦布尔时,清晰地感受到这里的清爽。温度要比北京高一些,是最舒服的天气。虽已深夜,却毫无困意,因为在飞机上睡了五个多小时。神清气爽地向大巴车走去,突然就闻到了烤羊肉串的味道。就在路边,很多烤串摊,很多人在撸串。我们笑弯了腰。一边喝酒一边撸串,让我想

到八里台的那一大片烤串摊。天底下的撸串都是一样的，随意自在。

上了大巴车，大家不禁惊呼。这该是我们乘坐过的前后左右空间最宽敞的大巴，一排分为两个双人座一个单人座，黄色的真皮座椅，向后一趟，很是舒服。

小党托托眼镜腿，笑着说："土耳其的旅游大巴车的确非常高大上，但，这么舒适也意味着我们将在车上待着的时间比较长。最长的一天应该有九个小时。"

"啊？"大家再次惊呼。

"不会吧，应该有心理准备呀，行程单上写着呢。"小党仍旧笑呵呵，"没办法，土耳其这些景点儿之间都很远，舟车劳顿难免，所以车子才会特别舒适。不过途中风景也美。"

大家点头，多数人都不是第一次出国旅游，对于车程的问题心里有数。

小党是一个挺靠谱的领队，不爱忽悠，很诚恳地说："尽管全程是网评五星酒店，而实际上，除了在卡帕多奇亚，其他的酒店一般般，明日的番红花城的住宿条件就更不用说了，所以今日虽晚了，还是洗个热水澡再睡。明日八点钟出发，大约六个多小时才能到达番红花城。其实从伊斯坦布尔到番红花没那么远，但，伊斯坦布尔的路况是可以用惊悚来形容的，明天大家就会领略到，所以，两个小时能离开伊斯坦布尔就很不错了。"

尽管有了小党的温馨提示，我们却没有十足的心理准备。早上，在伊斯坦布尔一片清爽中，舒舒服服地醒来。从飞机上到酒店，断断续续地没少睡，精神非常好。于是，直奔餐厅，饱餐一顿是一天好心情的开始。酒店的早餐没有让我们失望，各种水果琳琅，面包、肉类和蔬菜也很丰富。大快朵颐后，真的超级懊恼胃口太小。

出发了，前往番红花城。

很快，大家快乐的心情被寸步难移的路况扼杀了一大截。毫不夸张，见识过伊斯坦布尔的堵车，就不会觉得北京的路况差了。要说我也去过不少国家，但这里，真的是堵车最严重的。在不行驶的车窗密闭的车里，即便座椅舒适、空间宽敞，不到一个小时，便感觉头晕晕的。窗外是密密匝匝的车辆，蓝天白云就在头顶，却无法享受。兴奋化为烦躁。

小党宽慰着大家说:"真的是没办法,我来过土耳其很多次,真没遇到过路况好的时候,十五分钟的车程,开上一个半小时都属于正常。不过,快了,过了博斯普鲁斯海峡大桥,就到亚洲了,然后再坚持坚持,就离开伊斯坦布尔了。博斯普鲁斯海峡大桥又叫欧亚大桥,建于1968年,修筑在博斯普鲁斯海峡最窄处。博斯普鲁斯海峡在土耳其境内,它把土耳其的最大城市伊斯坦布尔从中切开,一分为二,一面是欧洲,就是咱们现在所处的位置,另一面则到了亚洲。而博斯普鲁斯大桥横跨博斯普鲁斯海峡,把这座城市连成一个整体。我们最后两天还会回到这里,可以乘坐游船观赏一下两岸不同的欧亚风光,是非常美的。"

小党卖力的讲解,稍稍缓解了大家的晕晕沉沉。可巧,车子也挪动了一段儿,终究是会前进的,不至于让人太过绝望。

过了博斯普鲁斯大桥,大家都隔窗兴叹,是否路况会有所改善呢?

操着一口土耳其口音英语的导游,是一个矮个子的当地人。他是一脸的熟视无睹,丝毫体会不出我们的急切与期盼。这让我不由得把他和斯里兰卡的导游布迪比较了一下,第一感觉就差了很多。布迪在中国留学五年,中文超棒,一脸阳光笑容,总把很多问题想在前边,还很幽默风趣,让我们在枯燥的车程中都不会觉得无聊。而这位土耳其的导游形同虚设,即便是我们听不懂的语言,也惜字如金。反倒是小党,领队和导游的职责一肩挑。怎奈,他毕竟不是当地人,也没有在这里生活过,很多东西也仅仅是书本上看到的,便缺少了那么些原汁原味。

大约两个多小时,终于离开了伊斯坦布尔,车上,已睡倒一片。好脾气的小党又笑嘻嘻地为大家打气,说:"再坚持坚持,就到休息站了,吃个午饭,活动活动腿脚,欣赏下头顶一片蓝。"

而对这头顶一片蓝,最感兴趣的,要数我和大叔了。公路边上,我们叔侄二人仰头望天。蓝得令人无欲无求的天际,缀着大朵大朵的白云,蓝白分明,透亮清澈。云朵压得很低,站在路牙子上,伸出手臂,就像是一下子可以触摸到天。五指张开,就像是把朵朵白云托在了掌中。身体摇摆着,云朵飘动着。二叔、大熊、虹姐和虹姐夫也笑呵呵地走过来,二叔啧啧赞道:"这天太蓝了,云太美了,得不错眼球地看……"

还没等他说完，虹姐和我就嬉闹着，异口同声地接了话茬说："少看一眼，相当于损失一百块钱的团费。"

是啊，现如今，在津京冀地区，想看到这样的湛蓝早已是一种奢求。每次出国旅游，最贪恋的就是当地空气的清新、天际的纯净。记得在澳新的时候，也有过长时间的车程，但因为窗外碧绿的地，澈蓝的天，让车上的游人无不打起精神，不愿错过一眼。而初到土耳其，尽管经历了一上午的堵车，却不可否认，这里的天较之澳新更美。澳新的蓝天白云有着一种空旷的大气，高远而不可及。土耳其如棉絮般铺陈的云，层层叠叠，就在额前发上，与公路、田间融为一体。一不小心，其中的一片云朵就像是落在飞扬的纱巾上，任由主人拖着，飘动！那么亲切而自由自在。

带着这样美好的感受，后边的三个多小时的车程便没有那么辛苦。全都变身成摄影家，隔着玻璃也不停地"咔嚓咔嚓"。惊喜的是，我们比预计早了半个小时到达番红花城。而且，由于土耳其仍旧是夏令制，下午四点钟，丝毫都没有几近傍晚的暮色霭霭，天明亮得很。

小城没有稍微宽阔点儿的路，车子开不进来。我们早早下了车，行李由酒店的服务生们负责搬运，我们则徒步而行。

番红花城，是位于土耳其安纳托利亚中部的城镇，离首都安卡拉约两百公里。老城区的鄂图曼时期的房屋和建筑都被完整地保留下来，包括私人博物馆、清真寺、墓园、历史喷泉、土耳其浴、钟塔、日晷以及数以百计的房屋。小党开玩笑说："今晚我们入住的酒店就是这被称之为世界遗产的地方。"

哇？那得有多么与众不同？期待让脚步愈发轻盈，向着小城镇的最高小山丘希德尔立克山丘走去。

番红花城占地面积约 1000 平方公里，海拔 485 米。城镇名称源自于番红花以及希腊文 polis（城邦）。番红花城在 17 世纪时期是番红花的贸易以及种植中心，至今番红花仍在番红花城以东 22 公里的村落种植。而登上希德尔立克山丘，也算是可以俯瞰整座番红花城了，景色尽收眼底，美不胜收，高矮不一的房子也成为一道亮丽的风景线。

这是来到土耳其后的第一个正式的景点儿，还是纯天然的有着历史厚重感的小城镇，却也无处不透着轻悠和宁静。

从山丘上下来，我们闲逛于每一个街巷。世间的古城镇多大同小异，石子路，栉比鳞次的旧店面，一张张淳朴的脸。本来，对于与当地人的近距离接触，尚有点儿惴惴不安。毕竟，近期的土耳其并不安定。但，很快，就被番红花城的居民商贩们的热情和满脸的无忧无虑所感染。那些店铺，有透着原始感的铁制品店，有各种颜色的糖果店，有摆满橱窗的面包店，甚至有手工毛巾店……行走在其间，让人有远离城市的喧嚣感，仿佛没有一丝生活的压力。而这些物品，购买者少之又少。也难怪，这些东西多是为了迎合游客的，而整个番红花城，每一天的游客也是有限的。这不禁让我产生疑惑，这些人靠什么生活？按理是生活艰难的。可为何，他们每一个人都带着最轻松快乐？

小党的回答解除了我的疑问，他说："这里人生活得无忧无虑，因为欲望很少呀，很多东西可以自给自足，消费水平很低，也都不会有买大房子换新家电的要求，日子自然过得舒心。并且，恰恰因为游客并不多，商业味道也不是特别浓，反倒让番红花人仍旧保有最淳朴的品质，随遇而安，安享怡然。"

这么一说，我颇为感触，想到我们国内的很多古镇，也都是心之向往的所在，西塘、丽江……每一处不是承载了太多梦幻感念的，却都会让已经愈来愈浓重的商业气息大打了折扣。于是，我低声笑着跟大熊说："就得抓紧时间，走遍这些尚未被商业味儿浸染的地方，才能得到真正的心灵的放逐。"

大熊抻抻脖子，撇撇嘴说："你去的地儿还少呀？"

我翻翻白眼，说："现在跟我去那条街，那边好像是个公交站。"

我的判断是错的，番红花城没有公交站，整个小城，在半个小时内，用两条腿便可以走完。这么小的地方，最醒目的建筑便是清真寺。清真寺所在的位置显然是小城的心脏，而人们也像爱护自己的心脏般爱护着这里。落叶被及时清理，寺外还有个小小的广场。刚刚下过雨，被清洗后，路面、墙瓦、树木、长椅，甚至大摇大摆的流浪狗，都十分干净。

想来真得感谢我最好的朋友大冬瓜的"狗闺女"珍珠，如果不是我常去她家，常常被珍珠缠腻着，天生就怕各种带毛动物的我，又怎么能在青石子路上，与硕大的流浪狗嬉戏玩耍？甚至还有胆量轻抚它的绒绒的背部，尽管它一抖，我就吓得张大了嘴巴，却也不会慌张逃窜。对于大多数人，这真不算什么。于我而言，绝对是壮举。从小怕猫怕狗，那是会有心理阴影的。幸好，这个阴影被缠人的珍珠治愈了，才有了番红花城，我与狗狗的相处的一幕幕。所以说，这世间，任何事都不是一成不变的。不知道在哪个节骨眼儿，就会有蜕变和转折。

天终于暗下来了。我们沿着一条小路往上走，走到了要入住的酒店。实诚的小党没骗我们，这里的住宿条件的确糟糕。狭窄的楼梯，毫无隔音的墙板，转不过身的小小的洗手间。唯一的好处是，站在窗前，借着外边的灯光，可以感受到小城的夜，昏黄却不黯然，清静却不萧瑟。

于是，晚餐后，我们六个人便又置身小街巷里，我们要体会一下夜间的番红花城，要在灯影里想象曾经的年轮与繁华……

三、不着边际的徒走
(2015.10.22)

关于旅游，我真的是越来越有自己的见解。我可以潇洒地说"世界这么大，我想一直在路上"，也可以沉醉地表达"凡所未知的远方，都是值得一去的人间天堂"。但，我更明白，走遍世界每一个角落，只能是梦想。贪心会让美好的旅程变成遗憾的过往。来到一个国家或者一个地区，不可能每一处都走遍，总是会有取舍。舍弃却不失落，珍惜能够所及的，于是，每一段旅程都会成为没有遗憾的收藏。

因为前几日的安卡拉爆炸事件，此行便取消了土耳其首都安卡拉的游览。本来改为在番红花城自由活动一上午，再驱车前往卡帕多奇亚。而这一趟又得有七个小时的车程，天黑前恐怕无法到达目的地。一团十八人不约而同跟小党建议，早餐后九点钟就直接出发。这样，不至于在天黑时才赶到卡帕多奇亚。而番红花虽然清幽恬淡，却只需早上在晨曦微露中感受下与白天夜晚的不同便足矣。小党也很理解大家，积极与地接社联系，终于沟通好了，允诺了我们的提议。

番红花的清晨，被从那座清真寺宣礼塔中传来的礼拜声唤醒。天还黑着，只有清爽的气息带给我们明澈，于明澈中体会静谧的安宁，是这座小城镇最独有的呈现。番红花的清晨，又是在短时间内就黑白两重天的，借着灯光去餐厅，出来后竟已然是大天亮，似乎没有多久的过渡。一夜淅淅沥沥的雨，将整个小城清洗冲刷，每一块青石都干净透亮，摸一摸，凉凉的，便想，就那么一屁股坐下，托腮凝神。管它天地之大，只想此处清灵。

六个人边走边聊。其实，没什么景观，只有小城的淳朴净然，和我们心中的悠闲情怀。不到一个小时，将小城慢慢走了个遍。不问缘由，只是最简单的走走停停。

带着这份闲云野鹤般的心境，将近七个小时的车程便不觉得枯燥和辛苦。如愿在下午三四点钟到达卡帕多奇亚地下城。

卡帕多奇亚地下城里边地形多变，也略觉阴冷。大叔刚走进去，就打了退堂鼓。返回门口，在外边小店铺逛一逛，等着我们。不由感叹，两年的时间，大叔的体能和精气神儿都差了一些。所以说，一定要趁着能走得动，多走一些地方。

初入地下城，很容易想到冉庄地道，都是修建于地下，都是当时人们身处绝境时所迸发出来的智慧和力量。

越往下走，越觉这里千奇百怪的地貌让人不敢相信这是属于人类的国土。一边探险似的往里走，一边听着小党的介绍："这座地下城规模宏大，共有1200间石头小房子，可居住1.5万人。"

地下城迂回曲折的走廊又低又窄，人在里面需弯腰行走。通往地下城的通道隐藏在村子各处的房屋下面。走到一半，小党笑呵呵地问大家："大家有没有觉得走进地下城，就仿佛进入了一个复杂多孔的巨型瑞士干奶酪，到处都是洞？"

小党说得没错，小路绕来绕去，上上下下有好几层，房间之间有很多"窗户"。地下城设施齐全，到处是人们穴居生活的痕迹，储存油、酒和水的罐子，挤压葡萄的水槽，油烟熏黑的公共厨房，牛棚马圈和深得不可思议的井，甚至还有学校。深掘几十米，却可以生活自如。难怪人们又赋予它另外一个名字——精灵的世界。

只是久住繁华都市的人们，在重新回到地面之后，都会急切地吐出一口气，再深深地吸进一口，似乎是完成了一个从古至今的穿越。

没进入地下城的大叔迎上了我们，指着不远处的小店铺说："那边有很多卖纪念品的，还有'蓝眼睛'。"

我们跟随大叔走过去，做成各种饰品的"蓝眼睛"挂满了摊位，在阳光下蓝得绚丽傲然。土耳其人信奉"蓝眼睛"由来已久。传说，从前有位富翁盯上了一头从他家门口经过的肥牛，便对妻子说："今天，我没有看见比这头肥牛更美妙的东西了。"被富翁盯住的肥牛立即倒地毙命。人们把故事里富翁的眼神称为"嫉妒的眼神"，相信这种眼神具有巨大的"可怕的力量"，是它杀死了牛。为了保护自己不受"嫉妒的眼神"的伤害，土耳其人选择了"蓝眼睛"。当地人介绍说，"蓝眼睛"能把"嫉妒的眼神"吸引住，等"蓝眼睛"爆裂开就说明灾难已经被化解，从而保护了人们免受伤害。

这样的传说让我们对各式各样的"蓝眼睛"饰品爱不释手。将一枚"蓝眼睛"置于眼前，晃一晃，如同驱散了所有的阴霾，只剩下快乐和美好的未来。

正如小党所言，这两日，我们入住的是卡帕多奇亚的五星级酒店，条件非常好，房间很大，舒适敞亮。从窗子可以看到不远处成片的精灵烟囱。何为精灵烟囱？实际上是一些特大号的圆锥形岩层，松软的岩石酷似锥形的尖塔，尖塔顶端被大自然赋予了一块更加松软的玄武岩"帽子"。经过无数次的风雨冲洗，大自然已将它们打造成适于居住的天然公寓。很多旅游者偏爱下榻于这些"精灵烟囱"客栈，感受这里独有地貌的特色。而此时，刚刚五点钟，天仍旧大亮。并不准备参加明早乘坐"热气球"的我们，把探求这片精灵烟囱的计划安排在明早。距离六点半的晚餐时间还有一个多小时，我俩和同样精力充沛的二叔、虹姐一拍即合，决定出去走走，不能把这段时间浪费在酒店里。大叔和虹姐夫则留守休息。

卡帕多奇亚的傍晚温度下降，但，没有风。加上一件外套，也足以御寒。四人说说笑笑，沿着大路向前走，想走到刚刚来时经过的那个较为热闹的镇子，深入一下土耳其的日常生活。只是走了一千多米，仍旧是空旷的公路，几乎看不到城镇的影子。大熊当机立断，指着右侧的小路说："这里的村落小镇应该都大同小异，找不到那个镇子，咱们可以另辟蹊径。我觉得从这条小路拐进去，一定会有村落，或者小镇。这路虽窄，但地面平整。应该常有人来人往。"

二叔和虹姐频频点头，满眼信任。只有我耸耸肩，不置可否。因为我太了解大熊了，他就是路盲。先不说去年在巴黎街头怎么迷路，单说我俩多少次短途自驾游，都因为他的不记路，还偏自负地不问询导航，而白白走了很多冤枉路。

只是，当下，也只能信他。不然，就得打道回府。那样，又有点儿不甘心。没想到的是，这一次，还真被他说中了。走着走着，果然看到了村落。一座座洞穴房屋，甚是井然。只是，几乎看不到一个人。我们猜测这里地广人稀，本就没什么人。又快到了晚饭时间，应该都在洞穴内全家齐聚。小党说过土耳其人很重视晚餐，认为那是团聚的时刻。

村落不大，很快就走了个遍儿。除了一座座形似的洞穴，没有任何集市之类的地方。天还很亮，二叔和大熊决定带着我们绕出村落，继续前行。可当我们真的绕到大路上，我和虹姐同时恍惚了，这究竟是向前还是向后或者向左向右，傻傻辨不出呀。他俩却特别淡定，指指身后说："那个琉璃塔顶就是酒店边上的清真寺，记住它，就可以辨得出方向。"

似乎挺有道理，便只好跟着继续走。走过一段坡路，以为会有不同，结果仍旧是空旷的公路，连过往的车辆都没有。看下手机，已经走了四十分钟了。天也渐渐黑了。虹姐突然抓住我的手，说："咱们还是在天黑前赶回去吧，我怎么有点害怕呢？怎么觉得到了荒郊野岭了呢？"

我也抓住她的手，因为我内心有同样的惶恐。怕看到人，又怕一个人都看不到。在这样的僻静之地，一个看似强壮的大熊带着一个六十二岁的老头儿和两个女人，真要是遇到坏人恐怕难以招架。并且，如果不能很快确定归路，天真的黑了，无疑，会增加回到酒店的难度。

内心满满恐惧的我和虹姐紧紧依偎着，互相给予力量。而二叔和大熊却仍旧轻松异常，俩人指指点点一合计，就确定了方向。我和虹姐万分狐疑，都觉得那是反方向，会越走越远。而二叔却特别坚定，说："放心吧，从这边的岔路拐进去，绕一圈，就到了最初拐弯的那个路口，然后直行，一千多米，就到酒店了。"

我和虹姐面面相觑，感觉没那么简单。终于过来一辆车子，虹姐尖叫一声，我也吓得手心冒汗。二叔和大熊惊讶地望着我们，问："究竟是怕什么呀？"

我们俩不回答，更加死死地抓住对方的手，浑身绷紧了般，不说话，快速走。太空旷了，空旷得觉得随时都会冒出一伙儿强盗。虹姐在我耳边喃喃："六点半前回不到酒店，你姐夫肯定得着急担心了。"

我默不作声，怕说错了话，让她更紧张。

天越来越暗了，脚底下更不能松懈，后脖子都渗出汗。得，把平时在跑步机上的劲儿头用这了。我终于按捺不住，问："你们确信没走错？"

"哎呀。"二叔轻叹一声说，"很快就到路口了，没瞧见琉璃塔尖儿越来越近了吗？"

"真的吗？"我和虹姐异口同声地问，语气中是绝处逢生的惊喜。

果然，微弱天光中已经可以看到路口了。真的是我们来时拐弯的路口。我和虹姐不禁紧紧相拥，如同脱险了般，整个人都松垮下来。脸上也有了自然的轻松的笑容。

"二哥，你还真行。循着琉璃塔，这么人生地不熟，还就真没走冤枉路。"虹姐给二叔竖起大拇指。

二叔也松了口气，说："本来没什么可担心的，这路不难记，可你俩那紧张害怕的样儿，弄得我也有些没底儿了。幸好，终于到了路口。距离酒店就不远了。六点半前肯定能到。"

我和虹姐相视一笑。刚才的担忧和怀疑是实实在在的，现在的佩服也是发自内心的。

走在大路上，没有了刚刚的谨慎小心，左观右望。又开始嬉闹玩笑，我踮着脚尖，勾着大熊的脖子说："没想到呀，在天津都随时走错路的人，在土耳其却能带着我们顺利返回。"

大熊昂昂头，相当嘚瑟地说："没我们，你俩回得来吗？"

我和虹姐齐齐摇头，说："没你们，我们也不出来啦。"

终于到了酒店门口。我毕恭毕敬地请二叔和大熊站在路边，摆出一副胜利者的 pose，将琉璃塔当作背景，拍下他俩带路成功的一脸骄傲。

天愈加昏暗，酒店的灯光却将周围照得格外亮。放松后，僵硬的身体便陡感凉意。一个半小时的卡帕多奇亚不着边际地徒走，在惊慌失措后，却感受到了无法言喻的新奇和柳暗花明后的畅快。虽然没有找到热闹的小镇，并且走得双腿沉重，却没有辜负身处异国的宝贵时刻，看到了难见人迹的村落，古老陈旧的洞穴。还有，小小探险般的情绪波澜。这一切，都是钱买不到的。如果时间倒回去一个半小时，我还是会选择，这么走一遭。

与虹姐夫和大叔在餐厅会合后，我和虹姐像是忘记了刚刚的跌跌撞撞，兴奋异常地跟他俩描述一路上的心理变化。轻描淡写了担忧惊恐，加重了探险和对卡帕多奇亚特有的空旷的描述，好像我们刚刚经历的不是枯燥无味的徒走，而是真正的领略。

二叔戳穿了我俩一番好了伤疤忘了痛的嘚瑟，把我俩当时的焦虑和恐惧绘声绘色地进行了讲述。我和虹姐抿嘴偷笑，默不作声地去取食物了。

不愧是当地最好的酒店之一，各种各样的餐食看得我们目瞪口呆。特别是那些造型精巧、颜色各异的甜品，真是让人驻足凝望，不忍破坏。小心翼翼地夹了两块放到餐盘上，厚厚的巧克力包裹着松软的蛋糕，让每一个吃货都馋涎欲滴。但，只一口。我就龇牙咧嘴了。太甜了，无法承受的甜。早知道土耳其的食物偏甜，却没想到会那么甜。人和人的口味真是差别巨大，大叔却边吃边赞："这甜品太好吃了，真是吃过的最好的甜品。"我赶忙把我的餐盘推向他，作揖笑着说："那您多吃两块。"

清冷的夜色，空旷的天地。卡帕多奇亚，晚安。

四、只想深深印在眼睛里

（2015.10.23）

卡帕多奇亚有着世上独一无二的神奇地貌。这种地貌的形成起源于几百万年前 Erciyes、Hasandag 和 Golludag 三座火山的喷发。喷出的大量岩浆冷却、钙化，凝固成的风化岩层具有良好的可塑性，易于受腐蚀。之后，较耐腐蚀的玄武质火山岩覆盖了松软的风化岩层。随着时光的流逝，玄武质岩石碎裂，变得疏松,将松软的风化岩重又暴露出来。慢慢地,除了被玄武岩像伞一样遮盖起来的地方外,雨水把风化岩石侵蚀出一条条沟壑,形成了陡峭的神奇烟囱景观。

卡帕多奇亚也是世界上最合适乘坐热气球的地方,但,也要根据天气情况。

原本,最早和小茹计划来土耳其的时候,是很想尝试下热气球的。后来,小茹先来,却因为天气原因没坐成,特别遗憾。但,他们五个都不想乘坐热气球。大熊头摇得跟拨浪鼓似的,说:"这不是万无一失的,之前出过事,绝对不能坐。"其他人也点头称是,我也只好按捺住自己蠢蠢欲动的心。旅途中本来就不可能面面俱到,满足于已经涉足的角落,才能保持旅途中最好的状态。

因为有部分团友要去乘坐热气球,故,我们十点钟才出发去格莱美露天博物馆。

不到八点钟,天已然大亮。两个多小时,是要充分利用的。酒店左前方就是一片精灵烟囱,这是我们给自己安排的行程。亲近精灵烟囱,最近距离地感受卡帕多奇亚的特有地貌,应该可以弥补未能乘坐热气球的些许遗憾吧?

尽管对精灵烟囱有一些了解,但没有真的亲临,脑海里还是相当模糊的概念。酒店和那片精灵烟囱相隔一条马路,六个人说说笑笑穿过去,就来到了精灵烟囱脚下。从脚下到顶部,还有一小段距离。越往上走,风越大。清冷的风吹响了大自然的回音,并不凛冽,只是透彻。

虹姐和姐夫最先到达顶端,呆立片刻,便大声尖叫起来,回身向我们招手,喊道:"快上来,这里美极了,美极了。"

两个加起来超过百岁的人,能有这番纵情之举,足以说明一切。于是我们四个加快了脚步,尤其是大叔,经过一个晚上的休整,体力恢复了很多,撒欢般向上奔。只是,还未到顶部,便又被目之所及的景色震撼了。我和大熊跑到了左边的高处,大叔和二叔则到了右边。尽管不是最高点,却仍旧有居高俯瞰的效果。最难得的是,这么林林总总的一大片景观,只有我们六个人,分别占据了左右和中间顶部。一时,真的忘记了所有,尽情地叫着喊着。彼此招手、欢笑。放眼望去,村落、洞穴、清真寺……遥相对望的石林,构成最广博壮观的奇迹。

这是整个卡帕多奇亚吗？当然不是，这只是一小部分地貌而已，却已然让我们体会到大自然的奇异。

虹姐夫冲我们喊道："快上来，这边有洞口，咱们进去看看。"

整齐的洞口，就像个无形的房门，隔开了洞内与外围的浑然一体。内部并不是很大，但类似的洞穴很多，就像是一套套规范的单元房。进入后，风声被阻，温暖了很多。摸一摸石壁，清凉而坚硬。后边还有窗子，可以探出去，如同一个小阳台，窄窄的，刚刚可以立足，也恰恰可以纵观完整远景。当然，最美的，也是有些险峻的。真的很窄，风也很有力量，幸好，最前端的岩石凸起，起到了护栏的作用。大叔二叔先跨了出去，俩人双手叉腰，一副高瞻远瞩的派头，指指点点着。

受到感染，我也要向外跨，却被大熊一把抓住，劝说："别出去，太危险！大叔二叔也快回来。"

没人听他的。虹姐和姐夫也跨了过去，站在岩石上，和大叔二叔一起假装指点江山。我甩开大熊的手，还是爬出去了，风也并没有想象的那么生硬。反倒是越来越亮的天际，散发出一些暖人光彩。身高186米的大熊最终禁不住我们的撺掇，还是跨了出去，体会了把居高独立的快哉。我为他竖起大拇指，偶尔，在安全范畴内的冒险是可以尝试的。

当然，此处不可久待。安全第一，我们迅速回到洞穴里。再从洞穴口出来，发现，这片精灵烟囱已经聚集了不少游人。他们像我们初来时候一样，欢笑疾呼，被这样的地貌震撼着。而我们则是满脸的先觉者的骄傲，迎着阳光蹦跳而行。

大约是想扭转下刚刚有些怂的表现，大熊指着一处高高的岩石问："你敢爬上去吗？我们爬上去，我给你拍阳光下的剪影。"

Of course。我摊开两手，耸耸肩，立即应允。

大熊喃喃着："怎么就成了天不怕地不怕了呢？"

我一边往上爬一边说："因为我渴望发现自然中所有的美，哪怕为此冒一点点险，或是付出些辛苦，亦无悔。"

每天的快走让我的体力较之大熊强很多。那么高的岩石林壁，就那么一口气上去了，而大熊被我甩在身后，已经呼哧呼哧喘不停了。

这一处的石林在正中间，被多个大大小小的精灵烟囱包围着，站在顶部，旋转！完全是属于自己的浪漫情怀。

人越来越多，我们六个准备回酒店上大巴奔赴格莱美露天博物馆。当我们沉浸在这个早上的欣喜愉悦中的时候，那几位本要去乘坐热气球的团友却相当沮丧。和小茹她们一样，天气原因，热气球的活动取消了。我们赶忙向他们推荐精灵烟囱，居高俯视，应该和乘坐热气球有异曲同工之妙。尽管不可能像热气球飞得那么高，也不可能看得那么广，至少，也可以弥补一些错失的遗憾。

而当我们来到了格莱美露天博物馆，惊讶后方清醒过来，原来，酒店边上的那片精灵烟囱与这里的地貌相比，就是小巫见大巫了。

小党说得没错，格莱美露天博物馆，集中了众多的岩窟教堂，尽管入口并不显眼而且丑陋不堪，但教堂内仍保留那些年代久远而装饰精美的壁画，尽管有些已经斑驳模糊，人物和故事都需要尽力去分辨，但少数还保留着当年艳丽的颜色、完整的形象；这些壁画有一些画法简单率性，显然和欧洲教堂里那些名家大师的鸿篇巨作有区别，它们有可能是出自某位乡间画师之手，甚至是某位初通绘画的教徒的业余作品。但更能从中看出宗教艺术粗砺质感的顽强张力，以及带着一些烟火气息的生活实感。这里完全由侵蚀造成的奇景，格莱美流域及其周围地区的岩凿避难所，为拜占庭艺术在反圣像崇拜后期提供了独特证据。

与早上不能称之为景点儿的精灵烟囱相比，这里的规模格局更加宏大，充满气势。站在一绝壁处，更加感觉人的渺小。只是，或许是先入为主，我还是更钟情于纯天然无任何修饰的精灵烟囱，好像那一片地貌更容易走进，可以自由地想象着曾经属于它的故事。反倒是这种被修缮了的重要景点儿，少了份更真实的质感。虽然游人并不算多，却不能尽情撒欢，更不能肆意纵歌。毕竟这里是景区，是被规划好供人们游览的地方。于是，会有一种莫名的束缚感。

团里的两个同为天津人的九零后小夫妻，早就一屁股坐在了一块岩石上，女孩子撇撇嘴，有些泄气地说："都是石头，有什么好看的？"

我笑了，年龄的差异，兴趣的差异，便会有很多不同的感受，我们甚至会因一块岩石的纹路而惊心齐叹。

男孩子在一边尴尬地笑笑，说："我俩是第一次出国旅游，哦，不，国内也哪都没去过。我们都不喜欢累巴巴地游玩，还不如在家打打牌或者大吃一顿呢。"

我也微笑点头，表示理解。对于旅游的热爱，有些人就是天生的，但，多数人，一定是在天时地利人和都具备的前提下，才会真的迸发出对于游走的热爱。就像如今我的，无论去哪里，都能体会到属于那里的美，都能给予自己只有那里才能给予的特别感受。并且，毫无保留地把自己融合进当时的旅途中。为什么？因为在我生病之后，最能唤起我无限能量的就是自然的激荡。可以让我忘却很多东西，甚至是患病的事实。所以，我羡慕那对儿九零后对于此情此景的不在意，因为他们还有大把的青春可以挥霍。我也赞许自己的珍爱每一分每一秒，因为谁也不知道下一分钟下一秒会怎么样。即便是无敌的青春，也有逝去的一天。而逝去，就是最大的天敌。但，我没有给人家去讲这些大道理。每个年龄段有每个年龄段的不同，按照自己的理解去劝慰别人，是最为让人讨厌的自以为是。很多东西，终究都会懂得，靠的，只是时间的磨砺。就像是这个露天博物馆中的那些教堂，当年，粗劣的画作定会让人不屑，而经过了那么久，便成为遗迹，被人们惊艳不已。

卡帕多奇亚真是一座神奇的城市，它之所以神奇，就是因为这不同寻常的地貌。但，实事求是地说，因为大同小异，便也不会一直保持最亢奋的心情。

午餐是在一家洞穴餐厅。我们对于洞穴已不陌生，说白了，跟陕北的窑洞有类似之处。进入洞穴餐厅，迎面而来的是简单化的场景。半圆形的石头桌子，大家也坐成半圆。厨房就在大厅的一个角落，大厨把菜和饭分在盘子中，再一份份送到我们面前。菜类似于红烩汤，西红柿洋葱土豆和一点点牛肉渣滓。只是炖得太烂，面面的，缺乏口感。米饭很香，大家都奇怪，土耳其每家餐厅的米饭都粒粒喷香。究竟是什么米？直到我们用完餐往外走时，刚巧大厨正在为后边的客人做饭。一观瞧，才明白这米香并不是米的自身香，而是在蒸饭的时候放了黄油。二叔连连摇头，说："怪不得那么好吃，可不能再这么吃了，黄油太多了，一顿半顿行，顿顿如此，这些天下来，我们的肠胃可受不了。"

二叔说得没错，饮食习惯真的是很难改变。怪不得这里胖子较多，就是饮食的缘故。大家还都在琢磨黄油焖饭，我忽然想起一件事，之前的行程上，应该有一晚洞穴酒店。如果今晚不入住的话，明早就要离开卡帕多奇亚，就不太可能再有住洞穴酒店的机会了。

于是，我追着小党询问。小党有点为难地说："旅行社给我的行程上并没有安排洞穴酒店。"

我有些沮丧，还记得《花样姐姐》里，那几个嘉宾特别钟情于洞穴酒店。小党安慰我说："说实话，洞穴酒店的条件真的不是很好，就像刚才的洞穴餐厅，体会下就是了，若是论条件，还是五星酒店更好。住得好，休息得好，才能更好地继续后边的行程呀。"

我无奈点头。面对现实，是我早已具备的一种技能。沮丧只是瞬间，很快，便被不远处一簇结满了红透透的相思豆的相思树吸引。疾步跑过去，真没想到，在这岩石叠峦的地方，竟然有这样的红。

大熊在一边喃喃道："真是什么都能让你高兴起来。"

"对。"我高昂了头，"没错，只要在旅途中，任何的景致和现象都会让我回味无穷，更能令我心生欢喜。开心快乐每一天，是我给自己的日日功课。"

话音刚落，前方走过的一个土耳其小伙子冲着我竖起大拇指，微笑着连声说："So nice！ So nice！ So nice！"

哈哈，不管什么年龄段的女人，都会对这样的赞许暗自喜悦的。我故意问大熊："那老外说的啥意思。"

"太丑了太丑了太丑了！"大熊五官挤在一起，相当痛苦地说。

我立刻追打过去。大熊抱头逃窜。我俩笑作一团。

忽然发现，在这里，真的可以特别轻松自在地欢笑。没有人会觉得异样，甚至没有人过多的注意。偌大的空间世界，是属于自己的自我张扬。偶尔如此，真好。

下午，我们前去参观乌其萨天然奇石景观城堡区，乌其萨的奇石是自然形成的，身处其中，我们会不自觉地赞叹大自然鬼斧神工的技术水平。在奇石林，会觉得非常的震惊，简直不相信自己的眼睛，这些怪石五花八门、千奇百怪，什么样的形状都有，让人震惊。这些是大自然的杰作，是大自然的无意而为之，在人类世界中，没有哪一个艺术雕刻家敢宣称自己的作品可以比得上乌其萨的奇石的。这些奇石有的像猴子，有的像狮子，还有的像人。总之什么动物的形象都有，也有的竟然让人觉得非常不可思议，那些竟然像雕刻出来的汽车模型，更有甚者，个别的石头非常的光滑，像镜片一样，可以反射出自己的影像，简直太奇妙了。

俯身在栏杆处，脑子里出现片刻的空白。很想，时间就这样停滞，停在这样的时刻。两米外是一对头发花白的欧洲老夫妻，我和大熊被他们臃肿且有些佝偻的背影感动。这该就是执子之手，与子偕老吧？抑或者也是印证了陪伴是最长情的告白。忽然，眼睛酸了，使劲儿睁大，只留晶莹，伴着笑意。老夫妻也注意到了我们，回以微笑后，牵手而行。

一生中，或许会有很多次这样的牵手画面，却美不过双鬓苍白时，那一双松弛的手的紧紧牵连。一生中，又有多少的情结，在不甘不愿的内心纠结中澎湃，或错失过往，或难觅真心，或让自己不知前路……其实，只要懂得珍爱牵手珍爱牵着的那只手，最美的情境，就会在不远的路口。

"So nice！"又有路人冲着我说出这两个单词。

这一次，大熊忙不迭地赞道："老外的确是在夸你，不过，老外多半觉得漂亮的东方人都是五官比较怪异的。"

"大熊！熊欠揍！"话到拳到，他再次抱头逃窜。窜到老夫妇前边，我俩同时驻足回望。画面太美，太感人，只想，深深印在眼睛里。相伴到老，恐怕是每一个人的最深渴望。

五、清净中轻快而行

（2015.10.24）

出行前，虹姐详查了天气。这十天，多是阴雨天，甚至预报有暴雨。万分幸运的是，至今，每一天都是晴空万里，云朵飘飘。不禁为土耳其气象预报的误差颇感快意。耶！人是多么的现实，如果是在天津，在日常，如果有这样的误差，一定会冷嘲热讽气象台。而在这里，在旅途中，反倒会为误差拍手叫好。

土耳其的第五天，我们将迎来最艰苦的行程，驱车九个小时，经由孔亚前往帕姆卡莱，也就是著名的棉花堡。刚一走出酒店，一阵凉意袭来，天一直暗暗的。我和虹姐由不得大笑起来，终于，天气预报没有出现误差，这必定是个阴雨天。

小党穿着厚厚的外套走过来，乐呵呵地提醒大家："把伞备在外边，虽说大部分时间在车上，但我们在孔亚的时候要去参观梅夫拉那博物馆和丝绸之路最大的古驿站。看早上这天气，一场大雨是避无可避的，提早做好准备吧。"

小党没辜负经常行走在土耳其的经历，他的判定比气象预报准多了。车子尚未启动，雨滴已经飘落。很快，暴雨而至。车窗被雨雾蒙住，一下子，像是被隔离在一个小小的世界，想象着雨声，想象着雨天下广博的天与地。当然，只能是想象。

有意思的是，这一路却又呈现出阴晴不定。车子行驶了两个多小时后，我们又进入最晴朗的天际下。阳光太过明媚，车窗也很快除去了雾气。彩虹惊现，将大朵的云团圈住。我们全都伏在窗子上，不错眼球地贪婪凝望。

虹姐夫用相机拍下最美最完整的彩虹，立刻传到群里，色调生动鲜明，似真似幻。

随着车子的前行，彩虹终逝。却又见更加奇妙的景观，大片大片的云层铺陈，直观上，无比靠近我们，就像是在车窗外，触手可及。而突然间，没有任何的过渡，又是整片整片的乌云密布。一张照片里，一半蓝天白云一半乌云遮天。硬生生的，就那么呈现。从来没有看到过这样的云，这样的天，这样的蓝，这样的阴晴分明。

虹姐夫转过身，对我和大熊说："刚拍了几张照片，发给你们，看看这云像什么？"

我们赶紧低头看手机，打开照片，湛蓝湛蓝的背景，浓重热烈的云朵。

"像京巴！"大熊一眼看出。

还真是，那几朵云，就像是几只毛茸茸的小京巴，翘着前腿，梗着小脖子，萌萌的，活灵活现。

不由得感叹，这里的蓝天白云，真的是我见过的最美的了。这样的话，在短短几天已经说过很多遍。以前，最钟情于新西兰的天空。来到这里，却不得不承认，土耳其，孔亚，这里的天空更美。

大熊一副地理学和天文学家的派头，侃侃而谈："知道为什么觉得那么美吗？"

"因为心灵美，所以能感受到美。"我撇着嘴巴得意地说。

"别贫了。"大熊并没有被我忽悠，继续说，"就是因为这里特有的地貌，所以云朵压得很低，低得好像就在我们头顶，而随便抬起头，就是一片蓝。澳洲新西兰的天也蓝云也白，但是那种天高云远，美则美矣，却不甚真实，或者说很难企及。"

"嚯。"大熊一番论述，还真是让我刮目，"行呀，很有文艺男的潜质嘛，看来这些年没白跟我混。"

"那当然。"大熊飘飘然地说，"虽然我没以文字谋生，却也是看过很多小说的。文学、音乐，在我这儿都是特长。"

我扑哧笑了出来，说丫胖，还就喘上来了。只是，他说的确实是事实，这或许就是我和他的共性，就是我和他有缘相遇相识相知的缘故。

阴晴不定，的的确确是阴晴不定。到达梅夫拉那博物馆时，又是阴雨连绵了。

梅夫拉那博物馆，是孔亚最著名的景点。

在车内时，透过窗子，觉得雨并不大，便没拿伞。下了车，才发现雨很密集。快速向前跑，溅起一地水花。躲在大树下，回头望去，大叔、二叔和大熊都以手当伞，低头前行。我笑弯了腰，笑这几个大男人被雨淋后的狼狈不堪。而我，却在雨中的清新空气和湿漉漉的天上人间里，恍惚回到了少时。年少时，最喜欢这样的雨，干净的雨，绵绵的雨，清凉的雨，会撑了伞，或者干脆淋着雨，走在街上。清冷的街，少见行人，只有时不时踩到的水洼，清洗了鞋子。会痴痴地傻笑，纯粹的无忧无虑。没想到，年过四十，生了一场大病，竟在这样的雨天，又有了少时的纯粹。而人过中年，还能无忧无虑，必定是自己领悟人生真谛后的秒杀。

博物馆外观十分壮观，远远地就可以见到笛子般的尖塔及塔身覆盖的蓝绿色瓷砖。雨天，也不妨碍人们的虔诚。馆内游人很多，有专程来做礼拜的，有单纯来参观的，也有我们这样的，并不清楚其中的微妙，只是跟着人流看热闹的。

　　心情决定一切，很多游客已经在抱怨，冒着雨，就是参观这样的建筑，不宏大，不气派，还禁止拍照。而我仍旧充满欢喜，尽管对于这样的博物馆，我也没有什么了解和兴趣，甚至在听讲解的过程中也常常开小差。但，就是难抑欢喜。只有一种感念，这里，我来过！大熊不失时机地揶揄我："你也应都留下'到此一游'的字迹。"我不睬他，继续自己内心的快意。

　　距离梅夫拉那博物馆不远，就到了丝绸之路的最大的古驿站。仍旧下着雨，很多团友都没下车。我却迫不及待地奔下去。驿站在雨中，更显得瓦青墙净。

　　丝绸之路的起点在当时的长安，经过大约7000多英里，直达罗马帝国的贸易之路。在历史上，这些路线不但用于丝绸贸易，也包括了许多其他的商品。丝绸之路的主要线路，北路西下入黑海，中路西向经由波斯，到达地中海，罗马。南路到达阿富汗，伊朗，印度。东路至长安。这些路都由长安出发，经过甘肃走廊，到达位于塔克拉玛干沙漠边缘地带的敦煌。北路经由玉门关，穿过戈壁沙漠颈部，直到哈米，穿过吐鲁番盆地的主要绿洲，穿越塔克拉玛干沙漠北边的天山，到达里海的海岸。土耳其由于其特殊的地理位置，是古代丝绸之路上最重要的组成部分。小党在车上告诉我们卡帕多奇亚是古丝绸之路上一个重要的地方。当年奥斯曼帝国的强盛，在很大程度上依赖控制丝绸之路的贸易获得的巨大财富。当海上贸易的发展替代了丝绸之路的贸易时，奥斯曼帝国的衰亡也不可避免。

　　眼前，雨雾中，AKsaray公路旁的苏丹大驿站，号称是土耳其境内最大也是最美的驿站。从古至今，由于特殊的地理位置，安纳托利亚大陆一直是东西两地交流的桥梁，是丝绸之路上最重要的联结点。当时，古塞尔柱人的商业活动频繁，为了更加安全，他们还采取了安全措施，修建了具有安保、休息和存储货物多功能的商旅客栈。在这条古丝绸之路上最著名的驿站有十一座，大苏丹驿站名列榜首。

　　将运动夹克上的帽子扣在头上，颠儿颠儿向前跑，更加靠近驿站。驿站的大门是典型的塞尔柱风格，有着繁复的精美雕刻，两位塞尔柱苏丹的名字，镌刻于大门两侧。我们逗留于此的时间很短，也仅仅是外观，没有购票进入。置身门前，偷窥内里。院落正中，迎面是一座四面都有拱门的清真寺，方便的商人们，不出驿站，就可以做礼拜。在土耳其，真的是随处都可见清真寺。外墙很高，靠近些，竟有种在皇城根儿下的感觉。古驿站，能有这样的气势，不得不钦佩古人的智慧。翻滚的乌云，笼罩在驿站的上方，更加显出它的悠远。瞬间，似乎到了几千年前，成了穿着汉服的商人。所有的妄想和冥想都有着微妙的差异，又在很多时候，几乎等同。就像此时的穿越，是冥想还是妄想，并不重要。

只是，有这样的思绪的似乎只有我。发现全车人都在等我俩时，快速奔回。抖落外套上的雨滴，擦一擦车窗玻璃，笑容凝固在嘴角。

大约真的是习惯了这样的舟车劳顿，九个小时的车程，在不知不觉中竟然并没有想象的那么久那么可怕。当然，这可能更要归功于沿路的风景。

傍晚，我们终于到了帕姆卡莱。车子途经棉花堡，远远的，就被日落中的景象勾去了魂魄。

棉花堡的行程是在明天上午，但，据说傍晚的棉花堡更加无与伦比。小党看出大家的心思，便和形同虚设的当地导游商量，给我们十分钟的时间，在棉花堡的外围拍点照片，看上几眼。

这真是让人欢欣鼓舞的决定，没人懈怠，精神抖擞地下车，走过小路，来到棉花堡下。

这里有一片湖，晚霞倾洒，水面波光粼粼。天鹅成双，自由徜徉。棉花堡在上方不远处。说是不远，也仅仅是视觉上的。看得到那片清冷的白，被霞光映照，略泛金黄。但其实是看不到棉花堡的实地景象的。仅这冰山一角，已然令我们欣喜若狂。

短短的十分钟，仍旧独坐在木椅上片刻，静观太阳的光芒放射状照过来，感觉面庞上开出一朵金灿灿的花儿，透过面庞，再折射在身后的棉花堡上，便又像开了一朵最绮丽的莲花，幻化出令人难以置信的光影奇迹：白色的岩面会被阳光点染出淡淡的色彩，而岩面中水波则忠实地记录下天空变幻的奇异色彩。闭上眼睛，仿若置身于仙境。

不知道居住在周围的人会有怎么样的心理，而作为过客，衣食住行在这样的环境内，毫无张力。再世俗的贩夫，也会产生浪漫的遐想，任日落挥洒，激不起半丝烟火尘嚣。

　　人是最善变的。挥别黄昏中的棉花堡，入住这里最古老的温泉酒店，便又立刻成为饮食男女。去餐厅吃晚餐，见花团锦簇，白色的桌布清雅。大提琴奏出最美妙的乐曲，盛装的人们笑意盈盈。我们几个正要大摇大摆往里走，却被告知此主餐厅承接了婚宴。原来如此，怪不得这般素雅后却也透着喜气洋洋。

　　凭借着虹姐夫尚能应对的英文口语，我们找到了位于主餐厅右下方的酒店客人的临时就餐区。

　　团内一对儿上海的老夫妻跟我们坐在了一起，叔叔已经七十四岁，阿姨也快七十了，但都很有精神气儿。叔叔望着大叔二叔猜测道："你们俩是亲兄弟吧？"

　　二叔先是一愣，继而笑道："是呀，这是我大哥，亲大哥。"

　　大叔笑而不语，一脸喜乐。

　　上海叔叔毫不怀疑，继续说："长得就像，老哥俩感情蛮好的。"

　　我们都笑了。所谓其乐融融，大抵如此。旅途中相识，又相约同行。大叔二叔朝夕相处，俨然兄弟。

　　酒店的温泉区开放到十点，吃过晚餐，稍作休整便去泡温泉。这里的温泉水是从棉花堡流下来的，水温适宜，水质极佳。可大叔因为没有带泳帽，又唯恐心脏难以负荷，便独自留在了房中。

　　当我们进入温泉池后，不由得为大叔遗憾。实在是太舒服了，泡上几分钟，便感觉舒筋活血，身体无比轻松。善于发现的虹姐和姐夫还在最里边，找到一处没人的带按摩功效的池子。我们五个人欢天喜地地涌了进去。真是享受，好像整个温泉区就只有我们啦。当然，好景不长，没过多久，又进来两个姑娘，纯北京大妞。在异国他乡，听到乡音，便没有生疏感。两个姑娘告诉我们，她们的行程没有改动，在首都安卡拉待了两天，虽然安全离开，却也感受到土耳其大选前爆炸后笼罩的紧张气氛。而后所到之处跟我们差不多，番红花、卡帕多奇亚、孔亚，再到棉花堡，这些地方却完全不同，民风淳朴，人们轻悠自在。

　　一番交流，大家有共同的感叹，和平安康真的是老百姓最需要的。只是，当今世界，却也难达到处处祥和。旅行本是最轻松逍遥的事情，却要因此而有遇到危险的可能，真的是会大打折扣。

这一夜，睡得很香。大约是泡了温泉的缘故。这一夜，有梦境，清晰明了。洁净的天际，茫茫的长路，背着双肩包的我，在一片清净中轻快而行。

六、两个小时，却可定格终身

（2015.10.25 上午）

早餐后，穿过酒店大堂的侧门，便到了花园。

坐在酒店泳池的躺椅上，嗅着边上的花香，感受着空气中的清爽润滑。摸一摸脸，水润得很。棉花堡名不虚传，连气息中都透着湿润舒服。

大叔、二叔在泳池边散步，老哥俩儿神清气闲。我和大熊漫不经心地聊天，告诉他我昨晚的梦境。大熊假装气急败坏地说："你的良心真的是大大的坏了，做梦还当起背包客，独自走天涯，那我呢？这世道真变了，自古都是男人奔四方，女子守空房。"

"时代不同了，男女都一样。"我不假思索地反驳，昂头傲然向前走去。

时代不同了，男女都一样。又给女人带来了什么？这个貌似平等的社会，让女人们带着女性独立的光环，却承受着更多的压力和责任，甚至，顺理成章地成为多面手，家里外面样样行。因为这样的光环，而彻底地失去自我，为别人活，为面子活，生生变成毫无退路的形式上的女汉子。甚少为自己、为内心而活着。经历了三年前的那次生死之痛，与病魔相抗的艰难，我不想再承载负荷，而想让自己做一个真正的女汉子，为自己活，让自己的人生更有价值，更加精彩纷呈。这并不是说要变得自私，变得冷漠。而是将生命中的一些细节变换位置，重新排序后给自己一个更合理更自在更轻松的生活状态。而旅行，是我找寻自我，并发现未知的自己的最佳途径，是让我轻松自在、心境平顺的最有效的方式。甚至，超过写作。以前，似乎只有写作才能让我专注，但，它也会带给我焦虑，书写的故事中的焦虑，文字罗列上的焦虑。而旅行，只有收获，没有负面。尽管，我不会忘记子女、人妻的身份，也会把这些角色做到自己能力范畴内的最好，却不会动摇将我的内心放在第一位的坚决。因为，我真正地明白了先要学会爱自己，才能更好地爱别人。

说来惭愧，之前的我，根本就不可能一个人报团出游，觉得，只有和爱人一起牵手走遍世界各地才会是最美妙的。记得在欧洲旅游时，甚至猜测过小茹是单身女子，不然，她怎么可能不跟老公一起出游呢？而今，和小茹结伴去过了斯里兰卡和巴厘岛，我也成了一个即便大熊不能相陪，也可纵情四海的游侠。我相信这并不是我对大熊的感情产生了变化，而是对"别人"的依赖性越来越低。而这种降低，更让我体会到自己的重要性。我们每个人，最终都要自己去面对春暖花开、惊涛骇浪。

在这么美的地方，这样的感叹是最锦上添花的一笔，会让我更清醒更投入。

九点半，我们出发，前往棉花城堡。大家精神都很好，十分钟的车程，小党有些不好意思地说："我已经把昨晚微信群里大家提的意见跟地陪说了，让他尽量多做讲解。"

昨晚微信群，团里一位青岛的叔叔表达了不满，指出地陪的失职，叔叔说："我去过三十几个国家了，真没遇到过这样一个当地导游，简直就是挂名，不能因为他不会中文就干脆当甩手掌柜。尽管小党很尽责，但毕竟你不是当地人，所知有限，也多是书本上看到的，我们更想听一些有特色的讲解，只有当地人才可能知晓的。"

青岛叔叔的话有理有据，小党是个实在人，自然也清楚事实，连连道歉。但，我最感兴趣的是青岛叔叔所言的去过三十几个国家。短暂的车程，我立刻采访了下坐在后边的这对儿老夫妻。青岛叔叔今年六十二岁，但，他和老伴儿的环球之旅却并不是从退休后才开始的。

"年轻的时候，就是忙着挣钱，为儿女劳碌。"青岛叔叔打开了话匣子，"突然，身边的一个朋友心梗，没了，刚刚过了五十岁呀。这事儿对我影响挺大。辛辛苦苦一辈子，为了啥？不能真像小沈阳说的那样人没了，钱没花完。也确实明白了眼睛一闭不睁，这辈子就过去了。生命就是那么无常。半辈子，从在国企上班，到自己做生意，吃了多少苦，总恨不得把孙子那辈儿的钱也挣出来，活得挺憋屈。经那个事儿后，我就处于半退休状态，够吃够喝，就得了。每年都带着老伴儿去旅游，先走遍了全国各地。别说，这样的工作状态，生意却很稳定。后来儿子能接手了，我们俩就开始走向世界了，一年得有一半的时间在旅途中。"

青岛叔叔的老伴儿在一边一脸幸福地说："我这辈子，真是幸运，有这么个思想超前的丈夫。周围同龄人，没有一个比我去过的地方多的。"说着，这个身材瘦小的阿姨还轻轻抓住了叔叔的手，"这辈子，真是没白活。"

阿姨的话说得实实在在。无论谁，这辈子都不可能活着回去，但，至少在自己心底得有一杆秤，不白活。其实，阿姨夸赞叔叔思想超前，而我觉得这真是最浅层的。实际上，青岛叔叔对生活，甚至对生命有深刻感知，并能充满智慧地去对待。或者，他不是生意做得最好的，钱挣得最多的，但，他一定是最懂得享受生活的美好、享受生命的卓然的人。旅途中，能结识这样的人，能得到这样的信息，难道不是一种收获吗？

最接地气的收获是地陪终于开口讲解了。站在棉花城堡的大门处的一个内部结构图前，他终于开了金口。看着小党皱着眉头，用力去听的样子，就知道这位当地人的英语有多么糟糕。真是难为了曾经做过专职翻译的小党，苦笑着说："这哥们儿一口浓重的土耳其味儿的英语，我只能连听带猜。大家多包涵。"

没有人说什么，其实，很多时候，要的无非就是一个态度。态度对了，自然就会得到理解和宽容。

而这份理解和宽容也让小党的翻译越来越轻松："刚刚他是讲了一个传说：当年，牧羊人安迪密恩为了和希腊月神瑟莉妮幽会，竟然忘记了挤羊奶，致使羊奶恣意横流，覆盖住了整座丘陵，这便是土耳其民间有关棉花堡的美丽来由。有山有水的白色棉花堡，从两千年前的希腊时代起就是温泉疗养胜地，如今更是远近驰名，成为土耳其最重要的观光景点之一。泉水从山顶往下流，所经之处历经千百年钙化沉淀，形成层层相叠的半圆形白色天然阶梯，远看像大朵大朵棉花矗立在山丘上，所以土耳其人叫它为棉花堡。棉花堡附近的古迹很多，修建于2000多年前的阿佛洛狄西亚卫城，至今残存着希腊风格的澡堂、拱门、横梁、石柱长廊、指向天空的大理石柱，它们全部由雪白的大理石雕筑而成，花纹繁复，造型宏伟。而空地上孤独伫立的月女神殿，永远在月光下闪烁清冷的光辉。希拉波里斯卫城一样是希腊风格的建筑，已经被大地震毁得只剩废墟，考古学家只发掘出城外规模巨大的贵族坟场，夕阳下，借着微弱的光线，天地间只剩几座房屋式坟墓的剪影。古老的小亚细亚那些曾经让人们惊叹的古迹，就这样被时光蹉跎为废墟，而不远处的棉花堡，依旧绿水如镜，丘岩如冰，沐浴着众神的光辉，成为永恒的奇迹。"小党一口气讲了这么多，最后才说出了重点，"不过，我们在这里只有两个小时，我建议大家合理安排，先沿路走过去，直接到棉花堡，光脚感受温泉，感受像棉花一样的山丘。如果有时间，再去那些古迹废墟看看。毕竟下午我们还会去以弗所，那是举世闻名的古城，要比这些古迹更壮阔。"

听小党这么说，我们没敢在路上逗留。时间有限，直奔棉花堡。远远的，惊现一抹白色，仿佛一片冰川。越靠近，轮廓便越来越清晰，眼前竟俨然出现一座巨大的白色城堡。这就是棉花堡，终于见到了棉花堡。曾经只是在电视画面中看到，便产生莫大向往的地方。站在路边的木板上，屏住呼吸，不敢惊呼，生怕搅了眼中和心底的沉醉。白莲花般的玉阶像层层梯田铺满山坡，涓涓细流顺山势在丘岩间潺潺而下。如此仙境，还等什么？

迫不及待，我们急忙忙脱掉鞋子，融入那片白色中。进入浴场，一定要赤脚，以防鞋底磨损棉花堡的石灰岩。"棉花"踩上去并不光滑，走上去甚至有点举步维艰，但为了保护这片大自然的礼物，多数游人还是把它当成是免费的脚底按摩了。伸脚踏进去，暖暖的泉水让人有马上泡进去的冲动。起初还有点小心翼翼，有的地方很滑，若是心急，便容易滑倒；有的地方很硬，若是生生踩上去，脚底会被扎疼。渐渐地，适应了，便自如了很多。

在这片白色的世界里，每一张脸都是神采飞扬，带着毫无杂念的快乐。我和虹姐都特意穿了鲜艳的衣服，她是及膝红色毛线连衣裙，我是白衬衣、红色长纱裙。红色点缀了洁白，心情也在这两种颜色之间变换，忽而激情忽而沉静。蓄水成塘，一汪汪淡蓝色的泉水像翡翠嵌在座座白玉台上，一个个洁白棉朵般的石阶披着清凌凌的水纱在阳光下熠熠生辉。站在山巅，会意外地发现，这并不幽深的谷底竟然也会有云海出现，而且居然是世界上最美最瑰丽也最难得一见的云海！这个看似云海茫茫的山谷，绝对禁止游客进入，因为那其实是个奇异的沼泽。人们在山顶看到的那团蒸腾的淡蓝色并非云彩，也不是雾气，而是大量含有碳酸钙的温泉水流沉到谷底，形成的一种近似泥浆的沉淀物，阳光一照，便泛出珐琅般的孔雀蓝光泽，看上去与蓝色的云块飘浮在山谷一模一样。这种景观异常罕见，天气、阳光、时间、运气，缺一不可。我想看得更清楚些，便向边儿上挪了挪，立刻有工作人员出现，阻止。大熊忙把我往回拉，数落道："安全第一。"

我自知理亏，吐吐舌头。这时，不远处的二叔向我们招手，说："大熊、方方，来这边，这边的景观更奇特。"

我和大熊手拉手，急切切向那边走。一洼较深的泉水，浸湿了一半的裙子。干脆，将裙摆拧干，系成一个大大的蝴蝶结，长至脚面的纱裙便成了包臀窄裙，如此，感觉便利了很多。一下子，脚底下便轻快了。很快走到二叔他们那里。白壁般的高墙，上边有各种凹凸不平、大小不等的坑洼。大约是长年累月被游客攀附，墙壁上很多与人体异常和谐的形状。看似直壁陡峭，只可观望，却可轻易蹬踩住，整个身体稳稳地靠在凹进去的墙壁上。瞬间，好像在云端，腾云驾雾般。那一刻的飞翔，如同过海的八仙。

来自世界各地的游客，不分彼此地传送着笑意，更不用说同胞国人。两个南方口音的大姐看到贴在白壁上的我，热情地敦促大熊也贴上去，一边帮我们拍合影一边啧啧赞道："神仙眷侣。"

我俩听到这话，更加配合，冒充仙剑高手，只是手中无剑，只能假装。从墙壁上下来，立刻又有人上去，又是同样的赞叹声——神仙眷侣！

我们扑哧笑出了声，原来，谁在这白壁上，都会自带仙气。不管怎么说，这辈子，我还是第一次有做女侠腾云的错觉，有做仙子驾雾飞舞的幻象。于是，情不自禁地在池子里旋转，感觉天地的纯洁清冷，万物的悄然声息。另一边，虹姐也在旋转，张开双臂，笑颜如花，如同小姑娘般。我俩遥相挥手，笑声回荡。

最有趣的是大叔，被几个穿着比基尼的欧洲大姐们簇拥。最富态的一位足有两百多斤，晃动双肩，浑身肉颤颤。绝艳泳衣，勉强遮体，如硕大牡丹。大叔先是不知所措，甚至有些惊惧，继而在大家的哄笑声中反倒自在了，双臂交叉，昂首挺胸，完全是众星捧月的范儿。欧洲大姐们还来了兴致，摆出各种

pose。大叔不苟言笑，甚是配合，也颇享受。我们更是笑得前仰后合。正在这般欢腾的当儿，一个瘦瘦的欧洲大哥双手拉住了我和虹姐。我俩先是尖叫，后看到他一脸逗比的嬉笑，并无恶意。我和虹姐对视一眼，默契非常，做出嫌弃状，直指老外。那大哥也相当合作，举起双臂，表示投降。瞬间，整个浴场笼罩着一派欢乐颂歌。

在这里，温暖、纯净；在这里，洁白、清透；在这里，各种肤色，却是统一的笑脸；在这里，时间流淌，不觉即逝。两个小时，就这么过去了。离开时，我们的心情绝不仅仅是恋恋不舍。这么世间绝无仅有的地方，又这么迢迢万里，再来，不知何日？更何况是六个人相约，就更加难上加难。于是，那一刻便有一丝离别的愁绪。穿好鞋子，与虹姐搂肩回望，望那一片棉花般的白，将一幕幕烙于脑海，成为一旦想起，就会角嘴溢笑的记忆。

这般温情又煽情着，却被大熊的突然之举变换了节奏。我最后给四位男士拍张合影，个个站得笔直，甚是气派。却不想大熊扑通跪下，正经拜别棉花堡。大吃一惊后，我们都笑瘫在地。大熊不笑，仍旧一本正经，说："虔诚，懂吗？"

我笑得腮帮子又麻又酸，四下望望，说："旅游胜地，恐怕没有精神病院吧？若是有，真应该给你丫留下。"

虹姐捂着肚子连连摇头，说："那可不行，绝不能把熊熊留这儿，怎么也得陪咱们走完这几日，不然，少了多少乐趣。"

大熊振振有词，说："既然是人间仙境，跪着拜别才有诚意。"

"对！"二叔憋着笑附和着，"我们这一趟舟车劳顿，今天看到这世界奇景，就很值得了。再加上大熊这一跪，就完美了。"

不远处，小党在催促我们。不知为何，因了大熊的跪别搞笑，那份依依不舍之感骤减，心底里是心满意足后的松弛。

棉花堡，奇异和美幻，两个小时，却可定格终身。

七、为这世间美景而痴狂

（2015.10.25 下午　晚上）

此次土耳其之行，这一天的行程最为紧密。上午是棉花堡，下午便要前往以弗所。之间距离不是很远，虽然都是重要的景点，体力和精气神儿也不会受到影响，却有一种始终处于兴奋状态的感觉。

行车中，一想到大熊那一跪，仍旧忍不住笑出声。旅途中，是多么容易释放天性呀。本就被我认定为百分之八十的时候"二"、百分之二十的时候称得上幽默的大熊，在旅途中更加将这种特质挥洒自如了。只是，我诚恳地抱拳作揖说："到了以弗所，在那样的古迹内，您还是收敛点儿，别再跪了，人太多，来自世界各地，再以为你是行乞的，非引起围观不可。"

大熊杵杵我的头，却又失声笑道："好吧，我答应你，低调点儿。"

由于所处地理位置的缘故，今天的天气格外好，不冷不热，清爽舒适。但，我的长纱裙已经湿透，一时也难干爽。幸好，之前研究行程的时候，知道以弗所古城很大，如穿长裙，走起路来，多有不便，故而，放了一条玫红色长裤在车上。换好长裤，在这样一座古城徒走，更加轻便。大熊耻笑说："不仅一天换一套，这还一天两开箱了。你这是来旅游呀，还是来走秀的呢？旅游就得少行李少拍照，多看风景多了解当地的风土人情。"

我不理睬他，挤到前边，听小党的讲解。

大熊说的也没错。但，每个人的旅游观念并不相同。我喜欢多看风景多了解风土人情，也愿意配合着当地的景色变换着衣着。我希望自己在美丽的旅途中，有姣好的装束，愉悦的心情。让不远万里的旅程，成为多彩的片段，连起来，汇成缤纷的人生。这是我生病之后的想法，确实有点儿贪心，但可行的范畴内，就会为每一次旅程平添一份快乐。身为女人，爱美是不可逆转的情愫。爱美，爱自己，爱生活，这是一个爱的关联。明白了，每一天都会有声有色。其实，我知道，大熊是理解我的，否则不会毫无怨言地拉着两个 28 寸的大箱子，陪我去澳洲、欧洲、土耳其……当然，未来，还会陪我去很多地方。

以弗所古城，是吕底亚古城和小亚细亚西岸希腊的重要城邦，位于爱琴海岸附近巴因德尔河口处，古代为库柏勒大神母（安纳托利亚丰收女神）和阿尔忒弥斯的崇拜中心。罗马时代以弗所是亚细亚省的首府和罗马总督驻地。圣保罗曾到过此城，19 至 20 世纪开始发掘遗址，据说圣母玛利亚在此度过她生命的最后日子。一队队游客进入城堡，都会先在大门口处的古迹前停留。一下子，让心走进古老的过往，每一块石碑，每一片废墟，都有值得去想象的故事，在想象中，忘记了现实的喧嚣。

小党和地陪的配合稍稍默契了些，小党一边听一边频频点头，都听明白了，便眯起眼睛笑了，托托眼镜腿，说："先别急着拍照，听我讲解后，就自由活动，有的是拍照时间。"

团友们很配合地聚拢过来，聆听小党的讲解。

"以弗所常常被西方人称为土耳其的庞贝，但以土耳其的庞贝来形容以弗所是有失公允的。以弗所是地中海东岸保存得最完好的古典城市，也是早期基督教的重要中心。在城市规模、历史、经济、宗教影响力等诸多方面，庞贝都难望其项背。庞贝的瞬间毁灭定格了当时的城市和生活形态，后来的挖掘保护修复非常完整，因而更广为人们所知。早在公元前6000多年的新石器时代，以弗所已有人类居住的痕迹。以弗所于公元前10世纪建城，早期是古希腊城市。在古罗马时期很长一段时间内，它都是罗马帝国中仅次于罗马的第二大城市。公元1世纪的时候这里的人口已达二十五万，而此时，庞贝已泯灭在维苏威火山的灰烬中。该城几经沉浮，最终在15世纪衰落，再也回不到昔日的辉煌了。还好，留下的遗迹已足够让我们一瞥旧日荣光。"小党讲得生动，大家听得认真，"从罗马共和国开始，以弗所就是亚细亚省的省会，被誉为'亚洲第一个和最大的大都会'。它以阿耳忒弥斯神庙、图书馆和戏院著称。之后，我们沿着这条路往前走，会一一看到这些地方。戏院能容纳25000观众。这里如同所有古代戏院，是露天的，主要用来演出戏剧。在罗马晚期，角斗士表演也在戏院里举行。以弗所在罗马统治下还建造了几个不同的大浴室。可能我们在游览的时候会觉得这些古迹或是废墟都是大同小异的，但，只要稍加了解，就会看到每一处的别具一格，就会意识到这曾经是多么伟大的一座城池。"

不愧是土耳其最著名的古迹之一，站在主道的路口，一眼望去，辽阔、古朴，气势非凡。游人众多，走走停停，似在探寻，又似在膜拜。正像小党说的，倘若没有一个大致的了解，会被每一块石壁每一处废墟吸住了眼睛，定住了双足，被震撼被激发，彻底地抛却了凡尘俗世。即便就这么一时一刻，也是享受是难得，是足慰初心的满满明快。

顺着主道前行，大约十几分钟，便到了剧场。它最早修建于希腊文化时期，到了罗马帝国时代进行了扩建。这座半圆形的建筑，直径154米，高38米，由于巧妙的工程设计赋予了大剧院优良的视听效果，在从前没有话筒的年代，站在底层的舞台上讲话，坐在最上面的一排也能听得真切。我们六个人轮番试了一遍，果然如此。

刚要离开，来了一队少男少女，在老师的带领下唱起了动听的歌儿，歌声清脆婉转，余音回荡。驻足观望，见一张张稚气的脸庞，无忧无虑，又满是虔心诚意。不禁被感染，拉了大叔一起，加入少年们的歌唱团队。虽然语言不通，但，可以随之摆臂欢笑。一个五官非常立体俊秀的男孩子热情地问："Are there any Chinese there？"我们连连点头。孩童们便都友好地冲我们招手、微笑，围拢过来与我们合影。顿时，我们都有一种返老还童的感觉，各种卖萌状。

虹姐捅捅我，说："这些土耳其孩子长得真漂亮，晶亮深邃的大眼睛，高高的鼻梁，白白的肤色。每一个都像天使一样。"

我点头，孩子，本身就是天使呀。和孩子们在一起，我们也会在瞬间有天使般毫无杂念的心绪。

再往前，不远，便到了图书馆。这座古城各种场所一应俱全，图书馆也是其中保留得较为完好的建筑。它约建于公元二世纪，是当时罗马总督为纪念其父而建，是建在其父的墓地上的。土耳其政府将它印在20里拉的纸币上，可见地位之高。图书馆原为四层楼高，内部建有回廊，在罗马时期曾藏书十二万卷，在当时号称小亚细亚地区第三大图书馆。经历了地震、多次火灾，现只剩下一面正墙经过一千七百年犹自岿立不倒。1972年由奥地利人彻底修复，每片石片都得到了复原，砌回到原来的位置上。这面墙是原建筑的正立面，上下共十六根柱子，柱子中间粗两头细。一层立有四个女神雕像，分别代表：博学、智慧、科学、耐心。很多游人都会在此处坐一坐，仿佛只要安静得置身于此，便能感受到曾经浓郁的文化气息。

在这样的古城中，很容易产生到处窥探究竟的心理。于是，我们六个人约定，在出口处会合。眼下，先由着自己的喜好，走走，看看。

我和大熊放弃走主道，拐进一个岔口。下去，那里是一片宽阔的空地。一座座废墟林立，一株庞大的树木矗立，枝繁茂盛，几乎可以遮蔽一半的天空。一条木板路与主道平行。我们在下，虹姐四人在上边。遥相挥手，肆意赛跑，笑声传扬。

　　从后门出来，竟是一条商业街。古迹遍地的以弗所，也脱不了商业气息的侵蚀。这是现代的特征，不可逆转。而一个个店主操着生硬的中文热情地冲着我们说"你好"，满眼期待着我们能够买上一些商品，陡然让我们感到如今世界各地的人都清楚中国人的购买力。如今，中国人出国旅游，豪掷千金，已经成为平常。不管怎么说，这也彰显了经济的发展。每个小店随便逛逛、看看，和当地人连比画带说地讨价还价，友好和气。有的满载，有的空手，都是悠哉至极。

　　从棉花堡到以弗所，绝美的幻境，深渺的古迹，情绪始终在最饱满的状态中。而再回到车上，才都觉出些累。但，很快，便一扫疲态，因为我们又到了今晚的目的地——爱琴海最美丽的度假胜地库萨达斯。

　　入住这家爱琴海边的度假酒店时，还不到下午四点半。酒店的外观是白色的，进入房间，也是雪白的。从内到外处处洁白的酒店，为这里平添了一丝清丽。更意想不到的是，拉开阳台的门，便是一望无际的爱琴海。尽管土耳其境内的爱琴海，无法与希腊爱琴海相比，却也是浪漫的象征。海岸线很长，站在阳台上，可以看到右侧海岸处城镇密布，楼宇层叠，为这片碧蓝辉映出一丝烟火气息。

　　三个房间相邻，六个人在各自阳台上小憩。沏一杯茶，望一望远方，嗅一嗅园中绿树青草的芳香。稍做一下休整，借着天光仍亮，穿过酒店的花园，向爱琴海边走去。

　　酒店处有一个观海景的栈桥，丁字形状，竹木地板，直行处有几个茅草亭子，和一人高的青石假山。横着的那一侧有几个白色秋千，几把白色躺椅。在海中央，白色装点，微波荡漾，浪花溅起，宛如白梅。时间渐逝，气温略有下降。幸好只有微风，幸好还有因六人结伴共享浪漫而焕发的年轻的心。便任由凉意袭来，而绝不瑟瑟。天色渐暗，更是美艳。漫步海岸上，望夕阳西下，听海风吹浪，裙裾飘飘，回眸间，谁在微笑？熟悉又陌生，陌生又熟悉。坐在假山石上，望远处无边，唯有落日余晖，让海面斑斓。

六点多时，天色全暗。栈桥上、花园中，灯光亮起。肆意闪耀，甚是铺张。似乎只有这样的辉煌才能延续白日里爱琴海的娇美秀丽、浪漫芬芳。

大熊只穿了一件衬衣，终于支撑不住，准备回去。我也有些冷，却仍想坐在园中靠近栈桥的秋千上，放空脑海和心底里所有的念头与思想。就这样，融进静夜里，似朵浪花，似只飞虫，似片叶子，似真似幻，只有暗香。真的，这种放空的感觉，玄而美妙。仿佛天地之大，只有自己，却不孤单。

我正在这般遐意中，二叔走了过来，语重心长地说："方方，走吧，都回去了，该去吃晚餐了，风景再美，也总有离时。别把自己冻病了，吃饱了睡好了，明早还能有个好精神，观赏晨景，说不定会美过夜色呢。"

我应着，听从了二叔的劝说。却不是怕冻病了。尽管，到了酒店，我就换了一条碎花长裙子，配了一件短款牛仔夹克。栈桥一站，十足"美丽冻人"。但，我真的不觉得冷。对自己的身体状况更是相当有感知，夜风从裙底袭进，吹到赤裸的腿上，却冷不到心房。因为，在心底，一直，都有一股暖暖的热为这世间美景而痴狂。

八、如此，甚是，完美

（2015.10.26）

清晨的爱琴海，却迟迟不醒来。

从早上五点半，我就睁着双眼痴等天明。可到了六点多，也没有一丝光亮。又过了半个小时，仍旧昏暗。再加上没有晚间的灯火通明，只能听到细微的浪声，却看不到点点波光。

悻悻然地去吃早餐，食之无味，心如长草。匆匆的过客就要离开，怎可错过这最后一个小时的浪漫时光？不甘心地窥探外边是否晨光微露，却又是失望。只好回房整行囊。却惊异发现，短短一分钟，便又曙光初现。奔向栈桥，迎风听浪。

爱琴海的夜与晨，同样的远方润红，却有不同的情怀妙处。夜，是消逝，似娇羞女子，掩面轻避，等着熟识后的容颜相向。只要有耐心，便终能谋面。晨，是绽放，似精灵姑娘，忽闪了明眸双目，主动地靠近，甚至给予怀抱。只要不抗拒，便能一起于阳光下。夜，是浪漫的极致；晨，是热烈的奔放。

不知道是不是错觉，昨夜，明明是碧蓝的海，今晨，却与我身着的绿裙衫融合，眼前竟有些迷茫，是绿？是蓝？还是层层延展至远方？无论怎么样，都是平静的乐章。

又要出发了。我和虹姐同感，爱琴海，还要再来！

青岛叔叔在一旁插话："那就要去希腊的圣托里尼，那里的爱琴海，独一无二。"

没错，圣托里尼，真正可以定情的爱琴海，期待着，也是一种希望。

旅途中的反差，往往会产生无与伦比的喜剧效果。当所有人还沉浸在爱琴海绚丽逶迤的回味中，便已经到了一家皮革店。

看到我们，每一个店员都明亮了双眼，俨然是看到了猎物。热情地将我们带入会客厅，一场小型的皮革秀上演。谈不上俊男美女，却也热闹有趣。最后还拉了团里两个年轻的姑娘上去。那两个小姑娘倒也不怯场，大方自然。惹得她们的恋人一脸欣赏。

皮革秀的目的很显然，无非是一种销售手段，只是，这法子却影响不了我们这种常常出游的。想买皮革，此处肯定不是首选，就瞧瞧看看，当作休闲。更何况，每件商品标价邪乎，至少贵了三四倍。如果有特别中意的，就有一搭无一搭地砍砍价，狠狠地砍。成了，自然好，不成，就罢了。

没想到的是二叔和大叔还真就看上了一件皮夹克。想起在澳洲的时候，大叔一通乱买，净是无用的。被我们劝说后，曾坚决表示今后出游，只游不买。难道这次又要食言？

我和虹姐、大熊打趣大叔："又要出手呀。大叔，又要上当呀。"

大叔一边试衣服，一边摇头，颇为镇定地说："放心吧，当初有你们指点，我已改了瞎花钱的毛病。这一次，肯定听你们的。我和二弟一人一件，方方去给砍价。"

大熊、虹姐和姐夫看看我，一边坏坏地笑。

我定了定神儿，心想，这球儿怎么就踢我这来了。那好吧，二叔，我了解，价值观与我很相似，钱得花刀刃上，此等锦上添花的物品，必不会是志在必得。大叔甚是相信我们，自然也会听我们的建议。看下标价，一万出头。还没等我砍价，满脸堆笑的店员已经开口，直接打了五折。如此，更觉得这衣服的价格是信口开河。我便也不客气，伸出五个手指。

店员立刻点头，五千就卖。我摇头说："No No No！"

我的意思是两件五千。虹姐和姐夫笑不可支。大叔则竖起大拇指。大熊附我耳边低声说："你这不是故意刁难吗？这个价格，肯定不会成交。"

二叔却颇为赞同，说："这皮革，咱们也不懂，看着样式不错，若真两件五千，买就买了，不然，也不可惜。"

我偷笑，这才是二叔的本意，我一早便知。

两件五千，换来店员的一脸惊惧，连连摇头，并试图说服，再抬高些价码。可我比他还坚决，自然无法成交。

这个插曲成为之后的一个笑谈，也引来另外两个团友的议论。那是两位广州的大姐，刚刚也是替儿子看上了一件皮外套，标价一万，砍到四千，店员一定要五千，结果没有成交，她们就离开了。两位大姐颇有些遗憾。我笑着说："恐怕那店员比你们更悔之不及。四千元，他们还是有得赚的。"

话音未落，我们已经到了药神庙。原来这个药神庙和皮革店相距并不远，也就是十几分钟的车程。

古希腊文明信奉的是多神教，各地建立的神庙有所不同。这个神庙位于山顶，最早建于公元前1400年。因为那里有医治疾病的神水（即泉水），公元前334年到公元前1世纪增加了圆形音乐厅、剧场和图书馆。

小党下车前对大家说："这个神庙是西方最早出现的医院。传说古希腊著名医生、西方医学之父希波克拉底，就是医学之神阿斯克勒庇厄斯的儿子。他的医学誓言通常是从事医生职业的宣誓。不过……"小党托托眼镜诚实地说，"不过，目前的药神庙除了古剧场外，已基本变成了废墟。人们只能根据考古的发现，来还原药神庙的本来面目。原有的药神庙建在一个长方形的场地上，长约130米，宽约为110米。南、北和西使用柱廊环绕。东侧为主要的出入口，其北侧是图书馆，南侧因此是神庙和圆形音乐厅。场地的西侧是神水池、浴室和病房。场地的西北角外侧是古剧场。但，几乎看不出什么，所以我们在这里不多逗留，待上十几分钟，拍拍照，就前往特洛伊。"

见识过了以弗所古城，这里，真的毫无感觉。药神庙处，只有我们这十几个人，随意溜达，东瞧瞧西看看，也看不出个所以然。忽然，一辆面包车驶来，从车上跳下一个高个子年轻男子。定睛一看，是皮革店的店员。他手捧着一件皮衣，满脸笑意地朝着广州大姐走过去，说："我们还是决定把这件衣服卖给你们，因为感觉到你们非常想拥有。"

广州大姐先是一愣，继而别无选择。店员连pos机都带来了，大姐只好刷卡。接过衣服，却有点犹疑。上赶着的，总会觉得有问题。但，事已至此，也只能如此。

一万块人民币的皮夹克，砍价到四千元，最后，店员还追到药神庙，得以成交。显然，这衣服还能再优惠。

人就是这样，刚才两位大姐还因为没有买到手而沮丧，眼下，却因为买到了而纠结。所谓买的没有卖的精，总是要让人家赚钱的，商品的价值还在于自己需要并喜欢。

我们这么七嘴八舌地说着，两位大姐便释然了。药神庙变为临时购物点，也蛮有趣。

最逗的是二叔，临上车，又四下张望。自言自语地说："我看看有没有车来追我和大哥，五千两件也卖给我们。"

我们异口同声地回应："不可能。"

二叔琢磨了下，一本正经地说："那说明咱们砍的价位，人家没得赚。"

我们笑作一团。

说起特洛伊木马，便会想到那部美国电影。想到帅翻天的布拉德·皮特的脸，想到还是小鲜肉的高颜值的奥兰多，想到众神的国度古希腊。

特洛伊也离不开希腊的神话。那时候特洛伊是古希腊中的一个城邦。据说，有一天特洛伊的王后做梦，梦见特洛伊有火光之灾，有人说这个梦就应在她胎里的孩子身上。于是特洛伊国王就下令在胎儿出世后便扔到荒山野岭，没想到让牧羊人收留并抚养成人，名字叫帕里斯。赶上了海那边的众神举行婚礼，大家怕不和之神捣乱，就没有通知她。结果这个家伙想出个办法，整了个金苹果，上面写着给最美丽的女神。于是参加婚礼的赫拉、雅典娜和阿芙洛狄忒就争了起来。她们找到了宙斯，这三个女神都是宙斯的亲人和情人，宙斯谁也不能得罪，于是就把她们领到了牧羊人那，让牧羊人的儿子来裁决。赫拉说，你要说我好，就给你至高无上的权力；雅典娜说，我给你全能的智慧；阿芙洛狄忒说我给你世界上最漂亮的女人。结果这个孩子就说阿芙洛狄忒最美。这个孩子，就是已经英俊威武的帕里斯。得到金苹果的阿芙洛狄忒领着帕里斯回特洛伊认了亲，成了特洛伊的王子。然后阿芙洛狄忒又领着他过海去斯巴达。那时候最美的女人海伦已经是斯巴达的王后。帕里斯与海伦一见倾心，趁着国王出门，把海伦带回了特洛伊。于是，为了争夺这个世界上最美的女人，斯巴达的希腊人和特洛伊人打了十年。这是一个好长好长的美人江山的故事。

在荷马史诗中，描绘了这个特洛伊的战争，故事的名字叫伊利亚特。古希腊人为了攻占这座城市，跨海过来，用了十年的时间都未获结果，最后佯装撤退，留下一个藏着士兵的大木马。特洛伊人看见希腊人撤兵，不知深浅，居然把这个木马当作胜利品拖回了城市。夜间木马里的士兵出来，打开城门引进了希腊的军队，一夜间就把这座特洛伊烧个精光。

荷马也就是个公元前七世纪说书的，他的作品都是口传心授，是真还是假不知道。19世纪中期有个德国人据此描绘，找到了特洛伊这块地方，还真挖出了埋在地下的城廓，还有金银财宝之类，运回了德国，证明荷马所说不虚。以后又有美国的考古学家，还有土耳其和别的国家考古学家一直挖到20世纪三十年代，在这块地方挖了30米，发现这里的地层分属9个时期、从公元前3000年至公元400年的特洛伊城遗迹。这里有公元前2600~公元前2300年的城堡，直径达120多米，城中有王宫及其他欧式建筑。在一座王家宝库中，发现了许多金银珠宝及青铜器，陶器以红色和棕色为主。此外还出土有石器、骨器、陶纺轮等。还证明特洛伊城是一座被烧毁的城市的遗址，它的石垣达5米，内有大量造型朴素，绘有几何图形的彩陶和其他生活用具。还找到了公元400年罗马帝国时期的雅典娜神庙以及议事厅，市场和剧场的废墟等。这些建筑虽已倒塌败落，但从残存的墙垣、石柱来看，气势相当雄伟。

说实话，看了几天的废墟，到此时，已经有些审美疲劳。特别是大门口的那个特洛伊木马，就是一个人造的超大玩具而已。游客们爬上去，将头探出窗口，看不出战争的豪气，简陋而粗糙。我们不禁频频摇头，怎么也该造一个有些气势的木马。否则，难以想象出那里面藏着充满战斗力的勇士。

气温有些下降，回到车上，才放下紧抱双肩的手。似乎缺少了兴奋点，车内异常安静。还不到四点钟，却都有昏昏欲睡的感觉。

车子没开多久，就到了酒店。沿途感觉，这酒店还是蛮偏僻的。便想这几个小时，会浪费在房间里了。没想到，放好行李，拉开窗帘。哇，仍旧看到了海。仍旧是海景酒店。爱琴海，眼前仍旧是爱琴海。

我立刻来了精神，双臂举起，对大熊说："加件衣服，赶紧去海边。"

正在这时，二叔来敲门。曾经有过骑行旅游经验的二叔绝对是最佳旅伴，他已经搞清楚了很多状况，说："今天气温稍低，但阳光很好，海面上的日落一定非常绚丽，我们先去观日落。等余晖散尽，就该去吃晚餐了。晚餐后……"

"打牌？"大熊问。

二叔摇头，神秘地说："继续我们在澳大利亚新西兰的做的事……"

"找超市？"我们同时发问。

"不用找。"二叔胸有成竹，"你们都没注意，车拐弯的时候，我看见了，出酒店门，向左拐，走不了两百米，就是一家大型超市。"

我和虹姐睁大眼，一个劲儿给二叔竖起大拇指。怪不得，两年前，在满街上也遇不到两个人的澳大利亚新西兰，二叔带着大熊就能找到大型超市呢。心思缜密，眼力也好。

二叔说得没错，今晚的日落有一种充满贵气的绝美。虽然希腊的爱琴海上的日落被誉为世界上最美的，但，我们所看到的，也是可以让自己屏住呼吸的。太阳落入海面的过程其实很短，但，就在那短暂的一刻前，却已经酝酿了许久。这片海面很宽阔，也很长。放眼望去，却只有几个人。冷清中反倒有一份遗世独立的傲然，就在那短暂辉映前的酝酿中。暮霭沉却并无愁苦，海波清却暗涌情绪。如此的冲击，却和谐自然。待那绝妙的时刻，都成为烘托。忘记了一切，只想屏住呼吸，将此情此景摄入眼眸，珍藏心底。

晚上八点钟，我们六个人重温两年前在澳大利新西兰的画面。二叔前边带路，大熊最末尾断后。逛超市！买买买！如此，甚是，完美。

九、回到伊斯坦布尔

（2015.10.27）

新的一天开始了，完美的昨日，带来精神抖擞的今夕。

每个人的脸上都是对于即将回到伊斯坦布尔，这座土耳其最大的城市和港口，也是世界上最著名的旅游胜地和国际大都市之一的热烈向往。

早餐后，乘渡轮船穿越达达尼尔海峡，沿着翠绿的马尔马拉海返回伊斯坦布尔。旅游车直接开到船上，跟着渡轮一起漂洋过海。而我们或在船舱小憩，或是站在甲板上乘风破浪。地表温度大约有十五六度，到了海面上便感觉冷了很多。主要是海风很硬，吹打着面颊，直接按摩到内里。厚厚的披肩会在背后吹出一个鼓包儿，轻柔的丝巾便成为一面面飘扬的旗帜，稍不小心，会在迅雷不及掩耳之际成为海面上的一个点缀。即便如此，甲板上仍旧是欢腾一片。各种肤色的游客，用各种语言感慨着沿岸的美景。摆出各种夸张的姿势，抒发着内心的痴狂。于是，含蓄的亚洲人，会被感染，激发出内心最火热的光芒，在海风中，完全放松，自由自在地笑着，融入最张扬的情致中。我和大熊，虹姐和虹姐夫做出各种搞怪的表情，二叔忙着给我们拍下来。不必担心他人异样的目光，因为身边的旁人比我们还夸张。原本大叔有点惧怕甲板上硬冷的风，却抵不住我们的感染。纵是冻红了鼻头，仍旧帅气出境。

海上的时光并不长，不到两个小时，便靠岸了。我们终于回到了伊斯坦布尔，这座美丽的城市。

在船上先上了车，车子由轮船开到陆地，那种感觉很别样，仿佛是在不同的空间隧道穿越。坐在车里，一下子温暖了，安静了。就如同从斑斓的乐园回到了清幽的温室。小党笑嘻嘻，看着我们一张张被海风吹得红红的脸，说：“现在时间尚早，我们先去参观下老城区，然后就在那边用餐。下午，再去那几个著名的景点儿。”

"耶！"我不由得挥臂握拳。之前，小茹曾经再三跟我强调，伊斯坦布尔的老城区，到处都是景儿，老建筑、古城墙，湛蓝天、碧绿地，古罗马赛场、埃及方尖碑……随便一抬头，就会炫目，偶尔一侧身，就会惊艳。

　　天有点儿阴，阳光不刺眼，阴凉处有些冷。疾步跑到阳光下，便暖意洋洋。的确如小茹所言，随处是景儿。尤其是那些古城墙，总让我恍惚觉得到了中世纪。在一面古朴静谧的城墙下，全身心地聆听过去的点滴。属于脑际里的自然冥想，却又是那般真真切切。那里有神话，有战火，有慌张的美丽女子，也有果敢的英雄男儿。世界是那么神奇，历史是那么有趣，过去是那么令人遐想，如今是多么让人满足。驻足在古城墙下，我张开双臂，感受所有的存在。觉得，我可以拥抱很多很多。

　　午餐是土耳其烤肉，刚刚十一点，没有饿的感觉。匆匆吃了几口，便跑出来，兴致勃勃地观看冰淇凌大叔的表演。之所以称为表演，是那个胖胖的大叔将冰激凌任性自由地甩来甩去。再伴着他夸张搞笑的表情，分明就是在表演哑剧。

　　小党也跟我们一起看，并告诉我们："土耳其冰淇淋堪称世界上最坚韧、最有嚼劲的冰淇淋，也有人称其为会飞的冰淇淋。主要成分是山羊奶和兰茎粉。兰茎粉是把野生兰花的根茎压碎制成的。土耳其冰淇淋某种程度上讲只能是土耳其人专享的美味，因为当地的野生兰花是不允许出口的。土耳其冰淇淋比普通冰淇淋更耐嚼一些，有点像奶糖，有时候吃起来甚至需要刀叉帮忙。它不易融化，也不会冻住。它的乳糖含量比牛奶冰淇淋要低一些。土耳其冰淇凌也称为'当杜尔玛'。由于它的制工艺不用加水，所以就算是冰淇淋倒扣过来也不会掉哦。"

　　正说着，冰淇凌大叔把冰淇凌向我们甩过来，大家尖叫着，欢笑着。小党继续说："他们的售卖方式也是一大看点，极富热情和快乐，充满趣味性，能为客人和孩子们提供丰富的娱乐效果和开心的购买体验。'当杜尔玛'不仅是一道可口的美食，更是一个超乎寻常的视觉大餐，很多游客都非常喜爱。"

　　天凉，大家只想看，不想买。临走的时候，多少有些尴尬。而冰淇凌大叔仍旧满脸笑容地冲我们说蹩脚的中文："再见。"这不由得让我们进行了下比较，如果是在国内，如此看了半天热闹却不消费，定会遭到白眼。当然，也许我们是碰到了例外。

还沉浸在"当杜尔玛"的趣味回味中，车子便已靠近塔克西姆广场。塔克西姆广场，相当于伊斯坦布尔的天安门广场，是伊斯坦布尔最重要的市中心，制高点之一。这里有伊斯坦布尔最热闹的商业街，也有世界上最短的地铁。旅游大巴不能多做停留，我们便匆忙下车。

圣索菲亚大教堂有近一千五百年的漫长历史，因其巨大的圆顶而闻名于世，是一幢"改变了建筑史"的拜占庭式建筑典范。圣索菲亚大教堂在希腊语里的意思是上帝智慧。圣索菲亚大教堂现在被称为阿亚索菲亚博物馆，毋庸置疑的它是历史长河中遗留下来的最精美的建筑物之一。圣索菲亚教堂最初是由君士坦丁大帝建造，6世纪中又由朱斯特尼大帝再建，教堂主体呈长方形，占地面积近8000平方米，前厅有600多平方米，中央大厅则达5000多平方米。巨大的圆顶直径达33米，离地高55米。站在这里，其庄严肃穆似乎能使时光停滞，拜占庭文化的典范——马赛克画在此处可让游客一饱眼福。目前，圣索菲亚大教堂已经成为世界上最著名的教堂之一。

这里是伊斯坦布尔最重要的景点之一，来自世界各地的游客很多，似乎丝毫没有受到安卡拉爆炸事件的影响。本来有些紧张的我们，随着人流一边参观一边感叹，很快，便放松了。

教堂内部空间曲折多变，饰有金底的彩色玻璃镶嵌画。装饰富丽堂皇，地板、墙壁、廊柱是五颜六色的大理石，柱头、拱门、飞檐等处以雕花装饰，圆顶的边缘是40具吊灯，教坛上镶有象牙、银和玉石，大主教的宝座以纯银制成，祭坛上悬挂着丝与金银混织的窗帘，上有皇帝和皇后接受基督和玛利亚祝福的画像。据说男女分别站在皇帝和皇后的画像前拍照，就会平添好运。二叔忙叫了我和虹姐过去，精心为我们拍下照片。那咔嚓的瞬间，心里真的蒸腾出很多美妙幻觉，头戴皇冠，面带笑容，博爱众生，善待所有。

想来，我真的也看到过不少教堂。无论大小，都有共性，就是不管教堂内有多少人，都不会杂乱，而是透着骨子里的宁静。即便我们在昏黄的灯光里，摆出各种pose，脸上也会自然而然地放出静雅之光。所谓置身其中，便得真谛。

或者很多人并不是教徒，但所有宗教均表达出的那种向善的诚意足可以打动每一个人，至少是此刻，置身其中的此刻。人之初性本善，在这样的境地里，回归本性是太顺理成章的了。

圣索菲亚大教堂的对面就是蓝色清真寺。蓝色清真寺，原名苏丹艾哈迈德清真寺，土耳其著名清真寺之一，17世纪初由伊斯兰世界著名古典建筑师锡南的得意门生Mehmet Aga设计建造，建于1609年。清真寺内墙壁全部用蓝、白两色的依兹尼克瓷砖装饰。巨大的原顶周围有六根尖塔，蓝色清真寺是世界十大奇景之一。建造蓝色清真寺没有使用一根钉子，而且历经数次地震却未倒坍。260个小窗、2万多块蓝色瓷砖、地毯和阿拉伯书法艺术是该寺的重要看点。

蓝色清真寺的外观还是非常大气的。二叔和大熊、虹姐夫混进一个有中文讲解的小团体，津津有味地听着。我和虹姐、大叔则开始了各种互拍和自拍。清透的天空下，即便没有浓清楚那些建筑的历史，也可以感受到历史沉淀的浓度。

忽然，大熊拉我进去听讲。我甩开他，又和大叔去拍照了。大熊讽刺我说："大老远的，你是来拍照的，还是来看世界的？"

我瞥他一眼，不屑地说："这有什么矛盾的？看世界，不等于要记住每一根柱子的来历，我只想记住此刻的心情，充满了对这些未知世界的欣喜的心情，所以，我们各取所需，别破坏了我的好心情。"

大熊咧咧嘴，继续欠欠地说："没文化真可怕。"但，这么说完，他不再强迫我。我望着他聚精会神听讲的背影，会心而笑。我知道，他已经懂得我的意思了。

旅途中，旅伴之间，无论是夫妻还是朋友，都会有意见分歧的时候，重要的是彼此理解和尊重。人与人之间，只有理解和尊重才能换来更多的美好相处。

不知不觉，天色已晚。当夜色渐浓，整个伊斯坦布尔犹如繁星遍布。尤其是站在金角湾，放眼望去，前后左右，光影辉映。车灯、路灯，还有一户户人家室内的柔和灯光。可谓串起了天上人间。没有星光的夜空，却被光闪频频的世界映衬，仍旧是那般华彩纷呈。

依着桥栏杆，情不自禁便会屏住呼吸。此时，还是想说眼睛是最好的相机，可以将这世间所有的美景保存。

金角湾又将伊斯坦布尔的欧洲部分一分为二。上面横架着三座大桥，从入海口上行分别是加拉达大桥、阿塔图尔克大桥和老加拉达大桥。我们正置身加拉达大桥。小党见我们将美景尽收，竟无人提及晚餐时间已到，便没有催促我们，而是兴致勃勃地讲了起来，他说："晚上，从金角湾望去，的确美不胜收。因为伊斯坦布尔糟糕的路况，多如牛毛的车辆，反倒出现奇景，就是大家现在看到的。而实际上，白天，也很美。因为大桥之间近海岸处，公园、绿地和滨海步道井然罗列。遥望海湾入海处，隐隐可见托普卡普老皇宫的身影。身后马路的对面则是古城名胜之一的耶尼清真寺。在附近的芬内尔和巴拉特，分散着很多拜占庭和奥斯曼时代的木屋，以及东正教会和犹太教堂。海湾对面，远远就能看到高耸的加拉达古塔。明天自由行的时候，建议大家可以再来金角湾，景色便又不同。"

小党这个小伙子真是不错。早上只征求了下团友的意见——明天的自由行要不要参加自费项目？见没有一个人吱声，他也不再撺掇，而是耐心并细心地带我们推荐景点儿，比如必去的老皇宫，船游博斯普鲁斯海峡，还有土耳其特色的大巴扎。最后还不忘记提醒，我们六个人头凑到了一起，异口同声地说："咱们明天虽需要打两辆车，但一定要同时出行，相互照应，不离不弃。"

这么说完，六个人笑开了花。土耳其之行已经临近尾声。开心，始终围绕着我们。

但，没想到的是，终究，还是出现了问题。

十、失散

（2015.10.28 上午）

时间过得好快，转眼，就到了此行的第九天。明天，就要回家了。说是明天，其实相当于就是今天。因为是深夜两点半的飞机，而我们需要在九点钟赶到机场。

而这最后一天，因为是伊斯坦布尔的一日自由行，便需要大家一早就把行礼寄存在酒店，再于晚上六点前赶回，一起乘车去吃晚饭，最后赶赴机场。

归期将至，我和虹姐都有些小伤感。坐在酒店餐厅的露台上，一边吃早餐一边眺望不远处的金角湾大桥，不由得感慨："真不想回去。"虹姐嘟囔着，"反正两口子都在这儿，也不用惦记着家里，真想就这么旅行下去。"

我使劲儿点头，附和道："说得太对了，两个人在一起，走到哪儿都是家，回不回去真不重要，十天的行程，太短了，刚'嗨'起来，就结束了。"

虹姐夫和大熊都一个劲儿撇嘴。虹姐夫将剥好的橙子放到虹姐的餐盘中，说："咱家里还有大儿子呢，赶紧吃，吃好了，好好畅游伊斯坦布尔，然后回家。"

大熊的话就没那么客气了，他操着郭德纲的调调说："理想很丰满，现实很骨感。别想入非非了，回家后好好挣钱，再琢磨下次去哪儿，不然，的确可以一直在路上，只能苍天为被地为床，马路上多了一对'犀利'夫妻。"

他们几个都笑了，我也不甘示弱，回应他："你还别挤对我，只要能跟熊在一起，就算浪迹天涯，我也会心花怒放。"

大熊伸手摸摸我的额头，故作认真装说："忽悠大了，我看你每次自己出行，也一样不想回家，你呀，说好听了就是超级热爱生活的旅游达人，说难听了现在的心贼拉野了。"

玩笑归玩笑。我的确承认这一点，我的心真的是"野"了很多。我可以安坐家中，经常性一周不出门，却更渴望间隔一段时间就展开的一次次旅程。似乎，这些旅程就是我的能量充电宝，只有在那个过程中，我的身心才会加足了马力。因为我早已明白至关重要的一点，人活着，人能够真的有活着的感觉，就要去感受。而每一次旅途中的感受，都会为我的体内注入很多元素和能量，让我更清晰更释然更洒脱更真诚。

就像我一个病友，她比我小几岁，已经患病九年。最有缘的是她婆婆是我二十几年前的同事。她不会做饭，也不工作。每天都得等老公回家后再为她煮饭，而她出行的频率很高，也得到老公的大力支持。我曾经批评她不该如此，自以为是地教育她人家对咱好，咱更得对人家好。却忽略了每一个家庭都有自己的模式，因循着那个模式，对于那个家庭才是最好的。旁人，还真不能多言，多言了，也说不到点儿上。后来，她跟我说了原委。原来，一年多前，她的身体又出现了问题,又经历了十一次化疗,和漫长的内分泌药物以及针剂治疗。此后,她放下了很多很多,不去想病痛,也不去寻烦恼,只想多去一些地方,感受自己想感受的一切。一下子,我理解了她,甚至非常佩服。我太明白她所承受的是什么样的历练了,经此,仍旧可以拼命地热爱生活,没有任何悲悲戚戚的负能量,即便是更多为自己着想了,更爱自己了,难道不应该吗?当然,她的爱人,我曾经同事的儿子真的是非常难能可贵的好丈夫。这是她的好运气,也是上天对她的怜惜。

爱上旅行,对于多数人而言,就是一种生活的调剂,而对于经历过巨大的人生变故、身体疾患、情感挫败的人而言,更像是一种用来打开自己内心的方式,在这个方式中,会迸发渴望、爱和无限的对"生"的珍惜。

大熊摸摸我的头,丫大约是看出了我的内心翻滚,又没正形地说:"没关系,只要你想,大不了我陪你浪迹天涯。砸锅卖铁,只留手机,得拍照呀,拍下咱俩在每个角落的足迹。"

我忙抱拳,说:"多谢理解以及豪言,臣妾好生感动,但,现在,你还是抓紧吃饭,别耽误了这伊斯坦布尔最后一天的每一分每一秒。"

伊斯坦布尔最后一天的每一分每一秒还是生生地耽误了。

尽管小党千叮咛万嘱咐,可我们仍旧对困难估计不足。首先是我们一共六个人,无论怎么着,也得搭乘两辆出租车。刚巧,在酒店大堂遇到了那对上海老夫妻,对于七十出头的他们而言,在异国独自游玩一天,确实有点难度。我和虹姐便热情地噼里啪啦地把我们这一天的安排告知这对儿老夫妻,先去老皇宫,再尝当地美食,两点钟去坐游船,游博斯普鲁斯海峡。四点钟轻轻松松往回赶。即便伊斯坦布尔的路况再糟糕,几个人走也能在六点前走回来,一边走还能一边看风景。

这样的安排听起来真不错,有必须要去的景点儿,也有可能的深度游玩。上海老夫妻当即决定跟我们一起,还保证不会拖我们后腿。出门在外,互相帮衬。看着他们,便想到自己的妈妈,心中难免多了一丝关怀。也痛快答应。于是,虹姐四人一辆车,我和大熊带着上海老夫妻乘后边一辆车,相约老皇宫门口见。

来伊斯坦布尔旅游的人，有些地方是一定会去的，比如蓝色清真寺、圣索菲亚大教堂、金角湾、博斯普鲁斯海峡以及大巴扎和老皇宫。而这几处相距都不远。前一天，小党带我们从圣索菲亚大教堂出来的时候曾经将老皇宫的位置指给我们。从圣索菲亚教堂出来，沿宽阔的马路前行，没多久，就可以到达皇宫最外围的城墙——帝国之门，这条路曾经是官员们进出皇宫的道路，现在成了热闹的游步道和来回穿梭的观光车道。观光区域是禁止出租车进入的，所以，我们只能在不远处的停车处下车。去时，我们遇到的出租司机还可以，虽然不苟言笑，但也没有任何过分之处，还告诉我们下车后如何行走。

老皇宫也就是托普卡帕故宫，曾是奥斯曼帝国统治的政治文化中心，整座皇宫有海墙和城墙护卫，地理位置十分优越。我们按照司机指的路线走，很快就走到一条较为宽阔的林荫路上。两边是高大的树木，远处依稀可见排队的人群。

本以为，虹姐他们四个人早就到了，因为他们先上的出租车，之后，我们又等了五六分钟才拦到车。怎么着，他们也应该比我们快。可到了售票处，却不见他们四人踪影。我们便以为他们的司机可能绕路了，也许还没有到。那对老夫妻人很好，也跟我们一起在边上的绿地处等待。

又过了十多分钟，还是不见人影。我有些焦急，又跑到售票口戴上近视镜一个个查找，生怕我的近视眼错过了他们。大熊还在一边笑话我，说："不用找得那么细致，他们又不可能化了妆，如果在，大活人怎么可能看不到，你看不到他们，他们也看得到你呀。"

话虽有理，我却不爱听。重点是，他们究竟在哪儿？不找到他们，我们怎么办？于是我没好气地说："你别光在一旁跟没事儿似的，一起找找。"

正在这时候，我看见了青岛的那位大叔，忙向他打听，有没有看到虹姐他们。青岛大叔摇头说："我已经到了好一会儿了，一直在这附近拍照，肯定没看见他们。你们电话联系一下吧，是不是他们去了新皇宫？"

不可能呀。我心想：昨晚上已经再三确定，直奔老皇宫，如果有时间，傍晚回酒店的路上顺路去一趟新皇宫。若没有时间，也就不去了。

其实，我一直都在电话联系，但因为出来前，刚换了手机，电话号码少了很多，虹姐不开机，二叔的打不通，大叔的打通了不接，虹姐夫的号码没有了。

我有些焦急有些烦躁，最重要的是那对上海老夫妻还在一旁傻傻地等待着。我不忍心让两个老人等太久，本来是为了带他们一起，好对他们有个照顾。现在，反倒是我们拖累了他们。大熊也不帮着解决问题，还在边儿上晃晃荡荡的，跟没事儿人似的。嚇！我生病后隐匿了的暴脾气如同体内的暗藏的洪荒之力，玩命翻腾，不是在最后一刻按捺住自己，肯定就暴跳如雷了。即便如此，我脸上也没有笑容。

还是青岛大叔给我们建议，说："我这很快就到个儿了，排队的人太多，我先帮你们四人把票买了吧，总得进去的。进去了，再联系，里边见也一样。"

老夫妻当即同意，大熊也认同。我本想独自在外边等他们，可大熊说："你不跟我们进去，回头咱们再互相找不到了，就更糟了。实在不行，今天就分头行动了呗。"说完，拉着我就往里边走。

我心里有事，很不轻松。只是默默地跟着人流走。大熊招呼我拍照，都懒得拍了。趁着他们去洗手间，查找群记录，好像里边有虹姐夫的电话号码。功夫不负有心人，还真让我找到了。正要拨打，我的电话响了。是大叔回过来的，他问："方方，你们在哪里？"

我忙回答："我们刚进来，你们在哪里？"

"你们已经进去了？"大叔迟疑了一下说，"我们一直在门口等你们呢。"

啊？一直在门口？不可能呀，足足半个小时呀，我根本没有找到他们。算了，也掰扯不清楚了，还是尽快会合吧。我一边叮嘱刚从洗手间出来的大熊就站在原地等我，一边向大门口走去，并对大叔说："那你们赶紧买票进来，我就在检票口内等你们。里边太大太乱，不好找。检票口只有一口，现在人也少了，一眼就能看到。"

大叔应了声，就挂了电话。可我又足足等了十分钟都没有看到他们。再打电话，大叔又不接了。只好给虹姐夫打过去。

"你们现在究竟在哪儿？"虹姐夫的语气带着不满，"说好了在门口等。"

我忙解释说："我们在门口等了半个小时，我现在在检票口也等了十多分钟了，但，真的是没看到你们。"

我没有说谎，我也不喜欢说谎。我充满委屈，我的确在尽心尽力地找他们。

"就是说你们已经进去了？"虹姐夫的语气更加不快。

"我给你们打不通电话，还有那对老夫妻，正好青岛的那位大叔帮着带出票了，所以就先进来了。"我还是想解释清楚，"姐夫，现在咱们就不说别的了，你们快买票进来，我还在这儿等你们。"

"好吧。"虹姐夫的语气缓和了些，"他们已经去买票了，应该很快。"

挂了电话，看见大熊悠优悠游地向我走过来，没有一丝焦急和烦闷，我心里那个来气呀，跟一个慢性子在一起的弊端是什么？就是火烧屁股了，人家还有心思研究火为啥烧得这么旺。长舒口气，压压火。告诉自己定是好事多磨，很快，我们就能会合，然后又可以开心地一起游玩。嗯，对，不能因为这个插曲影响了心情。

可就在这时候，我的电话又响了，是虹姐夫，能感觉到他强压了怒火问："你们就买了你们自己的票吗？"

"对呀。"我如实回答，"不知道能不能找到你们，也不知道你们是不是已经进去了，没敢帮你们都买出来。"

"现在，没有票了，我们进不去了，已经都卖没了。"虹姐夫说完这几句，还没等我反应过来，"啪"就挂了电话。

我拿着电话，愣在一边儿。半天没缓过劲儿。我做错了什么？我一直都在想办法一直都在找他们一直都处于紧张焦急的状态，我做错了什么？

大熊拉住我的胳膊，就往里边走说："既然这样，也不用解释了，咱们玩自己的去，人家那对老夫妻还等着呢，人家已经耽误很多时间了。"

我甩开他的手，没好气地说："都怨你，让你快点帮我查虹姐夫电话你说查不到，最终我还是在群里查到的。要是早联系上，他们就不至于进不来了。虹姐特想来老皇宫，进不来，能不生气吗？"

"那和咱们也没关系呀。"大熊还跟我争辩上了，"上车的时候，他们匆匆先走了，咱们是后来的，肯定以为他们先到了。"

"你别说了。"我紧抿了嘴巴，昂了头，做了一个让他闭嘴的手势。我不想再跟他争辩。别管是谁是非，反正被挂了电话的人是我，不是他。而一直努力找人的却是我。我为了什么？还不就是希望六个人的再续前缘的旅程能善始善终。

上海老夫妻看我这么别扭，也一个劲儿劝，说："别别扭了，没准一会儿就碰见，我们帮着一起解释清楚就是了。"

话虽这么说，我却有种不好的感觉。站在可以俯瞰马尔马拉海和博斯普鲁斯海峡的一隅，远景大气绝美，近景清晰俊逸，都没能唤起我内心本该有的激荡和快意。

大熊仍旧不认为自己有什么不妥，但也不招惹我，我俩就默不作声地在各个庭院里傻走。没有停驻没有欢笑没有各种摆拍，只有沉默。为了不影响老夫妻的游览，我们跟他俩定在一个小时后进口处见，再一起去下一站。

又僵持了一阵子，俩人都想打破僵局。我不知道他怎么想的，我是在努力劝说自己，老皇宫感觉一般，没有特别让我惊喜的地方，但后边的畅游博斯普鲁斯海峡可是我盼望已久的，小茹告诉我，站在船头，随手拍两岸的景色，就是明信片。我可不想两个人拉着脸在那样的美景中。好吧，努力，努力让脸部肌肉舒缓，努力让心里的不快消散。没准，在渡口还能跟虹姐他们遇见，见了面，误会解开，冰释前嫌，继续一起疯一起欢乐。那么难得的再聚，不能有瑕疵和遗憾。

这么劝慰自己，当大熊再提帮我拍照的时候，便稍加了配合，脸上也勉强挤出了笑容。说实话，他本来就特别不善于和人相处，虽然性格开朗，但通常属于自娱自乐自嗨。若娱乐了别人，也纯属无意。所以，我们家涉及外交的时候，基本上都是我的责任范畴。他也是习惯了当甩手掌柜，我也是习惯了处理方方面面。今日的突发事件，也不能全怪他的袖手旁观。丫，是养成了习惯了。

算了算了。已经让自己损失一个多小时的快乐了，必须得止损。于是，我抬头，望湛蓝天际，瞧参天大树，看雕漆的墙壁，绽放笑容。

我笑了，大熊便也放松了。我们决定从头再走一遍老皇宫，刚刚心思不整，根本不知道怎么走到最里边的。就在我们转身要往回走的时候，突然听到不远处熟悉的声音。竟然，是二叔四人。我俩忙走过去。虽然疑惑他们怎么进来的？但，也不想多问，能进来，能遇见就很好了。可兴冲冲的我们，遭到了一盆冷水。他们的态度很冷淡。虹姐和姐夫忙于拍照只跟我们点了下头。二叔也颇为埋怨地说:"你们怎么回事呀,我们一直在等。"

我突然不想解释了,脸上的笑容也消失殆尽。大熊却笑嘻嘻地说:"我们也一直在等。"

还是大叔喃喃自语道:"我这个电话静音了,所以方方打了很多次,我也没接到。可能是我们找的门儿不一样,你们是在前门,我们是在侧门。后来买不到票,才发现那边是侧门,就又转到前门来,才买了票进来的。"

听了这话,我更觉得委屈。被埋怨被挂电话的只有我一个人,积极努力地解决问题的也是我一个人。但,我还是尽量克制。我经常和朋友们出游,期间也不可能没有一丝磕绊,说开了,或者不说,过不了多久,就又欢欢喜喜了。而这一次,应该是我想错了。二叔代表他们四个人跟我俩说:"时间上不好契合了,就不将就了,分开行动吧。"

我的心真是凉了半截。怎么会这样呢?究竟是哪个环节出了问题?这样一次筹划已久的旅程竟然有这样不完美的结局吗?

大熊劝我说:"也无所谓呀,不一定每时每刻都在一起。人和人之间就是这样,高兴了,就多在一起,不高兴了,各玩各的,你没有必要郁闷不快呀。"

性格,这可能真的就是性格使然。大熊的话并没有错,但,我和他性格不同。他对很多事情都比较淡然,而我,是极为热情的。不能说谁好谁坏,只是不同而已。记得有次,我俩去看电影,在售票处遇到两个姑娘,请他帮忙团购两张电影票,付给他现金,因为她俩的手机都没电了。大熊没有丝毫犹豫,就拒绝了。姑娘问他为什么?他淡淡笑笑说:"不为什么。"之后,就拉着我向影院里边走。而我也在追问他为什么不帮忙?他想了想也说不出原因。最后,我转回身,帮那两个姑娘团了电影票。而我去帮忙,他也不会阻拦,还打趣地说:"主要是因为求助的是两个女的,我怕我真帮了忙,立马被你暴打一顿。"我当然不信他的鬼话,后来,我想,这也可能是男女差异。

而此刻,这样的男女差异,便让我俩的心情完全不同。我很不开心,他很无所谓。而生病之后的我,最不愿意的,就是不快的侵袭。真的希望,也非常努力地让自己每一分每一秒都开心。大熊既劝慰也是批评地说:"你现在就是自寻烦恼，误会能解释开固然好，如果解释不开的话，也没必要自己跟自己较劲儿。我们问心无愧就是了。"

听他这么一说，我终于爆发出来了，愤愤地说："这件事情，为什么不从开始就你去处理？为什么都把我推到前边？我不是跟自己较劲儿，也不是跟大叔他们较劲儿，我只是跟你，我觉得你是男人，你就该把事情处理好，别给我留下这么多弊端。"

站在第一庭院的林荫大道上，我们俩就要展开一场亚洲大专辩论会，辩论的题目是：男女究竟该谁主内谁主外。

我已经想好了千般言语，一定辩得他哑口无言，没想到，丫话锋一转说："行了，谁让你是咱家领导呢，别生气了，他们不跟咱玩，咱俩自己玩，还享受二人世界呢。"

"可我特烦你，不愿意跟你二人世界。"这么说时，我的脸上已经有了笑模样。

"没事，我也烦你。"

"什么？"

"哦，不，不是，我不烦你，我黏着你行不？"大熊的脸上已经是他惯有的嬉皮笑脸。一双熊臂膀就耷拉在了我的两侧肩头，一下子，让我失去平衡。跟趔着，便又是伴着笑声不断。

再回望老皇宫，似乎也没那么糟糕，第一庭院，也就是我们置身的近卫军庭，庭院里的林荫大道笔直宽广，道两边的鲜花盛放，给肃穆庄严的皇宫增添了许多美丽的色彩。穿过第二庭院和后宫，最里面是第四庭院，那里的装修风格比较轻松明快，同时也是老皇宫最开阔的地方，从这里能看见金角湾和链接老城与新城的加拉大桥。皇宫里汇聚了数不清的珍奇宝藏，除了土耳其历史上许多珍贵文物外，还收藏了几万件的中国古瓷器。展品虽然开放了一小部分，但件件的稀世珍宝，虽然我没有仔细观看，但从旁人的表情中还是可以领略到奥斯曼帝国的强大与辉煌。

再见了，老皇宫，并不留恋，尽管这将近两个小时，几乎都没有在游览观赏的状态，是一种损失。但，并不留恋，可能，我真的只愿意记住美好吧。

十一、闷头赶路

(2015.10.28 下午)

中午,阳光更加热烈,地表温度上升,暖意洋洋,正是乘船的好时机。

从老皇宫出来,竟然拦不到一辆车。问了下路人,告诉我们渡口距离此处不远,步行也不会太久。征求了老夫妻的意见,可否一边看街景一边寻渡口?毕竟他俩那么大岁数了,真怕他们体力不支,腿脚不给力。阿姨操着一口上海话,干脆地回答:"我俩没问题,每天都锻炼的,一天走一万多步呢。咱们就走过去吧,只要走对了方向,别走太多冤枉路,就没问题。"

就这样,我们溜溜达达寻觅渡口。一路上,看到有特色的街景便稍稍停驻,拍拍照,或是欣赏一番。走走停停,的确不累。只是上上下下的小路让我们见识了伊斯坦布尔的凌乱。好在透蓝的天空,足以弥补这份差强人意。没有风,随便站立于某个街角,都被湛蓝清透的天空笼罩,提醒着我们,这里,就是拥有着这么奢侈的纯净度。

大约半个多小时,我们来到了海边,渡口就在不远处。没急着上船,两代人全被岸边的美景吸引。主路的左侧,是各种建筑,最多的是大大小小的清真寺。右侧就是博斯普鲁斯海峡,一望无际的海峡,在阳光的照射下,粼粼波动。轻微的,却是非常有律动性。伏在栏杆上,才体会到海风的吹拂。纱巾飞扬,头发被吹成一朵喇叭花。真的很想,在这样的岸边跳舞,即便是广场舞,也会别具一格。云朵与浪波辉映,时而云落波纹中,时而浪击着云彩。博斯普鲁斯海峡的广阔、绚丽、自由自在地张扬,反倒让游人的心瞬间就静了下来。忘记了刚刚的不快或者是情绪的蒸腾,只剩下融为一体的身心的停滞。

无疑,小茹说得没错,博斯普鲁斯海峡给人的第一印象就是惊艳。尤其是这样的好天气,晴朗的,不带有一丝阴沉气息的天气。更显现出了博斯普鲁斯海峡的绝美气场。它像是一个历经了无数次的战役的勇士,在归隐后保留着身上的英气,又不乏沉溺世间的情趣,对一切,都充满了新奇,也会给周围带去无限的勃勃生机。它看似平静,实则蕴蓄着饱满的能量,只有更为大气磅礴的天际和美轮美奂的两岸才能与之匹配。每一个人,在它的面前,都会情不自禁地焕发出内心最美丽的一面，将善意和柔情在不经意间传递。

晌午时分，真的很热。没有饿的感觉，我们四人决定先乘船游览海峡，再前往不远处的香料市场逛一逛，吃点东西。就在渡口的附近，有一个规模较大的香料市场。由于土耳其现今的局势，都不想去热闹非凡的大巴扎，干脆就找一个类似的，规模稍微小点儿的。毕竟来到这里，还是很想感知一下此地最有生活气息的所在。

游览博斯普鲁斯海峡，需要整整两个小时。我们在十二点半上船，这样，两点半可以返航。溜达到香料市场，最多一刻钟，逛到四点钟，打车回酒店。如果时间富裕，可以在中途下车，去看看新皇宫。从新皇宫到酒店只有三四公里，打车、徒步，都行。

如此完美的计划，让我们四人心里都很踏实，兴致勃勃上了船。船票很便宜，折合人民币也就是二十元。二十元，乘两个小时，游览这样如诗如画的景色。我只想躲在一个角落偷笑一番，如果参加一日游，直线翻上好几倍。还是觉得小党是个很善良的人，没有勉强我们，自然也赚不到那份钱。一个优秀的领队，就该有这样的素质。挣钱固然重要，但也不该是一切的前提。

当然，如此便宜，也有原因，船只不大，和我们的海河游轮无法相比。船头和船尾还有两侧都有通道，但较为狭窄，也颇为颠簸。舱内座位不少，比较简易。船舱是密闭的，可以透过玻璃欣赏沿途的风光。只是那样，美景便真的会大打折扣。

游船开起来，便立刻体会到了海上的风浪。最初，老夫妻和我俩都坐在船尾的外面，不想错过云动浪涌连一线的景观。无奈，不足片刻，老两口就忙躲回舱中了。海上的风太硬了，尤其是船尾，激起的浪涛带着巨大的冲击力，像是要把大朵的白云席卷了似的。一浪一浪，海风便噌噌地扑到面颊上，毫不夸张，似乎脸上的所有汗毛孔都被吹开了，酒窝也被吹僵了，成为脸上的一个坑。拿着手机的手像是触到了电门儿，不停地抖。只有用尽力气，才能拍下一张清晰的照片。当然，一旦拍到，就如明信片般。可是，如果太过探身，伴着一个摇晃，手机便有可能掉落海中。一个人高马大的欧洲男子就玩了这么一个悬儿。差一点点，被船帮挡了一下，落在了船上。

看到这一幕，大熊开始碎碎念，生怕我把新换的手机掉进海里，说："你不是说眼睛是最好的相机吗？用眼睛吧。行了，已经拍了几张了，别再把胳膊伸出去了，拿都拿不稳了，一会儿真掉进海里了……别拍了，进船舱待会儿吧，脸都吹变形了。"

我忍无可忍，定睛看着他，说："大煞风景，别唠叨了，你自己进去吧。"

他竟然还来了脾气，拉着脸就进去了。我那个气呀，心想：还真不如跟小茹一起出来，没人约束，一个比一个更能投入，对于景色的贪恋，超级合拍。

只是，他进去了。没人给我拍照了，试了下自拍，船尾逆光，效果很差，也无法将天空和两岸的景色当作背景。我左转右转，变换着角度，怎么都不行。这时候，边儿上一个欧洲人冲我耸肩笑笑，示意要帮我拍照。哇，及时雨呀。我赶忙将手机递给他，他也很认真地一通拍。等我翻看的时候，差点晕了。所有的背景都是船帮和座椅，看不见蓝天白云和远处的建筑。真的是沮丧至极，勉强挤出一丝笑，向人家道谢。忽然想，拍照大约真的是我们中国人的爱好，随便谁，都能随手拍。

算了，不拍了。我侧坐着，迎着海风，看船只所到之处，每一片云朵的不同，每一处建筑的差异。有的地方，云层密集，白絮般铺陈；有的地方，云朵清晰，一团一团；有的地方，云彩稀疏，清淡流动……而所有的建筑都大同小异，只是与不同的天际相配，便多了一丝不同。

很奇怪，这样看着，这样体会着，我的内心竟然淡化了和大熊的不快。这真是一种变化，为了体会快乐和美好，我是可以暂且回避一些不想琢磨的事情的。感受到这种变化，我更开心了。一会儿船尾，一会儿船头，一会儿左侧，一会儿右侧……看遍欧亚两岸的风光，收藏最迷人醉心的画卷。只是，在侧面处，被大熊拦住了去路，被他生拉硬拽进了舱内。

"稍微歇会儿吧。"他递给我一杯水。

我没理他，也没喝水。我的目光还在渴望外面的景色，即便是重复的，我也想一遍遍地看尽收藏。对于我而言，发现美是最快乐也是最容易的。我不想和他交流，对于不能体会我的人，交流也没有太大的意义。

"光拍风景了吧？"大熊有些嬉皮笑脸。

我冷笑下，说："没关系，风景美如画，拍不拍人不重要。"

"那怎么行，必须拍人呀。"他继续打哈哈，赔着笑脸讨好地说，"人和景相融，才更有意境。你休息会儿，然后我去给你拍。"

我没搭理他，内心在做斗争。是傲然拒绝，还是顺坡就下？如果是几年前的我，肯定傲然拒绝。而现在的我学会了变通，学会了绕着不快行走，学会了稀里糊涂，学会了给别人台阶，让自己也舒坦。于是，我挤出一丝笑，说："行呀，那就给你个机会。"

瞬间，我俩冰释前嫌。这哥们儿又变得相当卖力，选取各种角度，好把我喜欢的景色置换成背景。

到最后，我都烦了，说："不拍了，坐一会儿看看吧。"

他使劲儿摇头说："不行，还没有最满意的。"

我瞥他一眼，径自坐回船尾外的椅子上。不知是不是船速慢了些，风浪没有那么大了。本来就较为温暖，减缓了风浪，听不到耳畔的呼呼声，便有一种特别清幽的感觉。仿佛到了无人的海峡，仿佛只有绿色和蓝色的晃动。

"其实，我知道，知道你对世间一切的挚爱，每一个所到之处，每一个身边的朋友，包括自己。"大熊收起嘻嘻哈哈，颇为真诚地说，"你想看尽人间美景，你想走遍世界各地，你对万物充满了珍惜，在你，这不仅仅是景色，更是生命中的点点滴滴。所以，这些比手机重要。"

我本听得有些感动，却在最后一秒笑喷了。拍拍他的肩说："知错就改就是好孩子，不用拐那么大一个弯儿，直接说刚才错了就行了，我会原谅你的。"

"谁错了？"丫不甘示弱，"咱俩都没错，要是手机真掉海里，失财是小，照片全没了，你不得疯了？"

这句话，一下子抓住了我的要害。我的眼睛滴溜溜转了转，也觉得有理。看看手机，翻翻照片，幸好，并无虚惊。

终于达成统一，我俩焕发了最佳旅伴的状态。利用这最后半个小时，赏析一幅幅流动的画卷。

两个小时的视觉盛宴，是伊斯坦布尔给予我们的最惊艳的一段。只是，从惊艳到惊魂，也不过两个小时。

按照计划，我们从渡口出来，向前走，在不远处的人行道穿过去，再往回走，大约十分钟，便到了那个香料市场。所谓香料市场其实就是类似我们天津大胡同那样的批发兼零售的集市。吃的喝的用的玩的，各种各样，应有尽有。只是，太过亲民，也相当脏乱。我本来就不喜购物，再看满地的纸屑，嗅到空气中飘着的异味，顿时，我的兴趣骤减。关键是，那些东西也没有太出彩的。既不是必需品，也没有收藏价值。老夫妻却被一家摆满了各式桌布的小店吸引，一脚踏进，就舍不得出来了。我帮她们换算了下，比淘宝贵很多，又那么沉，拎着也很累。可阿姨像着了魔，虽认同我的话，却一时不能决定买或不买。于是，我们决定分开逛。四点钟在进来的那个路口会合，再一起打车回酒店。看了下手机，已经三点钟，这样一个香料市场，在我看来，不值得逗留一个小时。所以，我觉得我俩肯定能在四点前到达那个路口。

　　真没有什么好逛的，还是找饭辙吧。小食店倒是不少，都穿插在各色小店之间，以土耳其烤肉为主。面包加烤肉、烤馍加烤肉、薄饼加烤肉……于杂乱的市集处热热闹闹地呈现。真的，看着简易餐桌上的残渣，本来咕噜噜叫的肚子没了饿感。生病之后，我对食物多少有些挑剔，倒不是非得吃山珍海味。相反，还真是以素食为主了。但，不管吃什么，必须干净必须少油。否则，我的胃口立刻会有反应。晚间，就要长途跋涉，我不想因为一份烤肉加馍而让自己胃口不爽。大熊是真饿坏了，一套薄饼加烤肉几口就下肚了。

　　吃饱了，大熊来了兴致。既然不喜欢这个香料市场，那干脆不在这里耽误时间，可以去周边的街区看看建筑，瞧瞧小景儿。这一点，也甚合我意。立刻抬腿，先走出这个闹市。只是，我俩走来走去，却像是深陷迷宫。转悠了好一阵子，又看到了排长队的咖啡店。和老夫妻刚分开时，我就闻着味儿找到了这家咖啡店。算是香料市场里最红火的店了，排了好长的队伍，都是现磨好的咖啡粉。我最好的朋友大冬瓜最喜欢喝咖啡，无论去到哪里，我都会给她带回去当地的咖啡。前几天，我已经在超市买了据说是当地最好的咖啡，再加上排队的人实在太多，便作罢了。没想到，转来转去，转了半个小时，又回到了这里。我当机立断，不再去寻觅什么特色景观，老老实实地找来时路，务必在四点钟赶到和老夫妻的约定地。不能让人家等。

大熊却不紧不慢地说："别这么着急，我们是不清楚路，其实，这一片没多大。听我的，咱们走这边，我记得上去后，没多远就有一家清真寺，你可以看一看，其实都能看到清真寺的顶子。顺着那个清真寺往前直走，沿路很多美景，有一刻钟就到了约定的路口。"

"你确定？"我对于他的胸有成竹颇为怀疑。在我们居住的家乡，丫还经常开车跑冤枉路，并且不爱问路，也不爱导航。

可这一次，他信誓旦旦地说："放心吧，绝对没错。"说完，拉着我就走，还满脸的快意悠哉，甚至哼唱起了歌曲。

我被他感染，放松了警惕，也高高兴兴地边走边唱。享受着异国他乡的短暂流浪。

终于，我发现了问题。走了将近十分钟，不仅没有到达那个清真寺，之前看到的顶子也不见了踪迹。

大熊原地转了个圈，骂了句："靠，怎么回事呀？"

得，完了！丫的路盲症发作了。我悔之晚矣。真不该听他的。过往多次血淋淋的教训，有一次从蓟县回来，到了宝坻，竟然又开到了相反的方向，足足在高速上折腾了一个小时，才回归正途。

"现在怎么办？"时间一点点流逝，我已经有些不耐烦。

"我觉得咱们别走回头路了，就这么向前，肯定能走到海边，那样顺着走，就能到。"他仍旧信心十足。

"你确定这么走，就能走到海边吗？"我表示怀疑，"你英语比我强，问问路人吧。就问怎么走到海边就行。"

"不用。"大熊又来了那股子劲儿，"这个思路肯定没错，干嘛非得问人，没那个必要。你就信我一回。"

又走了十分钟，很快就四点钟了。海边在哪里？我彻底烦了，让他立刻问人。得到的答案是，我们走的仍旧是相反的方向。必须从上一个岔口反方向走到头，才能到海边。

上帝呀。我急得一头汗。不为别的，就怕那对儿老夫妻等不到我们，回不去了。他们把酒店的名片给了我们，没有酒店的地址，电话没有开通漫游，等不到我们，可怎么办？本来带他们一起出来，为的是能帮下他们。可从在老皇宫等人，到现在等我们。不仅没照顾他俩，还增添了麻烦。

我一声不吭，发疯似的狂走。可还没走到海边，已经四点钟。望着被我甩在身后的大熊仍旧不紧不慢的样子，怒火便往头顶冲。

"你能快点嘛？"我没好气地说，"没看见已经到点了吗？还没走到海边，还不知道我们到达的海边再到那个路口有多远。我估摸着再过半个小时能到就不错了。你就别这样慢腾腾了。"

"是我想走错路的吗？"他气喘吁吁地跟上来，为自己辩驳，"你当时也没提出异议呀。再说就不该约了一起回，有了上午的教训，应该说活话，四点钟，如果一方没到，另一方就不等了，各自回去。"

"你现在说这些有用吗？难道我们不去找叔叔阿姨了吗？即便再晚，我们必须赶到约定地点，不能自己打车回去，哪怕到了那里，他俩已经走了，我们也必须赶去。哪怕最后我们赶不回酒店，就直接去餐厅或者是机场。"我真是领教了慢性子和急脾气的差异。固然，急脾气容易冲动，也需要改正，可太过慢性子，会急刹旁人的。

"我觉得他俩不可能等我们太久。"大熊仍旧慢条斯理地说，"有了上午互相等却满拧的教训，他俩肯定不会重蹈覆辙。"

"行了，别说了。"我打断他，"闷头赶路吧。"

我不喜欢他这种态度，我做事的原则是，不管别人是怎么样的，我自己一定不能走板儿。

十二、在我心底，罪魁祸首就是他

（2015.10.28 晚）

终于走到了海边，尽管傍晚的博斯普鲁斯海峡仍旧美不胜收，却难以醉我之心。我是真的很着急。越来越晚，天也越来越冷，真希望老夫妻能记得酒店的名字，已经自行离开了。

大熊虽然认定老夫妻并没有等我们，但，我这般坚持，他也没有异议。加快脚步跟着我。连走带跑，真的是连走带跑。四点三十五分，隐约看到那个约定的路口了。我忙取出近视眼镜，赶紧看看那老夫妻在不在。怎奈还是太远，看不清楚。又走近了些，还没等我看清，已经听到喊声："哎呀，方方，你们俩可回来了，急坏了我们啦。"

阿姨已经迎了来，一脸的焦急。我俯下身，双手捂住肚子，猛喘气。稍缓解了些，一个劲儿道歉说："叔叔、阿姨，真是太对不起了。我们很早就往这边走，但是迷路了，越走越远。"

叔叔也走了过来，摆着手说："找到了就好，找到了就好，咱们得抓紧打车回去了，不然的话，就是高峰了，平时这里的路况就很差，高峰就该寸步难行了。"

我们齐刷刷地点头，抬腿朝路口走去。

"走回去？"我颇为疑惑地说，"我们俩是没问题，可你们都七十多了，五公里，能走下来吗？"

"不要紧的。"叔叔脚步轻盈，边走边说，"我们俩腿脚还蛮好的，平时常走路的。不断问下路，不要再走冤枉路就行的。"

"不用问。"大熊赶上来，颇为自得地说，"我刚才说的没错吧？向前再左拐。我认识了，不用再问人。"

我没理他，径自向前走，拿出我平时快走的速度，很快就把他们三个甩下了一小段。

继续赶路，出现一个小岔路口。再次出现分歧。我怕会走错，又让大熊去问路，可他还是坚持左行，不必问人。我看下时间，还剩下半个小时。绝对不能走错路了。为什么就不能问问呢？为什么？我真的气炸了，跑到一个个路人前，拿着酒店名片，像个傻子似的装哑巴。一连问了两个人，答案却不同。我急得一头汗。这时候，阿姨和一位浓眉大眼的当地姑娘追上我，那姑娘长得特别漂亮，一双眼睛会说话，她操着生硬的中文说："还是要走左边那条路，很快就到了。还有一千多米吧。"

我的心终于放了下来。姑娘甜笑着和我们摆手，向右边走去。

知道快到了，并且没有走错路，阿姨也放松了很多，跟我说："那个姑娘就是我刚才问路的，她怕我们走错路，便没搭乘公交车，跟着我们一直走到这儿了。"

原来如此。望着那个美丽姑娘的背影,我这儿拔凉拔凉的心终于感觉到了一丝暖意。

磁场不对,处处相违。已经可以看到酒店的楼顶了,大熊却提议说:"向右边是一处小景区,还有二十分钟,还可以再去看看。"

我知道他是好意,是想安抚我奔波一路的憋屈。可是,太不是时机了。我只想速速回到酒店,只想停下脚步,让心平缓。我假装没听见,仍旧快步而行。

一步跨进酒店,几乎所有的团友都到了。大叔四人也悠闲地坐在大厅的沙发上,我忽然情绪又来了,不想看他们。取了行李,站在门口等车。二叔走了过来,还是平时的亲近口吻说:"方方,怎么脸拉那么长?"大叔也关切地问:"是呀,方方,不高兴了吗?"

"能高兴吗?"我嘟囔一句,假装低头整理箱子,不与他们再说什么。

大叔二叔都很尴尬,悻悻地走开了。

晚饭的时候,我几乎没吃什么。大叔坐在我的对面,小心翼翼地递给我一片面包。我知道不应该再拉着脸,可还是笑不出来。只是默默地吃掉了那片面包。

不可否认,这一天,一点点的,自控能力很强的我,失控了。此刻的我,是自己最不能接受的我。自然,也是别人最不能接受的。

和闺蜜们一起时,除了八卦,我们真的会常常探讨人生真谛。很多道理熟稔于心,却还是会犯错。比如说人与人之间的情谊,有时候好像织毛衣,建立的时候一针一线,小心而谨慎,撤除时,只要轻轻一拉,也许是无意间的一个小误会,所有的情谊再也不见了。因为大多数人会因为你的一点点不好,就忘记了你所有的好。

站在餐厅外,双手抱肩。伊斯坦布尔的秋夜还是很冷的。远处的大路上车灯通明,照得天际都很清晰。内心的失落就像孤零零地停在这条街巷内的等待游客的空无一人的旅游车,黑漆漆的,没有一点儿热度。不知何时,大熊走到我身边,轻轻揽着我的肩膀说:"很多时候就是缘分,你不是常说吗,得了这场病,如果没有一个彻底的改变,就是白受罪了。怎么今天却看不透这些?善始善终当然好，如果不能的话，那就记住那些天的好，其他的顺其自然，不必强求。一切随缘。"

话虽有理，却还是不合时宜。我很想说："大哥，你这会儿说得轻松。之前的一次次为什么不积极地去处理？什么是顺其自然？什么是随缘？随缘就是认真地做好推到眼前的事情，而不是当一切都发生了后，用随缘这个词儿来让自己释然。"

不过，我不否认，大熊的这种性格，很难让他受伤害。所以丫向来都较为快乐。而我，在生病后的确有很大的改变。今天的失常缘于我对旅途的珍惜。这不是为自己开解，这是我心底的真实。一分一秒，不希望自己不开心，也不希望让别人不快。并且，完全相信自己有这样的能力。但这一次，却一团糟。

坐在大巴车上，望着伊斯坦布尔的夜。再次路过金角湾，仿佛看到昨晚在哪里，我们的欢悦身影。我闭上眼睛，告诫自己：发生问题，反思自己。是，这几年，遇到问题，我都会先反思自己。今天，反思得晚了些，但，最终还是开始反思了。无论如何，回到酒店时，我对大叔二叔的态度是非常不妥的，甚至是恶劣的。想想这一路上，他俩都在充当我的摄影师，甚至，大熊不耐烦的时候，他俩也会陪着我疯玩。而虹姐与我，彼此相伴，亦是亲密无间。虹姐夫和大熊又是要宝二人组，给我们带来很多欢笑。即便是我受了些委屈，也不该如此冷脸相对。起因不提，现在的结果是，因为我最后的冷脸，真的不再是充满温馨的六人团体了。一路沉默，谁的心里都不会太痛快。

我很懊丧，如果老皇宫再相遇的时候，我能主动跟他们把来龙去脉讲清楚，嘻嘻哈哈地把委屈说出来，而不是纠结他们的做法，说不定不会有后边的事情，也不会有这一天的不痛快。可现在，似乎一切都晚了。

先不说谁是谁非，至少，我晚上的态度就不是一个成熟的人的表现。大熊安慰闷闷不乐的我，说："我觉得你真没必要，他们都年长于你，若真计较，那就是无缘。你干嘛这般苛责自己？原本你也没啥错儿。"

大熊的好意，我很难领。因为在我心底，罪魁祸首就是他。

十三、只有幸福和快乐才应成为永恒的回忆
（2015.10.29）

人与人之间的关系，就是那么微妙。远近程度，还真是需要拿捏。就算是两口子，太过熟悉了，也难免熟不讲理。常言道我们往往对最亲的人态度最差。保持距离，或许是最好的处理方式。当然，多年老友和彼此绝对欣赏的人又会不同。

想到我的旅伴小茹和蓉，觉得我们的相处颇为难得。那么多次的旅程，或许也有过小分歧，却几乎没有留存在脑际里。都不是完人，都不可能随时随刻让对方满意。都会因为对方的一点儿好，而忘记不快，而特别珍惜。比如我和小茹，都是直爽的人，不藏着掖着，有啥说啥，说完了，该怎么着还怎么着。有时还能争论几句。越来越熟悉后，甚至会彼此耍点小脾气。可真的都不往心里去，真的都从对方身上学到很多，真的希望下一段旅程继续相伴。渐渐的，旅伴成为真正的朋友。相比，蓉更温和，不像小茹那般充满激情，但她会像个姐姐似的谦让包容。和小茹一起出行，如同两个女神经笑傲江湖；和蓉一起旅游，就像一对儿姐妹，彼此相携。

而这一次，我们之间的疙瘩很难消除了。漫长的十几个小时的飞行，前半程都在睡觉，转机的时候，各自独处一隅。没有眼神对视，更无话语交流。倒是那对老夫妻还一个劲儿地感谢我，说什么都要把打车钱给我。

后半程，大叔没有跟我们继续前行，而是留在了乌鲁木齐，再飞西安。告别的时候，他看了看我，欲言又止。我很想说点儿什么，最终也没说出口。大叔人挺厚道，来的时候还给我们每个人带了好吃的小栗子，连大熊那么不爱吃零食的，都赞不绝口。望着他的背影，我在心里说："对不起，大叔，昨晚，我不该给你脸色看。"这是我的真心话，不在乎别人是否相信。

二叔和大熊倒是闲聊了两句，不过，都没有了之前的默契和轻松幽默，更似寒暄。

再飞行，二叔的座位距离我们较远。我俩仍和虹姐二人前后挨着。来时的叽叽喳喳，不分彼此，变为客套和漠然。想到两年前，我们从澳洲飞回来的时

候，那种发自内心的难舍之情，真的有些恍惚。想到前几天在番红花城，在卡帕多奇亚，在以弗所，在棉花堡，在爱琴海，拍下一张张合影时，大家说的话——要是每隔两年，六个人都能在一个不同的国家拍下这样的合影，真的是很有意义的。

变化就在一瞬间，我已经不再纠结原委，只是为自己没能处理好这件事而沮丧。

终于降落了。回到北京。两年前，也是在这里，拥抱分别，相约下一次。而今，都只淡淡地道了句再见。笑容很牵强。

我承认，我并没有像我想的那样把自己内心真实的想法表达出来。但，我也明白了一点，没有表达，没有解开误会，真的就是我们之间的缘分。

我终于笑了，也轻松了。不会忘记这一路上美好的点点滴滴，不会在意最后的不愉快。不管他们怎么看我，我都感谢这段旅程中他们带给我的快乐和友爱。

或许我们永远都不会再见面，但，每一个融入美景中的瞬间，都会让我想起曾经给过彼此的暖暖的情谊。

大叔、二叔、虹姐、姐夫，爱恨纠结终成行的土耳其之旅，长途跋涉的土耳其之旅，让我们看尽了像小动物般的云朵，高高的蓝蓝的天际，不可思议的棉花堡的雪白，奇特而壮观的卡帕多奇亚的地貌……很可能，今生我们只踏足一次的国度，亦是曾经未知的远方，在我们心中，不再神秘，在我们眼中，也算清晰。而这期间，我所有的不妥，也会让我再一次提醒自己，生命短暂而美好，没时间纠结，没时间计较。只有幸福与快乐才应该成为永恒的回忆。

一路走来，愿只记下，情义无价。

方心蜜建：

1.跟团游，性价比最好的时间是十月底十一月初，或者二月底三月初月份。错过假期（当然是我们国人的假期），又不是最佳旅游季节，但，温度适度，景色也别有情味，价格却优惠不少。对于工薪族，这一点也是重要的。

2. 在卡帕多奇亚，一定要自己去找寻一些精灵烟囱，那种小小探险的感觉会让旅途充满激情。

3. 城市与城市之间，距离较远，车程都不短，即使有内陆飞，也都会有一天长达九个小时的车程。虽然土耳其的大巴车非常舒适，但如此长途，却也会令人困顿乏累。需要前一晚休息好，早睡，睡足。不然，途中进入梦乡，便会与很多沿途的美景错过。

4. 对于不喜欢购物的我而言，土耳其更是没有什么太值得购买的。但，超市里的一种黑巧克力还是很好吃的，也超级便宜。

5. 在土耳其旅游，酒店都还不错，早餐丰富，水果充足，切莫睡懒觉，影响了这最重要的一餐。早餐吃好，是快乐之源。

6. 在棉花堡，一定要充当一把飞檐走壁的侠客，尽管是踩在碧玉般的山石上，却有腾云驾雾的感觉。

7. 去体会爱琴海的早晚不同。

8. 不必非得住洞穴酒店，看上去有些特色，但住起来并不舒服，关键还贵。另外，不要太过憧憬乘坐热气球，那对于天气的要求很高，不是随便哪天都行的。

9. 旅伴真的不宜过多，人多问题也多。

10. 带上一大箱子漂亮的衣服，绝对必要，土耳其的美景，值得如此。

11. 不需要换太多土耳其钱币，很多地方可以刷卡，并且花钱的地儿也很少。如果真没钱了，随处都是兑换点儿。

12. 还是要早起，这里的空气一流，早上的清新会让人产生最快乐的遐想。

第三章

上海行，圆"老助理"思乡梦

我娘是上海人，十六岁就离开了故乡，辗转过很多地方，宁夏、内蒙古……后来跟我爸结婚，便定居在了天津。

一晃那么多年，对家乡的思念却从未间断。尽管，那里已经没有了一个亲人。很多年前，我曾经陪她回去过，那是一个夏天，特别热。白天几乎不敢出门，就在酒店里待着，等傍晚没有那么闷热了，才出去逛逛。但，俺娘当时说："只要在上海，天天待在酒店也幸福。"如此，可见她对故乡的深情。

做儿女的，满足父母所需当是义不容辞。这几年姐姐、嫂子都曾经陪妈妈回去过，并且找到了两个发小。那两位阿姨还跟着妈妈来过天津，住在我家，三个老姐妹，重温儿时的不分彼此。

刚巧，有一档脱口秀的节目，邀请我做嘉宾，录制地点就是上海。我一口应允，因为可以带妈妈再回故土。而我妈，自然是兴奋不已。

一、家乡的美味佳肴

（2015.12.4）

12月4日，乘坐下午的航班飞往上海。

超开心的自然是自称为我的"助理"的时尚老太，俺娘。回故里，满心喜！回想，上次陪我妈回上海是十八年前了。真是时光飞逝如电呀。

其实，前阵子妈妈的膝盖总是疼，走路都受到影响。可这一说去上海，立马好了一大半,无比精神利落。

飞机晚点,幸好制作方安排了接机的人员。是个年轻的九零后小姑娘小李,开着一辆"大黄蜂"。亮黄的车子甚是出挑儿,一下子就吸引住了"老助理"。人老了可能特别喜欢鲜艳的色彩,仿佛在那样的光鲜中便会回到年轻的岁月。

知母莫若女。我搂住妈妈的肩膀问:"你喜欢这车?来来,站过去,我帮你拍两张照片。"

妈妈略一迟疑,还是颠颠地过去了,倚着"大黄蜂",无比帅气。小李都不禁赞道:"简直就是美女和跑车呀。"

只是傍晚的上海,路况可想而知。一个小时,都没开出几公里。等我们到了酒店,天色已晚。幸好,酒店环境很好,五星级。房间很大,非常舒服。

酒店坐落在较为偏僻的地区,周围的建设却并不落伍,高楼大厦不少,同时,还有一种远离市区的恬淡。

母女二人漫步在清冷的街头,循着那片较为璀璨的光影,去觅食。没想到,这一走,就走出了两站地。怕娘累了,忙问:"怎么样,走得动吗?不然咱们打车吧。"

我娘把头摇晃得跟拨浪鼓似的,说:"走得动,走在上海的大街上,怎么都走得动。"

说完她挺起腰板,还加快了脚步。我在后边笑了,这就是最真实的故乡情结吧?

吃到正宗的上海大排面、炒年糕,热乎乎,很舒服。妈妈心满意足。回到家乡,不需要大鱼大肉,只要带着家乡的味道,便是美味佳肴。

二、"老助理",尽职尽责

(2015.12.5)

早早起来,和妈妈并肩站在阳台上,视野里一片绿色。阴天,还是有一股湿漉漉的洁净。初冬的寒意在南方并不鲜明,但却透着明净。

老妈比我更有精气神儿,早就收拾妥当,眼巴巴地看着我说:"现在刚六点多,时间还早,咱们去周边走一走吧。"

分明就不是问句，只是等待着我随行而已。小小要求，当然得满足。只是，我仍旧担心她会累着。

"没事的。"妈穿上外套，眼中熠熠放光地说，"只要走在上海的大街小巷，我的腿就好了，怎么都不会累。"

大上海的五星级酒店真的很棒，特别是不在闹市区，反倒更有得天独厚的优势，至少占地颇大。周围如同植物园。只在酒店的各处走走，便可尽享清晨的美好。

蒙蒙细雨，轻盈飘洒。老妈也逛得差不多了，便直奔餐厅。

大约是所处位置的缘故，酒店人不多。偌大气派的餐厅，只有我们娘俩和一个老外。各种餐食应有尽有。那个老外在那些上海特色小吃处左拍拍右拍拍，竟然稀罕得不得了。

尽管只有三个客人，服务却是相当周到的。看到我妈端起了杯子，一个标致的小姑娘立刻过来，甜甜地问："您是要牛奶还是咖啡？"

"咖啡吧。"俺娘也是落落大方。

我真的很佩服她，快八十岁的人，胃口特别好，冷的热的，豆浆咖啡，怎么中西合璧，都能一并消化。

吃饱喝足，俺娘便真的如同助理般安排起来："定的是十点钟到录影棚吗？天不好，咱们得早点走，只能咱们等别人，不能让别人等咱。"

我看着她那股子认真劲儿，偷笑。她们那一代人，就是那样，身上有很多闪光而美好的品质，都会在不经意间显露出来，而让年轻人自惭形秽。

录影棚距离酒店不算远，二十几分钟的车程，关键是这片区域不堵车，虽然雨越来越大。

上了出租车，俺娘便迫不及待地一展乡音，和司机师傅聊得无比欢畅。我虽然基本上听不懂，却因为老妈的满脸笑容而心花怒放。

平日里，我妈并不是一个多言的人。这一刻，真的就是故乡遇人便如故了，相当地自来熟。也正因为此，司机师傅不顾道路狭小弯曲，一直把我们送到录影棚的门前。

昨天接机的小李本来是要去小区外接我们的，因为一般出租司机都不愿意开到里边来。没想到，我妈妈的乡音给我们带来了便利。

进入工作状态，我便顾不上妈妈。而她却相当从容，一会儿看看正在化妆的我，一会儿又和几个上海本地的工作人员聊聊天，一会儿还会为我递过一杯水。

化妆师打趣道："方老师，这位助理阿姨很尽职呀。"

没等我回话，我妈妈先反应过来了说："那当然了，临时的，也得干好自己的本职工作。"

"阿姨。"化妆师大约是惊讶于我妈妈井井有条的表达，问，"您原来是干什么的？特别有气度。"

"我就是一个工人。"老妈自豪地说，"只上过一年多的扫盲班，之后都是自学的，能读书看报，能给我女儿当助理。"

得，老太太是真把"助理"当回事儿了。

中午，片场的放饭。四菜一汤的盒饭。工作人员怕我娘吃不惯，颇为歉意地说："赶着录制，您就凑合一下吧。"

妈妈一边夹起一块排骨一边说："这很好呀，有菜有饭有肉有汤。你们都不用管我，都去忙。"

真的，老太太举手投足从容大气，还善解人意。不愿意麻烦别人，不给别人添麻烦，这应该也是他们那代人的特点。而老妈喜欢看报读书，思想还较一般老人活跃前卫，难怪到哪儿都备受欢迎。我暗暗欢喜，真不枉我跟制片方提出带"助理"的要求。我这"助理"绝对尽职尽责。

溜溜一天。老助理，就那么敬业地陪着。让她在沙发上睡一觉，却一直神采奕奕，时不时地还去录制现场观摩，有模有样地站在导演身后，看着镜头里的我。精神头杠杠的！

五点钟，录制结束，我们离开片场。雨却越来越大，阻碍了我们的计划，没能带老娘去吃美食。回了酒店，只好叫外卖。但，老人仍旧很高兴。十八年前，我陪她来上海时，她就说，只要是在故里，就是天天躺在酒店床上也美。如今，她坐在书桌前，吃着云吞面，望着窗外雨幕里闪耀的点点灯光，嘴角荡漾着笑。

两张大床，我们偏偏挤在一张上睡。搂着老妈的脖子，享受着这份天伦。对于我们而言，陪伴着父母更是满足自己，满足自己一颗有能力照顾娘亲、有娘亲便是福气的心。

　　雨还在下，灯光昏暗。尽职尽责的老助理已经熟睡。

三、说好了，明年再来
　　（2015.12.6）

　　拉开窗帘，甚是欢喜。天晴了。推开阳台的门，清新的空气迎面扑来。不冷，反倒有一种秋的余味。

　　完成了工作，终于可以真真正正陪着娘亲游故里寻故知了。一早，我们先要去八佰伴，找我干妹妹玄米，刚巧她在上海出差。我们先去她住的酒店，安顿好后，她去忙她的工作，我带娘好好玩一天。

　　从我们的住处到玄米所住的八佰伴，真的很远。好在，现在手机各种软件很方便，再加上大熊和玄米都发来了精准路线，先打车，再乘坐地铁，如此，一个小时多一些，便到了。

　　玄米很细心，特意给我娘定了间大床房，说："姐，我记得咱娘喜欢清静，就让她自己住，靠外的房间，晚上可以看到东方明珠的夜景。咱俩住一间，可以聊天。"

　　别看生活在一座城市，却都各忙各的，反倒少有时间彻夜畅聊，这次，还真就是个机会。

　　安顿好了，我们便分头行动。玄米约了客户，我和妈妈踏上了访友之路。

　　妈妈这次来，有一个对她而言特别重要的事情，就是探望病在床上的月英阿姨。月英阿姨是妈妈的发小，上次跟她一起回天津的其中之一。另一个则是月英的表姐阿秀。阿秀定居江门，儿女孝顺，经济条件也好，身体状况也不错，常常给妈妈打电话。而月英阿姨却有阵子没有联系了。妈妈打过几次电话，都没有人接。还是阿秀告诉妈妈说："月英自己住，摔了一跤，挺严重的，好几个月不能下床。有时候就没办法接电话。"

　　妈妈心中惦念，毕竟月英阿姨是她在上海唯一的熟人，也是可以让她感知到上海是生她养她的故乡的见证人。妈妈不说，我却知道她很想多见见这个老姐妹。所以来之前我已经向妈妈保证说："妈，你放心，咱们什么都不做，我也陪你去看月英阿姨。"

"一直联系不上怎么办？"妈妈有些焦急。

"那就直接去。即便不在家，也可以问问邻居，邻居不知道，还可以去当地派出所查，总之有我呢，总有办法的。"我胸有成竹。

庆幸的是，临出发，月英阿姨家的电话终于接通了。原来，她病情严重，又住进了医院。这是刚刚出院，方才接到了电话。

于是，老妈除了完成老助理的职责，心心念念的就是去看望月英。月英阿姨住在老城区，乘地铁过去也很方便。一路上妈妈不停地叨念说："你知道，你外婆在我五岁的时候就去世了，你外公人特别老实，靠做小贩养活我，但，家里环境也是困难得很。白天，还得把我寄托在我的外婆家，可我外婆跟舅舅舅妈住在一起，舅妈刻薄，不许我吃她家的饭。我只能啃你外公给我带的干粮。月英和阿秀她们家里的环境都要好一些，她俩就经常端碗汤给我。后来，我七八岁的时候，为了生活，就去街上打零工，大冬天刮鱼鳞，手都冻坏了，还是她俩给我送药膏，不然的话，手可能会烂掉。"

我更紧地搂住妈妈的肩膀。这些陈年往事，我是知道的。妈妈的手上残留着当年的烙印。头顶也有曾经在大户人家做小帮佣，而被姨太太打后留下的疤。妈妈在她小的时候真是吃了不少苦，而后的岁月，因为时代的缘故，也谈不上享福。所以，我常常告诫自己，当我们拥有一切的时候，别忘了我们的父母，只要有能力，就给他们最好的生活。可能因为我没有孩子的缘故吧，可能因为父亲已经离开了我的缘故吧，妈妈，便是我最疼爱的人。满足她，是我最大的幸福。

为了满足老妈，我在月英阿姨家附近遛断了腿。

下了地铁，其实距离月英阿姨家就不远了。本来我想直接给阿姨点儿钱，让她自己买些东西。可妈妈到了楼下却有些踌躇说："我还想给买些排骨水果之类的东西，她躺在床上，恐怕自己没办法去买。"

"这好说。"我没多想，就答应了，"我现在就去买，你就在楼下的椅子上坐着,天很好,不冷,晒晒太阳,等我。"

本以为鼻子底下有张嘴,又不是在美国,问个路,找个水果店菜市场这点儿小事难不住我。结果,这一带修整,取缔了很多生活区域。想买东西,要穿过好几条马路,来来回回至少五千米。去的时候还好,空着双手,那点儿路对我而言不算什么。回来可惨了,两只手被塑料兜勒出了茧子。想叫出租车,却一辆没有,滴滴快车都没有人接,估计是这个居民区交通规则比较多,一般司机不愿意来。

我右臂是不能拎重物的,超过五斤是会引起水肿的。但,没办法,一只手实在拿不动。我暗自祈祷:"上帝呀,看在我是给月英阿姨买东西的份儿上,让我破例用用右手吧。"

老妈也没在一旁闲坐晒太阳,估计我去得较久,她也是有些心急了,站在路边张望。远远看到我,便要过来帮忙。我忙制止她,深呼吸,提口气,一鼓作气奔了过去。两只手掌是两条深深的红印儿。妈妈接过一些东西,特别不落忍地说:"疼坏了吧,我应该跟你一起去。"

"没事。"我双手搓了搓说,"我现在皮糙得很,很快就好了。"

月英阿姨家住在五楼。平日,我妈爬二楼都费劲儿,而这一次,并未比我慢多少。

终于,俺娘终于见到了她的发小,月英阿姨。

月英阿姨躺在床上,满头白发,特别憔悴。她只比妈妈大半年,却苍老很多。记得前几年,月英和阿秀来天津的时候,还是特别干练爽利的老太太,这半年来,被病痛折磨得不轻。

月英阿姨儿女不少,却多不在上海,只有一个小儿子,好像不是很让人省心。她这一病,便只好叫回来了独居的二女儿,照顾起居。

只是二女儿曾经经历过一些事情,头脑不是太灵光,便也无法指望她给予月英阿姨更多更好的照料了。

屋里很乱,只有月英阿姨的床还能坐人。月英把身子往里边挪了挪,妈妈便坐在床边。忽然,老姐俩就手握了手,呜呜地哭起来。

"小囡。"月英阿姨叫着妈妈的小名,"我以为这辈子再见不到你了。"

"月英。"妈妈帮月英擦擦眼泪说,"总是会再见的,你去不了天津,我就来上海看你。等你好起来,你再去天津找我,我们还要一起去江门看阿秀姐呢。"

妈妈说着说着,更加激动,哽咽不止。我忙走过去,将妈妈搂在怀里,帮两个老人擦拭泪水。

我不想多说什么,任何的安慰都很苍白。很多时候,我很明白,对别人的安慰虽是出于善意,但多半,都是站着说话不腰疼的。两个快八十岁的老人,又隔着那么远,并且都在走向行动不便的状态。在她们心底,能没有恐惧吗?能不为这样的相见而哭泣吗?那就哭吧。我不阻拦,只是轻轻地帮她们擦泪。

过了好久,两位老太太总算是平静了。一下子,不再需要我了,叽里呱啦地蹦出乡音。得,一句听不懂。偶尔两个人还跟我交流,我只好面带微笑频频点头,实际上,一句没听懂。对于土生土长在天津的我,方言跟外语没啥区别。

总有离别时。月英阿姨还在静养,我们不便久留。月英在我们的帮助下坐起来,靠近妈妈,两个从小一起长大的老姐妹相拥而泣,不知道何年何月再相会。

我轻轻拍着她俩的背,是安慰也是承诺:"妈妈、月英阿姨,你们不要难过,等阿姨好了,能走动了,可以去天津,要是阿姨不想走那么远的路,妈妈也可以再来上海。从天津到上海,飞机不到两个小时,很方便的。"

妈妈连连点头。月英阿姨望着我,又看看妈妈说:"小囡,你小时候受了那么多苦,晚年享福的了,有那么好的女儿。"

我妈由衷地说:"是啊,我很知足的。"

从月英阿姨家出来,我们要走过不远处的一条街,那里有直达外滩的公交车。从外滩再到南京路,玄米忙完会去跟我们会合。

大半天的奔波,老妈却没有丝毫的倦意。走在洁净的小路上,脚步倒轻快了很多。斜挎着包,雄赳赳气昂昂的架势。

"探望了月英阿姨,身心都轻松了?"我问妈妈。

"嗯。"妈妈的脸上露出孩子般的笑容,"你刚答应的,明年还来。"

我扑哧笑了,挎了她的胳膊说:"当然,说话算话。"

老妈竟然开心地小跑了几步。我望着她,心里却有些不是滋味。人老了,需要的并不多，吃不多喝不多，不需要什么娱乐，但，却有她们所在意的渴求的东西。满足她们，就是成全我们自己。

外滩还是那个外滩，只是这个时候游人并不多。母女二人走走停停。老妈变身向导，介绍着这里的变迁过往。

变天了，江边有些冷。我们向南京路走去。刚好玄米也到了。娘仨找了一家甜品店，靠窗临街而坐，看南京路繁华热闹，人来人往。

入夜了，吃了一顿纳西鱼火锅。热乎乎，暖暖的。毕竟是快八十岁的老人，一天下来，老妈还是累了。早早回酒店休息。我跟玄米则加了件衣服直奔东方明珠。

站在立交桥上，望东方明珠，聊生活琐事。想想，这样的天南海北无所不聊，对于我们姐妹而言，还是在十年前。那时候，玄米还在上大学，住在我家，便也与我结下这一段姐妹之缘。那时候，她大事小情都会跟我诉说、商量。恋爱、就业……很快，事业发展得非常顺利的玄米忙了起来，尽管总是抽空去看我，却没有时间这样的沟通交流。转眼十年，那个小姑娘已经成长为成熟女性，对婚姻、爱情、家庭、工作以及社会环境有着自己的见解，已经可以从容地面对生活的起起伏伏、变化波澜。

瞬间恍惚，人生的路口很多，但，只要有个方向，总能到达。就像为事业拼搏的玄米，就像只想走遍全世界的我。当然，还有在女儿的陪伴下，回到故乡，见到儿时玩伴，便会心满意足的妈妈。

四、上海，再会

（2015.12.7）

三晚四天，和"老助理"的上海一地游即将结束！

下午四点多，玄米和我们一起返津。还有一上午的时间，遵循老妈的意见，去逛城隍庙。玄米也没再安排工作，陪我们一起去。

说起来，干事业的人就是一心只想着工作。玄米经常到上海出差，竟然从没有去过城隍庙。我妈特别骄傲地说："城隍庙，上海的老城区。到上海，怎么能不逛城隍庙？"

"哦。"玄米嘻嘻笑着说,"我就知道城隍庙有很多好吃的,什么南翔包子之类的,嗯,咱们可以尝一尝。"

玄米说得没错,南翔包子很有名,只是队如长龙。我们是不可能把时间浪费在排队上,便咂吧咂吧嘴巴,闻闻味儿,算是尝过了。人家都是望梅止渴,我们这是闻味儿解馋。

别看老妈振振有词,细说着城隍庙的过去,可走在里边,也根本辨不清方向。时间有限,也不想进豫园之类的景点,干脆,就优哉游哉地走。渐渐地,发现俺娘的眼睛又亮了。原来是发现了那一条卖上海特产的商店。各种土特产和小食品,包装也是花花绿绿。俺娘径自走进去,只想花钱,带那些买回去没人吃的东西!仍是家乡情结!像是不要钱似的,一盒盒往袋子里装。

拿得太多了,我和玄米都呆了,试探着劝说:"这些东西都很甜,谁吃呀?"

"有无糖的。"售货员赶紧补充。

好家伙,老太太又拿了几盒无糖的。罢了罢了。图个高兴,就让她尽兴吧。

玄米的客户送我们到机场。虹桥机场历史悠久,确实很高端。老妈推着行李车,走在能照出人影的大理石地上。突然停下,回身,望着外面,挥了挥手说:"上海,再会!"

老妈,真帅。

第四章
国世界，纯洁的绽放

说起雪，会想到我们的北国，欧洲的瑞士，日本的北海道。去过本州，对日本的认知是干净整洁，自然景观则乏善可陈。记得当时，日本的导游，一个定居日本八年的秦皇岛小伙子就说："如果看自然景，还是应该去北海道，当然，也无法和我们祖国的大好河山相媲美，但那里的雪景真的是世界上独一无二的。"

近日津京两地雾霾严重，这便成为小茹和我出行北海道的借口。去个五六天，透透气。小茹家的老刘和我家的大熊都有些愤然，为何偏偏要去北海道？我俩的回答也颇为牵强，因为电影《情书》。的确，岩井俊二的《情书》，还有很小的时候，忘记了是山口百惠的哪部影片，让我对北海道有了大致的观感，纯白的世界，无风的清冷。两位家属拗不过我们，只好放行。我和小茹嘴巴上感谢着另一半的理解，哪怕不支持。心中暗自窃喜，只要能成行，说点好话，或挨点数落都是值得的。

我的闺蜜们纷纷感叹："哎，小茹和你，简直绝配。年龄相仿，志趣相投，关键是都没有孩子，没有太多牵绊，便都有一颗永远在热血中沸腾的热爱生活的心。"

我和小茹偷笑。人这一辈子，最重要的是在什么样的阶段都能过自己想过的生活。现阶段，我俩的共识——走遍全世界。

一、函馆的夜，璀璨了心房
（2015.12.22）

　　这一次从天津出发，终于不用我风尘仆仆地奔赴首都机场了。因为是早班机，小茹前一天中午便坐动车来津，在火车站附近的快捷酒店安顿好后，便打车到新业广场与我吃午饭。每次出行前，我通常都会和妈妈、姐姐吃个饭，这次也不例外。小茹很贴心，还特意给我妈带了正宗稻香村点心。

　　吃了午饭，我带小茹去杜姐姐的茶社"天驿行"喝茶。我很喜欢"天驿行"的氛围，坐在里边，心就会很静。正巧这样的机会，也想让小茹感受下。

　　只是，足足喝了一下午的茶，再加上即将出行的兴奋。我和小茹都失眠了。几乎一夜未睡，还得在早上五点出发，先去接小茹，再奔机场。六点钟集合，早上不堵车，倒是比平日快了不少。

　　正在等待过安检，我的电话响了。是 25 年未曾谋面的同学静打来的。她在机场工作，正好值夜班，特来相见。老同学就是老同学，时隔二十几年，却没有一丝的生分。年少时的种种，仿佛眼前。她还是轻言细语的，不过举手投足间多了几分女强人的干脆。身居高管，谈吐得体，家庭美满，面面俱佳。真为静所拥有的高兴。静一路护送，无比尽心。特意帮我们备好了早餐，一再微笑着说："这个航班上的餐很难下咽，你们别推辞，带上这些，到时候就知道是正确的了。"

　　静说得没错。飞机餐就是一个小面包里边夹了块不明物体，美其名曰是肉。实在不敢下咽，那一份早餐便成为美味佳肴。

　　下午，到达函馆空港！一下飞机，略有失望，天气不冷，也没有雪。不会这几日都看不到雪吧？

　　尽管没有雪，但透亮的蓝天白云足令人沉醉！那朵朵的云，似缀于尘世的木棉花！

　　两个小景点，托拉比斯契诺女子修道院、元町公园，精巧别致。元町公园老城区一带保留着许多旧建筑物，其中有国家级重要文物的旧函馆区公会堂、带欧洲风格饮茶室的原英国领事馆、函馆东方正教派的教堂和东本愿寺的分寺等，留下了日本文化和西方文化交融的独特气氛。托拉比斯契诺女子修道院位于静谧的半山腰，周围风景秀丽，安静优美，是函馆一道美丽的风景线！此地，有一家很有名的冰淇凌店，只是我俩没有零钱，只能咂吧嘴，望冰淇凌兴叹。还好，北海道的导游小林主动借给我们，说："等有了零钱再还我，不还也行，无所谓的，请你俩吃也可以的。"

小林并不小，五十岁。别看入乡随俗叫了小林，其实是正儿八经的老北京。小林直言就是为了挣钱才来的日本，没想到一待就是十年，加上娶妻生子，便真的在异国安家了。

冰淇淋确实丝滑细腻，入口，便更加神清气爽，一扫一夜未眠的窘状。

函馆，最著名的，就是函馆夜景。四点，到了卧牛山下。之所以叫卧牛山，是形似卧倒的牛。全长835米的架空索道把我们带到海拔332米高的山顶上。从全天候型的展望台可以眺望函馆港与街市，南至下北半岛、津轻半岛都能尽收眼底。与香港和那不勒斯并称为"世界三大夜景"的函馆夜景，点缀着海上隐约的点点渔火，堪称为人间一大绝景。这里的夜色宁静璀璨！尽管风声呼啸，凝固了耳膜。没错，入夜了，天冷了，我们真正体会到了北海道的冬季。毫不夸张，小茹穿着加厚加大的白色羽绒服，连衣的毛茸茸的帽子，倒是应了景也保了暖。相比，我的短款羽绒衣和普通打底裤外罩牛仔短裤，便只能感受什么叫"透心凉"了。小茹把她里边戴着的黄色毛线帽子帮我戴上，说："这会儿，只能像我似的，当一只熊，不然，就得悲惨成喂熊的兔子。别管好不好看了，把能往身上裹的都裹上。赏夜景最重要。"

脸都冻变形了，也好看不了了。我俩如同两只球，在一堆球中间滚来滚去，寻找着最佳角度。好不容易找到了，咬着牙伸出手，想拍照。得，手机坏了，黑屏了。这可怎么办？旅途中，最重要的就是手机，上网、拍照。小茹示意我别着急，先用她的。只是举起手机的刹那，她也怔住了。同样黑屏，没有任何反应。我们俩忙回到屋里，想弄个究竟。边上有好心人提示："太冷了，冻得手机不想运作了，自动关机了，哈哈，我们刚刚也是。"

果然，暖和了会儿，重新启动，两只手机又变成两个好汉，将这美丽的夜景尽收其中。只是，为了拍夜景，我俩的手都冻僵了，但，我和小茹仍旧战斗到了最后一秒，直到全团的人都撤离了，我俩才恋恋不舍，一步三回头地离去。

尽情览阅这山顶的冬夜，想起也是平生第一遭，对于每一个第一次，我俩都有一种欲罢不能的投入。这算是拥有着狂野的心吗？

一碗拉面，暖暖心房。温泉酒店，洗尽疲乏。

二、洞爷湖畔，红豆枝头俏
（2015.12.23）

六点刚过，窗外微明，竟一片绚烂。干净清透，冬的味道。

昨晚匆匆，泡温泉，睡好觉，没来得及留意酒店内外周边。别说，这家酒店很不错，相当于国内的四星标准。而酒店外景更是具备了北海道的特色，清冷却明媚。还是没有雪，枯黄的草地，在朝日晨曦的映照下，泛起金光，奔跑着，如同在没有任何羁绊的康庄大道上，只想眯着眼睛，冲着那束曙光张开双臂，深深拥抱。

早餐时，遇见小林，小茹忙凑过去问："我们这一趟不会看不到雪吧？是不是稍微来早了几天？"

小林笑着摇头，说："好几天前就降大雪了。别担心，不出意外，明天之后，你们就会真正体会雪国世界了。"

我和小茹听到这样的回复，放心了，大快朵颐。说实话，喜欢吃日餐，吃不胖的食品。

第一站，先去的大沼国定公园，很小的一个公园，也就是水上公园（天津市区内最大的免费公园）的一角。但因为有清透的蓝天白云，便显得格外美。冬日里却有秋的意味：落叶缤纷，如沙满地；河边垂柳，枯枝扮俏；云朵湖面，依稀融合。别说，如是穿了民国服装，轻依桥栏回眸一笑，活脱脱早年留学日本的革命的进步女学生。我和小茹正悠闲于湖边，迎面遇到同团的一个女子，瘦瘦的身形，小小的脸，穿着豆灰色短款羽绒服，戴着粉色兔耳朵。她友好地跟我俩打招呼，声音颇有磁性："方方、小茹？是吧。我听你们彼此这么叫呢。我叫筱莉，天津人，现在定居新加坡。一个人报团来的，看到你们这样朋友相伴，很羡慕。"

我和小茹忙走上前,说:"没关系,咱们一起玩。"

人生何处不相逢?我和小茹不也是在欧洲旅游认识的吗?当然,缘分能够延续,又需要很多天意。但,至少这一次,我和小茹都可以成为筱莉的伴儿。拍拍照、逛逛街,有人相伴,自然更好。

中午,导游小林安排我们吃日式烤肉,两个人一个锅,先烤菜再烤肉,豆芽、洋葱、玉米、生菜,烤出香味,放上五花肉,肉本身的油浸入菜里,菜很入味,肉很香嫩。只是,小茹不爱吃猪肉,我又不舍得浪费,几片五花肉下肚,便感觉胃里满满的。好在一出门,又是蓝天白云一片,便又豁然轻松了。

北海道为日本除了本州以外最大的岛,略小于爱尔兰岛。南以津轻海峡界本州岛,北以宗谷海峡界库页岛。札幌是北海道的行政中心以及最大城市。面积占全日本的五分之一,而人口只有东京的一半,人口密度极低,而且多集中于以札幌为中心的小樽与旭川之间,故此,就像我们来这里后看到的,人稀景旷,有广大安逸的感觉,与日本其他城市的拥挤繁荣相比,实在是别树一帜。景点之间的车程不算长,一般都在一个小时内。于是,腹中的五花肉还未消化掉,我们已经来到了昭和新山熊牧场。

昭和新山是世界上罕见的岩塔型火山,因它为昭和初年所爆发的活火山故称昭和新山,火山爆发所隆起的山岭,原本高度只有270米,后来因为地壳不断地活动,山的高度日益增加,至今它仍是一座成长中的"新山";从昭和新山红褐色的山脉中可以见到地热白烟喷出。熊牧场就在其间。

熊牧场,顾名思义,自然是各种熊群居的地方。想来,该是孩子们的乐园。只是,每个人无论四十岁,还是七十岁,也都有童趣的一面,平时收藏于心底,来到熊牧场,自然全面迸发。于是,可以看到,一张张布满皱纹的脸充满了返老还童的渴望。不管是真正的小孩子,抑或是我们,都十分投入到热烈的逗熊的氛围中。大人孩子,都对喂熊非常有兴趣,而在喂熊的过程中,也会发现优胜劣汰的自然生存法则,有些熊会站立着,作揖招手,吸引游客的注意,而一旦朝它扔食物,它会很敏捷地接到,而有些则只会吼叫,但当扔给它食物时却又被那些手疾眼快的家伙抢走了,所以它便只能一直在哀号,却总也得不到食物。这些棕熊还是很温和的,并不会因为食物被同伴抢去而打架斗殴,就是起了争执，也是点到为止。那副憨态可掬的样子，着实让人喜欢。我忙录了视频发给大熊，还不失时机地揶揄他说："瞧瞧，你的兄弟姐妹多可爱。"

大熊发来一个白眼，说："自己在外逍遥快活，还不忘拿我找乐。别光录，拿点面包也喂喂，毕竟是'亲戚'。"

我扑哧笑出声，丫这是承认了熊族地位。只是，哪里有面包呀。后悔刚才浪费了那么多的烤肉，不如用纸巾包好，此时，就能让熊宝宝们打打牙祭了。

小茹忽然一拍脑门，说："咱还真有吃的。昨天你不是做了两份三明治当早餐吗？可咱俩见你同学给准备的早餐更可口，就冷落了三明治。所以，三明治就一直在我包里呢。"

说着，小茹取下双肩包，摸出那两套三明治。面包、火腿、鸡蛋，很丰盛呀。只是，会不会坏了？熊熊们如果吃了变质的食物会不会拉肚子？

"怎么可能坏？"小茹耻笑我的毫无常识，"这么冷的天，坏不了。我只是怕辜负了你亲手做的食物，自己没吃，倒喂熊了。"

"嗨。"我嘿嘿坏笑，"那有什么，只要不浪费，谁吃都一样，更何况，这不都是我家大熊的亲戚吗？"

我和小茹笑作一团，一人托着一个三明治，开始充当熊族"大长今"。

从熊牧场到洞爷湖，仿佛从童年到少年。前者趣然，后者梦幻！总之，是暂且抛却了中年的愁绪。

洞爷湖位于北海道西南部。夏天凉爽，湿度低，气候舒畅。冬天根据地域不同，有些地方会很冷，而且会有很大的积雪量。果然，虽然没有漫天的大雪，却也是看到了雪的世界。小林告诉我们，这还是前几日的积雪，如果是刚刚所降，那就更好看了。不过，所剩积雪，又添纯白。这也让我们内心产生小小的雀跃。

洞爷湖周围长43.5公里，面积为69.4平方公里，属于"支笏洞爷国家公园"。位于该公园中心的是一个因火山凹陷而形成的火山湖，周围被昭和新山、有珠山、樽前山及羊蹄山包围，有遗世独立的静谧之美。湖面在冬天也不会冻结，是日本最北端的不冻湖，一年四季荡漾着清丽的湖水。在湖中的中岛上建有洞爷湖森林博物馆，可乘观光船前往。另外在这里还可以领略垂钓虹鳟和若鹭鱼的乐趣。

特别特别幸运的是，我们所住的酒店，就在湖边。

进到房间，打开窗子，我和小茹惊呼："哇！"

湖景跃然！满目清凌凌的波光。而楼下，一株坠满了红豆的相思树，似洞爷湖畔的红衣仙子，轻舞傲然，伴湖护水。

时间尚早，才四点左右。我和小茹无暇收拾行李，洗尽铅华，只想赶紧奔出去，尽情地在湖畔流连，与红豆树相依偎。快走出酒店门，忽然想起来了，筱莉说好要跟我俩一起游逛。忙微信她，告知在门口等她。等来了筱莉，我们一刻不停留，争分夺秒去亲近傍晚，连同暮色。

这样的天气，自然会看到日落，而侧面一家家酒店的灯光辉映，衬托得对面的傍晚余晖，更添了一份遗世独立的神秘。仿佛那个越来越昏暗的远处天边，是聚集了世外高人的仙界，不可探究，只能神往。

筱莉说话声音较为低沉，本以为她并不是活泼好动之人。真的依靠在围栏边，融进暮色里，笑声却暴露了真实的性情。这姑娘，也是一个"疯子"。

筱莉呵呵笑着点头，说："不是疯子，能经常一个人满世界游吗？"

筱莉是从事声音教学的，在新加坡开办了声音培训班，刚刚出版了自己的英文专业书。只是，已经三十大几的筱莉还没有遇到良人伴侣。

小茹安慰说："不是都说吗，剩下的都是优秀的。你这么优秀，迟早会遇到最好的人。"

筱莉笑弯了腰，说："那好，我先好好单着，等着撞上那个最好的。"

"你还别不信，"我扶起筱莉，"撞上了，你推都推不走。"

筱莉挺直了腰板，一本正经地说："好不容易撞上了，我才不推呢。"

"哈哈哈。"三个女人的笑声回荡在湖边，碰碎在灯影里。没有辜负洞爷湖的那份唯我独在的心心念念。

六点钟，入夜了。我们从湖边溜达到酒店后边的小街，看到一家店铺，便走进去。各种小物件非常可爱，而两只超大的玩具熊异常逼真，就像两个可爱的baby。我们三个轻快地走在街道上，那种感觉好像真的远离了现实，远离了生活中总会有的小烦恼。大约，这也是我最喜欢在旅途中的一个重要原因吧。

当然，喜欢在路上，还有一个很重要的原因，那就是可以有机会品尝各地美食。今日晚餐时间是七点钟，据说有北海道长毛蟹。咂吧咂吧嘴，准备回去，准备饱餐。

自助餐，为了合理安排，每个团队都有固定的就餐时间和座位。

一顿丰盛的螃蟹自助餐，新鲜无比。其他食物是自取，长毛蟹需要导游帮忙点，但，不限量。并不贪吃的小茹和我，这一次却一反常态。不发一声，闷头大吃。吃完一只又一只。导游小林在我们吃了三只后小心翼翼地问："还吃得下吗？"

小茹不假思索地回答："要是还痛快地给，再吃三只都没问题。"

小林也失声而笑，点点头说："我尽量再帮你们要，但，咱们的就餐时间快到了，估计最多再要两次。"

对面的同团的一个小伙子认真地说："那您干脆一口气再给我们每个人要三只，省得一次次去要显得频率太高。"

小林无可奈何地说："那是不可能的，日本人最怕浪费食物，一次不会给很多，都是吃完了才能再要。"

小伙子的新婚妻子坏笑道："那就只能请您跑断腿了。"

小林憨厚地笑了说："只要你们喜欢吃，吃美了，我跑断腿也值得。"

我们齐齐给小林竖起大拇指说："仗义，不愧是北京爷们儿。"

不可否认，长毛蟹真的太好吃了，让我这个已经一年多不吃晚餐的人，扶墙而出。缓缓劲儿，穿好和服泡汤去。

北海道的温泉世界闻名，昨日的女汤部在酒店一楼，看着外边星光点点树影婆娑，今日在酒店的八楼，室外天际，没有星光，原来是，飘了零零星星的雪。

啊，终于，终于，雪来了。

三、远处传来圣诞歌

（2015.12.24）

从未曾想到，竟然能在异国过平安夜。

爷爷奶奶那一代，因为就住在西开教堂附近，便都信奉了天主教。我的父辈们都是一出生就进堂受洗的。我因为出生时，父母在农村下放，并没有像哥哥姐姐们一样。没有受洗，但，也相信所有的宗教都是向善的，都值得信奉。父亲活着的时候，每年的平安夜，都会陪他进堂。而这几年，平安夜便是和大熊度过。

我喜欢平安夜这个称谓，不是崇洋媚外，信奉洋节，而是一念出"平安夜"三个字，就好像看到了一片纯白祥和——挂满了礼物的圣诞树上，除了闪耀的小彩灯，还有洁白的雪。世界陡然变得无比安宁，人与人在那一刻都会轻言细语。

每年的平安夜，大熊都会送我一份特别的礼物，一封情书。这家伙其实骨子里是一个浪漫的人，虽然平常说话又损又欠，煽起情来，也是会让人感动涕零的。

只是，这个平安夜我却和他距离遥远，并且身在他十分不想让我前往的国度。本以为礼物就此泡汤，却未曾想，一早就被他的微信叫醒："QQ 上收礼物，哼，按理说你跑那儿去，就不该再给你准备礼物。但，想想，天寒地冻的，还是给送点温暖吧，夫妻一场。"

话语里是浓浓的醋意。但，听话还得听音儿，毕竟礼物是有了，嘴巴上抢白两句就抢白吧。用小茹的话就是："嗨，本来就不愿意让咱们来这里，还不允许他们发发牢骚？"

这一次，大熊没有用印有我俩照片的纸张写满了文字，竟然做成了 ppt，记录了我俩这几年一路走来的点滴，最后说希望能够和我一起携手走遍全世界。

不知道为何，这虽然是毫无成本的礼物，却还是让我湿了眼眶。小茹说："其实大熊还是很懂你的。不过他一年就那几天假期，照那速度，何时陪你走遍全世界呀？所以，还是得咱俩，两个疯子先把全世界走得差不多了，再给他们做向导。"

我俩捧腹大笑，传送着 2015 年平安夜的与众不同。笑一笑，再抖擞精神，起床。

洞爷湖的晨色明媚，推开窗，深呼吸，神清目明。尝试晨泡温泉，温暖的温泉水中，望微明天空，身体轻灵灵。早餐仍丰盛，却已有心无力，昨晚的那一顿还没有完全消化。

酒店门口，站立着一位赠送客人清口糖果的小妹，穿着红色的和服，粉粉的脸蛋，温柔可人，甜美亲切。递了糖果后，还笑着鞠躬。别说，日本人的礼貌感确实极强。

上了车，先前往登别地狱谷。地狱谷其实就是一座活火山，因为地下一直有温泉咕嘟咕嘟的声音，所以起名地狱谷，当地为了配合旅游宣传，还专门弄了红鬼和蓝鬼两个卡通形象，连厕所也是用它们作为标志的。地狱谷到处都散发着硫黄的臭味，被浓浓雾气笼罩着，很多地方呈现出或黄或黑的颜色，岩浆喷雾，缭绕迷蒙。此处还有一个著名的间歇泉，人们在地面上凿开一个洞，把温泉引出来，可以清楚地观察温泉的活动状态，有时池里温泉很少，温度也比较低，有时又涨满并会沸腾。我们有幸参观了这一过程，温泉会在瞬间沸腾，水花四溅。这期间，有个温泉协会的老人在用工具将参观台上的厚冰铲掉，以免游人滑倒，孩子们却被老人使用的铲冰工具深深吸引，轮番上阵大试身手，这个工具设计得非常巧妙，即便是没有什么力气的老人孩子都可以将厚厚的冰铲除。小林说，在北海道，人们为对付冰雪发明了很多类似的工具，还有很特别的清雪方式。只是，地狱谷确实诡异，为看泉眼，摔倒一众。屁股蹲儿，大马趴，咚咚咚。我正举步维艰，化身女探险家的小茹已经蹬蹬下去了。我冲着她喊："千万小心点。"

我的话音未落，小茹倒是无恙，同团的两个女孩子齐刷刷坐了个屁股墩。我惊呆在一旁，紧抓栏杆，幸免未摔。只见那两个女孩互相依扶着，又借助着栏杆才勉强站起来。她们的两个同伴闻声折返回来，搀扶着回返，路过我身边，龇牙咧嘴地说："别下去了，太滑了，真的很危险。"

我使劲儿点头，心有余悸，想叫回小茹一起离开此地，平安夜平安最重要，却已不见了她的踪影。还好，她的鞋子比较防滑。

小茹是最后一个上车的。一脸的满足和兴奋，眉飞色舞地说："我快给你看看我拍的照片，下边更美。"

"摔了好几个。"我轻声说。

"我没摔着。"小茹也压低了声音，"不过打了几个趔趄，最终掌握住了平衡。"

"我那么叫你都不回来,你真是为了欣赏自然风景啥都不怕。"我不知是该佩服她还是批评她,小茹在自然风光里,就是无所畏惧的儿童。

"哈哈。"小茹笑道,"我属于纯粹的无知者无畏,再有,真摔了,我也不怕,姐肉多,经摔。"

我们掩嘴而笑。小茹这话里是有故事的。

昨晚,女汤部有体重秤。吃了那么多,我俩想见识下自己的胃究竟有多大的容量,看看体重长了多少。正在泡汤,自然是净重,我一上去,显示106斤,还好,几乎没有增长,看来海鲜日料的确不增肥。见我体重没啥变化,小茹便高高兴兴地站了上去。

"我去!"伴着小茹的尖叫,我忙凑过去。

126斤。小茹望望我,又目不转睛地盯着秤,充满疑惑地问:"难道我比你重二十斤?"

"秤坏了。"我抿嘴笑着说,"你上去那一刻坏的,我上去时候是好的。"

小茹悻悻然地下来,径自走进室外汤池,说:"重点好,经摔。"

生活里就是这样,如果保有着一颗乐观积极的心,无论什么时候,总能找到最好的出口,让自己瞬间心花怒放。这应该算是一种能力,而小茹就有这样的能力。

小茹倒在我的肩头说:"你是在夸我脸皮厚吗?"

自黑永远都是幽默的最高级别,茹姐做到了。

车子驶向新富良野滑雪场,沿途已见厚厚的积雪,阳光下,更加洁白。于是,内心又开始涌现些许的雀跃昂然,眼神里尽了期盼。终于到达,这是北海道最著名的滑雪圣地,的确未令我们失望。缀满冰凌的丛林,棉絮般的雪地。松柏上的绿白相映,雪面上的串串脚印。从未想过,敢玩雪上项目,竟那般疯迷。雪地香蕉船,将我和小茹变为花腔女高音,尖叫声传遍雪场,唬住了后边的人,欢悦了我们自己。

团里的一位大哥望着又飞身上了雪地摩托车的我俩说:"还玩呀,你俩玩了后,没人敢玩了。"

我俩坐在摩托车手后边,冲着那位大哥挥手说:"那你们就别玩了,哈哈,我们多玩几次。"

像上次在巴厘岛，尝试了那些水上项目一样，这些雪上项目也都是我初次尝试。站在一株大树下，我昂头望着白皑皑的远方，湛蓝蓝的天。是呀，人生，不就应该不停地去尝试新事物吗？尝试也是挑战自己。上学时，体育从来没有及过格的我，这几年就是成为民间运动健将，什么海上、雪上，不在话下。或许，这就是跟小茹臭味相投的一点——无知者无畏。

四点钟，雪地游乐场关闭，我俩寻着点点灯影而去，仿若童话世界，小木屋，灯闪闪，雪人、雪地，雪路蜿蜒。的确，北海道的雪，正如我想象中的，一脚踩下去，直没膝盖。浓烈多情，平平常常的就让人深陷其中。雪地里，却并不寒冷。似乎有一种，透过洁白而产生的温度，迷人暖心。

六点钟，雪的世界已经空无一人，只有嬉闹中的两个疯子。你深一脚，我探一步。看着对方出尽洋相，却流露出最美的光芒。

远处传来圣诞歌。我和小茹，在这一片空荡的雪海里，摇摆欢唱。

世界那么大，好想一直在路上。

四、从浪漫的小樽，到商业的札幌

（2015.12.25）

如此美幻的地方，定要早起。

露天温泉，暖暖的泉水，飘落的雪花。

心中长草，顾不上吃早餐，匆匆奔向室外，奔向林海雪原。雪越来越大，将我们浑身覆着。雪地里传来没有一丝犹疑的欢笑，抖落枝丫上的积雪，闭上眼去体味，冬的暖意，在冰凉间。童话世界里的小木屋，可有白雪公主和小矮人？时间，好想停在这一刻，让我们伴雪飞舞。这个圣诞，有小茹相伴在雪的世界，有大熊送的制作精美的情书，满足！快乐很简单，想的少，要的少。想要的，靠自己，一切！

大约因我出生时，虽已立春，却降大雪。从小便喜雪，喜洁净的漫天飞雪。但，很多年，都没见过纯如冰沙般的雪了，凉凉的，甜甜的，入口即化。来到小樽，雪纷飞，鹅毛般，瞬间，都成雪人。却让我和小茹欢喜异常。

小樽在北海道西部，面临石狩湾，约在100年前作为北海道的海上大门发展起来，极尽繁荣，不少银行和企业纷纷来此发展，甚至被人称为"北方的华尔街"。北海道能成为大自然的一块净土，小樽功不可没，这里清纯得像《情书》中的情景。会不会，在某一个街角，有如同当年《情书》中的渡边惠子（中山美穗）和藤井树（柏原崇）那样纯洁的情侣？

我相信，任何纯美的地方都会有纯美的人和故事。

小樽原本只是一个小渔村，后来成为指定的国际贸易港，但繁华过后却成了一个落寞的小港口，人口外流、国际货轮不再，小樽却能善用旧有、废弃的仓库等公共设施，由一个过气的小商港，发展成观光重镇、浪漫之都。昔日运河里曾拥挤着无数装卸货物的舢板，沿岸都是砖石结构的仓库，一派繁忙景象。如今这些仓库建筑都改成了玻璃工艺品商店、茶馆、餐厅和大型商铺。而小樽最出名的玻璃工业，也让这个城市有"灯的故乡"等美誉，看精致的玻璃工艺，是小樽另一种浪漫。琳琅满目的玻璃用具、艺术品及家饰罗列满街，有高级豪华的专卖店；也有卖各种小饰物、玩具的路边摊。

小林在下车前对大家进行了再三的叮咛："我们在小樽自由活动两个小时，小樽不大，走过前边那条商业街，就可以到中心地带，那里有一个八音盒馆，大家可以先进去参观。市区有多个玻璃工艺工厂，里头的玻璃艺品琳琅满目，小到常见的咖啡棒，大到华丽的大花瓶，让人看得目不暇接，还有来自世界各地玻璃制品、灯罩饰品，还有众多的玻璃手工品可供自由选择。日本的工匠们从海洋中获得了灵感。看归看，不建议买，这么大的雪，拿不稳，摔了就麻烦了。"

雪更大了，如鹅毛般。已经觉不出冷，就是爽透了的感觉。只是，俩人都超级想去洗手间。在停车场，我们找到一个简易的洗手间，狭小而冰冷，可为了轻装前行，我和小茹也是豁出去了，不怕脏不怕冷。客观来说，即便是这样的简易洗手间，也不脏，但铁皮门好像被冰雪浸透，寒气逼人。

我俩决定最后回来的时候再去小樽运河，现在那里人满为患，不如先去城区。

走在商业街，的确是看到很多玻璃制品店。小樽玻璃工艺品中有不少使用蓝色和淡绿色，正是大海的象征。在风铃的音乐声中，会让人们不由自主地爱上一个个冰冰的玻璃制品，最出名的"北一硝子"里还可以观看制作过程，游客还可以参观玻璃工作室，见识一下不断变化形状的吹空绝技。

迎着漫天雪花，慢慢散步到色内本大街。这一带往日叫作"北华尔街"。一些建于19世纪的石造洋房被保留了下来，其中一座现仍为日本银行小樽支行所使用。附近还有历史性的建筑以及文化馆、美术馆、小展馆等。小樽的每条街都是互通的，只要辨识对了方向，就不会走冤枉路。

木门框的咖啡馆，点缀了很多饰品，充满着圣诞的氛围。每个商家门前店旁并没有空地，但都有可提式木盆、木桶的花草盆栽，此时，则全部变成白色花卉。垃圾筒、座椅等各式街道家具也井然有序，颇具匠心，不但欧式的旧建筑物——挂上了市政府指定历史建筑物的衔牌严加保护，就算是新建的建筑物或老房子翻新，也刻意建成欧式建筑物的立面假墙，营造出整体都市的欧式风格，这点点滴滴都看得出市民与政府的用心经营。特别是那硕大的绿色邮筒，一下子把我们带入20世纪的感觉。假装放了一封信在里边，虔诚地祈祷，希望它能传送到最爱的人手里。难怪，北海道的浪漫小镇中，小樽是最受女性游客青睐的。不仅因为小樽的浪漫渗透了每一个观光旅游景点，就连空气里的味道都像是酸甜的恋爱滋味，异常诱人。

从旧华尔街经过堺町大街向东，中途在童话世界交叉口，便到了日本最大的八音盒专卖店——八音盒堂。它建于1912年，砖木结构的八音盒堂正面有一座高5.5米的世界最大的蒸汽钟，它每隔15分钟发出一段汽笛声般的音乐，仿佛带来了历史的呼喊。我们拍了纪念照，便走进八音盒馆。

一进去，才发现了室内外的温差。馆里是暖意洋洋的，不仅仅是气温，连同那些琳琅满目的八音盒。记忆中，我也曾有过几个八音盒。但，那真的都是很久以前的拥有，可以追溯到初中时。过生日，发小送过一个唱生日歌的。后来，还有过几个，但，形状都很单一，多是钢琴的造型。等有了更多好看的八音盒时，似乎那样的小情小调已经不属于我了。而我和小茹走在八音盒馆里，拿起化妆盒形状的，假装照镜子，巧笑嫣然；花朵形状的，置于鼻孔前，假装轻嗅，香气四溢；动物形状的，配上鬼脸，扮起天真，毫不含糊……最小的八音盒，就是一个钥匙扣，浓缩着乐曲，带进千家万户。

参观了展馆后，再前往小樽港湾。这一带有出售生鲜产品的市场和一块占地约13万平方米的大型商业区"麦卡路本牧"，其中设有宾馆、饭店、超市、电影院，甚至还有天然温泉。这里有本地人也有外地客，热闹异常。小茹常常趴在那些小店的窗子上，露出痴迷的小眼神。只是，我们的时间有限，两个小时真是太少了，小樽，是适宜住下来呆两天的。

终于回到了小樽运河，游人仍旧很多，毕竟这是小樽的标志。看似一条小河，却有着历史意义。小樽运河建于1914年，长约1.3公里，宽约40米。但随着时代的进步、城市的发展，小樽运河仅剩下其中一部分了。在小樽运河的两侧是大正年间以砖块搭建的小村仓库群，搭配上小樽运河边的煤气灯，倒映在河面上的景致相当的迷人。若想要拍下小樽运河最美的状态，要到浅草桥或是中央桥上拍摄，也因为如此所以这两座桥总是塞满了抢拍小樽运河美景的游客。并且，据说傍晚的景色更美，白的雪、亮的光。

小樽的每一个观光景点都充斥着浪漫气息，不论是小樽运河的煤气灯、仓库群的红砖、商店内的水晶小熊、美术馆内的油画、博物馆内的音乐盒、交通纪念馆里面的蒸气铁道等，都让到小樽旅游的人回味不已，都让我和小茹真的变成风雪里的两个疯子，疯走，不觉冷不惧吹不怕雪花迷了眼，只有嘴角流露的笑意。

回到停车场，我的红短裤，也误导了日本老司机，冲我做出寒冷挨冻状。想起前些天跟老妈在黄浦江外滩，就是这条红短裤，也引得路人的惊诧。而这次北海道之行，我带的全部都是短裤。当然，短裤里可是穿了两条保暖裤，再加上一直在狂走，真不冷。本想跟司机大叔解释，被小茹拉走，不屑地说："下回穿黑色的，穿这种假透肉的保暖裤得费多少唇舌。省下所有力气，咱们还得去欣赏札幌迷人的夜景呢。"

如同大部分北海道地区的地名由来，"札幌"这地名也是起源于北海道当地的原住民阿伊努族的语言阿伊努语，经过和化之后，以日语呈现。札幌市的市徽外观是一个六角形，代表冰晶（雪花）的形状，是北海道的象征物。这是个典型的北国城市，具有浓厚的北国风味。札幌每年都有以冰雪为主题的户外活动，这就是札幌雪祭的由来。雪祭的主会场设在大通公园，郊区的真驹被开辟为第二会场，专供儿童玩耍。后来又在支笏湖国家公园开辟了第三会场，供游人体验冰山探险的乐趣。雪祭分为雪堆和冰雕两大部分。雪雕的造型以人物为主，表面呈白色粉末状，四周设置的投射灯光打在上面，突出了人物的纯洁质感。雪祭的参赛者们把自己的想象力发挥到了极致。作品从人物、动物到世界名胜，包罗万象，无所不有。

雪祭虽未看到，却看到了活生生的街道"速滑"。

我们到达札幌的时候是下午三点多，十分难得的是，酒店竟然没有像一般的跟团游那样，安排在荒郊野外，而是在最繁华的狸小路商业街边儿上。从酒店步行至狸小路商业街不过几百米。但倘若真的以为这几百米只需要几分钟的话，那就太天真了。筱莉就是这么天真的孩子。尽管导游小林一再强调："札幌这边，不像小樽和新富良野，那里厚厚的雪地，摔一跤也无大碍，这里的街道，很多地方都像镜面般。当地人是习惯了，你们可得小心，弓着身子慢点走，狸小路商业街很多店铺都是二十四小时营业的，别着急，有时间的。"

可筱莉好像没记住小林的话，踩着高跟鞋款款地走，没走几步，"嘭"的一声，狠狠砸在镜面般的雪地上。走在后边的我和小茹张大了嘴巴，赶紧弓起了身子，紧紧抓住彼此的胳膊，蹭到筱莉面前。艰难扶起筱莉，看到龇牙咧嘴的她，似乎摔得不轻。

筱莉无法跟我俩去逛狸小路商业街了，只能回酒店躺着，并且期待着无大碍，否则会影响明日的行程。

而我俩，几百米的路足足走了半个小时，总算平安到达。深深松了口气，我不解地问："为什么不洒盐水？这样的话，一天得摔骨折多少人呀？"

小茹思忖了下，说："没听小林说嘛，这的人都习惯了，再说了，每天都下雪，撒盐水也没用呀，还不如省点盐呢。"

我还是颇为费解。小茹拉着我进了一家店，说："别想了，反正咱俩就冒充老头老太太，互相搀扶，弓腰弯背，慢慢走。"

从浪漫的小樽，到商业的札幌。相同的，是飘舞的雪。雪的世界里，商业气息也变得小清新。

夜来了，霓虹灯闪，札幌的夜，万般迷人。

五、不夜之城，一醉方休

（2015.12.26）

札幌是一座不夜城，整夜灯火通明。

清晨，洁白无瑕，未因那份喧哗而凌乱。

小城市的雪后晴天，笼罩着圣洁的纯净。伏在窗子边，望着空荡的街道。此时的空荡与昨夜的人来人往形成鲜明的对比，却都是属于札幌的真实。

小林告诉我们晴天只是暂时的，随时都会继续飘起漫天大雪。

我们偷偷窃喜，雪，尽情地来吧！

札幌市区沿平川的河道伸展，这条河穿过市中心，将城市分为东西两区，人行道上都种着洋槐树，因而札幌又有洋槐之都的美称。街道整齐而且具有北欧风情，市内有两条特别宽阔的马路，互相交叉成直角状，其交叉点就是札幌的中心点。初夏，札幌的紫丁香花、金合欢树花盛开，这样绚丽多彩的自然风光一直延续到雪季来临之前。入冬之后，整个城市一片雪白，墨绿色的常青树叶像雪原中动物的眼睛一样。我们便在这样的雪白中享受着轻悠。

札幌是美的，且美得含蓄，美得收敛，必须深咽几口，细细体味，才知原来芳香醇厚。冬之冰雪夏之凉，秋之红叶春之绿，四季节气不同，景色也迥然大异。有幸见到冬的清灵，踏行在城区街头，简洁流畅的现代雕塑极其无意地承托着几枚北风吹落的枯叶，是无心，却又浑然天成。这是爱者的乐园，这是文艺家的故乡。难怪札幌南高中毕业后就读医科大学的札幌籍作家渡边淳一，多年不离札幌，写出了名震一时的《失乐园》。难怪本乡新，这位"二战"后日本三大著名雕塑家之一，用生命和钢刀为宽厚质朴的札幌人民镌刻下许多动人的传说和不朽之作，他的故居如今早已游人如织，他的名字，将是札幌民谣里的骄傲。作曲家浜口库之介虽然不是札幌本土人，但他那艺术的头像早已被永恒定格在札幌著名的羊之丘上。丰腴的绵羊每日在石雕旁踱步之时，浜口所做的《恋之町札幌》，因为石原依次郎缠绵悱恻的演绎正在日本列岛一路传唱。

札幌市区的景点集中在大通公园附近。有札幌心脏之称的大通公园是长约1.5公里，宽约100米的带状绿地。有草地、花坛、喷水池等，是市民们休息的场所。在冬季显得特别美丽，银白色的雪地里满是装饰得五光十色的树木，夜晚也明亮如昼。只是我们到达的时候，好像正在重修，稍显凌乱。位于大通公园西一丁目开头的札幌电视塔，塔高147.2米，在90米处还设有瞭望台，从此处即可全览到札幌市区的宜人景色，尤其是晴朗湛蓝的天空下，被阳光照耀的雪白。公园两旁立有许多著名的雕塑。我们在园内乘电梯，直达公园内的电视塔顶，一览札幌市全景。公园旁的便道上，满是积雪，踩在上面，发出吱吱的声响。烤玉米和马铃薯的香味飘来，明示着这座城市的恬淡气息。每个人的脸上都是平静适然，街边的鸽子毫不怕人，凭你再三哄逗，它只随心飞展。札幌的街边小景，因为雪而多了浪漫和诗意，美，就是瞬间的开怀。

只可惜，筱莉昨日伤得不轻，举步维艰。但，她还是坚持着跟随在最后，走完每一处。我和小茹时不时地等一等她，帮她拍拍照。她这次出游的代价很大，总要留下一些美照，方可弥补。

上午的最后一处景点，是离大通公园东方不远处，一个美式的二层木造楼房，钟楼在屋顶之上，有如一个大烟囱，位于札幌市中心的白色木造建筑，原本是札幌农学校于1878年建造的演武场，正上方的美制四面时计台是1881年所增设的，也是日本最古的时计台，至今仍正常运转中，时计台为札幌重要地标，也是观光客必游的景点之一。站在下面，侧耳聆听，滴答滴答，好像听到了历史车轮滚滚的声音。

难得伤了腰的筱莉非常乐观，卖萌嘟嘴，在瞬间忘却了腰伤。其实，人就该如此，已经发生的事情，又何必过于纠结，接受的同时，找到最好的状态，便是最对得起自己的方式。但，我和小茹还是劝她当心点儿。筱莉嘻嘻笑着，用她那极有磁性的声音说："没事，明天回到天津，再不行就去医院。这样挺好，正可以给我多留在父母家几日的借口。"

下午，飘起了小雪，再加上地上厚厚的积雪，无不叫人满心欢喜。最开心的是，来到了白色恋人巧克力加工厂。白色恋人，是北海道札幌市的石屋制果株式会社出产的一种巧克力夹心薄饼。两片薄饼中间夹着白色巧克力、牛奶巧克力及黑巧克力。包装是由白色和水色为基调的设计，中间配以利尻岛的利尻山照片。名字是有来历的，某年的12月，创始人在滑雪归来的路上无意间说道

"白色恋人们降落凡间了"，于是，便有这个闻名的品牌。

并不喜欢巧克力之类食品的小茹，却对白色恋人情有独钟。

"上次有朋友送过我一盒，特别好吃。"小茹两眼放光。

我撇撇嘴，我对这一款巧克力饼干并不热衷，口味过甜。但，这个巧克力加工厂却把我惊得目瞪口呆。

这座加工厂内有公园、博物馆及工厂，介绍"白之恋人"的历史及制造方法，亦珍藏了各国的历史茶具及关于巧克力的海报，亦有自制"白色恋人"的体验；而于每日的整点时间，还有大型表演。公园简直就是欧洲小镇式的儿童乐园。白雪覆盖下，亦如童话世界般，美妙神奇。众人多奔白色恋人饼干而去，我们却钟情这园中的景致。人工的建造，却有自然的映衬，脱颖出这个小小空间的梦幻。很佩服白色恋人的老板，把加工厂建成快乐王国，吸引着孩子们，也让更多的成年人体味回到童年的纯真美好。特别是写有"白色恋人"几个字的建筑处，从后边的圆孔探出半个身子，像是和"白色恋人"亲密接触了。我和小茹还都穿着白色的羽绒服，处处都是白色，和谐美好。

北海道的最后一夜，并没有更换酒店。昨日逛过，已经熟悉了些。繁华商业街，其实条条互通，绝不会迷路。走在狸小路，瞧瞧看看，猛发现，不爱逛街已多年。这时，走过两个日本女人，上身棉衣，下边光腿穿着短靴子，神情自若。我不禁打了个哆嗦，真不怕冷呀。

小茹推搡我一把，痴笑着说："你不怕冷是假的，保暖裤厚着呢，人家可是真的，连双袜子都没穿。"

好吧，我甘拜下风。

北海道的最后一夜，总要留下一些难忘的回忆。本想去找一家居酒屋，喝喝小酒，看看夜色。最初，是我们三个和同团的两位大姐、一位大哥一起行动。只是，左找右找，不仅没找到居酒屋，好像还误入了歧途。一个彪形大汉凶巴巴地盯着我们，我们愣了片刻，赶紧落荒而逃。这下子，他们三个有些担忧了，跟我们分开，径自去吃拉面了。

我们三个不甘心，我和小茹一边一个，搀扶着筱莉，一条条小街继续找。最终，误入一家酒吧！接待我们的是一个在台湾学了些汉语的小帅哥，非常理解过客的心理，安排我们靠窗而坐。

北海道啤酒真好喝，入口苦涩，继而甘甜。美丽的夜晚，北海道、札幌。真的很美。

不夜之城，一醉方休。

六、最美的纯洁的绽放
(2015.12.27)

愉快的旅程即将结束。尽管只有短短的五晚六天，却每一分每一秒，都精彩难忘。

睡到自然醒，时间尚早，一个人出去逛了逛。清冷的街头，却没有一丝孤独感，反而觉得十分享受。并没有什么要买的，只是想体会一个人在异国他乡街头闲逛的自在。直到小茹微信催我吃早餐，才于红绿灯处的人行道前深深吸了一口气，回望了一眼身后繁华的商业街，回返。

早餐，每日的早餐都是我喜欢的美食，素净清淡，尤其是牛奶和酸奶。这么冷的天，足足喝了三杯冰凉的牛奶。北海道的牛奶是可以跟澳洲的牛奶媲美的。像我这种平日拒喝牛奶的人，都觉得回味无穷。还有那甘甜的冰水。这些天，一直喝冰水，没有任何不适，反倒觉得非常舒爽。

四个小时，停留在奥迪莱斯。我和小茹，又跟两个神经病似的，对那些物品没啥兴趣，仍旧迷恋着外面的雪。小林说过北海道基本上是一天下雪一天停。实际上是一会儿下雪，一会儿停。雪花飘起，就是漫天白絮。放晴收敛，就是天蓝地洁。公路上融化了的雪，也超级干净。一辆辆汽车，都像被冲洗过，没有一丝灰土。几日下来，我们的鞋子，被雪粉刷得无比清洁。大冬瓜、大红她们都说早知北海道的雪有此功效，就让我穿她们的鞋来了。险恶的居心啊！

十八个人的团，也非常友好。尽管和大多数人谈不上熟悉，甚至没有说过话。但谦和谦让，于随时随刻。颇有感触的是，每一个饭店、酒店、商场门口的那些维持交通秩序的人员，还有我们的司机，都是六十岁以上的人，不管什么样的恶劣天气，都非常敬业、一丝不苟。对了，还有刚刚超市里遇到的那个热情地跟我们打招呼的，卖干贝的老人家，至少有70多岁了，还都在工作，并且是愉快地工作。

暮色中，我和小茹坐在札幌机场的玻璃窗前。机场并不大，窗外的景色却仍旧耀眼。深呼吸，放眼望。美好的一幕幕，烙于脑海。雪白的世界，最美的纯洁的绽放。

方心蜜建：

1. 北海道一年四季有着不同的美。夏之漫漫花海，冬之无垠雪境，北海道的美总是以最纯粹的姿态存在。所以，最好的旅游时间是每年的六月份和整个冬天。

2. 登别地狱谷景色壮美，遗世独立，却的的确确要多加小心，滑倒的危险性是极大的，并且一摔就不轻。

3. 北海道的温泉是会让人上瘾的，所以那几日定不能错过。我们一般都在晚上泡汤，其实早上对身体也很好。并且早上泡后，会更加神清气爽。

4. 新富良野是滑雪圣地，即便不滑雪，也要玩那些雪上项目，非常刺激，也没有什么危险。就算是滚落在雪地上，厚厚的积雪也如棉絮般，不疼不痒。

5. 小樽是一个浪漫的地方，四通八达，不要担心会迷路，条条路相通，最终都能找到小樽运河。

6. 如果自由行，一定要住在札幌商业街附近，尽情地体会不夜城的潇洒。

7. 雪后的天气比大雪中，走起路来困难更大，不要在乎形象，像老头老太那样弓背弯腰，最好与身边的小伙子紧紧相扶。否则，摔倒的可能性也是很大的。

8. 狸小路商业街有二十四小时的店铺，但大多数都于十二点前关闭。所以，虽然是不夜城，也不要熬通宵。

9. 北海道的啤酒、牛奶，都值得一饮再饮。

第五章

厦门，一路走来一路相伴

  春天，自然是会让人蠢蠢欲动的。到处充满了生机，吸引着人们的视线，紧紧抓住内心的小憧憬，在最适合的时候，让我们知道，该去向哪里。

  关于旅游，很多人有很多的诠释。而自从去年十二月，因为去录制一档节目，而成就了我和妈妈的四日上海游，便让我对于旅游，有了新的认知。趁着娘亲还勉强能走得动，要多享受下母女二人的异乡行。对于已到中年的我们，和母亲在一起，本身已经是极大的幸福了。

  除了家乡上海，我妈最钟情的便是厦门。于是，我决定在2016年的春天，带着老妈飞往厦门，放慢节奏，来一趟十二日的自由行。而七十八岁的妈妈，得知我要带她去厦门，高兴得如同一个小孩子，给自己置办了很多春装，还偷偷跑去超市买了一个新的旅行箱。告诉小茹我娘亲的举措，小茹立刻回复："终于明白了，为啥你这么热爱生活，绝对是遗传呀。"我真是哭笑不得，明明我家里有好几个箱子，真是没必要呀，但俺娘嘟着嘴巴撒娇地说："我想有自己的，以后你还会常带我出去，我用着方便。"

  我望着她，笑了，原来醉翁之意不在酒。亲爱的妈妈，是不是，也最渴望和女儿难得的单独相处？自从独立生活后，这二十年来，这样的相处是多么的奢侈。女儿答应你，一定尽量多陪你去到你想去的地方。

一、和娘亲顺利抵达厦门

（2016.3.1）

提早买的机票，超级优惠，两张票不到一千元。

尽管是晚上七点的航班，但，我和老妈还是五点前就到了机场。因为我师范时期的同学静就在机场工作，去找她，既能省去很多麻烦，又能和老同学相聚，一举两得。

二十五年没有见过面，只是在去年建了同学群才联系上，可是没有丝毫的生疏感。原本上学的时候，我们关系就很好。上次见面是去北海道，这一次，因为带着妈妈的缘故，静更是给安排得妥妥的。还在机场以丰盛的晚餐款待，最难得的是，我妈妈竟然还记得她，记得二十七年前开家长会时，那个娟秀的小小接待员。如今已经是高管的静，逆生长，仍旧瘦瘦的美美的。同学之间不言谢，一切都记在心里。

和网上评价一样，天津飞往厦门的航线准点率高达百分之九十九。果真没有晚点，两个小时后，我们便顺利地落地。

上飞机前，阿霞便发来微信，告诉我已经叮嘱好了她老公去接机。

阿霞是我读者群的一个妹妹，刚刚结束治疗的她，恰好这段时间带着妈妈去海南旅游。但，听说我要去厦门，便特别真诚地邀请我住到她家。阿霞声音轻柔，虽然是东北人嫁到厦门，却有着南方女子的温婉柔腔，而做事为人又有着北方人的爽利和豪气。

"方姐姐，你就带着阿姨住到我家，我儿子今年高三，我们在学校附近租了房子住，家就一直空着，但一切都很齐全，应有尽有。你带着阿姨住在家里是最舒服的，真的，听我的。"和阿霞认识有一年了，但并没有太多的交往，所以，我还是不想打扰，阿霞继续说，"姐姐知道吗？是《生如夏花》伴我度过了最艰难的日子，化疗的时候，我都是捧着它读着它，让自己的心情和心态越来越平和淡然，越来越能够接受现实的。所以，你来厦门，就住我家，我真的会很开心。我争取在你们走之前回去，无论如何，我们也要见上面。"

阿霞发过来当初拿着《生如夏花》在病房里的照片，浅笑盈盈，坚强内敛。

却让我一下子红了眼圈。这大约就是我们之间才能懂得的感情。

最终，我接受了阿霞的好意。

霞妹夫小苏更是热情厚道之人。见过照片，一出站，便认出对方。

小苏是当地人，当年的小鲜肉已经变成稳重踏实的中年人。和阿霞一样，特别爱笑，一看，就是脾气超温和的好好先生。

走出机场，深深呼吸。小苏笑眯眯地说："你们来得刚刚好，前几天降温，比北方还冷。今儿开始回暖，白天二十度左右，很舒服的。"

的确，空气清透，气温适宜。我搂着老妈的肩膀，看着老妈并未因风尘仆仆而稍显倦态，反之，斜背着为了此次厦门行而特意购买的深紫色帆布包，神采奕奕。这老太太，真是好精神。

只是，精神再好，毕竟是七十八岁的人了。曾经常年的重体力劳作，让她的腿脚并不灵光。走久了，能坚持下来，绝对是强大的内心支撑。膝盖的原因，尤其不能爬楼。

没想到，阿霞家住在五楼，并且没有电梯。老妈正一筹莫展，只见个子并不算高，身形也不算强壮的小苏一手拎起一个行李箱，两只手两个行李箱，平衡下垂，健步上楼，毫不费力。我不禁打趣："哇，妹夫，你这是练过功夫呀。"

小苏憨憨地笑。转身，看到艰难上行的我妈妈，拍了下额头说："哎呀，忽略了阿姨年纪大了，不能爬楼。今天太晚了，没办法了，明天开始你们从前边的货梯上下楼，我给你们留下电梯卡，再和前边商铺的管理员说一声。我们这个居民区，前排是商铺，只有那边有货梯。方姐和阿姨就将就下吧。"

我妈一听，喜出望外，顿时脚底下有了力气，顺利进了家门。小苏安顿好我们，就走了。我和老妈坐在客厅的沙发上，环视整个房间，每一个小角落都在玻璃瓶内插放了鲜花，还有各种水果、小吃和茶。阿霞，真是一个细致贴心的女子。

还不到十点，妈妈打开电视，如在家中般的安逸。我忙将这一幕录下来，发给在海南的阿霞。真的很感谢阿霞，让妈妈能有这样舒服和自在的感觉。

阿霞甜甜地说："阿姨喜欢就好。我们都是做女儿的，我特别理解方姐姐的心思，所以，我们都带着各自的妈妈好好享受旅程吧。"

阿霞说的没错。

读者群里很多姐妹，都很羡慕我们，羡慕我们娘亲还在，可以带着最爱的妈妈走走停停。九儿姐姐就说了好几遍了。

"方方，真好，带着老娘出游真好。"

"方方，一定要珍惜和老母亲在一起的日子。"

……

我似乎听到了九儿姐在这些话后面的哽咽声。九儿姐是北科大毕业的高才生，高端技术人才，父母已经不在，多年来跟老公和女儿走南闯北、背井离乡。用她的话就是父母不在了，走到哪儿，一家三口在一起就是家。至于家乡，就如同对父母的思念一样，是心底最温暖的回味。

正巧，也有出游计划的小美便向九儿姐提议，干脆，都来厦门。小美和九儿都是读者群的管理员。一年多前，读者群刚刚建立的时候，她俩都是和我一聊钟情的知音。和九儿姐姐见过两次，和小美从未谋面，但，几乎每天都会在微信或者 QQ 上聊几句。九儿姐不久前特意从济南赶到北京参加过我的新书分享会。她个头不高，气场却很强，成熟稳重。生病后，身形较为敦实，却更符合了她憨厚大气的性情。不过，我看过几年前九儿姐的照片，苗条很多，梳着马尾，干练而青春。九儿姐颇为自豪地说："那时候，我也四十多了，咱底子还是不错的，现在跑步、瑜伽练起来，即便不能回到马尾时代，也得健康阳光。"没错，九儿是一个浑身上下充满正能量的大姐姐。

而小美，比我小三岁，美丽女人。对我更是非常用心，为了宣传我的新书，生病后已经不上班的她不放过每一个聚会的机会，向当地的企业家朋友和一些单位的工会负责人极力推荐《一路走来，一路盛开》。小美有着好听的播音腔，广告词说得溜溜的——《一路走来，一路盛开》会让人感受到阳光般的明媚。

可以说，对我而言，九儿和小美不仅仅是读者、病友，更是朋友。于是，我把我的旅游顾问小石推荐给她们。大约是上天都在促成我们的厦门相会，小石所在的旅游网站正好有厦门自由行的特惠。两个人同时同地参团，好评后返现 800 元。而九儿所在的济南价格最优惠，和我同住一个小区的昕便和九儿一拍即合，俩人定好了 3 号的行程。而小美也找了一位旅伴，在 1 号一早便已经到了厦门。也就是说,此时,我和小美同在厦门的夜色星空下。

都收拾好,躺在床上,却失眠了。一方面是南方的天气与北方不同,深夜里,盖上两条被子,仍旧很冷。另一方面,将要带着妈妈在这个陌生的城市生活十几天,心底里陡升责任感。照顾好妈妈,远比我一个人满世界疯玩儿难度大多了。

同样失眠的还有小美。她竟然也还没睡,找酒店前台多要了条被子还是冷得异常清醒。

"我去,昼夜温差太大了,房间像冰窖,纵然姐有四十年在东北生活的经验,此刻也只能蜷缩成球儿。"我仿佛看到小美缩在被子里,只露着一张白净净的小脸的可怜样儿。

"现在都凌晨了,明儿咱别太早,九点半在植物园门口见。上午逛植物园,还有边上的一个开放式的铁路公园,下午去中山路。"我按照之前阿霞帮我规划的行程说出来,具体这两个地方有多远,也不确知,好在,厦门本来就不大。

"明天就能见面了,有点小兴奋。"小美惯有的鬼灵精怪,发过来一个有趣的表情。

"我琢磨着咱俩是不是要拥抱下?应该没有陌生感。天天聊,早就熟悉了。"我很喜欢小美。第一次看见她发在群里的照片,惊为天人。那是患病前她去济州岛旅游拍的一张回眸照,足以看出是一个美人胚子。从不否认,我是颜控。对她的人品性情有了进一步的了解,缘于读者群里的一次情感大讨论。那天的话题是围绕婆媳关系,女人们都在悉数婆婆的种种不是。突然,小美真诚地说:"说实话,我婆婆特别好,真的,她就像我亲妈妈一般,特别疼爱我,还有我大姑姐。这么多年,我们就是真正的亲人,一家人。我也特别爱她们。"

这席话让我对平时喜欢插科打诨的小美刮目相看。一个做儿媳妇的,能说出这样的话,除了说明她真的很幸运,遇到了那么好的婆家人,更说明她是一个非常善良,懂得感恩和珍惜的女人。一个漂亮又善良的女人,谁都会喜欢。

更特别的是,善解人意的小美对我有一种莫名的了解。不需要说什么,她就会很懂我,懂得我内心最隐秘的那部分,总是在最恰当的时候说出最温暖的话语。曾经有一晚深聊,小美说:"方方,我也是很骄傲的人,很少崇拜谁,但你真的是我视为偶像的人之一。发自内心地欣赏你,也心疼你。"

我没有告诉她,这话让我眼里闪了泪光。每个人的坚强背后都配有无可奈何的背景音乐。谁不愿意做娇滴滴的小女人?凡是能够成为女汉子的,又有几个是出于心甘情愿?就是通常说的那句话:自己不坚强,懦弱给谁看?

小美不需要做坚强的女汉子,夫贤子孝,家庭美满。一年多前,还是企业高管,加班出差,标准职场女强人。如今,还没有复职,仍旧在休假,并且还要长期休下去。所谓对事业的追求,每个人的理解不同。而到了我们这个岁数,奋斗过,也算小有所成,若能一下子都放弃了,过起快乐悠哉的生活,一定是真正参悟了。参悟了的小美,更加幸福无忧。

蹑手蹑脚来到妈妈的房间。娘亲的鼾声成为这阴冷的夜晚别样的却是温暖的乐声。

二、萍水相逢喜相伴

(2016.3.2)

很多时候,当我早上睁开眼的一刹那,会有种幸福感。又是崭新的一天,不管阴晴,都将会按照自己的所思所想去度过。没错,不违逆自己心思去生活,是最大的享受。而在旅途中,这种幸福感便更加强烈。身处异地,心却自由。

望着窗外,定一定神。这是在厦门,我带着妈妈在厦门。之后的几天,还会陆续有朋友来相聚,在这座美丽的城市。

九点钟,小苏发来微信,他已经在小区门口等我们了。原来,小苏的公司也在这个小区里,自己当老板,时间较为自由,怕我们刚到,人生地不熟,便要送我们到植物园。

我妈一上车,便啧啧赞叹:"小苏真是好,阿霞好福气。"

憨厚的小苏听着我们的赞美,笑着摇头说:"没事没事,今天天气好,你们好好玩。"

天气的确很好,阳光暖暖的,一扫夜间的阴冷。植物园的门口一大簇鲜艳的花树,立刻让我们感受到了春天的气息。盘错的铁道指引着铁路公园的方向,与植物园的正门比邻,风格却截然不同。

小美打来电话，她和她的朋友小侯也已经到了。原来，我们分别在两个门儿互等。还好，两个门儿之间不远。一分钟后，从盘锦飞来厦门的小美和我，便来了个世纪大拥抱。脆脆的笑声回荡在花树间，让我们的心一下子更加贴近。我俩勾肩搭背，一诉衷肠。小侯则挽起老妈的胳膊，亲切私语。东北女子的豪爽和贴心是那么自然地表现。

之前，看过阿霞发的朋友圈。植物园里的景色还是很美的。但，所有的植物园基本大同小异。而因为气候的缘故，厦门植物园，也就是万石山植物园已引种、收集7000多种植物，建成了松杉园、蔷薇园、竹径、棕榈岛、沙生植物区、南洋杉疏林草地、雨林植物世界、藤本植物区、花卉园、药用植物区、彩叶灌木区、百花厅、苏铁园、引种驯化区、市花园15个专类园区。拥有的各类植物资源中该园的棕榈科植物资源是最具特色的，已经引种驯化了各类棕榈植物500余种，是我国引种栽培棕榈植物资源最多的机构之一，包括加拿利海枣、大王椰子、砂糖椰子等。不仅仅是棕榈植物，厦门园林植物园还有仙人掌与多肉植物2000余种、藤本植物约200种、竹林植物200多种、苏铁科100多种、南洋杉科11种、市花三角梅100多个品种，形成以热带、亚热带植物为主的植物特色，并有多个植物类群在全国植物园中名列前茅。值得一提的是，这其中，还有金花茶、杪椤、笔筒树、银杏、水杉、红豆杉、苏铁等200多种珍稀保护植物。

只是，这般景象，我们逛得却毫无章法。因为我和小美在不停地聊，很多在平时说过的话，又面对面说出来，便又有不同的感觉。俊秀的小美性情还是很东北妞的，说话非常痛快。这更加辛苦了小侯，陪伴我娘的重任全担上了。

前几天，刚给妈妈准备了一个智能手机，还注册了微信。老太太拿着手机各种拍，小侯搀扶着她，娘俩其乐融融。

忽然又回到了门口。以为逛遍了园子，便心满意足地出来了，准备去走一走铁路公园。

相比较，我倒是蛮喜欢这个铁路公园。悠长的铁道，像是串起很多的记忆。我和小美手拉手，像是幼时的小伙伴一样，在轨道上垫脚轻跳，嬉嬉闹闹。起初，老妈和小侯还仅仅是望着我们笑。很快，禁不住我俩的肆意放任的快乐吸引,加入了我们回到童年的状态。四个人,在一米左右宽的轨道上,走走停停,仿佛走在远离尘世喧嚣的清幽里。

这么说说笑笑,便不觉轨道多长,连老妈也只休息了两三次。快到另一边的尽头了,小美一脸甜笑神秘地说:"方方,我下边要做的这件事,绝对让你感动。"

我不禁后退两步,挑眉轻笑,不会是要给我一个吻吧?

小美乐开花,白皙的脸蛋洋溢着少女般的娇柔,从背包里取出一样东西,一下子,双手捧至我面前。

"怎么样?猜到了吗?"小美得意洋洋。

"哇。"我睁大眼睛,"《一路走来,一路盛开》?我的书耶。"

小美更加得意,下巴扬起,那一瞬间,特别有《射雕英雄传》里俏黄蓉的范儿。的确,小美是个充满灵性,具有幽默感,又十分得体贴心的女子。和她在一起,很舒服快乐。就像我生活中的闺蜜,默契十足,又能为彼此着想。

"小猴子,"小美伸手召唤着,"给我俩拍一张坐在铁轨上看书的照片,真正的一路走来,一路盛开的感觉。"

望着小美专注看书的样子,即便是为了拍照而故作的,其中蕴含的情谊又是多么令人感动。那么厚的一本书,这么一路背着,也很重。尤其是小美的患肢水肿得厉害。两只手伸出来,明显不同。如此,她更不能拿重物。

我常常想,有何德何能,能够拥有因为我的书而与我结缘的人的珍视?

成熟女性之间的关系就是这么微妙,尤其是经历过我们这样的生死历程的,坦诚直接,没有一丝一毫的功利计算,是朋友,有缘分,不管见过几次,都会成为老友。

小美就不用说了,没见面的时候,都相信我俩已然是老友。而袁静,却是意外收获的朋友。

说实话,读者群里人很多,不可能每一个人都能记得住。所以,出发前一天,袁静在微信中给我留言的时候,真的不知她是何时进的群,也不知是何时加我好友。

"方方,我是你读者群的,我看过《微加幸福》和《生如夏花》,我是喜欢跑半马的李悦的老乡。"她这样自我介绍。

李悦我是知道的，和我同龄，生病后变成了运动达人，酷爱跑步，常常和我交流运动心得。还有天津的大静静，我常说她俩是我一直坚持运动的动力，是我的运动偶像。

"看你在群里说明天就要来厦门，我虽然是东北人，但现在生活在厦门，你和阿姨来了之后，一定联系我，我尽一下地主之谊。"袁静特别真诚地说。

可对于不熟悉的人，我既不想给人家添麻烦，又不想有过多的接触，故而，只是回复了一个微笑的表情。甚至，连袁静发过来的电话都没有保存。

可当我们娘四个吃了午饭，正悠闲地漫步在中山路时，我的手机响了。陌生的号码，陌生的声音："方方，我是袁静，我看你刚发的朋友圈，你正在中山路，我已经开车过来了，告诉我确切的位置，我去找你们。"

袁静的声音温和又诚意满满，让我再无法拒绝。

很快，袁静就找到了我们。一眼，我和小美都看出，她的短发是假的。小美悄声问："你还在治疗吗？"

袁静淡淡地笑笑，点点头。她并不算是一个开朗的女子，但和开朗的小美一样，眼中满是实诚。

"那怎么行？你还在治疗，怎么能陪我们到处逛呢？"我和小美异口同声。

袁静圆圆的脸上多了些笑容，说："你俩放心吧，要是前几日，还真不行，这些天是最好受的时候，跟正常人一样。等逛完了中山路，我开车带你们去胡里山炮台吧。厦门其实很小，那里算一个景点。"

胡里山炮台并不是只有一个炮台，只是炮台位于这座公园。所以胡里山炮台的整片实际上是公园，而炮台本身又是它其中的一个亮点。胡里山炮台位于厦门岛东南海岬突出部，毗邻厦门大学园区，三面环海，有着得天独厚的自然旅游资源，景区系国家级文物保护单位、全国4A级旅游景区，始建于清光绪二十年，总面积为7万多平方米，城堡面积为1.3万平方米，分为战坪区、兵营区和后山区，炮台结构为半地堡式、半城垣式，既有欧洲风格，又有我国明清时期的建筑神韵，历史上被称为"八闽门户、天南锁钥"。

恰好有演出，游人都聚在一起，热闹非凡。袁静和小侯搀扶着我妈，找到一个有利地形。老妈和小侯看得津津有味，袁静则托着腮安静地坐在边儿上的一块大石头上。的确，这里对她毫无新意，至少来过 N 次了，她，不过就是为了陪我们。我和小美互视一眼，紧紧拉住彼此的手，虽然和袁静可谓是萍水相逢，但，却完全能感受到她的用心相待。

从胡里山炮台出来，几近傍晚。微凉的天气，清透的海风，匆匆从车窗前闪过的株株椰树……浪漫的环岛路，晚霞铺满天。

"你们还有什么特别想去的地方？"袁静一边开车一边问。

"时间不早了，小美她们明天还得去鼓浪屿，最重要的是，你不能太累了，所以，我们还是分别打车回去吧。"我由衷地说。

小美也连声附和："是呀是呀，你现在是治疗的非常时期，不能累着。"

袁静还是微微笑笑，说："既然你们没有特别的想法，那就听我的，我带你们去厦门最有名的一家土笋冻店，超级好吃。店对面就是我弟弟的快餐馆，吃完土笋冻，再去尝尝我弟弟的手艺。"

不容我们再说什么，袁静已经调转了车头。而她的脸上，也多了些轻松和活泼。

当软软的土笋冻入口，我们几个人都惊得瞪大了眼睛。实在是太好吃了。袁静得意地笑，好像在说，怎么样？来对了吧？

本以为吃了那么多的土笋冻，必定再吃不下别的。可当热气腾腾的面和鱼丸端上来。当袁静的妈妈和姐姐与我们一起围聚在餐桌旁，立刻，如家人般，你一碗，我一碗，又都没少吃。

夜幕降临，欢笑如歌。这相伴的短短一天，小美、袁静和我，不再矜持，不再客套，轻松得如同这厦门清凉的天气，只有舒服。

三、以后，同床的机会还多着呢

（2016.3.3）

只一天，便多少适应了些三月初南方夜的凉，竟然睡得很安稳，一觉睡到自然醒，被窝暖暖的。揉揉惺忪的睡眼，迎接新的旅程。

老妈早就醒了，坐在客厅看电视。我本想出去买早餐，却已然九点钟。只好在家中做一些。这时候，更觉阿霞的体贴，冰箱里各种水饺、云吞、鱼丸，甚至牛肉、火腿、鸡蛋。另外还有一袋阿霞妈妈从东北带来的大米。于是，熬上一锅大米粥，娘俩等着小茹的到来。

小美和小侯去鼓浪屿了，而小茹和九儿姐她们都在今天上午赶到厦门。九儿姐和昕、影儿姐夫妻俩，还有于静和浅笑，我们说好先各自游玩一天，明天再与从鼓浪屿搭乘第一班渡船回来的小美俩人一起包车去土楼。

十点钟，小茹准点下了飞机，按照我发给的位置，坐上了出租车。很快，便到了。

小茹在十多年前来过厦门，这一次，特意过来找我，待上五六天，重新感受下厦门的新气象。

上一次，我和小茹去北海道的时候，因为是从天津出发，她便提前一天来津，和我娘吃过饭，还给我娘带了盒稻香村。娘俩当时处的就很好。这一见面，甚是高兴。并且又像变戏法儿似的从行李箱里拿出一盒稻香村。

"老妈，稻香村，你最爱吃的。"小茹总是那么喜兴，满脸的笑。

妈妈很感动，人老了，就更容易感动，更感恩别人对自己的那些好。大米粥、饺子、稻香村的糕点，这一餐，娘仁吃得温馨又舒服。

从北京到厦门，小茹并不疲累。于是，我们稍作休息，便叫了滴滴快车奔赴忠仑公园。据说那里有很多花卉。小茹是超级"花痴"，对于花的世界毫无抵抗力。俺娘也是。走在油菜花间，还时不时俯身嗅一嗅。我和小茹看着老妈潇洒地走在花间，不禁啧啧赞叹，这精气神儿，真难比。小茹跑过去，给妈妈戴上大墨镜，哇，老妈更帅了。

从忠仑公园到曾厝垵，有直达的公交车。厦门的公交车竟然才一元钱，并且还途经一部分的环岛路。又观光又能达到目的地，真是一举两得。

曾厝垵，喜欢这里，每一个小巷或小院落，都能带给我想静静坐下，微微一笑的念头。小茹和我，肆无忌惮地扮着文艺范儿，七十八岁的老妈真的很棒，几乎全城跟随。走到一半的时候，看到一间特别漂亮的小时装店，内设树根状的坐椅，两个小姑娘热情地应诺老妈坐下歇息，还奉上热水。惹得老妈一个劲儿地说："这个地方的女孩子怎么都这么好的。"哎呀呀，又念叨起昨日相伴的袁静、小美、小猴子。不过，明儿还会有更多的人，估计九儿又会成为新宠。

晚上，我和小茹同床，想想，缘分真的很奇妙，两年前在欧洲的旅行团里相识，怎么料想得到，有朝一日会如此亲近，甚至同床？

小茹笑着说："咱俩也不是第一次同床了，也不会是最后一次，两个疯子还得相伴走遍世界呢，同床的机会多着呢。"

我也笑，轻声的，在清凉而安静的夜里。

四、定格的瞬间，记载着这一程的相伴
（2016.3.4）

来到厦门的第四天，是我们天南海北十一人聚齐的一天，东北的小美和小侯，天津的昕和于静，河北的浅笑和影儿姐姐姐夫，还有济南的九儿，再加上老妈、我和小茹，也是浩浩荡荡。

我们之前早就安排好，这一天包车去土楼。

遇事才能对一个人有更深的了解。以前，我还真是小看了昕，这个从来不做饭的小女人，张罗起旅游的事，特别任劳任怨。联系车、谈价钱、谈路线，连同最后因为我们住得很分散，怎么和司机商量接人送人，全是她搞定的。我们坐享其成，省心省力，颇为感动。不由得更加钦佩九儿，毕竟年长几岁，对人对事更多了一份理解和宽容。昕在生活方面像个孩子，九儿姐则真的像个大姐姐般对待她。不求回报，发自内心地关爱。而昕也是个相当感恩的小女子，她不善言辞，却会把别人对她的好——记在心里。

最优化的路线，是先接我们，她们住的都不太远，最后去码头接小美和小侯。司机还晚点了，害得我们娘仨在马路上站了半天。早上，天气微凉，瑟瑟发抖的我们上了车才觉得舒缓了些。等大家都上了车，车上便暖和了。人体的温度是可以浸润身心的。全是温和良善的人，不管见过的，还是未曾谋面的，脸上都是友善和藏于心底的亲近。善于掌握气氛的小美，很快成为车内的一股清流，如她娇俏的面容般，带来无比的赏心悦目。只可惜，小侯病了，拉肚子甚至还有点发烧。如果不是为了和大家相聚，小美和小侯就不去土楼了。究其根源，大约是俩人前一天在鼓浪屿吃了不新鲜的螃蟹。顾不得怪她俩为嘴伤身，先找了个宽敞点儿的座位让小侯半躺着。活力四射的小侯，整个人都瘪了，让我妈心疼得直皱眉。而沉稳的九儿姐则充当起大家长的角色，坐在前边，处理一切应急的事宜。没有具体的分工，每个人却都以最自然的状态相处，这大约就是缘分。有缘的人在一起，怎会不舒服？

从厦门到南靖土楼，将近三个小时。本以为租了辆十六人座的新车更舒适，却不想车内味道很大。天气越来越热，开了空调人也晕晕的。好不容易到了休息站，赶紧都下车透气。一下子，来之前的豪情满满锐减。终于到了南靖土楼的售票处。买了票，雇了一个导游，便继续前行。

南靖土楼是指遍布漳州市南靖、华安、平和、诏安、云霄、漳浦等县山区的土楼，以历史悠久、数量众多、规模宏大、造型奇异、风格独特而闻名于世，被誉为"神话般的山区建筑"。福建土楼产生于宋朝时代，明、清朝时期逐渐成熟，并一直延续至今。它是世界上独一无二的山区大型夯土民居建筑，依山就势，布局合理，吸收了中国传统建筑规划的"风水"理念，适应聚族而居的生活和防御要求，巧妙地利用了山间狭小的平地和当地的生土、木材、鹅卵石等建筑材料，是一种自成体系，具有节约、坚固、防御性强的特点，又极富美感的生土高层建筑模式。福建土楼的建筑材料甚为奇特，由粘土、糯米、红糖、竹片、水组成，建成的土楼冬暖夏凉，具有很强的抗台风、抗地震能力。

不过我相信很多人和我一样，对南靖土楼多了一些了解，缘于那档真人秀节目《爸爸去哪儿》。缘于包租婆扮相的那个港星和几个孩子在土楼里的有趣故事。所以，当那个女导游游说道："你们就花一百元请我当导游吧，这样你们都能进到土楼人家，不然想进去还得花钱，每人五元，也好几十。等于多花几十元，我可以带着你们逛得细致点儿。午餐就在我家吃，价廉物美。"我们立刻同意了。

这最后的一段路甚是曲折颠簸，幸好，很快，就到了。进到土楼的第一站，当然要去看田螺坑。

田螺坑土楼群位于福建省漳州地区南靖县书洋镇，建县已有六百多年历史。与隶属龙岩地区的永定交接的书洋、梅林两镇，大多数是客家人，其他乡镇则以闽南人居多。四座圆楼簇拥着一座方楼，像是一朵怒放的梅花，美妙绝伦，璀璨夺目,又像是一支气势磅礴的五重奏交响曲,在青山秀水间激越地奏响。公路随着山势蜿蜒而下,随着观看角度的变化,田螺坑景观魔术般地不断变幻,圆楼时而在前时而退后,方楼时而隐蔽时而暴露。来到坡底公路上,抬头往上一看,田螺坑土楼群犹如布达拉宫横空出世,巍峨耸立,庄严肃穆,在阳光下一派金碧辉煌。这四座圆楼的建造者以顺地势增减一层屋柱高度的方法,成功地在第二层取得了平面,大大方便了居住。

在数以千计的漳州土楼中,我们眼前的南靖县书洋乡田螺坑的土楼建筑群是最美丽的,它由一方、四圆五座土楼组合而成,如山野中盛开的花儿,有人戏称之"四菜一汤",令人不能不感叹民间语言的生动!建筑巧合造就神奇,田螺坑地名的来历颇为蹊跷。有村民说,它得名于村庄背靠的湖崟山状似田螺;也有人说,田螺姑娘的神话故事说的就是黄家祖宗,那个叫黄百三郎的幸运儿,因为田螺姑娘的神助,才得以从一个养鸭少年成为一方富绅。田螺姑娘兴许是传说,但黄百三郎可是确有其人。田螺坑黄氏族谱证实,清朝嘉庆年间黄百三郎从永定移居此地,并在这里开始了他的传奇人生。于是,我们鸡一嘴鸭一嘴地问导游:"你们这里多数人都姓黄吗?你家也姓黄吗?"

导游笑呵呵地说:"姓黄的挺多的,俺婆家也姓黄。"

不知真假,也不需要知道真假。大家就是八卦下,笑一下,缓解下这一路的颠簸疲乏。

想要拍下"四菜一汤"的全景,我们必须站在高处。不,是身为摄影师的我要站在最高处,而其他人还是要走到下边,这样,我才能把她们和后边的景观融合在一起。还好,开始只有我们这一队人。于是,九儿、于静、浅笑几个搀扶着我妈慢慢往下走。先头下去的昕和小美、小茹、影儿姐则已经在我的指挥下摆起了pose。只可惜,小侯实在是不舒服,连这样的美景都无法投入进来,留在车上,等着我们。

俺娘真不是一般的老太太,台阶很陡,上下都挺费腿力。但娘为了跟"四菜一汤"合影,还是下去了。她的身体其实还不错,就是脚力差点了。可她有股子韧劲,特别能坚持。惹得众人都啧啧赞叹。帮大家都拍好了,摄影师便换做是小茹,我忙往下跑。可惜,好几队人马驾到,我的照片变成了集体照。也不错，就算是和天南海北的人一起围坐"四菜一汤"了。

女导游带着我们去参观，吞吞吐吐也说不出什么。我们面面相觑，笑了。这一百元，基本上是白花了。而亲临土楼，说实话，还真没有电视上的观感。虽然够原生态，但垃圾也不少。走起路来，真得深一脚浅一脚。最大的快乐是十一人的相聚，就算是一个土楼门，我们也能找到艺术感。当然，摄影师始终是我。小茹帮着教大家怎么能拍出一米八的大长腿。于静、浅笑和九儿领悟力最强，很快就知道如何侧着身，将一条腿尽量向前伸了。昕和影儿姐姐摆起pose，有些蹩脚，但特别认真，逗得我们常常大笑。小美就不用说了，本身就是大美妞，不需要我们怎么教，那小眼神儿，灵秀清透。当然，我老妈也不示弱。真不知道我这臭美劲儿是遗传了她，还是她看多了我的照片。哇，那一个个姿势，真比我们都得瑟，还组织大家拍合影。本来让导游帮着拍，结果，一下子冒出很多个拍照的。定格的瞬间，记载着我们这一行人这一程的相伴。我跟俺娘强调："别瞎买哈，我们手机里都有。"那年，她跟我嫂子和侄子去海南，这样的照片抱回来一摞，花了好几百。

俺娘听我这么一说撅起了嘴巴，快八十岁的人，其实就是老小孩儿。我搂住她的肩说："回去后，我先都传到你微信上，你能用手机看，然后再都给你洗出来，做几本杂志相册，每次不都这么给你弄好吗？别不高兴呀。"

妈妈并不是真的不高兴，她不过就是佯装不快而已。可影儿姐姐和姐夫却让老妈特别开心了。一路上都没怎么说话的影儿姐夫，径自从一个人那里买过来一张塑封好的集体照。影儿姐递到老妈手里，老妈真是合不拢嘴了。一问价钱，只有四元，还真便宜。我忙说："哈，买得好买得好。"

别说，这张照片拍得好极了。十个女人，站在土楼院内，背靠高高的土楼，蓝天隐约在楼顶，我们手挽手，我们笑颜如花。难怪老妈爱不释手，吃饭的时候，都放在身边。生怕放进她随身的小包，而弄折了相纸。

午餐就在导游家，一个劲儿给我们推野味。只是我去洗手的时候看到了厨房的景象，故跟九儿姐姐商量说："咱们以吃饱为主，多要点蔬菜，那些野味儿大菜都是早前做好的，老鼠乱窜、苍蝇乱飞，不一定卫生，再吃坏了肚子。"

九儿也觉得我说得有理，于是，我们齐刷刷点了八个素菜，一份面汤。别说,可能因为午后天气越来越热,大家心里有火,蔬菜倒是合极了大家的胃口,一扫而光。只是小侯实在让人心疼,连面汤都喝不下,给她用三把椅子搭成床,垫上我的双肩包,那么躺着,晕沉沉的。看得我妈一个劲儿地瘪嘴,帮不上忙的焦急。我安慰她说:"别担心,她们明早就回去了,回去就好了。"

吃饱了,喝足了。再周围悠闲地溜溜,望望远处的风景,隐约的绿色。在这样的场景中,并不熟悉的我们,好似相识很久。

说起来,小美和九儿姐都是读者群的管理员,影儿姐也参加过北京的《一路走来,一路盛开》的新书发布会。于静和浅笑的确是初识,可她俩都给我发来过与我的书的合影,感觉上也并不陌生。至于昕,我二十几年前就认识她婆婆,这也真是缘分。我们这些人,都不是特别"自来熟"的那种,甚至有些腼腆。相视一笑时,还会流露出些许的羞涩。却是在短短的大半天内,默默给予彼此温润的情感。

两点半,我们决定返程。一搜路线,归程是要路过云水谣的。南靖土楼并没有太过吸引我们,便对云水谣充满了憧憬。我记得是李冰冰和陈坤主演过一部电影,就叫《云水谣》,画面美极了。从南靖土楼到云水谣,因山路弯弯曲曲,一半人都恶心头晕。

小茹摇摇头说:"我不想去了,也没多少时间了,进去后,最多一个小时,估计都不能走个遍。"

九儿附和道:"我也不想去了,这山路转得我晕沉沉。南靖土楼也就这个意思,电影画面美,不等于真美。坐这么久的车,也是感觉有些疲乏。"

意见不统一,那就得求同存异。说起来,门票九十元,逛不了一个小时,也的确有点不划算。可我和昕还有于静都有残疾证,我们是免门票的,倒是可以进去瞧一瞧。小美敞亮亮地说:"那你们三个去,替我们看看,回来口述,我们路上聆听。"

"一个小时。"我立下保证说,"不管够不够用,我们来回就用一个小时,绝对不让大家等太久。"

几位留守人员异口同声地说:"没关系,你们去吧,我们该在车上休息的就休息,该四处溜达撒欢的就撒欢。这里蓝天白云的,走走也美。"

得到支持,我们立刻出发,却发现浅笑也跟了来。我不解地望着她,她笑笑说:"我就是觉得毕竟来了,还是想买张票进去瞧瞧。"

我刚想说不合算,却看她一脸的向往,便转了话锋说:"恩,等下一定帮你们三个拍最美的照片。"

于是,我们四个女子大步走进云水谣。只是,从正门到内里真的得走一段路,而这一路上也没有太多的景色。好在,我有一双善于发现美的眼睛,哪怕一条小沟渠,选好角度,定好画面,也会平添几分艺术感。给三个妹妹用心地拍照,一张张美照是此刻最好的记忆。于静看着手机中美美的自己说:"方姐姐,昨天浅笑帮我拍的要不没有脚,要不就全是地。"

我扑哧笑了,速成培训。用刚刚她们帮我拍的,立马想删掉的照片做例子,说:"我们不是学摄影的,但是最起码拍照得构图,留天留地,但地一定不能太多,否则真的会缺乏美感。再有拍全身照,脚丫子也得全,不能少一半,不然,整个人显得好奇怪,还特别矮。最后,人物照,人物尽量在照片的中心,因为突出的是人物。"

浅笑不好意思地笑,说:"方姐姐,你过去,我再给你拍一张。这张咱赶紧删了。"

我们笑作一团。边走边笑,便到了一座木桥处。问了人,说是过了桥再向前走十几分钟就能到达风车处。我们决定看一眼风车就回返。可走了好久,也没发现风车。而时间在流逝,我们已经出来四十分钟了。回返的路程如果想二十分钟能够到达,必须得是跑步前进。我们四个人一商量,不能说话不算话,让大家久等。看不到风车就不看了,凭经验,也肯定不会比电视上好看。

"一二三!"四个人相视一笑,撒腿就跑。满地的石子,还真硌脚。即便穿的都是运动鞋,也时不时发出"哎呦哎呦"声。来的时候是走走停停,没觉得什么。跑起来,发现如同在进行障碍性马拉松,难度系数增大。很快,她们三个就气喘吁吁了。而我也有些受不住了,但想到门外等待的人们,还是得坚持。毕竟我年龄最大,平时运动也最系统。我觉得只有我一直带头在前边跑,三个妹妹才有动力。

还剩下最后八百米的时候,昕首先泄气了说:"方方,我真的跑不动了。你们先回去吧。"

于静和浅笑的小脸也都煞白了，捂着肚子喘着粗气说："我们也跑不动了，方姐，真的不能跑了。"

我一边咬牙坚持着向前跑，一边说："没多远了，我先回去，让她们安心，你们仨儿就不用着急了，这一段就溜达吧。"

真是没有辜负我这四年如一日的运动，最后，我还拿出了冲刺的速度。可到了车边，发现人家几个可悠哉了。小茹和影儿姐姐根本就不在，她俩发现了不远处有一片很美的小树林，俩人玩得可欢实了。九儿和小美带着我妈，也在附近转悠，湛蓝的天，洁白的云，娘仨儿尽情感受晴朗。再看看狂跑而回的我，头发都被汗水浸湿，简直落魄至极。当然，还有不远处低头快走，累得都说不出话的三个小女子。我耸耸肩，人生的际遇里，真的不好确定是好还是坏，是福还是祸。不过，只要经历的是自己想经历的就行了。就像此刻的我们，都达到了自己的需求。我们四个去到了云水谣，她们享受了这一个小时的休闲。而这一切，都是我们彼此理解的结果，因为理解，我们才会求同存异，为对方着想。我想若干年后，我们这一行人一定还会记得这一天。尽管景色没有我们想象的美，甚至有些落差；尽管车子真的很憋闷，让我们不同程度地都产生了不适；尽管很晚才回到厦门，没办法进行一起夜游白鹭洲公园的设想。但，想起这一天，嘴角就会上扬。不熟悉的我们，却都有着同样的眼神，温和的、舒畅的，像认识很久的老朋友，话不多，却都明了。

晴朗的厦门的傍晚，美极了。云，如密密匝匝的大朵棉絮。记忆中，似在土耳其见过。原来，世间的美大抵相同。

夜深了，老妈鼾声起，而她的枕边，是那张大合影。熟睡的老妈嘴角带着笑意，大约是梦到了那些可爱的闺女们吧。

五、老人就是小孩儿，一点儿没错

（2016.3.5）

清晨，阳光倾洒进来，让整个房间都充满了光彩。可是，我们的身体状况却因为土楼之行的舟车劳顿而多少出现些问题。尤其是老妈，脸色有些苍白。

而我的头也炸裂般，只是顾着妈妈，我便强忍着。小茹还好，仍旧精神抖擞。小茹这身体状态，真是让人佩服，杠杠的。

小茹一边给我们盛粥一边说："其实你现在身体素质也好，可就是胃口不及我，吃不得油大的，昨天的菜虽说都是素的，可汪汪着油，你这肠胃就受不了了。我没事，不干不净吃了也没病。所以说，你得学我，坚决不减肥。你再胖二十斤，就跟我一样壮实了。"

听她一本正经的这番谬论，原本五脊六兽的我挣扎着笑喷了，说："你说得没错，我生病后就再吃不得油大的，并且凡是油的质量不好，后果就会难受恶心。显然，昨天中招了。所以，这跟增肥无关。我还是让咱俩之间保持这样的距离吧，距离会产生美的。"

小茹也笑了。想起我俩在北海道，泡温泉后称量体重，她整整比我重了二十斤，当时那副难以置信的表情，真的觉得称在她上去的刹那坏了。其实，小茹也不胖，主要是现在的我靠运动，体重几乎与三十年前一样，甚至因为肌肉结实，看上去更瘦。可惜，再强健的体魄，抵不过上吐下泻。

小茹征求妈妈和我的意见，还要不要按照原计划，和小美、小侯、九儿、昕在南普陀寺会合。于静和浅笑，影儿姐姐和姐夫已经奔赴鼓浪屿了，她们在那住上一晚，明日下午返津。而小美和小侯今天下午就要回辽宁了，九儿和昕本应也在早上前往鼓浪屿，但因为昕很想吃南普陀的素斋，便决定下午再去。这样，我们还能一起待上一上午。原计划是先去南普陀，中午吃饭素斋再去厦大。南普陀和厦大紧邻，出了南普陀寺就是厦大。

妈妈是一个极其为别人着想的老人，她是绝对不会因为自己的原因而影响别人的，哪怕，那个人是她的亲生女儿。所以，她隐瞒了自己的身体状况，连声说："行，我就是一阵儿不舒服，不碍事。现在喝了白粥好多了，一会儿袁静不是来接咱们吗？快些准备，别让孩子久等。"

袁静的确提早到来，载上我们前往南普陀寺。可车子行驶到一半，老妈明显状况不对。等停好了车，我们从地下车场上去，她终于支撑不住了，呼吸急促，脸上的皱纹都更加清晰了。我们三个都吓坏了。扶着她，让她坐在路边的长椅上，呼吸点儿新鲜空气。但，收效甚微。小茹提议去医院。老妈却坚决不同意。我们也不想争执，以免影响她的情绪，就焦急地等待。终于，妈妈的呼吸舒缓了，畅通了，脸色也好了很多。我们的心也放下了些，只要不是心脏的问题，感冒发烧拉肚子，都是小事。

老妈突然又显现出痛苦的表情，却仍旧不肯说出原委。我真的有些急了，蹲在她身边说："妈，你哪儿不舒服一定得说出来，不然，我们弄不清楚，就可能出大事。"

"我，我……"老妈还是有些难为情，吞吞吐吐地说，"我想上厕所。跟小侯一样，也拉肚子。"

小茹和袁静立马扶起老妈。南普陀寺就在马路对面，只有进到那里，才可能找到洗手间。

幸亏袁静熟门熟路，带着老妈直奔洗手间。我和小茹等在外边，天气不热，我的额头却渗出汗渍。有点晕，强撑着，不想让她们知道，免得大家雪上加霜。

老妈出来后，脸色又好了很多。我们商量了一下，我陪小茹去爬南普陀，袁静陪着妈妈在下边转转，累了就坐下来歇歇，等着小美、九儿她们。安静的袁静慢悠悠地说："我估摸着你们上下南普陀这一趟，最少一个小时，再加上方方身体状况也不太好，那么就得一个半小时，那时候，差不多十一点多，正好大家一起吃素斋。吃完了，我还陪着阿姨，你们去逛厦大。"

我和小茹冲着善解人意的袁静点点头。短短的相处，我们都很喜欢袁静，她温和大方，又细心体贴。

"其实南普陀的素斋又贵又不好吃。"袁静喃喃地说，"不过，你们第一次来，尝尝也可以。"

不知为何，当我听到关于"吃"的时候，就有想吐的感觉。用手摸摸额头，很烫，像是发烧了。但，看见小茹兴致勃勃的神采，我还是决定陪她去爬。我很了解小茹，在旅途中，她一定要尽兴，才会开心。其实，我也是这样的人。我希望小茹开心，便决定舍命陪君子。

只是，我真的高估了自己。没爬多久，就觉得脚底驾云，眼前直晃悠，浑身发冷，额上的汗却越来越多。明显的，话少了很多，没有了我和小茹平日里的叽喳雀跃。而这普陀寺却也没有什么惊艳的景致。想起之前来过的朋友所言：

普陀寺，不爬上去，怕后悔，爬上去，会后悔，半个小时，也挺累，却什么都看不到。

到了一半，真想停下来。但，这几年坚持每日运动，让我有一股子韧劲，不喜欢半途而废，更不愿意扫了小茹的兴致。于是，我咬紧牙关，继续上行。终于登顶，除了几个卖冷饮和小吃的，真的什么都没有。我和小茹像泄了气的皮球，一屁股坐在石头上，嗷嗷地喘着粗气。我的头更晕了，心里又惦记着老妈，真恨不得有个电梯，只需要几分钟，就能落地。可惜，想象总归不是实际。我们只能一步一步往下走。好在，山路并不陡，下行比上爬要轻松些。真的很佩服自己的坚持力，竟然没停歇，竟然比上去的时候用了更少的时间。

当然，还是比预期的要晚下来半个小时。已经微信告知小美她们，先吃，不用等。火爆的素斋店，却一点儿都勾不起我的食欲。胃里翻江倒海，头胀脸肿，应该烧到了三十八度以上。小茹是饿坏了，风卷残云。看着她做什么都很带劲儿的样子，我不想因为我和妈妈的身体情况影响了她。于是我对大家说："一会儿袁静送小美小侯去机场，我带我妈妈回去休息了，小茹就跟九儿、昕一起去厦大吧。"

"我还是陪你们回去吧。"小茹诚恳地说，"老妈这样，你又发烧了，我怕你俩在家不行呀。"

我连忙摇头说："不不，你听我的，如果你因为我们娘俩而影响了行程，我会内疚的，会更难受。逛完厦大，你可以租辆自行车去环岛路骑行，只可惜，我不能陪你了。"

本来想好了，把妈妈安顿好，我和小茹去环岛路骑行。计划赶不上变化，放心不下老妈，自己的身体状况也不争气。现在最重要的，就是不能连累小茹。老妈也一个劲儿点头，母女连心，想法一致。

小茹看我们如此坚持，便恭敬不如从命。于是，我们在南普陀寺的门口告别。这一别，不知道和九儿小美何时才会再见。依依不舍，却也不会磨磨叽叽。一生中总会经历太多次的分离和相聚，都是必然，不需要伤感，只需要记住，记住相聚的美好。记住小美、九儿、于静、影儿、浅笑、昕、袁静，记住这些可爱的女子，记住她们甜美灿烂的笑容。记住每一个人的善良和毫无保留的真诚。

不得不说,我现在的身体素质就是好,回到阿霞家,试了下表,三十八度七。吃了一片退烧药,睡了一大觉,傍晚,感觉有劲儿了,头也不晕了,距离满血复活不远了。只是我和老妈还都有些拉肚子,吃不下啥,继续白米粥。多亏阿霞早就备好的大米,忍不住发微信感谢她。阿霞笑着回复:"方姐,那是我妈从东北带回来的,正宗东北大米,特别香,熬粥可好了。"

这个还未谋面的厦门媳妇东北姑娘阿霞,再过两天就要回来了,真的很想当面向她表达谢意。这些天,在海南旅游的她,每天都会跟我微信,生怕我们遇到什么问题。阿霞的老公小苏也是,话不多,事儿都做到了。傍晚时,妈妈还有些心慌,我想去买些药,就给小苏发微信,想问下他哪里有药店,当时,他正在参加婚礼,没看手机,等晚上看到了,径自买了一堆药送来了。正好跟游完了环岛路,去给妈妈买速效救心丸的小茹碰上。

小茹一边喝粥一边感叹说:"这个小苏人真好,我想着老妈除了肠胃不舒服,心脏应该也有点问题,就直接让出租车停在了附近的药店,正好碰到小苏,你们没回复他,他也不知道究竟需要什么药,买了一堆。也太实在了。阿霞太有福气了。"

我和妈妈连连点头。毋庸置疑,阿霞真的很有福气,小苏具有南方男人的内敛和细心,关键是心地特别善良。笑起来,总是憨憨的。憨实的笑容,憨厚的人。这样的男人,当之无愧的好男人。

老妈吃了药,精神又好了些,不想睡,想跟我俩聊天,小茹劝道:"老妈,你还是去睡吧,不然,明天您好不利落,咱们怎么去鼓浪屿?"

一句话,把我妈说动,乖乖去睡了。我和小茹相视一笑,老人就是小孩儿,一点儿没错。

六、鼓浪屿,一个还想再去的地方

(2016.3.6—3.7)

鼓浪屿,在我的思绪里,那该是一个特别浪漫的地方,一年四季,都有一种清新的气息。

小茹在若干年前曾经去过，在她的描述中，鼓浪屿是一个适宜慢慢走、慢慢瞧，然后，在日落时分，静静地坐在沙滩或者岩石上，发发呆，吹吹海风。

一早，袁静打来电话，说："你和小茹去鼓浪屿吧，我把老妈接我家，她还没有完全恢复，我照看着她，在家歇歇吧。"

真的特别感动，这份体贴，像家人般。只是，老妈执意要跟我们去游鼓浪屿，一再强调自己已经全好了。我正犹豫，小茹当机立断说："咱娘仨一起去，老妈喜欢，咱们就陪着。上了岛，就先找个住处，老妈累了，就休息，休息好，咱就带着去玩。"

小茹就是一个特别干脆的女人，不喜欢拖拖拉拉，但，以我对她的了解，其实非常怕麻烦。却对我妈这般细腻周到，让我又感动又惊讶。小茹耸耸肩说："这有什么奇怪的？老妈是我认识的老人中最善良的，处处为别人着想，对孩子们又特别温和。你知道吗？我家孩子多，除了我小弟弟，我们都是在妈妈的呵斥中长大的。所以，和老妈在一起，就特别想照顾她、关心她、爱护她。心里想，我妈妈要是像老妈一样多好呀。"

这是小茹的真心话，也是她的善良，也是我们之间的友谊越来越深厚的契机，只有心性一样的人，才会成为朋友。性格可以不同，但心性却一定会是相同的。

鼓浪屿，是厦门市思明区的一个小岛。原鼓浪屿区后被撤销行政区并入思明管辖，位于厦门岛西南隅。原名圆沙洲、圆洲仔，因海西南有海蚀洞受浪潮冲击，声如擂鼓，明朝雅化为今名。鼓浪屿与厦门半岛隔海相望，只隔一条宽600米的鹭江，轮渡4、5分钟可达。面积1.91平方千米，2万多人口。气候宜人，四季如春。因为岛上除了观光车，不允许任何的机动车，故而无车马喧嚣，只有鸟语花香，素有"海上花园"之誉，岛上收藏众多古典钢琴，沁心典雅，更为其赢得"钢琴之岛"的美誉。

鼓浪屿有两个渡口：三丘田和内厝澳。我们从三丘田上岛，转天再从内厝澳回。从三丘田上岛后，迎面而来的是绿意盎然的清透。厦门真是个好地方。

游客不少，岛上的年轻人都出动了，在渡口等着寻找着需要他们带路游走的人们。四十元，会让我们少走弯路，还是很值得的。

一个小鲜肉走到我们面前,一句话打动了我和小茹:"我是土生土长的岛上人,也不打算离开这里,我和我的小伙伴们都爱我们的小岛。"

我们立刻决定请小鲜肉做我们的向导,带着我们走进小岛的心脏。鼓浪屿街道短小,纵横交错,清洁幽静,空气新鲜,树木苍翠,繁花似锦,特别是小楼红瓦与绿树相映,显得格外漂亮。毫无疑问,穿行在这些小街道间,真的是心花怒放。忽然就看见墙头的一簇三角梅,而绿色的枝柳尽情地垂落在木门上,悠然地守护着小岛的宁静。

走在这样的小街道,感觉就要长上翅膀了,飞呀飞,轻盈自由。倘若是我和小茹,定会这样走下去,走到日落,走到夜来。但,我们还是担心老妈,所以必须要先找个民宿安顿好。

有小鲜肉,找住宿找美食都不是难事。岛上很多家庭都是一条龙的,年轻孩子做向导,目的不是为了挣那仨瓜俩枣,而是为了后边的食宿甚至开个珍珠、推销点儿茶叶。

这些,都可以理解,不然,岛上人怎么生活?既然有缘分,那就听小鲜肉的,住到他姐姐家的民宿。正好有间临街的一楼的房间,顶楼的露台还可以观日出,当然,如果不阴天的话。出门右拐再左拐,便可以到中心广场。虽说叫中心广场,其实就是个很小的休憩场所。周边的几条小街里全都是各种小食店。

我们找了一家相对干净些的小吃店,小茹不管三七二十一点了很多当地小吃,海蛎煎、土笋冻、面线糊、沙茶面、春卷,还有一个肉粽。满满一桌子,看得我目瞪口呆,说:"太多了吧?你不是最不喜欢浪费了吗?"

小茹摆摆手,说:"你别管,老妈这两天都没怎么吃东西,现在恢复了些,得多吃点儿。"

好吧,不能辜负了小茹的心意。只是,我和老妈的肠胃仍旧没有达到最佳状态。为了不浪费,小茹只好尽量打扫残局。土笋冻比起袁静带我们去的那家差远了,当然了,价钱也要便宜很多。沙茶面还是蛮好吃的,热乎乎,汤也很鲜。吃饱喝足,我和小茹商量了下,先送我妈回住处休息,我俩则在"小鲜肉"的带领下畅游小岛。我们和老妈约定,一旦她休息好,想去找我们,就给我们打电话,我俩回来接她。临出门,我们又特意叮嘱了下老板娘,请她帮忙留意下，如果妈妈有什么情况立刻联系我们。都交待好了，"小鲜肉"也吃了饭来找我们了。两个文艺女中年便在"小鲜肉"的带领下，去游走每一条小街。

闲逛中，我和小茹会经常被某个房屋建筑吸引。"小鲜肉"不无自豪地说："我们鼓浪屿美吧？由于历史原因，中外风格各异的建筑物在此地被完好地汇集、保留，有'万国建筑博览'之称。龙头路商业街，就是你们刚刚吃饭的地方，诸多火热商铺都有贩卖各种厦门特色小吃。不是夸口，这里还是音乐的沃土，人才辈出，钢琴拥有密度居全国之冠，又得美名'钢琴之岛'、'音乐之乡'。所以有这样的赞誉：鼓浪悬帆今胜昔，堆金积玉慨而慷。"

我和小茹听得都很兴奋，轻快地自由自在地突发奇想地拐街串巷，专找人少的小街。清幽的街，果然空无一人。我们摸索着墙垣砖瓦，感受着可能发生过的古老的故事。正在这时，一个三四岁的小女孩抱着个皮球跟着一条小狗狗颠颠地跑进来。孩子和狗，都是小茹的最爱，她马上母爱爆棚，蹲下来和孩子、狗狗玩耍嬉戏。我倒是颇为担忧，问"小鲜肉"："这孩子的家长太大意了吧？怎么能让这么小的孩子自己跑出来玩？遇到坏人怎么办？被拐走怎么办？"

"小鲜肉"笑着摇头说："姐姐有所不知，我们鼓浪屿的治安也是很好的。来到这里的游客都要实名制，并且都得摆渡离开这里。所以小孩子都随便跑，不会有危险。"

"哦。"我应着，还是有些疑惑。

"再有，岛上的人都很团结，看到小孩子，都会照应的。"小鲜肉继续说，"姐姐你别不相信呀。我们岛上的人差不多都认识，好多都沾亲带故呢。"

"哇。这么说来，你们这里简直就是世外桃源呀。"我由衷地说。

"小鲜肉"更加自豪了，说："'世外桃源'内可是有很多观光景点：日光岩、菽庄花园、皓月园、毓园、鼓浪石、鼓浪屿钢琴博物馆、郑成功纪念馆、厦门海底世界和天然海滨浴场、海天堂构等，融历史、人文和自然景观于一体。买通票的话，价格比较合适。两位姐姐要不要买套通票，都进去看看？"

我和小茹同时摇头，异口同声地说："我俩不想去那些景点，就想走走看看，这样幽静的小街走上几遍都不会厌倦。"

"小鲜肉"并没有继续推销，还是很厚道地对我们说："最繁华的就是我们刚刚走过的这一带，再往前就到海边了。今天天气不错，应该能看到日落。"

于是，我们付了向导费，和"小鲜肉"道别，径自向海边走去。

我俩都去过很多海边，远的如斯里兰卡南部海滨，近的也去过海南、北戴河。但，喜欢大海的人，对海是没有丝毫抵抗力的。这一片海滩洁白、干净，球鞋踩在西沙上，感觉脚底滑滑的，特别轻松。沿着沙滩，漫步海边。望着不远处的日光岩，听着微风中浪花轻拍岩石的柔声细语，驻足在一株苍翠树木下，感受着属于天与地之间的无限情长。特别美妙的是，拐过去，礁石遍布，人迹罕稀。我俩观察了下地形，礁石距离海浪还有很长一段距离，并且平面还算整齐，不会有什么危险。于是，翻身跃到礁石上，时而轻依时而蹲坐着，望着远方，望着生命翻滚的惊骇与奇妙。并不交流，只是托着腮，带着笑。

"我想静静。"小茹扑哧叫出声。

"静静是谁？"我嬉笑回应。

两个四十几岁，已经通晓了世态，也很能接受现实的女人，只有在这样的旅途中才会完全地呈现出内心深处的那些，比如浪漫、渴望，爱和追求。

看过很多次日落，这一次仍旧让人欣喜。天边的红，脸上的笑，周围的光洁滑润，偶尔走过的一对儿小情侣深情的拥吻……生活多么的美好。

电话铃响起，是妈妈打来的，她急切地说："我迷路了，你们在哪儿？快来找我吧。"

啊？原来，这老太太不听告诫，想出去逛又怕影响我们，对自己的记忆力还充满了自信，一个人离开了民宿。走着走着，就找不到归途了。

"妈，你别急。"我安慰她说，"我估计你并没有走远，应该就在那附近，只是小街太多，便绕不清了。这样，你找一个年轻些的路人，把电话给人家，我请人家帮忙，把你送回去，我们也赶回去。"

美丽的地方，美好的人们。老妈找到一位年轻小伙子，人家二话没说，一口应允。

夜幕降临，鼓浪屿的夜是宁静又充满柔情的。娘仨逛着夜市，琳琅满目的小商品，充满了生活的气息。灯影下树影清晰，像是感情笃深的恋人般的相濡以沫。没错，鼓浪屿的夜，在晨星闪耀间，让人留恋。

第二天清晨，本想看日出，天公不作美，阴天，只好作罢。小茹次日就要返京，我们下午必须回去，晚上还可以去看一看白鹭洲的夜景，那是很多厦门的朋友推荐的，据说灯光璀璨，既有现代感又颇为缥缈。而上午，我和小茹打算好好陪陪老妈。岛上有观光车，会在一些景点停驻，坐着车，妈妈可以领略下鼓浪屿的全景，有些景点我也能陪着她进去瞧瞧，反正老年证、残疾证就是通票。我们去了菽庄花园、钢琴博物馆和海滩。如此，老妈也不虚此行。

鼓浪屿，不得不说，一个还想再去的地方。

七、夕阳西下，岁月静好
（2016.3.8）

分别，却并不都意味着伤感。分别，有时，是为了再见。

小茹是上午十一点的飞机，九点钟从阿霞家出发。我俩经常一起出游，早就习惯了相聚和分离。倒是我妈，有些依依不舍。小茹化身暖女，给予老妈一个大大的拥抱。

起飞前，小茹发来微信："亲爱的，放心吧，已经登机了。另外，我放在书桌上的钱是给老妈的，这些天各种原因，都没带她吃顿好的，后面，你帮我代劳，我出钱你出力。"

一时，真是不知如何回复。暖暖的。这世上，对而我言，老妈肯定是最重要的人，而能给予老妈关心和温情的，都会被我视为真正的朋友。

屋子里只剩下我和妈妈，稍显安静。她喃喃地说："孩子们全都回去了，就剩下咱们了。"

我搂住她的肩，说："还有袁静，她后天请你去她家做客。另外，阿霞和她妈今天晚上就回来了，跟我约好，明日陪咱们游厦大。"

妈妈的脸上又呈现笑意，问："那咱们今天去哪儿？"

"闲逛。阿霞告诉我，门口有一趟公交车会途经一半的环岛路，咱们就坐着公交车，游环岛路。饿了，就去曾厝垵吃饭，累了，就找个地儿休息。如何？"我问。

老妈点点头，说："听你的，我就两眼一抹黑，全凭你做主。"

独自带着老妈，一定要放慢节奏，要纯休闲状态。说到底，带老妈出游，就是为了让她吃好玩好。而南普陀那天的情形，也真是让我心有余悸。毕竟老妈快八十岁了，像这样较长时间的旅行，以后不敢再尝试。

所有的人都返回了，大家在我们临时建的群里纷纷叮嘱我照顾好妈妈，千万别马不停蹄。昕说："方方，就你那速度，除了小茹，我们谁都跟不上，可别累着老妈。"

于静和浅笑都发出大笑的表情，估计同时想到了那日在云水谣的障碍性马拉松奔跑。

我也笑了，说："大家放心，之后这几天就是体会美丽厦门的慢节奏生活。"

说到做到，我们娘俩整装出发。出了小区，马路对面就是公交站。车上人不多，但也没有座位了，一个十七八岁的男孩子立刻起身，给老妈让座。我连声道谢，说："厦门城市美，人们也友善，真谢谢了。"

男孩反倒红了脸，有些腼腆地笑了。

大约七八站后，车子便驶进了环岛路。车窗微开，徐徐海风吹来，夹带着椰树的清甜，令人神清气爽。忽然，有雨丝飘进，摩摩挲挲，拂面而过。我忙要帮妈妈关上窗子，却被她制止，很酷地说："这小雨才好，多舒服。"

不得不说，俺娘不是一般的老太太，绝对懂得浪漫的真谛。

我们还是在曾厝垵下的车。小雨中的曾厝垵比那日更有一种韵味，没有那么多游人，街道、房屋都在湿漉中呈现出更加清透干净的微妙的美。每家店铺前也没有了平日的长龙摇摆，而各种佳肴却并未因此而失色。逛了逛，雨更小了，毛毛的，落于发间面颊，温柔而舒缓。

肠胃完全恢复了的母女俩想起小美早上失落地说："哎呀，可惜最终没有吃到姜母鸭。"于是，我们打算帮小美弥补这个小小的遗憾。

找了一家看上去颇为整洁的小店，看着厨师将半成品放入砂锅，完成这道姜母鸭。香气，在清灵的小巷飘荡，挥散了眼前的薄雨细丝。

一般姜母鸭要配五谷杂面，但，身为上海人的老妈更想吃上一碗米饭。别说，好几天没吃荤菜和米饭，一入口，便觉得美味无比，老妈竟然吃了一碗半的米饭，连最后的一点点酱汁都拌着饭吃了。很少吃细粮的我，也破天荒吃了半碗饭。

正好阿霞发来微信，忙对她说："姜母鸭真的是这些天吃到的最好的厦门特色小吃。"

阿霞不以为然，说："那是你们没找对地儿，等我明天带你们去吃，等我给你们亲手做姜母鸭，就知道啥叫正宗了。"

哇，肉足饭饱的我一下子又要流口水了。

阿霞自己会做姜母鸭？我的胃好期待呀。

雨停了，天仍旧有些阴，但，不冷。走出曾厝垵，由天桥过到马路对面。母女二人悠闲地走走停停，妈妈累了，就小憩片刻，缓过劲儿，就继续溜达。来到环岛路白城沙滩，老妈让我自己去骑自行车，阿霞还把她的租车卡留给了我。想想小茹绘声绘色地描述她在环岛路骑行的感受，虽然多年不骑车，屁股都坐疼了，可迎着微风，瞧着椰树，嗅着海水味儿，偶尔将飞扬起来的长发抿向耳后，再跟身边也在骑行的陌生人微笑一下。多么舒心。只是，我不能丢下老妈，自己去疯。好在阿霞答应我，等明天，她先陪我们逛厦大，然后让她妈妈陪着我妈妈，她陪我骑行。这样的安排让我向往，两个女子一起骑行，会不会有回到少女时代的感觉？

夕阳西下，我搂着妈妈的肩膀，坐在沙滩边的长椅上。岁月静好。

八、等我下次再来

(2016.3.9)

阿霞真是一个守时的人。说好了九点钟，一分不多一分不少，敲门了。

在人家里住了那么多天，却是初次相见。没有陌生感。在我的读者群，有阵子也经常聊天。阿霞还发过她和高大帅气的正在读高三的儿子，在教学楼走廊的壁报前，拿着我的书，一脸笑意的照片。当时阿霞说："我儿子平日可不爱照相了，我告诉他拍一张，咱们给书的作者阿姨发过去，便超级配合。"阿霞说过很多次，在她最初的治疗阶段，每次去医院都带着《生如夏花》，是这本书帮她迅速走出来。当然，现在又开始读《一路走来，一路盛开》，并会开启属于她自己的一路走来，一路盛开。

见过照片，东北妞阿霞跟小美、袁静一样，除了具备东北人的直爽仗义的性格，还兼具了南方女子的温柔娇美。难道是因为从十八岁就定居厦门，被这方水土和暖男小苏的柔情同化了？

没有寒暄没有客套，就像老朋友，亲切却不矫情，手拉着手，话语也不多，相视一笑的当儿，却能感受到彼此的心。

幸好，阿霞有朋友在厦大当老师，我们才得以不必等到中午，而是在十点钟直接由小苏开车进去，一直开到芙蓉隧道附近。不然的话，厦大在周末外的日子只限中午入内，并且还得排长队。

小苏送完我们，就先回去了。厦大是要慢慢逛的，静静感受高等学府的文化气氛，以及重回校园的小情怀。

四十岁的阿霞，四十五岁的我，带着两位老妈嬉笑着在校园里冒充大学生。

厦门大学位于厦门岛南端，厦门市思明区思明南路422号，约2500多亩。学校一边是南普陀寺，一边是海滨与胡里山炮台，被誉为中国最美的大学校园之一。当然，厦大的扬名离不开一部雷人的电视剧《一起来看流星雨》。那部青春偶像剧的拍摄景点就在厦大，于是芙蓉隧道、情人谷水库脱颖而出，于是有了"谈情说爱在厦大"之说。厦门大学的旧建筑多为陈嘉庚先生的女婿所建，清水墙、琉璃顶极富特色，被喻为"穿西装、戴斗笠"（比喻中西建筑风格结合），尤其是建南大礼堂和上弦场相当宏伟。

厦门大学克立楼不远处是嘉庚楼群的21层行政大楼，学校始建于1921年，厦门大学将主楼建成21层含有双关意蕴。楼前就是人工造的芙蓉湖，登上21层顶楼可以向四周俯瞰，鼓浪屿、南普陀寺、植物园、大嶝岛、沿海大桥、船型桥、厦门大学职工宿舍区、学生公寓区、博士楼群、教学区楼群、群贤楼群、建南楼群、化学楼群、艺术教育学院、厦门大学法学院、演武田径场、厦门大学水库、厦门大学人类博物馆、厦门大学国学研究院、陈嘉庚纪念堂和纪念碑、钟美林广场、图书馆、陈嘉庚与学生雕塑群、鲁迅雕像、鲁迅纪念馆、教师之家、厦门软件园尽收眼底。

我们先走进芙蓉隧道，各种涂鸦充满情趣。两位老妈化身娇俏小女生，摆出各种pose。阿霞的妈妈其实很年轻，刚刚六十岁，身板也特别硬朗，和我妈一样，爱美爱拍照。老姐俩互相搀扶着，其乐融融。

只是，天公不作美。起风了，变天了，温度骤降十度。阿霞穿的最单薄，很快，鼻子就有些囔囔的。我忙说："太冷了，你这样不行，咱们去吃饭，吃了饭，你赶紧回家，喝姜糖水睡觉，不然，会感冒的。"

"没事没事。"阿霞使劲儿摇头说，"好不容易我回来了，一定要陪陪你们，吃完饭，我陪你去骑行。"

骑行？真是充满了吸引力，但，我怎么能让脸色已经有些苍白的阿霞陪着我再去海边骑行呢？

我当机立断说："咱们就把厦大几个著名的景点逛了，然后去芙蓉餐厅吃饭，据说那里的小吃很好，吃完，你和阿姨就回去。"

阿霞已经开始打喷嚏，便没再坚持，只是她否了我去芙蓉餐厅吃小吃的提议，白净的小脸露出一侧酒窝说："这几天你们没少吃小吃，我带你们去吃小鱿鱼，小鱿鱼和小眼镜都是厦门很有名的餐厅，海鲜做得很地道，可以说是价廉物美。"

走出厦大，没有了任何阻隔，感觉风更大，天更凉了。我们在冷风中瑟瑟。赶紧拦了出租车，直奔小鱿鱼。餐厅的确很火，人很多，上菜倒是不慢，四菜一汤，热乎乎的，缓解了那份冷。只是，阿霞已经开始流鼻涕，这让我特别不安，她刚治疗结束不久，还不是最好的状态，却因为陪伴我们母女而冻病了，这让我们于心何忍？我催促她说："吃完了赶紧回去，阿姨给熬点姜糖水，不行就吃感冒药，多睡点觉，千万别再严重了。"

阿霞抿嘴一笑说："没事的。谁还不感冒？主要是突然变天，真是两个季节，只怪自己没带件外套出来。对了，方姐，你看到阳台上有一件明黄色的小棉服了吗？我特意给你拿出来洗干净晾上的，这个季节的厦门气温差异很大，就怕变天你没带棉衣。明天我再陪你去环岛路骑行，你穿上那件棉服。"

我赶忙摇头，急切地说："不不不，你这情形，明天不更严重就不错了。所以，你在家休息。我和妈妈正好和袁静约好，去她家做客。"

"可是，你想去环岛路骑行呀。"阿霞嘟着嘴说。

"下次吧。"我拍了拍她，笑着说，"等我下次再来，我们一定去环岛路骑自行车。"

阿霞又打了一个喷嚏，鼻头红红的，让人怜惜，却丝毫不影响她的美丽。

九、不虚此行

（2016.3.10）

真是没想到，三月中旬的厦门，却让我们体会到了初冬般的寒冷。关键是前几天可是晴空万里，温暖如初夏的。

一夜的细雨，虽然天亮了，雨停了，但灰灰暗暗的，气温也至少又骤减了三四度。

幸亏阿霞给准备好棉服，不然我肯定被冻成仓鼠，有洞就得往里钻，好觅得温暖。我带的最厚的衣服就是单风衣，老妈还好，厚毛衣外边再罩上一件厚实的外套，看着就暖和。

不过，这一天，主要活动就是去袁静家吃午餐喝茶。室内活动，应该跟冷字不沾边。

可没想到的是，到了袁静家，似乎室内更冷。索性穿着外套捧着茶杯，过冬天的感觉。

袁静家在一个比较新的小区，一楼带小院，这是妈妈最喜欢的房子，她一直很想拥有一套带小院的房屋，只是我家虽然也是一楼，却没有小院。

小院子吸引了老妈，令她忘记了寒冷，精神抖擞地站在小院的石凳前，看看左边看看右边，再仰望一眼院中的一株石榴树。眼睛便笑成了月牙状，喃喃地说："坐在石凳上，喝喝茶，望望星星和月亮，多美呀。"

袁静扑哧笑出声，竖起大拇指说："老娘，您太文学了，怪不得有一个作家女儿。"

我妈还来劲儿了，昂昂头说："那是，她那点天分全是遗传我。"

娘仨笑成一团，笑声回荡在小院子里，回荡在阴暗却并不萧瑟的天际间。

没想到，女强人型的袁静还是烹饪高手，转眼间，就是一大桌子菜。鱼虾排骨，各种青菜。

袁静指着白灼基围虾说："我记得那天说起过，您最爱吃虾，所以多弄了些，您一定要吃个够。"

"真好呀。"我娘看看袁静因为还在治疗而有些憔悴的脸，有些心疼地说，"只是你还病着，让你受累，心里不落忍。"

袁静走过来，从后边搂住老妈，说："瞧您说的，我为您做顿饭而已，你们也出来不少天了，肯定想吃家里的饭，您就把这当成家，以后想来厦门，就住在我这儿。方方有时间就陪您来，没有，您就来找我，我陪您。反正儿子上大学住校，平时也只有我一个人。"

"嗯。"老妈瘪瘪嘴，抛却伤感，又焕发出阳光老太的本色说，"静静也一样，啥时候想去天津，就去找我，跟我住。"

娘俩更紧地抱着，没有丝毫的距离，就像是一个母亲和一个孩子。

在我们第一次见面的时候，我和同样敏感的小美便觉出了袁静坚强外表下不易被人察觉的、淡淡的忧伤。三个人有过一番推心置腹的交谈，并不太善言辞的袁静向我俩敞开心扉。原来，她单身多年。曾经一个人远离家人去过新加坡、日本，挣了些钱，回到老家东北，看到不务正业的前夫根本不能给予儿子安稳的生活，便毅然争回了孩子的抚养权，从此，母子相依为命。好不容易，孩子上大学了，长成顶天立地的小伙子了，她却病了。好在，哥哥姐姐和弟弟，甚至嫂子、弟媳都很爱护她，整个治病过程中全靠他们。

"我也没什么太多的想法。"吃过饭，袁静一边帮我们沏茶一边说，"就是好好把儿子养大，看着他结婚生子。也不像以前似的了，总想多挣点钱，现在就想衣食无忧就行，趁着走得动，也多出去看看，多去一些国家。"

我很想说一些安慰的话，却觉得喉咙紧涩，难以发声。或者，我明白，任何的安慰都没有太大的意义，不如在心里默默地相信，相信我们都能过自己想要的生活。

袁静温婉柔和，却在偶尔间，凸显东北人的麻利豪爽。知晓我俩还没有正儿八经地游过环岛路，二话不说，穿了衣服就要带我们去。我妈忙劝阻说："你再过几天又该下一次治疗了，不能在这时候感冒了，今天太冷，不去不去。"

"老妈，没事的。"袁静戴上厚厚的帽子说，"您看，我穿着冬天的羽绒服，戴着厚帽子，不可能冻着。再说，真的冷，我不下车，在车里等着你们。别看今天天气不好,倒更适合游环岛路,因为肯定人少,不用看人头攒动了。就算只在车里看,也别有一番景象。"

阴冷的天气,路上车辆倒比往日少了很多,一路畅通,很快就到了环岛路。大约是彻底敞开了心扉,袁静也越来越活泼,开着车,帅帅的,带着笑意,合着音乐晃头摇肩。

我们先到了椰风寨。果不其然,马路上除了偶尔过往的车辆,只有树木花簇,而沙滩上,一扫平日的喧闹,寂静空荡,连脚印都没有。一望无际的海,葱绿羞涩的椰树,激荡起我内心无限的欢畅,特别想在这样的空阔里起舞歌唱。老妈也很兴奋,竟然在沙滩上小跑。袁静食言了,没有留在车里,而是跟我俩一起在无人的海滩尽情愉悦。我们大声说话,放声欢笑,仿佛这儿就是一个小小的世界,而这个世界里只有我们娘仨。可我们并不孤独,相反,是那般惬意奔放。

只是,海风真的很硬朗,感觉把我们的脸都吹变形了。我们三个,一起面朝大海,将双手拢在嘴边,齐声呼喊:"啊……"

冻僵的脸,吹乱的头发,心满意足的情怀。回到车里,那般温暖,一冷一暖,都是人生。

阿霞发来微信:"方姐,你们在哪儿,几点回来?我跟我妈已经到家,今晚,我请几个病友到家里一聚,介绍她们跟你认识。对了对了,我正在做姜母鸭,好香。"

"啊?"我大吃一惊,早上通话,阿霞感冒加重,怎么能做饭劳累,于是我说,"你千万别累着,聚会取消了吧?我们马上回去,回去我做饭。"

"方姐。"阿霞发来一个笑脸,"你太小看我了,我是有名的大厨,弄一桌饭菜是小事一桩,另外,我吃了药,中午又睡了一觉,感冒已经好多了。不要争执了,你们不着急回,六点钟开饭,到时候叫袁静也来,我们也认识认识,在一个城市的东北老乡,真是缘分。"

很多时候,尊重别人的决定是一种最好的选择。我知道劝不了阿霞,但又担心她太过劳累,便和袁静商量,启动车子,回阿霞家。

刚走进楼道,就闻到了香味。袁静扑哧笑了说:"中午没少吃,本以为晚上吃不下了，一闻这味儿，手艺绝对强于我，不吃肯定对不起主厨，也对不起自己。"

我推搡她一把说："你就说自己是吃货馋猫不得了。"

到了现在，跟袁静已然老友，没有一丝隐约的生分。袁静咧了咧嘴巴，骨子里最天真的一面显现，说："我们全都是吃货。"

只是，阿霞的能干仍旧超乎了我的想象。想帮忙，根本插不上手，被她生生推出厨房。我也明白，在自家厨房，别人不明就里的帮忙很可能就是添乱。好吧，与其添乱，不如乖乖等吃。

六点钟，人都到齐了，阿霞邀请了五位病友，再加上我们五个，刚好十人。围坐在大餐桌前，望着一大桌子饭菜，馋涎欲滴。毫不夸张，如果说袁静跟我的厨艺差不多的话，阿霞就甩我们几条街，简直就是正宗酒店大厨的水准。主打姜母鸭，比在曾厝垵吃到的更加鲜嫩入味儿，连姜片都入口即化。大家赞不绝口，阿霞看似谦虚地说："时间太紧，腌制的不够，只是我真实水平的两三成。"

我们全笑了，这不是变向夸自己吗？两三成都是大厨水准了，要是十成水平在线的话，肯定就是那些大厨的师傅了。于是，我们打趣阿霞："霞师傅，霞师傅。"

阿霞双手捧了脸，娇羞地笑了。

阿霞的五位朋友，都是热情开朗的女人。特别是一位看上去年龄比较小的女孩，刚长出来的寸头衬着她秀美的巴掌脸，笑起来阳光般明媚。说话也是风趣幽默，透着八零后的轻松自然。我叫她小美女。小美女也不算小了，只是样貌显得小。我们聊婚姻、聊患病、聊康复、聊心态。我并不喜欢和陌生人过于表达自己，但，她们是阿霞的朋友，便多了一份熟悉和亲切。我便毫不避讳我对婚姻的看法："两个人在一起，大方向一致，就要靠忍让和宽容相处，过于强调爱人关系，多半会失望，不如，就当个伴儿当个朋友，遇事站在第三方的角度去思量下，这样，便不会太难为对方和自己。"

小美女张大了嘴巴，说："方姐，我今天算来对了，你原来这么接地气，说的话都是最实在的，受教了。"

我耸耸肩说:"我就是说了真心话。小说电影里的美好爱情,存在,但,基本上我们遇不到。接受生活和婚姻的不完满,我们都经历过生死了,更得明白很多时候不需要看得清,而是要看得轻。活着,才是最美好最重要的事。"

是啊,活着才是最美好的,而厦门之行,与这些女人们的同行或相遇也是这份美好中的顶级礼物。

厦门之行,不虚此行。

十、一定还会再见

(2016.3.11—3.12)

天终于放晴了,这是我和老妈在厦门的最后一日,明天一早就要返津。忽然,对这个房子、这个大露台、这个小区充满了不舍。人真的是情感动物。居住了十天,也会衍生出太多感情。

当然,难舍的还有阿霞一家和袁静。

阿霞的感冒明显更严重了,我又心疼又着急地说:"昨晚就不该大摆筵席,本来就病了,忙乎那么一下午,能不严重吗?"

"没事的。"阿霞一边擤鼻涕一边甜甜微笑,只是鼻头太红,在白皙的脸蛋上凸显,有几分俏皮也有几分滑稽,"昨天就是快好了,都怪我老公,明明我的钱包遗落在他车上,他找了半天竟然没找到,里面是我所有的证件,一着急,就加重了。等晚上,他无意中又看见了。气得我呀。"

阿霞说生气却满脸的笑,我打趣她说:"小苏可是难得的好男人,厚道踏实,疼老婆孩子,把岳母当亲妈,对朋友实诚仗义,你可不许欺负他。"

阿霞笑弯了腰,忽又羞涩地眨了眨眼说:"他是挺好的,对我特别好,哈,我不会欺负他的,就是欺负了也没关系,他喜欢被我欺负。"

"行呀。"我也笑了,"你这叫秀恩爱没底线呀。"

这样的秀恩爱,希望每一个女人都拥有。

最后一天,患病的阿霞却早已帮我们计划好了行程。

上次跟小美小侯逛植物园的时候,光顾聊天,其实连精髓的地方都没有走到。阿霞建议我们再去一趟植物园,正好她在那附近的医院进行靶向治疗。小苏先把我和老妈送到植物园，再陪阿霞去输液，之后，他们再到植物园接我们，一起去"小眼镜"吃饭。下午，阿霞回家休息，小苏再把我们娘俩送到想去的地方。

阿霞真的是一个心思细腻又颇有条理的女子，如果不生病，肯定是工作岗位上的能力者。

阿霞点头，说："我以前真的挺能干，不过，现在想开了，也不着急上班了。儿子要考飞行员，我得照顾他的饮食起居，如果落选，还要参加正常的高考，不过，我不想给他和我太大压力，一切都顺其自然。享受生活，轻松地面对生活，就是对活着最好的回馈。"

阿霞这么说的时候白皙的脸上泛起了红晕。阿霞很漂亮，是那种清新婉约的美，是那种由内及外的纯洁和坚韧。

原以为，昨晚已经相拥着深深道别的袁静，便就此别过了，我妈还念叨着说："不知道什么时候还能看见孩子。"

没想到，午饭后，又相见了。

"方方，你和老妈下午怎么安排的？"袁静打来电话。

"还是想去白城沙滩附近走走，今天天气好了，去海边坐坐。"厦门并不大，我妈也不能走太多的路，不如再去海滩，体会不一样的天气下的不同。

"那我去小眼镜接你们，我陪你们一起去。"袁静的声音永远是磁性而温柔的。

"你今天不是应该准备住院了吗？"袁静应该明天进行最后一次化疗，今天就该去办理住院手续。

"医生有事，推迟了一天。"袁静仍旧慢条斯理地说，"我一听更好，还能跟你俩呆半天儿。"

最开心的是老妈了。一个劲儿地念叨："以为不知什么时候才能再见了，没想到这么快，又要见到袁静了。孩子真的特别好，还有阿霞、小茹、九儿、小美、小侯、于静、昕和浅笑，还有送我照片的影儿夫妇，都那么好，我真是有福之人，来到这么远的地方，除了有自己闺女陪着，还有这么多好孩子陪伴，回去后，我可以跟那几个老姐妹好好炫耀下了。真是太幸福了。"

我和袁静一边一个，搂着妈妈，坐在白城海滩边上，望阳光照耀，一片波光。

3月12日，厦门彻底放晴，气温回暖。我和妈妈也要离开了，离开这座美丽的城市，留下太多美好的回忆。

阿霞和小苏送我俩到机场，直到帮我们托运完行李，看着我和妈妈检票进去，他俩才挥手告别。望着俩人的背影，一幕幕仿佛又在眼前。

阿霞、袁静，还有在厦门，这一行相伴的女人们，我们，一定还会再见。

方心蜜建：

1. 祖国的大好河山是完全可以自由行的。自由行分两种，如果是短途，完全可以从旅游网站报个自由行的团，负责酒店和接送。要是时间久，就买了机票更加自由。

2. 厦门不大，景点不少，但，主要就是在厦门市区和鼓浪屿。在市里，有几个主要的景点：厦门大学、曾厝垵、南普陀寺、中山路、集美大学区、白鹭洲公园、植物园。当然还有环岛路沿岸的那些景致以及大大小小的一些公园。

3. 到了厦门，不要担心交通问题，公交车真的非常方便，车次多车辆多，所有的景点都有很多车辆，四通八达。并且车费只需要一元。滴滴快车也很多，赶时间的话，滴滴、出租都很方便。

4. 在厦门市区住宿，可以有两个选择，要不就住在环岛路上的高级酒店，尽情享受海风椰树。要不就在曾厝垵找一家民宿，体会小清新的文艺气氛。

5. 鼓浪屿至少要住上两天，岛屿并不大，却充满了独立性，清晨与傍晚，白天与黑夜各有各的妙处，但安静都是它的主旋律。不必提前定旅社。鼓浪屿上除了游客，当地人全都在经营旅馆、餐厅和各种贩卖的生意。找一个中心地带住一家民宿，感受鼓浪屿的浪漫，省钱又美好。

6. 从厦门到鼓浪屿的渡轮，票价有两种，而实际船上是一样的，所以，没必要买贵的，很短的路程，还没坐下，就到了。

7. 环岛路骑行是考验体力，又能深切体会到厦门的生态环境的，租车很方便,也很便宜。

8.有时间的话,要走遍鼓浪屿,真正地走走停停,去感受每一个角落的迷离与清晰。

9.厦门小吃自然要吃。曾厝垵的小吃街里的东西还不错,小鱿鱼和小眼镜,这两家餐厅的海鲜也价廉物美。

10.最重要的就是时间的选择,最好在春季和秋季,甚至初冬时候,当然,台风期一定要避开,否则就只能在酒店里待着了。

第六章

北京啊，北京

天津是天子门户，与北京近在咫尺。有了动车，甚至比去往较远的区县都方便。只是，津京两地雾霾都很严重，京城路况又世人皆知，便少了一份偶尔一逛的兴致。算起来，除了直接去首都机场，还真是好多年没逛过京城了。

近几个月，倒是去过两次北京，一次是在十二月份，去办美国签证，赶上了重度雾霾天气。冒着吸毒气的危险，也逛了大半天。忽然发现，北京就是北京，重重雾霾下，也难掩大气。再一次，是春节前在京召开《一路走来，一路盛开》的新书分享会。而那一次，我很想逛逛颐和园。只是，车子都开到了门口，大熊的腰伤加重，难以行走，便只好作罢。沮丧之际，小茹在微信里安慰我说："那么近，你随时来，我陪你逛。"

话虽如此，可越是近的地方，越难提随时。没想到，没过多久，机会又来了。我定于3月22日去cctv10录制《读书》节目，分享《生如夏花》。我眼珠一转，念头便来。何不借此机会，来一次短途旅行？

这次录制，我还带了几个姐妹。之前跟我一起做过《夜访百家》节目的保姐姐、自然和娟儿。保姐姐和娟儿是《生如夏花》中的人物，自然姐姐则为其中的每一篇都写过评论，那是一个真正的阅读者，同时也必须是一个感同身受者才能写出来的文字。另外，还有两位身居北京的好姐妹，"生如夏花"QQ读者群的群主赵二，"一路走来，一路盛开"微信读者群的管理波波。说是身居北京，可北京实在太大，她俩也得好一阵子奔波。

电视节目不同于广播，广播是只闻其声见不到其人。所以，上一次，保姐姐、自然姐和娟儿跟我一起做客《夜访百家》，不需要多加思索，并且在节目中亦可以尽情表达，哪怕流泪、哪怕把最真实的情境还原也都相当坦然。可是，电视则不同，是要出镜的。我不知道她们五个人能不能真的过得了心理这一关。没错，癌症患者，尤其是乳癌女人，很多人很多时候，是不愿意谈及这些的。如果，我不写书，可能我也不愿。而写书、宣传书的过程，则让我更加开悟，渐渐地真的都放下了。真正都放得下时，自然没有什么好在乎的。

对于保姐姐和赵二以及波波，我顾虑的较少。别看保姐姐柔弱小女子外表，而内心就是钢铁战士，创建患者群四年多，她的所有已经不属于她自己，凡是对同命运的姐妹们有帮助的，必定全面呈现。赵二是典型的北京大姐，我经常把她光头搞笑的视频和照片在朋友圈分享，开始，会先征求她意见，人家直接回答："以后别问我，直接发，我敢光着就能发，又不是光着身子。"得，这气魄，走夜路绝对不怕遇到强盗流氓，本身就是煎饼侠。而波波呢？波波是被我称之为阳光天使的几个年轻患友中的一个。我喜欢看她的朋友圈，总是一张乐观积极充满笑意的脸，总是满满的充满爱的情怀，总是那么无所畏惧。

但自然姐和娟儿略有不同，她俩相比较是内向并文静些的。我怕她们内心深处其实还未能真正突破，还会有很多顾虑。于是我把自己的想法表达出来说："带着姐妹们一起上央视做《读书》节目，我希望能给你们的生活增添一个亮点，增加一抹色彩，留下一个值得回味的记忆。但，一定要考虑清楚。如果有担心，不愿意让别人看到、认出，那么就不去。"

自然和娟儿都沉默了片刻，自然姐姐先开了口，一贯的慢条斯理地说："以前，还真是有顾虑，但，自从《夜访百家》播出后，取得那么好的效果，那么多人从中得到力量，现在，不能说顾虑全没有了，但，如果能帮到更多人，那点自己的小小心理算什么？"

我真的很想给自然姐鼓掌，她的性格内敛深沉，极有主张，说出来的话全是重点。想来，已经康复九年的她，从重生的角度，便是大姐姐了。生命的长河中，因为努力和机缘，而更加迸发出淡定和从容的光彩。

娟儿也连声附和，说："方姐姐，当初我接受你采访，愿意成为《生如夏花》

中的人物，就已经想明白了。回忆虽是痛苦的，但，当大家看到现在健康明朗的我，一定会升腾起最真实的感染力。如此，我有什么放不下，舍不开？原本，生病就不是啥不光彩的事儿，就像《生如夏花》中写的，得了病，经历那么多磨难，仍旧快乐阳光充满信心，难道不是最牛的吗？"

Ok! 我们六个人一言为定，准备开启一段短暂而又特殊的北京之旅。

一、和朴槿惠、习大大同在颐和园，但未相遇

录制前一周，《读书》节目的编导媛媛来津与我面谈。我知道节目共一个小时，推出三本书，我的《生如夏花》在第二个环节，并要进行五分钟类似演讲的分享。媛媛亲和干练，一头短发，一张诚恳的脸，一双眸子善意涌动。听我讲述书中的那些故事原型，多次感慨。忽然她对我说："对了，方姐姐，你之前跟我们节目组提的要求，我已经和制片人申请下来了。"

"真的呀。"我高兴得夸张大笑，"你没为难吧？其实，我挺不好意思张口，但是……"

"没有没有。"媛媛也是豪爽之人，摆着手说，"相反，我感动于您对那几位患友姐妹的体贴。"

正巧来津与我谈《生如夏花》加印的责编小杨也在，他不知我们所云。媛媛忙给他解释说："方姐姐跟我说，天津的三个姐妹去录制节目，一定要报销来回的路费，虽然不多，但她们都是患者，为了节目而去，应该礼待。我觉得方姐姐说得特别有道理，就突破我们节目的惯例，申请下来了。"

小杨连连点头，为媛媛竖起大拇指。

媛媛轻叹，说："其实，也是因为我看完了这本书，深深地被她们每一个人，不管是书里的还是书外的'少奶奶'们所感动。她们值得尊重。"

一切都妥妥的了。我决定提前一天到京，游颐和园。没想到的是我干妹妹玄米正在北京出差，哈，一下子，住宿问题都解决了。

真是奇怪，我也是出版过旅游故事书的，在情感作家后，又被称之为旅游作家的人了。可这短短的北京两日行，却仍旧让我兴奋不已。

3月21日早上，我不到六点钟就起床了。前一天晚上，快九点了，赵二微信里跟我说："方方，我知道你最想去的是长城，体会不到长城非好汉的感觉。你说过，以前去过很多次长城，别说好汉，连边儿都没沾上。别人上去当好汉了，你在下边晒太阳。所以，现在蜕变的你，特别想去爬一次长城。干脆，咱们明儿别颐和园了。颐和园你随时来都能去，长城，我开车带你和波波去。"

"你行吗？你治疗刚结束没多久，我怕你体力盯不住。"我关切地问。她年前才刚结束治疗，化疗的副作用还很明显，手臂经常麻木，腿的关节也不太给力。

"咱仨不着急，我慢悠悠地开。"本来一本正经的赵二话锋一转，直接把我笑喷了，她说，"现在的我，体力稍差，肯定当不了什么好汉了，我就当个好人，好司机，你俩爬去，去当好汉，我下边晒太阳。记得军功章上有我的一半就行了。"

笑过之后，便是感动。跟赵二见过三次面，两次她来津，一次是我新书的分享会。但，都很匆忙，几乎没说上几句话。当然，微信、QQ里，是每天都聊的。这个比我小几个月的妹妹，顶着光头，喜欢大家叫她二哥或者二弟，而我，始终都叫她二妹。因为，自从机缘巧合她成为生如夏花读者群的群主，点点滴滴，我便对她有了足够的了解。看上去大大咧咧，嘻嘻哈哈，甚至有点"二"的二妹，有一颗相当细腻、细致、善良的心，内心也很柔弱。不强势，性格貌似霸气，实则圆润，惯于为别人着想。其实，她就是一个好妹妹。

波波每天早睡，自从生病后，她养成九点前就休息的好习惯。自然没看到我和二妹的新计划。等一早看到时，都该出门了。

波波住在燕郊，到北京南站接我，也颇为辗转，真不比我从天津过去近。这个安家在北京的东北妞，实在实诚。为了我的北京短途游，二话不说，积极安排。甚至原本说要在录制完节目后让我住她家，转天再陪我去长城。这一看到二妹前一晚的新计划，立马支持说："我还现在就出门，还在南站接方姐姐，然后跟二哥会合，我们再去长城。"

这时，二妹发了一个可怜的表情，说："别改了，我夜里发烧了，吃了退烧药正跟老公装没事儿了呢。我骗他说今天去央视彩排，才允许我出门。肯定开不了车了。咱们还是颐和园吧。"

啊？我和波波都劝二妹在家好好休息，身体尚未恢复，这又发烧了，怎么能跟我们游逛颐和园？

二妹却很坚持，说："别拦着我了，原计划。不然，我就不吃药了。现在真不烧了，就是没劲儿。累了，我就歇着，波波陪着方方疯。"

如此，我们只好应她，但，叮嘱她量力而行。

终于，出发了。气象台路乘坐地铁，再在天津站换乘动车。从天津到北京，相当准时，十点零四分就到了。真的比我从家到天津站用的时间少多了。怪不得很多人嫌北京房价贵，干脆在津城买房。真的不失为一个好办法。

短短的不到四十分钟的路上，二妹和波波一直在询问我的进程，好像我是个很容易迷路的小孩子。把出站口的截图都发给了我，生怕我找不到。那份体贴关切，一下子，让我们之间的距离更加拉进。厦门之行时，还有我妈妈和小茹，并不完全是和读者群的姐妹们的相聚。而这一次我们三个的颐和园一日游，绝对是我真正意义上的第一次和群里姐妹在一起。

随着人流往外走，远远的，就看见大眼儿妹波波在向我招手。嘴角洋溢着她独有的纯净而真诚的笑。我俩手拉手转个圈，开心不已。波波一边递给我一张地铁卡一边说："姐姐，我买好了卡，这两天你就用它，方便。"

接过卡，我一时无言。多好的女人！多贴心的妹妹！！

在京城，不是高峰期，乘坐地铁肯定比打车快捷有准。五十分钟后，我俩在西苑下车。二妹说下了地铁就有一条食品街，吃饱了，花上十块钱，坐辆三轮车，就到颐和园了。

五十分钟，两个女人倾倾心事，觉得时间好快。我本来就知道波波很幸福，也很幸运。有一个爱她，心甘情愿照顾她，颜值还颇高于她的老丈夫。记得有一次，波波在朋友圈分享了和老公的自拍。便被另外几个阳光天使纷纷打趣："亲爱的，温馨提示，别晒老公，颜值太高，怕被居心叵测的花痴们惦记。"虽然是玩笑话，却也可见一斑。

"方姐姐。"波波和我相互依偎着，说，"生病虽然不幸，但，有那样一位有担当有爱的老公，我觉得我真的没有一点儿矫情的资格。他真是对我太好了。

其实，他一直对我都好，他比我大八岁，我们结婚十四年，儿子今年都十二岁了。这十四年，我们在北京从无到有，可我却从来没有上过一天班，没出去挣过钱。老公挣来的钱却尽数交给我。儿子也特别懂事听话。有这样的两个亲人在身边，我没有理由不坚强，不更加爱自己爱他们，不更加健康阳光地活着。"

我和波波更加紧密地依靠着，好像她就是我的一个妹妹，我们在并不拥挤的地铁里感受着平凡生活的真谛。不奢求大富大贵，只期望执子之手，与子偕老。只期望过一种平静的日子，看孩子长大，迎自己的白发。

不过，波波扑哧一笑，也爆料了实诚的波妹夫的趣事。当时，尚未确定波波是否需要靶向治疗，爱妻心切的妹夫怕真需要的话，一时凑不上钱，竟然当即把张家口的一套房子卖掉了。结果，并不需要靶向治疗。得，房子卖了后，原价就买不回来了。

波波嘟着嘴巴说："要不然，一到夏天，真能去那边避暑，那套房子还特别好，你们都可以去。现在，成别人的了。"

语气中虽有嗔怪，更多的是感慨和感动。这样的男人，真是越多越好。

快到站了，细心的二妹又发来了地铁口的图片，明确指示从 C 口出来，她已在那等我俩了。

走出地铁，哇，难得的好天气，尽管不是万里无云，但至少冷热适度，且无雾霾。我和波波心情更加舒畅，笑不可支。可是，我俩四下寻找，也不见二妹。我发微信给她，也没有及时回复。定睛一看，我们就站在她发给我们的地铁口处。波波只好拨打二妹的电话，不知道这只泼猴又晃荡到哪里去了。这一拨打不要紧，就在我俩正前方不足三米远的便道牙子上，一个帽檐遮脸，穿着一身灰色运动休闲衣，蜷缩着坐着，阳光下如同一只灰色绒绒的小猫的家伙抬起了头。我们仨同时笑弯了腰。平日帅气十足的二妹如盲流般席地，难怪我们没认出。

看见我们，二妹来了精神，大嗓门京片子白话儿开了。

"哎呦嘿，一大活人，你俩就看不见？"话语逗趣，脸色却有些灰蒙蒙，"真是体力不行了，昨晚这一发烧，今儿出来，逮哪儿就想坐哪儿。好在哥一向走的也不是玉女路线。"

二妹就是这样一个人，从不把不好的一面展现给别人。即便身体疲惫不堪，仍强打精神。

为了多些游玩的时间，我们迅速吃了点儿快餐。十一点半，抹抹嘴巴就走。乘坐三轮车，两三分钟便快到了颐和园的正门。这时候，三轮女车夫却不肯再往前。原来，门前已经戒严。警察将人群拦在外，人们倒也不烦躁，还都是一副喜笑颜开。

这可把我急坏了，难道有什么特殊情况？难道颐和园禁止游园了？上帝呀，不会这么悲催吧？忙询问一位在外围维持秩序的公安干警。警察叔叔遗憾地告诉我："韩国总统朴槿惠和习总书记在里边，最早也得下午两点钟才能进去。不过，别的门儿应该没有戒严。你们可以去试试。"

别的门儿？我望着二妹，只有她熟悉，丫说从小学开始春游就是来颐和园，好几十年，来过无数趟了。

二妹龇牙咧嘴地说："其他门都距离这里很远，如果开了还好，要是也不能进，可就真白折腾了。要不然，我联系下，找住在附近的朋友借辆车，咱们还是去长城。"

二妹说完，便开始打电话。可几个朋友都有事，没法来送车。我也不想让病病歪歪的二妹奔波，便制止了她，虽然我很想去长城。

"随便找个公园吧。"我舒了口气说，"有花有草有水的公园，随便哪儿，咱们去逛一逛就得了。只要心情好，哪里都是美景。"

于是，听从波波的提议，我们打算乘车去植物园。可是，走呀走，还没有走到车站，感觉仍旧在颐和园的外围。终于，领路的二妹说了实话："方方本来想爬长城，但时间紧，我又不舒服，退而求其次来逛颐和园，又赶上朴槿惠到此一游，赶上她，咱也不在乎，也没想跟她合影留念，可人家压根不允许跟咱们碰面。从正门到侧门，你俩的体力都没问题，就是我稍微欠缺，可我还是想赌一把。要是能让进去的话，也不枉多走这些路。"

我搂住二妹的肩头，甚是感动。

有时候想，我们这些人之间的情谊真的很难用言语形容。没有利益，也不算有深交，却那么真挚。

二、灰蒙蒙的七孔桥，已然最美

几近正午，天气越来越暖和了。天空湛蓝，但没有什么云彩。马路对面的一些仿古建筑，虽不精致，却也于恍惚间，仿佛将我们带到了那个年代。老北京，充满着京腔、京韵、京味。

走过这一段，便可隐隐望见侧门了。二妹像孙猴子似的，上蹿下跳，要看个究竟。一拍额头，咧嘴大笑说："哈哈，我看见很多人在往里边走，这边还真开门了。太好了，咱们来对了。"

我们三个立刻加快脚步，小跑着，向门口奔去。

从这个门进去，先就到了苏州街。

天公作美，站在桥头，整个苏州街便在眼前，将周围的举着自拍杆的游人屏蔽，分明是到了古代。亭台楼阁，小桥流水，江南秀色，隐显古香。阳光刚刚好，既不刺目，也能照耀水面，微波中有那么一抹恬淡。光影中有那么一重渺远，提醒着人们，古色只能在画面中，不可打破，不能近瞻。

永远开心，于何时何地都能感受美好的波波；略带疲惫，却尽心相伴的二妹；终于踏足颐和园，而心满意足的我。于桥边，台阶上，花丛中，墙壁下，山石间……将我们心底的宁静融于这些风景，感受到的更是另一番沉静祥和。

碍于二妹的身体情况，我们走走停停。在一处可以眺望北京城的亭台，驻足放目。这承载了多少历史故事的城市，有着京华烟云的过往，有着自由开放的现今，更有着无限可能的未来。依如我们每一个人的人生。

一座城与一个人究竟有怎样的关系呢？实，则寻根到祖籍。虚，则延绵至境遇的起起落落。放空脑际的瞬间，又觉得没有任何的关联，各自属于独立的个体。如同我们三个，原本不可能有任何的交集，生活在各自的天地，却被缘分驱使，同游颐和园。这世间真的什么都有可能，包括一切可以想象得到的美妙。

坐在一张长椅上，悠闲自得。背后是葱葱郁郁的绿，眼前是一片粉白的桃花，脚下则是青石铺的路。静谧的院子，不因游人的纷扰而失去空旷与清爽。像人一样，深入骨髓的气质，不会因衣着打扮而有太多偏离。于是，我们享受着。三个女人,变身分巧克力和零食的小女孩儿。你一块我一口,如同回到小学时,某一次春游。简单的笑,轻松的快乐。再起身,感觉与这里已经非常熟悉。

来到长廊,接近湖边,有些凉意。忙叮嘱二妹戴好帽子。刚刚太热,她摘了帽子,这会儿冷了,切不可掉以轻心。光头的感觉,我们都有过。稍微热一些,戴假发就像戴了紧箍咒,简直要深入头皮了,还不如直接戴帽子,想摘,也方便。可能是这一带气温骤低,二妹有些瑟瑟发抖,精干的假小子形象平添了几分柔弱,甚是惹人怜惜。

波波一溜烟,不见了踪影。还没等我们反应过来,她又一下子冒了出来。手里举着三张票,笑嘻嘻地说:"姐姐们,我买好了游船票,二哥今天不舒服,走过去肯定有困难,方姐姐今儿就别做运动健将了,咱们乘船观十七孔桥。"

我和二妹相视一眼,彼此清楚,都想说波波真是个善良懂事的好妹妹。

游船没什么特别,只是船头有龙头造型模仿龙舟,强调着这里是颐和园。

船启动了,更冷了。因为冷,阳光都似乎隐匿了。只能听见风声,吹尽这里曾有过的繁华和没落。很快,便隐约看到了十七孔桥。只是湖面上有些灰蒙,没办法拍出清楚的七孔桥。二妹一个劲儿感叹,说:"哎呀,天儿还是不太好,如果晴空万里,真的,十七孔桥,远观似天庭的云桥,近看有巧夺天工的妙处。真是值得我们老北京骄傲的。"

我把胳膊肘杵在船帮上,任由风将头发吹得凌乱无比,目不斜视地盯着十七孔桥,由衷地说:"我觉得很好了,看到了,就很好。"

是呀,还有什么不好的呢?匆匆来到这里,有两个并不熟悉,却很亲密的妹妹相陪,她们所做的一切都仅仅是为了陪伴我。如此,看得清或看不清十七孔桥,有那么重要吗?在我心底,这灰蒙蒙的十七孔桥,已然最美。

下了船,今日的导游二妹尽职尽责,选取各个角度,也要帮我们拍下背景是十七孔桥的照片。可不管怎么选,都有逆光之嫌。二妹便又带着我们向桥上走。桥上人很多,抱柱子的,倚桥栏的,都像是要把十七孔桥搬回家的架势。

算了,我们不凑热闹。径自过了桥,来到一处庭院。

二妹咽了口吐沫,有些不好意思地说:"你俩去逛那个庭院,我就在这边的太阳地儿里等你们，有点儿累。"

我和波波使劲儿点头，叮嘱她避开风口，好好歇一歇。

二妹又一副北京大姐的咋呼劲儿，一边挥手让我俩快走，一边咯咯笑着说："放心吧，哥没事，主要是逛过八百遍了，还不如坐一边看俊男美女，你俩快去吧，别磨叽了。"

我和波波肯定能成为非常合拍的旅伴，臭美、爱拍照、会选景，还超级会拍照。一扇门，都能拍出不同的情怀。更是在不经意间，发现站在湖边一处，完全可以把七孔桥拍下来，并且不逆光，很清晰。一下子特别满足，甚至惊喜。真的，自从我们生病后，似乎很容易满足，也很容易感受惊喜。

想到身体不佳的二妹，我俩也没敢撒欢儿玩。匆匆观赏后，便往回返。并不远，很快就看到二妹。我和波波笑成一团。丫像个球儿一样蜷缩着坐在一个小屋的台阶上，胳膊肘搭在膝盖上，双手抱着手机，相当专注。我和波波不谋而合，拿出手机就是一通拍。那画风绝对可以配上"颐和园里流浪的小孩"。

"哎呦嘿。"二妹发现了我们，"我这样你们也拍，毁我形象呀。"

"你有形象吗？"我和波波异口同声。

"绝对有呀。"休息了片刻的二妹来了精神儿，翻了个白眼，又似金星附体地说，"小样儿的，不把这艳照删了，我砸了你们的手机。"

话音未落，二妹先兀自笑了起来。我们在对方的笑声中，再次走过十七孔桥，在追逐中，走出颐和园，在三个多小时的游历后，虽未走遍每一处，却在每一个所到之处都留下了美好的记忆。

三、北京之夜

或许，真的是津京相距太近了，身处北京，没有丝毫为异客的感觉，很亲切很自在。

离开了颐和园，已经四点多了。波波出来太早，又住得那么远。二妹病病歪歪，一直在强撑。我决定独自回酒店，放弃了夜游京城的计划。

二妹执意送我，强调酒店和她家是一个方向，也一再强调这一天下来并不辛苦，尚能吃得消。于是，我恭敬不如从命。

三个人一起上了地铁，前边一段儿，还能跟波波同行。只是我和二妹要提前几站下来换乘。

真是名副其实的化疗脑，聊着聊着，面面相觑，到哪儿了？过站了？

二妹又是一阵魔性的笑，说："过了两站了。赶紧下车出去，不换地铁了，坐公交去，享受大北京的优越，拿出你的小绿本——残疾证，冲司机晃一晃，保准免费。"

我们俩就这么慌里慌张却不忘嘻嘻哈哈地走出了地铁站。主路上车辆已经很多了，高峰就要到来。二妹梗着脖子说："咱不怕，人多上不，人少就别客气了。坐着公交，也算逛京城了。"

还挺顺利，很快就来车了，并不拥挤。果然，我晃了下小绿本，司机便放行了。没有询问没有盘查。哇，真人性化。

我和二妹坐在视野非常好的后车厢，望着窗外宽阔的马路，微暗的天际。说着只有我们之间才会懂得、会理解、会体谅的话语，在轰隆隆的公交车的噪声中，却觅到一份完全不同的平静。

下了车，的确不用走多久，就到了酒店。和二妹在酒店门前分别，我叮嘱她早休息，明天上午还得去迎保姐姐她们三人。她建议我明早去游一下附近的柳荫公园，前两天她去过，清幽明媚，她觉得我一定会喜欢。两个人如同相识多年的老朋友，没有客套，随意自在。

玄米不愧是我虽为干妹却胜似亲妹的好妹妹。我刚拿了房卡，她的电话就打来了："姐，你到了吗？我还在和赵总谈事，一时回不去，这样如何，你打车来找我，在海油大厦，我们晚上跟赵总还有她女儿女婿去吃云南菜吧。正好介绍你们也认识下，她对你也不陌生，总在我朋友圈看到，呵呵。"

我忙回应说："好呀，没问题。"

玄米高兴地说："那太好了。要不然，把你自己留在酒店我也不放心。"

我撇撇嘴巴。这丫头是把我当孩子还是老人家呀？但，莫名的，也有一种幸福感。

人与人之间的缘分真的很奇妙。当年，我收留了比我小了十五岁，毕业实习阶段无处安身的玄米，如今，已经成为公司董秘的她则对我处处照顾。这种缘分，除了天定，还有彼此的珍惜和感恩，缺一不可。

北京的滴滴快车也很给力，这样的高峰点儿，竟然立刻叫到车，还是顺风车。北京的路况可是惊呆了我，几乎没堵车。这可是下班点儿。司机人很好，得意地对我说："你是运气好，赶上我是老北京。不对不对，即便是老北京，偌大的城市，也有很多地方不认识。可巧你要去的，就在我住的附近，所以轻车熟路，特别清楚怎么走才顺畅。"

哇，运气好挡不住呀！并且我临时接到玄米的微信，目的地小作调整，司机也二话没说，立马应允。我忙双手合十，说："必须五星好评。"

司机笑呵呵地说："哈，没关系没关系，我真的不是为了好评与否，乘客通情达理，我必达理通情。"

还能说啥？生活中处处都是可以给自己启迪的小插曲。这不就是简单的人之常情吗？笑脸好过冷脸，给别人笑脸，不一定换得来同样的笑脸，但，冷脸肯定只能得到冷脸。五星好评，必须给！

拐过弯儿，傍晚余晖中，看见玄米和一位很是优雅的姐姐站于路边。玄米银铃般的笑声在清冷的街头挥发出最大的热力，招着手说："姐，这么快？我给你介绍，这位是赵姐姐，一位国企的老总。"

赵姐也是满面笑容，全无生疏地说："方方吧，常常在玄米的朋友圈看见你，一点儿不陌生。今儿，咱们是家宴，我带着女儿和贤婿，她带着姐姐。都别拘束，自自在在。"

我们进了那家云南菜馆，选了靠窗子的位子，只为视野开阔。此时，夜色已晚，街灯闪耀。世上所有的夜，其中的美都离不开光亮通明。那，是一份敞亮。

另一份敞亮来自赵姐的女儿和贤婿。两个九零后小海归，让我见识了青春无敌和修养自成。女儿伶俐乖巧，透亮儿的小脸，满满的胶原蛋白，笑笑的眼睛，似乎能盛下满满的幸福。而她的爱人，赵姐口中的贤婿，已然是职场精英的范儿，又不失幽默有趣。言谈间，既能跟玄米大议经济，又能哄得老婆和岳母都开心不已。那份其乐融融，会让旁人感受到最美好的温情。

这顿饭吃得相当愉快，结识了新朋友，也让我见识了玄米的能力。还真是第一次听她聊那些工作上的事儿，专注、透彻，颇有见地，充满自信。怪不得，出社会短短几年，便能机遇不断，完全凭自己的能力而得以发展。

原本，我以为就是她的性格好。玄米随和，脾气好，特别爱笑。记得，那年毕业季，她去应聘工作，每一家都录用。其中一家外企的面试官，一个美国人临了还对她说："谢谢你，因为你是这一上午面试的人中唯一一个自始至终都面带微笑的。"尽管最后，玄米没有去那家公司，但，那件事情对我的影响却很大。让我一下子悟出很多很多。爱笑的女孩，运气真的不会太差。

可今晚，我恍然大悟。玄米能在同龄人中脱颖而出，绝对不仅仅是因为她的好性情，更因为她有真才实学。

这一点，回到酒店后，又被一个细节印证。床头，一本专业书。我翻了下，密密匝匝的勾画，看两行就让我头疼的术语，却是玄米的枕边书。玄米嬉笑着，撒娇地说："姐，虽然上学的时候取得过文学比赛的奖项，也因此与姐姐结缘，但，毕竟没有走写作这条路，如果只看文学书，专业不长进，就该失业啦。"

看着玄米，我笑了。年轻真好，可以选择，可以努力，可以把握自己的未来。而到了我这个年龄，更多的，是享受平静。没有竞争，没有奢望，没有变化。三十、四十，各有各的模式。所幸，我和玄米，都处在自己最好的状态，并知足感恩。

四、央视的盒饭还挺好吃

早上，原本是想拉了晚上不睡白天不醒的玄米去柳荫公园。因为二妹多次陶醉地说："虽然是一个小小的公园，但清静怡人。小桥流水，颇有江南韵味。芦苇轻晃，衍生出无限生机。因为不知名，也少有人问津。在无人的小路上、在轻垂的柳枝畔，可以自由地舒展，可以做真正的自己。"

这么深情的表述，配上二妹一本正经的播音腔，令人无限遐想。

只是，我也起晚了。姐妹俩，难得睡一张床。聊到很晚，聊了很多。

当然，更重要的一个原因是，雾霾严重。暗自庆幸，亏了昨天天气尚好。

人就该如此，在不好的时候，想着好的一面，于是，便没有那么沮丧和失落了。

在我们临时群组里，很多动态。保姐姐、自然姐和娟儿已经出发。保姐姐一袭细毛线半长外披，更让她气度非凡；自然姐姐米色风衣，人淡如菊；而娟儿，短袄短裙，灵巧搭配，一副大学生的样子，清新可人。二妹和波波也前往军博地铁站等候她们了。很快，五个人会合了。她们也没有按照原计划，去逛附近的一个小公园。是保姐姐觉得天气不好，当机立断的，为了能有最好的状态参与录制，便不想在户外疯狂吸食雾霾了。五个人找了一家麦当劳，吃、喝、自拍。一张张照片发到群里，各种搞笑各种美好，让我看得时而笑时而感慨。当沉稳安静的自然姐遇到逗比可爱的二妹，画风立刻变了。人淡如菊的，也像在演绎修女也疯狂。那种笑，真的是发自内心的。

《读书》节目的编导媛媛叮嘱我提早一些到央视。再一次误解了北京的路况，又是一路畅通，比定好的时间还早了些。在门口等待工作人员来接，玄米对站岗的武警颇为好奇。军姿太整齐了。目不斜视，面无表情。她刚要拍照，立刻被制止。玄米吐吐舌头。当企业高管临时变身成为我的助理，一下子，就没了在她自己的领域的如鱼得水。

等真正走进去，玄米便一边摇头一边感叹，说："我以为央视得多么高大上呢，这也太一片乱糟糟了。"

我笑笑。我们以为的一些东西往往都不太可能是真实的，但，我们表面看到的一些东西，也未必就是真实的。

在化妆间稍微等了一小会儿，媛媛拿了两份盒饭过来，说："方姐姐，你们还没吃饭吧，将就吃个盒饭吧。"

我咽了下口水，说："不是将就，是太及时了，因为我们连早餐都没吃，饿坏了。"

媛媛笑了。之前见面，她已经很了解我的说话风格。我，就是一个接地气的人，从不扭扭捏捏，惺惺作态。但，她还是补充了一句，说："可我们这个盒饭真的很难吃。"

"饿了，啥都好吃。"我已经闻到了饭菜香味，估计这里的工作人员没有一个能闻出的香味。

和我有同感的是玄米。

"哇。"她打开饭盒盖，拿着筷子，颇为满足地说，"姐，不错的，闻着好香。"

这般说着，我们姐妹俩便是一通狼吞虎咽，很快就风卷残云。玄米比我吃得还干净，盯着空空的饭盒，摸着肚子，特别满足。

这时候，又进来两位，一个年轻男子，一位年长于我的先生。那个年轻男子非常亲和，主动跟我打招呼问："您是今天节目的另一位嘉宾方老师吗？"

我点点头。彼此自我介绍了下，年轻男子是节目中第一本书的作者，年轻的美籍华人科学家菠萝，另一位是另一本书的译者，香港的谢医生。

菠萝阳光帅气，谈吐幽默风趣。我打趣他说："你这绝对是科学家里边的小鲜肉。"

菠萝笑哈哈地点着头，那是相当认同。

"方姐姐，其实我蛮佩服你的。"小鲜肉诚恳地说，"患病三年多，完成三本书，真的很了不起。"

我也点头，也是相当认同地说："一会儿，你会见到我书中的人物和读者群的负责人，她们都是患者，她们更了不起。读者群的群主二妹，会光头出镜的。"

"那真是太有勇气了。"菠萝耸耸肩，表示下惊讶，之后又说，"其实，我的母亲也是乳腺癌患者，已经十几年了。当初，就是因为她生病，我才决定学医。先在清华读的本科，又去美国上的硕博连读，后来就在那边定居。我妈妈也是，患病后生活得无比健康。注重饮食锻炼，脱胎换骨。所以，我特别相信您说的那些姐姐们，相信她们都很了不起。"

原来如此！母亲患病，儿子成为医学研究方面的科学家，感人又励志。

玄米在一边不禁啧啧叹道："哎呀，今天跟姐姐真是来对了，不仅吃到了央视的盒饭，还认识了一位小鲜肉科学家。"

菠萝喜笑颜开。

玄米话锋一转，极度跳跃地说："科学家吃一份这儿的盒饭吧，央视的盒饭还挺好吃。"

我们都笑了，八零后，就是八零后。尽管，八零后已经独当一面，但，他们的确是自在随性的一代。

五、告别昨天

入场，准备录制。

以前，也录制过很多节目，不可否认，这个演播室是立刻能让我感受到主题和氛围的。很大很高的演播室，半圈都是红色背景的书架，摆满了各种书籍。

玄米又发现了端倪，小声说："姐姐，里边很气派，外边很破旧。"还没等我回应，她又说，"还有，书，都是假的。"

我们刚要细究真假，媛媛点头称是，道："真的都是假的，道具嘛，真的，资金和工程就太浩大了。"

真假没关系，道具如此，也让我有沉浸书香的感觉。说实话，这些年，读书的时候很少了。因为对文字越来越挑剔，真能让我读下去的书凤毛麟角。但，爱书的习惯是隐匿在骨子里的。

女主持人很有经验，简单跟我们沟通了下，便开始录制。菠萝打头阵。这个年轻人真的非常棒，看得出有很丰富的演讲经验，把非常枯燥的内容用形象而生动的言语表述出来。让我这超级外行都听得入迷。

之后，就到我了。背后，背景屏幕上出现《生如夏花》的封面，前边，不远处，就是保姐姐她们五人。突然，我的心里好像有万马奔腾，原以为早就刀枪不入的内心却仍旧有着随时会被攻破的缝隙。之前准备好的分享词儿都忘记了，凭着自己的心，真实地表达。

真的不知道都说了什么。创作的起因、过程，书中的故事。这些都是熟稔于心的。也曾经讲过很多次了，却不知道为何，突然之间，就热血上涌。当最后给大家介绍保姐姐她们的时候，我六百度的近视眼，距离五六米远，却分明看到了她们眼中的晶莹。尤其是二妹，没见她哭过，从来都是嘻嘻哈哈。但，我真的感受到了，因为感受到，而如同清晰地看到，她瘪了嘴巴在抽泣。我的眼睛也湿润了。还好，笑容始终挂在脸上。

录制很顺利，我们几个人的央视之旅却是百感的。

回来的火车上，玄米已经困乏得睁不开眼了。而我和保姐姐、自然姐、娟儿，却没有一丝疲乏。

是的，我两天的北京之行，她们的一天，我们都没有当作是去录制一期电视节目，而完全是一次旅程，我们人生旅程中的一段。我们于这段旅程，一起携手走来，用只有我们彼此才会理解的情怀，在眼神相交的刹那，燃起对生活和生命最真切的领悟。之后，我们每个人都会更敞亮、更热爱、更珍惜、更满足，都会深深地舒出一口气。

不到六点，我们便回到了天津。一吐为快的几个人，迈着轻快的脚步，向站外走去。无意间回望，像是要留住这段记忆中的点滴，也像是告别，告别昨日。

第七章

热烈西葡，点燃身体里每一个安静的细胞

　　提起西班牙和葡萄牙，立刻会想到斗牛和足球。充满激情的斗牛舞，会让我的记忆回到二十多年前，那时还在读师范，班里一个叫涛的女生跳得有模有样。至今，记得她甩裙的刹那，帅气十足。而足球，葡萄牙国家队自然无法与西班牙相比，但却前有菲戈，后有 C 罗。当然，西班牙有豪华的皇马和马竞，这一对德比兄弟。更有我曾经迷恋若干年的劳尔·冈萨雷斯，那个有着斯文气质、俊美面庞，也有着与之形象不符的硬朗作风、超人球技的锋线尖刀。

　　西班牙，以及它的近邻葡萄牙，自然是我今生一定会涉足的地方，却也没想到今年就能成行。毕竟，这样的远途旅行，这样充满感念的地方，这样的似乎一直在向我招手的远方，还是想和大熊一起携手而去。只是，身为国企员工的大熊，出国旅游有所限制，一年只能一次，而我俩已有别的计划，西葡应该是明后年的共赴。

　　可有一天，我的最佳旅伴小茹突然提议："方方，咱俩上半年去西葡吧。"

　　"好啊！"我是不假思索地应了。那一刻忘了心底的计划，只剩下对热烈沸腾的画面的臆想。不得不承认，旅行对我充满了巨大的魔力，甚至，在一次次行走后，渐渐成为超越写作的志向，比书写还能让我心花怒放。这是自私吗？我也这么稍许质疑过自己，但，很快否定。如果我有孩子，如果我没有生病，恐怕我难以如此潇洒。但，天时地利人和，造就如今行走的我。如果这算是有些自私，那么我只能承认我的不完美。

一、如同武侠片里的神仙眷侣
（2016.5.16）

再次只身一人乘坐大巴奔赴高大上的 T3，已经没有了第一次的兴奋，这大约就是习惯成自然了吧。我承认，这两年，我真的是频频途经首都机场。

生活，让原本内外都无比软妹子的我，已经成为钢铁战士，名副其实的女汉子。不是我不需要呵护和依靠，而是，我已经可以在没有这些的时候让自己面对日月星辰。安全感是自己给自己的，贤妻是一个女人的理所当然，但，并不意味着放弃自己的理想和人生追求。

这一点上，真挺羡慕小茹。同样步入中年，同样没有孩子，同样过着闲适的小日子，她比我更能掌握自己的时间和思想。想想，这应该和性格有关系。其实，我们还遇到同样的问题，就是另一半的羁绊。但小茹总能很快解决这个问题，用她的话就是"软磨硬泡、撒娇卖萌，外加胡打乱闹"，让她家老刘把她的行走状态当作正常，甚至从意见重重到无声支持。相比，我这边就难多了。尽管每次出游前，我都会做好多天的干粮、肉菜，尽管大熊也由反对到了无奈，却难以支持。

不奢求，不计较。大熊因工作原因不能赶回来送我去大巴站，我就预约顺风车。拉着行李箱，独自走在小区里，伴着仍旧凉爽的初夏微风，心也觉得很自由。

性格的改变还是显著的，如果是以前，这样的画面会让我想到落寞悲戚，而如今，只有满满的对后边旅途的期许。忧郁悲观变为没心没肺，肯定是一件好事。

跟团游，一般都是夜航。17 日午夜一点多的飞机，需要 16 日晚上十点集合。无论怎么样，也必须搭乘六点钟的最末一班大巴。两个半小时，又到了 T3。特别喜欢 T3，大气得立刻会让旅客减少了长途飞行的疲惫。灯火通明，庞大有序。拉着行李，走在这里，与各种肤色的旅客擦肩，有一种世界各地任我飞翔的感觉。哈，我承认，现在的我，心，有点儿野。

很快，便等来了跟我同样"心野"的小茹。这还没到西班牙，小茹就想着下一次了。

"真的六七月份不能跟我去肯尼亚，看动物大迁徙？"小茹有点遗憾地问。

我撇撇嘴巴，假装委屈地说："肯定不能，两次间隔太短，花费又那么多，真怕影响家庭团结。"

"好吧，家庭团结最重要，哈哈。但我肯定得去，没有旅伴，一个人也去。"小茹满眼的憧憬，"就上次从土耳其回来的飞机上，看到一位大姐拍摄的肯尼亚动物大迁徙的录像，真是太震撼了，当时，心就澎湃了。"

"你真得好好感谢你们家老刘，丫太支持你的走遍全世界的理想了。"我半玩笑地说。

小茹却若有所思地点点头，很认真地说："我是越来越觉得老刘真好。平日的生活中，都是他在照顾我。尽管并不希望我经常去旅行，却也明白那是我最喜欢的，不会阻拦，甚至会支持。真的很感恩现在的生活。做自己喜欢的，和疼爱自己的人过简单的日子。"

是啊，这样的生活应该是每个人都想要的。

这个西葡的旅游团，有三十四个人。除了两位年轻人，我和小茹算是年龄最小的了。只是，那些五六十岁，甚至七十岁左右的旅伴们，却是充满活力的。神采奕奕，精神充沛。让我俩没办法称为叔叔阿姨，干脆都以姐姐姐夫相唤。

夜航，上去就吃。阿拉伯国家的航空公司都很土豪，吃的喝的不错。酒足饭饱，立马入眠。这一觉儿，就是大天亮。又开始吃早餐，早餐后还有一个小时，就该到中转的阿布扎比了。这个行程，相对便宜，但要转机，并且会在阿布扎比待上一个白天，再继续夜航，飞往马德里。听起来确实辛苦，但，能多去到一个国家，也算值得。

边儿上的一对儿老夫妻精神头儿十足，俨然是旅游达人，习惯了旅途中的各种状况。老先生姓段，原本是电力系统的技术人员，我们叫他段工。老伴儿段婶儿从事教育工作，很有教师的严谨范儿。而当两个人聊起旅游经历时，更是焕发出神采。原本，我以为他们是从退休后才开始的人在旅途，但，我的判断是错的。

"我们俩从很早就明白人活着最重要的是什么，那就是多感受，感受的越多，人生越丰富精彩。一切，都是生不带来死不带去的，只有经历才属于自己。"段工慢条斯理地说，"我们俩这些年走过了三十几个国家，最远达到南美。二十几天，我们自组的十几个人的团队看到了太多美景，体会到太多的情怀。真觉得那种长途跋涉的辛苦值得极了。"

"哇！南美都去了呀。"小茹双眼冒光。

她很向往南美，前些天刚发给我网上看到的一些照片，恨不得把西葡之行改成南美之旅。只是，我还是想把这个计划后延，还是想跟大熊一起去那么远的地方。

小茹很理解，仍旧情绪高昂地说："就像你说过的'凡所未知的远方都是值得一去的人间天堂'，不急，咱们迟早会都去到的。"

此时，对这对儿老夫妻的羡慕全在欣赏那一张张照片的时候表露出来。二十几天的南美之行，两个人差不多要二十万。段工他们这个年龄的人能有这样的消费观，一定和他们的价值观有关系。

段婶儿点头，表示认同地说："我们也不算是有钱人，但前些年家里装修，我就跟老伴儿讲得很清楚，与其把那些钱都贴在墙上，不如让钱发挥最大价值，让我们两个人可以去更多的地方。"

哇，我真是佩服不已。七十岁的人，能有这样的观念，绝对算是一种精神了。而很多年轻的人，却不可能有这样的想法。精神和物质，真的是一对永远的矛盾体，在某一时刻，产生分歧，甚至可以摧毁很多人之间的情感。所以，只有价值观一样的人才会像段工夫妻那样，如同武侠片里的神仙眷侣。

二、火炉里，随处可见的"阿拉伯王子"
（2016.5.17）

这世上真的没有免费的午餐，任何事情都需要付出很多很多。想看到美景更是如此，除非仅仅局限在画册或者屏幕上。

阿布扎比是阿联酋的首都，与迪拜相距两个小时的车程，相当于北京和天津的距离。刚一出机场，热浪袭来。而这不过刚刚早上七点，绝对不是一天中温度最高的时候。领队小H告诉我们，今天的最高温度是42度。大家面面相觑,瞬间,都放松了身体,使劲儿享受大巴车内的冷气。

　　隔着车窗玻璃,也能少许体会到热浪的肆虐。于是,没人提出异议。即便是我和小茹这种,不惧大风大浪,也要观美景的人。另外还有一点,法拉利公园,虽然是世界上最大的主题公园,但,对我们的吸引力并不大。在阿布扎比的行程,我们最期待的是世界上第三大的谢赫扎伊德大清真寺,也被称之为白色清真寺。不过,好戏压轴。这之前,我们还要去参观阿布扎比的八星级酒店酋长宫酒店和前往人工岛参观民族村。

　　终于,要下车了。跃跃欲试的团友们的热情被门外的热浪瞬间击晕,迟疑了脚步。最悲催的是,我们仅仅是参观这个八星级酒店的外围,如果想进到里边,就要参加下午的自费项目,70欧元享受一次酒店内的一杯咖啡、一块蛋糕的下午茶。无疑,这样的事情不在我的计划范围。对于这类景点儿,我也没有太大的兴趣。但,热浪却难抑我和小茹的脚步。没有兴趣,也得去看一看。

　　虽然我们是在市区的繁华街道,但,毫不夸张,站在路边,犹如在沙漠中,看不到绿色看不到水流,只有干涸,如同十个太阳在空中死死地盯着我们般。此刻,方觉后羿的伟大。真的,不足百米的路途,需要勇气。我稍稍迟疑,小茹已经压低了太阳帽,快步向前。陆续的,除了两位最年轻的女孩子,都不顾烈日当头,拎着相机拿着手机涌向酒店前。这是不是说明,越是年纪大的人越是对每一个所到之处充满珍惜?因为,此生可能真的不会再来第二次。

　　我不习惯戴帽子,只好用手遮阳,远远看去,酋长宫酒店有点像清真寺,也有点像传说中的辛巴德或阿里巴巴时代的皇宫。号称全世界唯一一座八星级酒店,由阿拉伯联合酋长国之一的阿布扎比酋长国斥资约30亿美元建造,是迄今全球第一奢豪的酒店。由著名的英国设计师约翰·艾利奥特设计,富有浓郁的阿拉伯民族风格。但,按酒店规定,须持有酒店服务预订号方能入内参观。而在外边,也或许是因为太热的缘故,除了门庭的豪气壮观,便也只觉得右侧的很多个喷水点比较有意思。喷或不喷,不断变换,让我们措手不及,瞬间喷湿了裤脚裙边。瞬间,也觉得凉爽。当然,仅仅凉爽瞬间,等再上车,去下一个景点人工岛的民族村时,又干了。谁让我们是在火炉内呀。我不由得感叹,还好早在计划中的带我妈妈一起的迪拜之行放弃了。真的,连我都受不了了,何况我妈？

民族村浓缩了旧时部落的集体生活状态，可以了解阿联酋发迹的历史。那一片人工岛上都是白色细沙，走上去，倒像是在沙漠中，并没有因为前边的水面而有丝毫的凉爽。反倒是水面都冒着热气。我和小茹勇敢地跑了个来回，换得浑身湿透。暗自思忖，体重会不会骤减两斤？

终于来到了白色清真寺前。远远望去，只剩下目瞪口呆。蓝天下，一片雪白。顿时，忘记了酷热。只想走近，走入，只想置身其中，感受那份巧夺天工。

白色清真寺，每一处的观感不同，远观宏伟，稍近惊艳，再近则精妙绝伦。我和几个先进来的团友在每一个不同的点儿拍照，正不亦乐乎。说实话，去过土耳其的蓝色清真寺，本以为不会有更宏伟精美的了。但，白色清真寺，真的是令人震撼。清真寺精美的雕刻是来自中国工匠的手艺。雪白的大理石圆顶及墙面，在阳光下隐隐发亮，白得一尘不染。白色清真寺的设计师、建造原材料分别来自意大利、德国、摩洛哥、印度、土耳其、伊朗、中国、希腊和阿联酋当地，因此它也体现了国际化的建造思路。毋庸置疑，冒着高温，一次次的汗流浃背。但，仅仅这个白色清真寺，这一天的阿布扎比之行，就值了。

善于拍景的小茹跪在角落里，为了拍张全景，也是拼了。我迫不及待地把这张照片发到闺蜜群，得到一片惊呼。全部手动点赞：四十二度，能看到这样的景观，就是不虚此行。

恋恋不舍地离开白色清真寺，又一头扎进火炉中。还有一下午的时间，还得在火炉中呆上半天。我们连喘气都像是被一团火捂住了嘴巴，真恨不得立刻飞往马德里。

导游小杨看着我们被热得皱皱巴巴的样子，有些为难地说："有些团友提出来，利用这半天咱们自费去迪拜，大家觉得呢？从这里到迪拜需要两个小时的车程，如果去的话，那原本的自费项目三点到五点的八星级酒店下午茶就得取消。大家意下如何？"

我们的头摇得像拨浪鼓，真的，真没有勇气在火炉里得瑟了。还是按照原定，少部分人去下午茶，我们大队人马被安置在一个大型购物中心。

哇，下了车，疾奔而入。刚到门口，冷气袭来。一时，真不知是进还是退？

阿联酋国家，不管是哪儿，最大的特点，就是豪气，连这个购物中心都是金碧辉煌的。甚至，中央地带还有一个广场。倒是很适合我们这些承受不了外面的酷热的游客。只是，不消片刻，又想拉过条毯子，狠狠包裹住自己了。冷气太足了。

尽管还要继续夜航，但，并不留恋。尽管还要在机场逗留，却仍旧一心只想逃离。

如我和小茹这般的旅游狂人，也有怕的，真是奇了。热，真不是我们这种生活在四季分明的国度里的人能承受的。

三、走走停停，人生的一种境界
（2016.5.18）

见过盲流吗？在阿布扎比的机场，还真的就当了一把盲流。

有时候想，这人呀，真是什么环境都能适应。零点后的夜航，但，已经两宿没沾床了，好想找个地儿躺一躺。我和小茹直勾勾地找寻，真找到一个人超少的候机厅。而为数不多的几个人，全都和衣躺在椅子上。不管男女，不管肤色，那份旁若无人，自在得叫人佩服。既然都这样，那我们如此便也理所当然，不会丢中国人的脸。还等什么？我和小茹立马各找了一个柱子后边的长凳子。哇，当身体放平的一刻，那叫一个幸福。当然，我还是用纱巾蒙上了头，反正我晒得都快成巧克力色了，蒙着头，别人也看不出是哪国人。小茹更绝，干脆用蓬松的长发遮住了脸，瞬间，就睡着了。

有了这一个多小时的机场小憩，我俩精神头儿又上来了。继续夜航，又一通吃、喝、睡、醒来，终于到了马德里。

抖擞精神，开启真正西葡之旅。

很钦佩这个团的团友们，大多都六十岁以上，但精气神儿比起年轻人有过之而无不及。在马德里机场，大家利用有限的时间，让自己焕然一新。只是领队小 H 的话如同一盆冷水，她说："今天的行程基本上就是车程，我们得开五个多小时，前往西班牙西南城市、葡萄牙西班牙边境的巴达霍斯，到了那儿，就没有什么安排，好好休息，转天去里斯本。"

大家正面面相觑，小 H 话锋一转，接着说："所以，我有一个提议，我们可以在中途加一个自费项目，去参观一个古城。省得这一天都白搭了。"

小 H 不到三十岁，瘦瘦的，非常伶俐的样子。短暂的接触，已经颇能感觉到这姑娘能力很强，每句话说得都很到位，不慌不忙地就把自己的想法传递出来了，还能颇得一众叔叔阿姨们的欢心。

可我和小茹不同，尽管是跟团游，我们之前也是做过攻略的。而我们同程网的旅游顾问特别强调过这个景点，巴达霍斯，先为罗马小镇，后为摩尔人所占，城市繁荣。1229 年为阿方索九世取得。巴达霍斯的建筑以摩尔建筑和中世纪建筑群为主，此外也有少量罗马时期遗留的建筑，大量历史建筑被翻新，成为城市靓丽的风景。

这样一座城市，就变成仅仅入住酒店了？

我们提出异议，小 H 淡淡地说："行程单上写得很清楚，巴达霍斯没有游览安排，就是入住酒店。"

我和小茹一商量，既然如此，凭我俩的旅游经验，完全可以在入住酒店后给自己加一个自由行。我们不想挡住小 H 带团自费，但，也不能因为这个自费的安排而影响了我们。可整个团里，和我们想法相同的只有两对夫妻，萍姐和丑姐也很坚决。毕竟这个自费是临时加上去的，不合情理。小 H 明显有些不高兴，但，也没有太过勉强，说的话还是挺让人接受："我们一个团队三十四个人，肯定会有不同，那只要有一个人不同意，也没办法加这个景点。所以，我们就按行程，入住巴达霍斯的酒店，差不多是下午四点多钟。"

顿时，车上的气氛有些尴尬。那些叔叔阿姨很不理解我们为什么这么坚持，他们觉得好不容易漂洋过海来到这里，很可能这辈子再不会来，干嘛不多去一些地方？可我们认为古城有很多，为什么要多花一笔钱，加一个自费，却不深入地去瞧一瞧同样有着悠久历史的巴达霍斯？

坐在我前边的英姐把我和小茹纠集在一起说："你们俩这样不行，得服从大局，得随大流。"

短短两天，已经很了解英姐的脾气，热情、善良，也相当心直口快。别看她这么直截了当，却没有一丝恶意，只不过是思路不同。我们便笑着点头，不去辩解。

沿途的风光如画，让我们的心情不受刚刚意见分歧的影响。女人，不管是什么年龄的女人，都对花草充满热爱。即便是路边的一簇簇黄色的小野花，也吸引了一众女人。公路、野花、蓝天、白云，悠悠飘荡。小茹像个摄影记者般的，端着手机，去探寻每一个细小的画面。我则带着几位大姐阿姨去拍"公路大片"。把她们都拍成美娇娘，为这枯燥的车程增添一抹亮色。

和小茹同名但不同姓的马姐，在一边笑着说："行呀，方方，这短短两天，我们就都成了方粉儿了。排队找你拍照。"

我也笑着说："深表荣幸。"

其实，我之所以花费这么大精力去帮助她们，有很大一个原因是缘于我妈妈。前几次带妈妈出游，我知道她真的老了，真的需要人照顾。所以，我就常常想，如果我不跟着的时候，旅游团里若是有人偶尔伸出热情之援手，那该多好呀！

本以为到了西班牙，能够彻底摆脱在阿布扎比的热度。而在下午四点半，终于到了酒店时，却发现，这个时间段却是阳光正好。地表温度也直逼三十度，根本谈不上凉爽。最让大家目瞪口呆的是，这哪里能看到中世纪的建筑、摩尔建筑？更别说罗马时候遗留的建筑。也没感受到被翻新，只是明显地进入了荒郊野外。

团友们开始嘟囔："你们不是说这里是个风景靓丽的城市吗？不是有很多古建筑吗？都在哪儿呢？"

从疑惑到不满，矛头指向我和小茹。

我俩一时也无言以对。明明我们的旅游顾问说得很清楚，明明网上有很多城市美景的照片。为什么这里却是一片荒凉野地？

领队小H面无表情地说："是的，我们入住的地方很偏僻，想去到网上说的那些地方还需要四十分钟的车程。而咱们行程中没有那个景点安排，所以，只能在酒店休息。并且，西葡这边天黑得很晚，晚上九点还一片亮堂堂。从现在到九点，时间不短，留在酒店确实可惜。但，没办法，因为有不同意加自费景点的团友，也只能这样。也不错，两天没沾床，我也想早点休息。"

小 H 确实不简单,不急不缓,没有过激语言,却立刻掀起腥风,将我们置于浪尖。

"你俩说呀,你俩倒是说呀,怎么去呢?"急脾气的英姐一边上楼一边一个劲儿地问。

我指指不远处幽静清冷的一片街区说:"洗个澡,休息下,去那边走走,难道不爽吗?典型的欧洲小镇,干净明朗。只要心情好,一个路牌也是美景。"

英姐嘻嘻笑了,自言自语着:"好咧,一会儿看路牌去了。"

我和小茹相视一笑,即便荒郊野外,也绝对不会把时间白白浪费在酒店里。

床,终于见到床。躺下去,浑身的筋骨都舒活了。

"怎么样?是洗了澡就出去,还是先休息会儿?"我问小茹。

"这样吧。"小茹琢磨了下,说,"咱们干脆休息到六点,身体缓过劲儿,玩到天黑再回来。"

真应了小茹的话,两个疯子,在这个荒僻的,都算不上是小镇的地方,竟然玩到天黑。而这里的天黑,几近夜里十点钟。

心中有美景,处处皆入目。单单这个酒店的后院,我俩就晃荡一个多小时。泳池、草地、墙角的三角梅、墙外的高尔夫球场……这一切,并不稀奇,却因为明朗的天空和清透的空气而成为我们眼前的美景,引得我俩穿着裙子也敢在草地上打滚。滚着滚着,还发现有一处影棚似的所在。白色帷幕的装点,各种鲜花的拥簇,中间是一辆超级别致的自行车,让我俩立刻回到少年时代,好似中学生附体。

英姐她们也来到院子里,看着我俩和一辆自行车玩得不亦乐乎,甚是不解。连连摇着头走出酒店门。

七点多了,天仍旧大亮,阳光却不再犀利暴虐。终于迎来最舒爽的时刻,心情也随之更好。

出了酒店,小茹指着马路对面说:"来时,我勘察过了,那是一片生活区,类似乡间别墅区。虽然没有那些古城遗迹,但也相当小清新。后边有的是游览古城小镇的机会,现在咱们感受下小清新,岂不更好?"

旅途中,在有限的时间环境内,让自己从眼前的景致中获得最大的快乐,方能产生更多的激情。其实,生活也是如此,知足常乐,是所有智慧的原点。

果不其然,这一片别墅区还真是清新得能让整颗心都舒缓平静,走在一条条小路上,逗留在一扇扇颇有特色的院门外,如同走进一片幽静的童话世界。没有特别的事物,却有着超然的情怀。每一家一户,绿植茂盛,三角梅缀在墙头,毫不羞答,甚是自在。

偶尔有人出入,友善微笑。但,真的是偶尔。走了四五条街道,也没看到几个人。反倒是家家都养狗,嗅觉灵敏,我们刚一凑近,便汪汪直叫。吓得我落荒而逃。真的,虽然这一年来,我被闺蜜大冬瓜家的珍珠锻炼的,已经不再那么害怕毛茸茸的小动物。但,这些看家护院的硕大肥壮的狗狗,瞪圆双目,凶巴巴的,一副要咬人的样子,让我不敢亲近。可养狗并爱狗如孩子的小茹却跟我完全不同,不仅不跑,还一劲儿地挑逗,和狗们互动。凭我拽着,仍旧不走,卖萌撒娇飞吻,隔着栅栏,做出拥抱状。我真是服了,生怕那大狼狗挣脱了锁链越过墙头,飞扑过来,狠狠咬她一口。

"怎么会?狗狗是人类最好的朋友,才不会咬人呢。"小茹一副骄傲的神情,好像那些狗狗都是她的孩子。

"不会咬人?那狂犬病怎么来的?"我一边拉着她远观,一边说,"我发现了,你是典型的贼大胆。"

小茹笑,不否认。

忽然听到人声,哈,却原来是英姐她们。

"你俩还不回去?"英姐的邻居,高高壮壮的刘姐指指前边说,"这都到头了。"

"你们先回吧,我俩再走走。"我和小茹异口同声。

小茹的"贼大胆"还表现在不惧任何陌生冷清的环境。纵是人迹罕见,也没有一丝一毫的恐慌。她的自由自在、无惧无畏也感染了我,也颇为享受这小小童话世界中只有自己的感觉。

坐在路边,托腮凝望,湛蓝天际,通向远方。心中脑海,一片并不虚无的空荡,可以随意装满很多美好幻象或是生活点滴的空荡。

走走停停,难道不是人生的最高境界吗?

天终于暗下来了,落日余晖,几近凌晨。世界之大,各处不同。这样的奇妙,发觉了,便会成为充盈心灵的财富。

四、大地的尽头,海洋的开端

(2016.5.19)

虽说天儿黑得很晚,但亮得也挺早。

醒来,伸个懒腰,望向窗外,真是一片焕然。而饱睡后,每个人也都更加容光焕发。

餐厅里看到团里最年长的,被我和小茹称为优雅阿姨的老太太,穿了件花儿连衣裙,外边一件亮色开衫,还戴了一顶别致的帆布帽子,雪白的肤色,虽然有着岁月的痕迹,却仍掩不住那份从容美好。

小茹啧啧赞道:"你说我们七十几岁的时候能这样吗?"

"能呀。"我毫不犹豫地回答,"就是你高胖点儿,我黑点儿。但,气质也是靠近优雅的。"

"是点儿吗?"小茹憋着笑说:"我是就胖点儿吗?你是就黑点儿吗?"

我也失声而笑,说:"所以得去更多的地方,见识多,人的气质就会更好,方可弥补你肥我黑。"

说完这话,忽然很开心。有了这个理由,更应该走遍全世界了。

很快,乐极成搞笑。上车的刹那,惊觉蓝色的长裙子穿反了,包缝边儿赫然在外,十分滑稽。拎着裙边儿飞奔至酒店一楼的洗手间,后边却听得有人说:"不用换了,这么穿也挺好看,不知道的,肯定以为就这款儿呢。"

不觉中,成为笑料,我也是一副自黑到底的架势,自嗨不止。

欢笑中,车子开往素有"七丘城"之称的葡萄牙首都里斯本。里斯本濒临大西洋,是风光秀丽的海滨城市。位于里斯本市郊的一座迷人的小镇辛特拉,联合国教科文组织将它列为世界遗产,同时还为它特意创立了一个特别的类别:"风景文化类"。因为辛特拉的自然景观和它的历史建筑一样重要。小镇不愧是葡萄牙历史上最古老而富有悠久历史文化的城市之一。是所有葡萄牙城市中摩尔化程度最强的。小镇建在高低不平、起伏跌宕的北侧山坡上,全城几乎被绿色的森林所覆盖，狭窄的石子小路贯穿整个城市并引导游客通往上山的每一个通道。城里和山上一样，建筑物、花园和公园与周围自然环境和谐共处。

而小镇中最著名的景点就是辛特拉皇宫。自古以来就是葡萄牙国王最爱的避暑胜地，诗人拜伦曾经盛赞辛特拉就是"人间伊甸园"，阿拉伯文化与欧洲文化交互影响下所衍生出特别璀璨之美在此可一览无余。因为仅仅是外观，也没有觉得多么神奇，反倒是海滨城镇特有的碧蓝天空，大朵白云，映衬得整个皇宫无比绚丽，好似天庭。皇宫附近的城市广场是狭窄曲折街道网络的中心，许多更小的广场也散布在街道网中，这张网向林木茂密的郊外辐射开来。

小 H 将我们带到辛特拉皇宫外，说："从马路对面那个路口上去，可以沿着台阶走一走，这里的街道都有台阶，就是便于人们攀登。上上下下，转转拐拐，一个小时可以把这一带走一个遍。在上边有很著名的白色台阶，大家可以去探寻下。整个小镇的风格恬淡而古朴。什么都不做，就这么走着，也会很舒服。因为辛特拉是个水源充足、土壤肥沃、气候宜人的地方。据说，即使全葡萄牙都晴空万里，这里的海岸上也可有浮云留下的阴凉。所以温度适宜，湿度也大，可以一扫前几日的热度。"

说完，便自由活动了。

我和小茹难掩兴奋，因为，这算是西葡之行第一个真正的景点呀。小茹嘟囔着："咱们一定要走到白色台阶。"

话虽如此，这样的小镇，虽没有几条街，却很容易迷途。不一会儿，就失去了方向，而变成了走到哪儿，哪儿就是最美的地方。

著名的旅游景点，游客并不算少。我们俩还是喜欢往没人的地方钻。走进一条街，拾级而上。平地处伫立，倚着半人多高的墙垣，哇，如画般的美景映入眼帘，欧洲特色的红顶房子，极目远望处的碧海蓝天的无缝相连，葱绿点缀着每一个角落，干净得像是刚刚清洗过，如墨般泼洒。微风一来，轻皱而起，赢尽万千遐想。就这么望着望着，内心数次呐喊，眼睛是最好的相机，可以无内存限制地摄入所有美景。

是啊，我想把看到的每一个画面都存在脑海里。人这一辈子，能留下的是什么？金钱？荣誉？在我看来，是回忆。回忆无好坏，只要能记住的便都是好的。而旅途，永远都会清楚地保存在我的大脑内存中。随时按键，便可出现想要的美好。

我正在遐想，小茹拍打我一下说："不能继续发呆了，咱们得赶紧去找白色台阶。"

于是，我俩又钻进另一条街道。辛特拉的建筑以摩尔风格为主，但也有不少其他风格的建筑，如歌特式、"穆迪扎尔"式、曼纽尔式、巴洛克式和意大利式等，这样的异国情调会使人联想到历史变幻与风云人物。在阳光的照耀下，各类建筑的鲜艳的色彩带给了游客强烈的冲击。除了色彩对眼睛的冲击外，散布在各处的雕塑透露着浓厚的文化气息，而各类建筑的细节也让人感叹不已：羞涩的美少女、吹口笛的老山羊……路边行人休憩的石凳也颇有艺术感，还有各种本该普通却非常似艺术品的门把手、窗棂……可以说，辛特拉小镇，充满着浓郁的艺术气息。小镇的不少小路边，零零落落散落着一些露天咖啡馆，不少游客坐在椅子上，手捧香浓的咖啡，或悠而闲之地打量着过往的行人，或和难得相聚的同伴讨论着不同的话题。在这里，你看不到浮躁，有的只是陶醉在美丽风景中放松和悠闲的心情。

真的很想坐下来，坐上几个小时……迎面遇到几个团友，友善地提醒："还有二十分钟就集合了，你俩别走太远了。"

跟团游的弊端显露无遗，时间有限呀。可是我们还没有找到白色台阶呀，忙问她们，几位大姐一脸茫然说："这不都是台阶吗？"

我俩面面相觑，甚是无语。时间在流逝，只能回返。懊丧地问小H白色台阶究竟在哪里？小H皱着眉头说："你们过了马路一拐进去的就是呀。"

啊？并不是白色的呀？看来这回是乌龙了，白色台阶可能就是一个代名词，指的是干净洁透的台阶吧。

搞不清楚了，就留作旅游疑案吧。等有一天，再跟大熊前来，一探究竟。

如果说辛特拉小镇一下子把我们带入了中世纪的欧洲，那么罗卡角，便是我到过的最美的地方。罗卡角是葡萄牙境内一个毗邻大西洋的海角，是一处海拔约140米的狭窄悬崖，为辛特拉山地西端。人们在罗卡角的山崖上建了一座灯塔和一个面向大洋的十字架。"罗卡"的意思是岩石，岩石角上立着一块朴素的石碑，上面铭刻着数字和诗句，数字表示的经度和纬度说明此地是欧洲大陆的最西端：北纬 38 度 47 分，西经 9 度 30 分，距离里斯本大约 40 公里，处于葡萄牙的最西端，也是整个欧亚大陆的最西点。而碑上"葡萄牙的屈原"卡蒙斯的名句"陆止于此，海始于斯"的意境也融入了苍苍茫茫、海天无际之中。而当真的身临其境，才明白，这样的表述仅仅是皮毛。罗卡角的美，是不可形容的。任何的言语盛誉，都显得太过平庸苍白。

来之前，小茹曾兴奋而神秘地说："这一趟，最重要的景点就是罗卡角和圣家族大教堂。圣家族大教堂是建筑史上的奇迹，而罗卡角曾被网民评为'全球最值得去的 50 个地方'之一，它是'大地的尽头，海洋的开端'。"

"大地的尽头，海洋的开端"，想想就会浑身细胞不停跳跃，让心舞蹈。而在下车的刹那，却被冰冷的风吹透了身体。正如领队小 H 提醒大家的，此次的旅程，只有罗卡角是必须穿长裤外套的。而我和小茹还是裙子配小外搭，甚是怀疑，会不会瞬间被冻成冰棒。

很快，就明白了，不会的！罗卡角的美让我们顾不上冷。心在冰冻的瞬间就被景色的绝美融化。

我和小茹，就是两个不折不扣的疯子，不顾一切地奔向海岸边。风很大，吹得人几乎无法正常走路。在寒风中，我俩时不时地尖叫，虽瑟瑟发抖，却绝不放慢脚步。穿行在通往罗卡角的小道上，嗅着小道两边开遍山坡的各种小花，那些花草干净得如同被大西洋的海水每日冲洗，没有一丝的污浊。情不自禁地心生欢喜，却不忍心触碰每一片叶子。很怕那一碰，会玷污了这里的洁净。小茹是花痴，眼中充满了宠溺的光，好像这些花儿都与她无比亲密，熟悉到能叫出每一朵的名字。

走过小道，眼前豁然开朗。站在阑珊处就看见了远处的海，此时，阳光透过云层洒向海面，泛起粼粼波光。风吹着，波光像云彩般，异彩纷呈。罗卡角，确实跟别处的海岸有不同之处。极端陡峭的悬崖如同孤独的臂膀伸向海洋深处，那一片蓝，那一片清澈可鉴的蓝，那一片从未见过的浓墨扎染，望尽生命的绚丽。漫步其间，会突然有种迷失在世界尽头的感觉。这里就是人间天堂。

迎着风，艰难而又坚决地踽踽前行，不想错过一处的风景。即便头发被吹成一面旗帜，嘴角被冻得发木，也没有半丝迟疑。想从各个角度看尽罗卡角，想把每一处都深深地留在记忆里。只是，当我已经适应了这里的冰冷，却一时忘记了自己。我是谁？我为什么要来到这里？我和这里有怎样的前尘往事？头发蒙住了脸，却仍旧看得到那片蓝。很想流泪，不是因为悲伤也没有太多的感慨，而是因为忽然清楚了我就是一个渴望感受世间一切美好的人，一切可以看得到摸得到的，却未必要拥有得到的美好。释怀，就在那一片蓝。那可以融化心房内所有迷途的蓝。这真的是我见过的最蓝的海天一色，展开双臂，拥抱着冷风，却有一种意想不到的舒畅。

整个罗卡角并不大，为什么会在如此荒凉的地方建造这么一座灯塔？当地人回答得充满诗意：每到漆黑的夜晚，只有如晴天霹雳的光，才能指引船员和渔夫不受世界黑暗尽头的诱惑，平安无事地回归陆地的怀抱！

游客们把这灯塔当作是指引自己内心的航标，在灯塔前，心绪飞扬，纵情释放。各种肤色的人们，在这里，不分彼此，也不需要熟悉，把欢笑尽情地挥洒。

冷风肆虐，而灯塔后边铺天盖地的多肉却纹丝不动。厚实的叶片，粗壮的短茎，高冷范儿地昂首，仿佛在说："这儿是我们灵魂的归属地，伴冷风，耐寒意，四季常绿。"

多肉植物在国内很常见，尤其是近年来更是走进千家万户，但是，这么肥硕粗大的成片多肉，却是罕见。望着有些萌萌哒的株株多肉，好像自己也加了件厚衣服，原本有些僵硬的身体，缓缓暖起。注视着灯塔，望着蓝色的海洋，再闭上眼，一切竟似仍在眼前。罗卡角，已经深深地植入我的心底，生根的是最美的画面。

美好的时光，却是那么匆匆。小 H 招呼大家上车，她要带着大多数团友去一个自费项目。将不参加自费的我和小茹以及萍姐和丑姐两夫妻放在加油站对面的海岸处。这片海岸虽然没有罗卡角那么惊世骇俗，却也是幽深唯妙。并且，人迹罕见。风，也没有那么硬。阳光下，还非常温暖。如此平静的海域，让我们产生拾级而下，近距离地靠近海洋的念头。六个人，却只有我和小茹毫不犹豫地往下走。丑姐一个劲儿地喊："喂喂，你们俩，别再往下了，小心滑倒，危险。"

看看脚下，台阶平缓，并不湿滑。即便是到了礁石上，每一块礁石之间，也有很多卧槽，缓冲了步伐，让身体可以保持平衡。几个年轻的欧洲男子先我们达到礁石处，他们站在最高的礁石上，尽情享受着阳光和海浪。我的小茹见状，更加勇往直前，还回头冲着丑姐他们喊道："快下来呀，这里礁石海风，阳光碧波，没有危险的。"

年过六旬的丑姐夫第一个响应，首先投入到我们的探险小组中。夫唱妇随的丑姐虽不情愿，也只好跟着下来。萍姐也跃跃欲试，却被萍姐夫拦住，说："别下去了，距离海边太近了。"萍姐用眼神恳求。萍姐夫拗不过，只好双手死死抓住萍姐的手，一步步牵引着她，慢慢来到我们身边。

六个人齐齐相聚在这一片临海的礁石上，起初两位姐姐还有些小心翼翼，很快，就放松了身心。我们在礁石上野餐、唱歌、呐喊……几个欧洲小伙子跟我们招手告别，先行离开。于是，这里便成了我们的天下。

"丑姐夫，你身体挺直，丑姐，你把头靠在姐夫的胸前，眼睛不用看我，想看哪就看哪。萍姐和姐夫一会儿也照办。"我指挥着两对儿夫妻，让他们摆出各种恩爱的 pose。

起初，丑姐有些忸怩，反倒是看上去一本正经的丑姐夫特别合作，便也激发了丑姐潜在的浪漫特质。两个人瞬间减龄二十岁，甜蜜指数达到极点。之后，年轻几岁的萍姐和萍姐夫连扭捏都没有，轻车熟路地深情相拥，无比温馨。干脆，我让他们坐在礁石上，阳光下，海岸处，轻轻一吻。哇，很文艺的萍姐领悟力极强，微闭双目，甚是柔情。直接将憨憨实实的萍姐夫带入了情境中。惹得丑姐和小茹拍手尖叫。

丑姐不甘示弱，忙拉着老公过去，说："方方，我俩也拍张拥吻的。"

"耶！"我做了一个 ok 的手势，再次当起导演。

看着这两对五六十岁的夫妻，平素连手都不会牵，此时，却沉浸在一片粉红色中，让这片海岸平添了最美的色彩。

"方方，真是太感谢你了。"丑姐一边看着手机中的照片一边说，"我们这几十年都没拍过这么美的照片。"

萍姐也随声附和，说："想都没想过还拥吻，哈哈。"

看着她们这么开心，我也非常满足。人到中年，甚至老年，这样的小小互动就会为生活激起清亮的浪花。能够夫妻二人一起出国旅行，再在旅途中留下这样的小插曲，生活的美好不过如此吧？

这一天真是丰富多彩。下午，返回里斯本，游览海洋发现纪念碑，纪念碑屹立于海边的广场上，是为了纪念葡萄牙人300多年的航海历史而建造的。而贝林塔则象征着葡萄牙人海上霸主的地位。侯爵广场、自由大道……正在拍片的剧组。不知何时，英姐和马姐和剧组的工作人员有说有笑。我很好奇，难道她们英语很棒？或者是会说葡萄牙语？

"会什么呀。"英姐哈哈笑着，"会哑语，敢搭讪，敢比画。"

我们都笑了，英姐交际能力超强，靠着嘤嘤呀呀和各种肢体语言，混得帅气的摄影师频频帮她们和演员合影，完全是拍大片的架势，星范儿十足。

悠闲的当地人，喝着咖啡，面带微笑。快乐的过客，释放着内心的欢喜，神采飞扬。生活，在这样的松弛中，只有明亮。

五、没看斗牛，也不遗憾

（2016.5.20）

几年前，银河广场处修建了新的音乐厅，虽比不上悉尼歌剧院，但也是相当大气华丽的。正巧，一位在天津交响乐团拉大提琴的朋友给了我两张票，歌剧《卡门》。哇，寒冬季节，不顾冷风刺骨，也得染指那份高雅。

歌剧《卡门》取材于梅里美的同名小说，法国作曲家乔治·比才于1874年秋将歌剧《卡门》创作完成。美国女高音格拉汀·法拉的有声电影和查理·卓别林的一部无声电影更是扩大了歌剧的名声。它是当今世界上上演率最高的一部歌剧。该剧主要塑造了一个相貌美丽而性格倔强的吉卜赛姑娘——烟厂女工卡门。她使军人班长唐·豪塞堕入情网，并舍弃了他在农村时的情人，温柔而善良的米卡爱拉。后来唐·豪塞因为放走了与女工们打架的她而被捕入狱，出狱后又加入了她所在的走私贩的行列。然而，后来卡门又爱上了斗牛士埃斯卡米里奥，在人们为埃斯卡米里奥斗牛胜利而欢呼时，她却死在了唐·豪塞的匕首下。本剧以女工、农民出身的士兵和群众为主人公，这一点，在那个时代的歌剧作品中是罕见的、可贵的。也许正因为作者的刻意创新,本剧在初演时并不为观众接受,但随着时间的推移,这部作品的艺术价值逐渐得到人们的认可,此后变得长盛不衰。

我记得当时观看歌剧的时候,舞台相当华丽。每一个人物性格都很鲜明。即便听不懂任何一句,却能够被深深地吸引到那个故事里。而我们今天,就要前往这个故事的发生地塞维利亚。

到欧洲,看教堂。塞维利亚也一样。塞维利亚大教堂是这座城市著名宗教名胜,是世界五大教堂之一,是仅次于罗马的圣彼得大教堂和意大利米兰大教堂,位居世界第三位的大教堂,建于15世纪初。

塞维利亚大教堂是一座哥特式的大教堂,由墙顶部带许多塔尖塔顶柱的围墙环绕屋顶上向上耸立的尖塔而成的建筑。大教堂的正门面对国王圣女广场,最高处的十字架高达40米。教堂共有三扇大门:正门为王子之门,其余分别为洗礼之门,亚松森门。

教堂边侧有一座高耸于所在建筑物之上的方形高塔,这就是有名的希拉尔达塔。塔高98米,塔顶装有25口大钟的钟楼和楼顶上的一尊代表"信仰"的巨大塑像,塔顶雕塑名为 El Giraldillo。巨大塑像高仰站立,手中举着一面半掩的旗帜,总高4米。这个重达450kg的风向标,在风中是可以转动的。塞维利亚人传说,棕榈叶朝向某一个方向时,塞维利亚就会下雨。塔内没有楼梯,而是环形坡道,以便相关人员骑马到塔顶。登上70米高的瞭望台,可以一览塞维利亚全景。

整个建筑外墙上分布着美丽的石雕,三个门楣上的雕塑也各不相同,亚松森门上的雕塑是圣女神的石像,头顶落着一只鸽子,周围环绕着飞翔的天使;上方是天使托着耶稣。洗礼之门上方是三圣人的雕像。而伟大的航海家哥伦布就葬于此。

教堂前有很多游览马车,车夫都穿着传统服饰,举止夸张,好像我们每一个人都是热情的吉普赛女郎,一下子把我们带入十九世纪的欧洲。

自由活动的时间有限,我和小茹马不停蹄,从教堂前向右拐,穿行于每一条小路,流连于古老却不陈旧的建筑中。这样的欧式建筑真是怎么都看不腻。

跟团旅游的弊端，就是时间紧张，真的不能慢悠悠地走走停停。刚想在教堂前小憩片刻，望望天，看看街景。领队小 H 发来微信："还有十分钟，大家务必赶到刚刚下车的地方。"

我和小茹忙起身，匆匆赶往集合处。没想到还有很多人没到。而马路对面就是黄金塔。黄金塔是塞维利亚辉煌的航海史的见证，这里曾经是那些满载着黄金白银从美洲回来的船只的终点。黄金塔因以金色瓷砖贴面而得名，现在瓷砖已经没有了，但在斜阳下仍显得金光闪闪。塔身为等边 12 面体，每个面代表一个方位。黄金塔建于 1221 年摩尔人统治时期，是一座军事瞭望塔，主要目的是监视进犯河港的船只。后来曾作为监狱、仓库、邮局等使用，现在是航海博物馆，展示古海图、古船模型及各种船头装饰。

小 H 建议大家在远处拍拍照，那样，可以拍到完整的黄金塔。小茹努努嘴，示意我跟她去前边的电车轨道处。刘姐和李姐也跟了过来。轨道后的背景就是教堂的顶子，驻足在轨道处，仿若，前，是传统，后，是现代。当电车驶过，会瞬间犹疑，该不该搭乘一段？又会去向哪里？李姐和刘姐就像两个小孩子，听由我的指挥，摆出各种卖萌的 pose，在轨道间留下快乐的身影。两个人是结伴而来的朋友，都五十几岁，退休在家。刘姐很聪明，学东西快，这几天跟着我，已经掌握了很好的拍照技术；李姐自由发挥的能力稍差，但很认真，脾气也好，对急脾气的刘姐甚是谦让。看着她们的相处模式，我觉得很有趣。真的，人和人之间，的确很微妙。不仅是夫妻，朋友也一样，性格相投，可以志同道合，性格互补，也会相得益彰。只要是有缘人，怎么吵也吵不散。更何况刘姐本就是刀子嘴豆腐心。开朗健谈的她跟我站在街角的阴凉处，忽然说："有时候我脾气急，其实是因为我生病了。"

"什么？"我吃惊地问。

"哎。"刘姐叹口气，"抑郁症。"

"不会吧。"我劝慰道，"您看上去很阳光，怎么会得了抑郁症。"

"真的。"刘姐很认真地点点头。

原来，三年前，刘姐最爱的妈妈去世了。事出突然，对刘姐的打击很大。开始失眠、忧伤，总是无缘无故地哭泣。幸亏老公和儿子悉心照料，也带着她积极治疗，才见好转。

刘姐跟我说的时候，脸上又显出伤感。一时，我不知说什么好。我真的非常理解刘姐，每个人在遭逢重大挫折和打击的时候，都会或多或少有些影响。但，走出来，也只能靠自己。于是，我揽住刘姐的肩，诚恳地说："我不相信您有抑郁症，短短这几天，您在我眼里就是热情善良的一位大姐姐，总是开怀大笑。这样的人能有抑郁症吗？"

"方方，我真的有抑郁症。一直在吃药呢。"刘姐相当执拗。

我只好话锋一转说："好，退一步，确实！那我教您一个方法，就是自我暗示，您一定要每天暗示自己一切都好，什么病都没有，有时间，就跟朋友们结伴出游，在旅途中找寻最大的快乐。这样暗示着，渐渐的，在自己心底，就会当成真的。那时候，定能不治而愈。"

刘姐眨巴眨巴眼，若有所思，而后笑着点点头。我不知道她究竟能否听得进去，但，在这一刻，我们都看到了希望。

车来了，我们上车，前往西班牙广场。小 H 笑着说："大家不会以为西班牙广场就在塞维利亚吧？"

大家面面相觑。小 H 继续说："其实，在西班牙，每个城市都有西班牙广场，但塞维利亚的西班牙广场是最大的，也是这个城市最为美丽的建筑物。塞维利亚为了办好 1929 年举办的西美展览，选址在玛利亚路易莎公园旁兴建了这座宏伟的广场。塞维利亚西班牙广场是一个巨大的 270 度圆形广场，造型非常独特美丽，缺口正对玛利亚路易莎公园。广场四周有一条环城河环绕，护城河上有许多造型精巧、美丽的桥梁，广场中心是一个大型的喷泉水池。让每一位游客会感到赏心悦目，流连忘返，可见它的魅力所在。世界上好多著名影片在这里拍摄，如：哥伦比亚的《阿拉伯的劳伦斯》、《星球大战 2：克隆人的进攻》等，丹·布朗的著名小说《数码城堡》故事中的主人公就是在该广场死亡等。这座气势恢宏的西班牙广场是非常值得去游览欣赏的！"

小 H 娓娓道来，我的眼前出现了画面。那一刻，觉得身形单薄有些冷傲的小 H 柔和了很多。不否认，小 H 的讲解颇有魅力。

还在冥想，小茹惊叫："快看快看，一大片开满了紫花的树，是紫槐吗？究竟是什么？太美了。"

我们都透过车窗望去，哇，茂盛高耸的树木，没有叶子，只有满满的紫色的花儿。每一株都像是一位大家闺秀，含蓄隐忍，却难掩娇艳。不是林黛玉，更似薛宝钗。

车程很短，很快，就到了西班牙广场。小茹判断了下方位，确定那一片紫槐树就在广场后边的公园。于是，我俩在广场逗留片刻，便径自进入公园。只可惜，又到集合时间，也没有觅到。颇为遗憾的我俩自我安慰："这种紫槐树在这里应该并不稀奇，等小 H 带他们去看斗牛时，我们可以四处去逛一逛，兴许，能找到。"

原本，来西班牙，小茹最大的愿望就是看斗牛和参观圣家族大教堂。只是，在网上看过斗牛的视频后，我俩产生共鸣，实在是太过残忍，无论如何，牛的结果都是死。

小茹非常热爱动物，气愤地说："最关键的是不公平，在斗牛前，都会先刺伤牛。"

尽管，我俩明白，在西班牙乃至整个西语世界里，斗牛士被视为英勇无畏的男子汉，备受国人的敬仰与崇拜。这项运动也被讲西班牙语的地区疯狂推崇。但，我们却难以承受它所带来的血腥。不想融入到斗牛场那片沸腾中。

不过，我们此行也没有安排观看斗牛表演。但，有些团友执意要看，小 H 便帮他们订了票，她说："斗牛票其实很难买，但，最后还是买到了，去观看的朋友还是很幸运的。一会儿，在超市门前，咱们分头行动，我带着这些朋友去看斗牛，其他人，可以逛逛超市，也可以去对面的公园，只要在规定时间一起上车就行。"还有点时间，小 H 清清嗓子继续说，"西班牙斗牛已经有好几个世纪甚至上千年的历史。西班牙斗牛，起源于西班牙古代宗教活动（杀牛供神祭品）。13 世纪西班牙国王阿方索十世开始这种祭神活动演变为赛牛表演（真正斗牛表演则在 18 世纪中叶）。在阿尔达米拉岩洞中发现的新石器时代的岩壁画里，人们看到了一些记录着人与牛搏斗的描绘。根据历史记载，曾经统治西班牙的古罗马恺撒大帝就热衷于骑在马上斗牛。而后，斗牛发展成站立在地上与牛搏斗。至此，现代斗牛的雏形基本形成。在这以后的六百多年时间里，这一竞技运动一直被认为是勇敢善战的象征，在西班牙的贵族中颇为流行。我之前看过，置身其中，真的会热血沸腾。整个斗牛场，每一个人都会变得疯狂。"

小 H 话音未落，党姐便回头杵杵我说："你们到西班牙，不看斗牛？"

"也不是每一个外国人到了咱们国家就要看京剧呀。"我故意逗她。

"嗨。"党姐张张嘴，却憋了词儿。

小茹便对她说："我们是真的受不了那么血腥的场面，我这平时看见公路上被车子碾死的猫狗，都难过得很，更何况亲眼看着一头斗牛被活活杀死。不过，您想看，可以理解，毕竟斗牛是西班牙的特色。"

"那明天到了龙达，牛尾餐你们也不吃吗？不说是头牛的尾巴吗？特别香。"党姐还试图劝我们。

我俩使劲儿摇头。别说一顿牛尾餐需要五十欧元，就算是不花钱，明知道是刚刚被杀死的斗牛的尾巴做的，也不忍心下咽。更何况，这几年，真的不怎么吃肉了，鱼虾还行，猪牛羊肉吃得很少。倒不是刻意如此，而是生病后饮食习惯不知不觉就变化了。而这种变化，再加上每日坚持的快走或慢跑等运动，才能让我的体重回到二十年前。

四五点钟，天仍旧很亮，温度也没有降。走在行人很少的塞维利亚的街路上，不一会儿，衣裳就有些沾身。幸好，那个公园的确不远。而公园内，树荫成片，便凉爽很多。就是一个普通的街心公园，长椅上都是休闲的老人，身边多半偎着条狗狗。一下子，小茹又来了精神，情不自禁地招狗逗狗。我总怕她这样的狗痴状，会惹来撒欢的狗狗的肆无忌惮，真咬上一口，可就麻烦了。小茹不以为然，弓着腰，颠颠地与狗狗嬉戏去了。

一个人坐在一片树荫下的长椅上，享受一份静谧与阴凉。虽然是一个小小的公园，但，只要有蓝天白云，只要清爽干净，都会让我心旷神怡。托腮冥思状，却什么都没有想。只是安静地待着。忽然，小茹急匆匆地回来了，兴奋地说："快跟我走，那边有一大片紫槐树，紫色的小花瓣落了一地，就像是紫色的海洋。"

我忙随着小茹快步而去，在园子的最里边的墙根下，远远的，便可以望见一大片紫色。走近了，才看清楚，其实只有几株。因为高而茂盛，故而成片。

树上，如同缀满了紫色的雪花；地上，就像是铺了张紫色的毯子。让人不忍心踏足，生怕毁坏了它的完整。大朵的云层，飘浮在围墙上方的空中，映衬着这一片紫色，像童话世界般，幻化出很多浪漫玄妙的音符。

就那样傻傻地伫立着，凝望着，一脸痴迷。美，就是在这样的不经意间，觅得的小小惊喜。美，就是于这样的美景中，静静地，唤起的美丽的心情。

六、龙达、米哈斯，回味无穷

（2016.5.21）

在紫色的梦境中醒来，望着窗外，又是一个晴朗清透的天气。早上，稍微有点凉。正好，可以穿上为此行买的红色长裙子。长袖，有衬，适宜二十几度的天气。领口和袖口的花边儿，也颇有欧式宫廷裙子的味道。也因为上午要去的是西班牙著名的斗牛的发源地，悬崖上的罗马古城——龙达。据说那里每条街道每个窗棂都很有古罗马的气息，还经常会有吉普赛女郎夸张地摆着 pose。故而，特意准备了这样一条裙子，融入一下。

早餐的时候，党姐和我们坐在一起，感慨着昨天观看斗牛的盛况。我和小茹相视一笑，我们的紫色花园也不错。

党姐见我们不为所动，还是不放弃，说："龙达是斗牛的发源地，也有一个很大的斗牛场，如果时间来得及，你俩还是可以进去看看。"

我俩一边喝酸奶，一边笑着摇头。我们有自己的计划。

龙达小镇，坐落于西班牙南部的一个小镇。诞生于罗马帝国时代，三千多年前，一批旅人风尘仆仆地爬上这座七百五十米的峭壁，发现这里地势险要，河流丰沛，食物丰美，于是安营扎寨，造出了第一座房子……这白色的房子如同一颗白色的种子，随后，剧院、教堂、街道依次蔓延整个山坡，最终成为一座至今繁荣的小镇。一座横跨埃尔塔霍峡谷的悬桥，将城市所在峡谷两端连通，成就这个建在云端的天空之城。

在很久以前，龙达已经闻名遐迩了。令它名声大噪的，一是，斗牛士；二是，土匪，以及满眼都是梅里美笔下的摇曳生姿的"卡门"……它的热烈和艳美，由此可想而知，难怪都说，这座悬崖上的天空之城是一座最美的"私奔之城。被称为全世界最合适私奔的处所，海明威兴许功不可没，在他的小说《逝世在午后》中："如果你想要去西班牙度蜜月或者跟人私奔的话，龙达是最合适的地方，全部城市目之所及都是浪漫的风景……如果在龙达度蜜月或私奔都不顺利的话，那最好去巴黎，各奔前程、另觅新欢好了。"这是私奔之说的缘起，但龙达蓝天白屋花香满地的美景，与其人迹罕至空谷幽鸣的私密特征，都与浪漫相干。

作为斗牛士的故乡，龙达有着西班牙最古老的斗牛场，曾见证过那个时代斗士们的爱恨情仇。我们在小镇的进口处解散，小 H 叮嘱大家说："三个小时的自由活动，时间还是蛮充裕的。但，也别掉以轻心，因为我们是外来人，不可能像对自己的家周围那般熟悉，很容易迷路，所以，还是要提早赶回这里。不能耽搁，午饭后还要去白色小镇米哈斯。"

小 H 话音刚落，我和小茹便向龙达角斗场的方向走去。既然不能耽搁，那就争分夺秒。很多读者或朋友看我朋友圈的分享，或者阅读过《一路走来，一路盛开》，都会表达想与我同行的心意。我都不置可否。很重要的一个原因，就是我在旅途中的速度、体力、兴致，真的不是哪个人都跟得上。恰好，和小茹很合拍。旅途中，我俩都属于浑身有使不完的劲儿，每一分每一秒都不错过，还常常给自己加上一些边边角角的探寻或逗留。即便哪天哪一个稍微有些疲惫了，也会被另一个精力的旺盛感染，继而，又焕发了充沛的精气神儿。

来到龙达，我俩想先坐马车逛一遍小镇，享受一下悠闲，同时也对小镇的地理有了些了解，再徒步走一走，尽情感受小镇的平静与清幽。可惜，马车售票处既无马车更无人售票。这下子，打乱了我们的计划。只好徒走小镇。这让我俩多少有点遗憾。一时之间，不知道该往哪边走。冷静三秒钟，还是决定沿着人多的大路先往前走。尽管不喜欢与人为伍，但，为了不迷路，只能随众。好在，很快，沿途的各个小景致，吸引了我们，让我们顾不得遗憾，只想走遍每一个角落。很快，我们到了新桥。小 H 刚刚说过龙达所有的景点都集中在新桥附近。除了斗牛场，新桥是这里最重要的景点。倚在桥栏上，可以看得很远，的确是悬崖上的小镇，远处的地势很低，桥下也是深深的河水，只是，水并不清澈，反倒长满绿苔，强烈的阳光照射下，绿苔像是守卫这里的士兵般，冷傲严峻地浮走。龙达，在它看似平静的表情下，依旧安放着最浓烈的西班牙风情：以浪漫宁静的白屋，居于这让人望而却步的悬崖之上，已是最佳明证。

从新桥侧面的楼梯下去，就到了 Ronda 的老城，典型的阿拉伯风格，狭窄的街道、白色的墙面、精巧的烟囱、鲜艳的花朵……街区里，车辆来来往往，因为狭窄，为数不多的车辆只能单行，便也会有拥挤感。其实，行人不多。那些小店铺，还有从某个门里走进走出的当地的人们，提醒着游人，这里不是景区，是居民区。某一个拐角的小店，各种民族特色的小物件挂满门口，没有购买的欲望，却真的很想坐在店门口的台阶上，感受下这里人的朴朴实实的生活本质。而坐在这里，侧目仰望，正好能看到不远处教堂的顶子，一下子，心更静了。只是，我们想走遍小镇的每一个角落，这样的清幽时间不能久。还是要马不停蹄。

不过，说实话，其实，所有的小镇都是差不多的，不管是欧洲还是亚洲，或者是丽江、鼓浪屿……小镇，都是会让人悠然自得、心胸豁然的。所以，如果能够住上一晚，时间充裕，没有掉队的危险，不担心迷路的后果，一定会更加舒展心房。可惜，没有这样的可能，我们只能抓紧每一分每一秒。在旧城的每一条石板路上，只能给自己十秒钟，情不自禁地屏住呼吸，闭上眼睛，来感应这里的历史和人文。或者是与街头欢跳的人们短暂互动，招招手，摇摇裙摆。只能如此了，这里有很多岔路，哪一条，都不想错过。尤其是看上去人比较少的小窄巷，于路口张望，幽深轻妙。偶尔驻足在某一个门庭处，似乎可以感受到这里面曾经有过的悲欢离合。怪不得，龙达被称之为最合适私奔的地方。试想，与恋人相拥在白色小城安静街巷散步，偶然让快门在木窗白墙下的绿草繁花间留下彼此相爱的记忆。这种想象中的场景让无论私奔与否的眷侣们都向往不已。

我和小茹相视一笑，我俩可都是把老公抛在家，结伴来到这里的。不知道小茹是否与我有相同的想法：此时，如果和爱人相伴，也很不错。

小茹摇头，说："我家那位出游就得吃好住好，得舒舒服服，像咱俩这种急行军，为了多看一个景点，肯定受不了。"

"享受型。"我笑着说，"其实咱俩也是享受型，享受旅途中的一切。"

不过，男人大约都差不多。想想，男女差异，真是表现在方方面面。可能因为女人在生活中为别人着想的时候更多些，所以，一旦离开家，在异国他乡做异客，便会使出所有的热情，忘乎所以在每一处阳光下。好像只有这样，才能平衡。

如此，不想什么私奔不私奔了，不想和爱人携手在白方空街了。两个女伴，尽情释放心底的所有，也是不亦乐乎的。

但，释放到了极点，却蓦然发现，时间悄无声息地流逝了，还剩半个多小时。我们必须回返，不能再一步步走下去。因为，在不知不觉中，早就找不到来时路了。小镇并不是一个圆形，只能原路。可一时，真的有点迷茫。身在哪里？

我和小茹产生了分歧。她觉得仍旧向前走，肯定能到大路。我保险起见，认为应该找到来时路，穿过那片生活区，找到新桥，就可以沿着主路走回去了。

小茹有些不甘心，却也没有把握，往前走下去，是距离集合地越来越远，还是正好可以达到新桥。最终，听从了我的建议。只是，闷头赶路，便无了刚来时那种游玩的美丽，只剩下气喘吁吁。就这样，还是找不到新桥。只好发定位给小H，请她给些指引。按照小H的遥控，我们顺利归队。一个不争的事实，却摆在眼前。小H笑着说："其实你们最初发给我定位，别返回，左拐，往人多的那个方向走，就到新桥了。"

小茹憋着嘴巴瞪大眼睛，说："听到没？我说对了。要是听我的，咱们还能多游览一些地方，不至于走冤枉路。"

我张张嘴，耸耸肩，说："谁让你不坚持？那下次你一定要坚持。"

小茹扑哧笑了，说："下次就错了。"

我俩放声而笑。这样的小小遗憾，常常出现于旅途中。这点承受力是对不认路不会英文的有力弥补。一行穿着盛装的吉普赛女郎走过，巧笑嫣然，眉目传情。不仅吸引着男人，也惹得女人目不转睛。只是，再留恋，终是要离开的。旋转着裙摆，带走这里的热烈浪漫。

阳光更加刺眼，气温越来越高，换上短衫短裤，舒服很多。乘车前行。下一站是白色小镇米哈斯，为了节省时间，午餐在车上自行解决。早餐吃得多，并没有饿的感觉，只喝了热情的党姐递过来的酸奶。车上也是最好的休整期，刚有些迷迷糊糊，忽然发现远处有一片白色建筑显现出来，在赭色山体间独具特色。车上的姐姐们又开始透过窗子随手拍。我断定这就是享有"安达卢西亚之最"美誉的米哈斯。山路蜿蜒，时高时低。进入小镇外的主路，小 H 指着路边一家中餐馆说："我们中晚餐合并一下，四点钟都回到这个餐厅，吃了饭，要赶路，前往格拉纳达。所以，在米哈斯逗留的时间只有两个小时。我先给大家介绍一下，这样，你们游览起来会比较有条理，节省时间，少走冤枉路。米哈斯小城，一边是清一色的白色建筑，另一边则是荡漾着金色阳光的地中海，令人心动不已。蓝天、白墙、褐色山丘，是米哈斯这座著名的阿拉伯风格旅游城镇的特色。停车处的马路对面有个洗手间，边上便有一个瞭望台。站在那里，白色小站尽收眼底。总之，不管是先去哪一边，都得原路返回，走到两者的交界处，顺着主路走下来，走到底，再右拐，往前大约两百米，左边便是我们吃饭的餐厅。我们吃饭的时间只有一个小时，请大家守时，因为我们还得赶路。还是那句话，不要影响他人。"

望望回时路，相比龙达，米哈斯要小一些，看上去，也没有那么错落。的确，走到头，于左右，界限甚是分明。我和小茹迅速决定先逛右边的白色小镇。旅伴之间，是需要很多宽容和妥协的，更难得的是，两个人能心思相同。美丽的欧洲小镇，永远是我和小茹这两个内心充满了无梦追求，又相当喜欢逍遥自在的女人，最喜欢流连忘返的地方。喜欢每一个小餐馆外整排的盆栽，蓝色、红色、绿色、橘色……喜欢街角的路灯街牌，喜欢小店门口的各式物件，喜欢街边长椅的贴心设置……

沿着高低盘旋的小镇之路拾阶而上，红顶白墙的房屋沿着坡度平缓的山路展开，各式各样的特色小店，多数人都与我们相同，欣赏摆弄，却很少有付款购买的。但，每一个店家仍旧喜笑颜开，没有丝毫温怨之色。好像，他们并不指望这样的收益养家，这不过是他们诚心诚意为小镇增添的一抹色彩而已。在中庭的地方大抵都是露天咖啡座儿，远远地就能闻到咖啡的香味，可以说整个小镇都弥漫着咖啡的香气。深深一嗅，似乎融入到了一种特别纯粹的浪漫气氛中。特别想自然而然地欢笑嬉闹，却又不可扰乱这里的宁静。主路两侧很多小小窄巷，虽然地方不大，却想走遍每一条街巷，如此，时间并不富裕。我们逐条小巷走去，深巷里行人很少，倒更加惬意。这里显然是生活区，家家户户在自家门面上，相似的高度悬挂色彩艳丽、生机盎然的鲜花盆栽，一眼望去井然有序；再搭配古朴干净的石板走道，形成了一幅最美丽的景致。

小茹不愧为"花痴"，这些花儿，真的让她双腿发软，走不动路，一脸沉醉迷离。若不是我拉着她，总是马不停蹄地生怕错过任何一处景观的旅游达人，恐怕与这些盆栽两两对望几个时辰都不觉腻烦。刚拉她走过一处，她又凑到另一处。时间就这样飞逝，我只好认真地说："咱们不能再在这里耽搁了，我们还没走到最高处，总得留些时间去海边吧？"

小茹不情愿地挪动了脚步，忽然，她站定了高兴地说："我有办法了，你发微信给小H，咱俩不去吃饭了。这样，就可以多一个小时游玩。"

这个提议不错，我立刻跟小H说明。对我俩而言，吃饭与在小镇游荡没有可比性。少吃一顿没关系，多走一条街巷才是幸福的事情。又多了一个小时，可以更加自由悠闲些了。买上一个冰淇凌，又降温又解饱，让我们平添了几分气力。

忽然看见一家啤酒坊，门口是硕大的木质的啤酒桶，躲在后边，能掩住整个身体。张开双臂，竟然不能完全环抱。小小的啤酒桶，给我们带来了极大的乐趣。其实，生活不就是如此吗？如果想快乐，什么人或物都能给予这样的力量，变为源泉，源源流淌在内心的长河中。

时间所剩无几了，我和小茹产生了分歧，她觉得海边都差不多，还不如就一直在小镇逛呢。但我觉得海边是米哈斯的一部分，怎么也要去一下，哪怕走到那里，待上片刻。并且，最终是要路过那个岔路口去餐厅寻团队的。这一次，小茹向我妥协。

海边瞭望台，游人不少。海风吹来，倒也凉爽。依着栏杆，放目远望，白色纯透，不着尘污。深呼吸，放松了心房。

富有冒险精神的小茹不满足这里的平淡观景。拉着我从后边绕过去，竟然有一处自然的山体，上身与山底有一米多宽的不算陡峭的平地。驻足在那儿，便可以一览无余。这让我想起土耳其卡帕多奇亚那些精灵烟囱，地貌虽然完全不同，情形还是很相似的，足以让恐高的我有点不适应，"贼大胆"小茹却尽情地开怀。而她的笑声也足以感染我。风有些大，安全起见，我们兴高采烈地离开。

回餐厅的路上，我俩蹦蹦跳跳，一点儿没觉疲累，甚是满足。少吃一顿饭，多流一小时的汗，还探了个小险。自然比吃饭更有意义。

但，没想到的是，和我们同桌的萍姐他们给我俩留了饭菜。简单的菜拌饭，浓浓的情谊。并不饿，却吃得很香。

离开了，离开米哈斯了。车上，安静的每一个人，似乎都在回味……

七、阿尔罕布拉宫的回忆
（2016.5.22）

大熊酷爱吉他，十几岁时，骑着自行车顶着烈日到很远的地方去学琴。刚认识的时候，也常常给我弹奏。而他弹得最娴熟的一首吉他曲便是《阿尔罕布拉宫的回忆》。一曲弹罢，本性二了吧唧的人还会特别认真地说："阿尔罕布拉宫的回忆，我最喜欢的吉他曲。是近代古典吉他音乐达到最高峰的西班牙吉他大师弗朗西斯科·塔雷加的作品。据传说，某一天的黄昏时刻，塔雷加来到了格拉那达，眺望着在夕阳西下背景衬托之下的这座昔日富丽堂皇的废旧宫殿，引起了他无限的感慨。当天夜里，他就将脑海中浮现的回忆主题用震音技法来描述，写成了一首吉他独奏曲。全曲由于运用了震音技巧，充分表现了作曲家迷蒙、回忆、幻想、憧憬，以及感慨万千的心绪。是一支特别适于夜间聆听的古典吉他曲，在古典吉他独奏曲中，它独树一帜，有'名曲中的名曲'之美誉。由于全曲采用轮指技巧长达3、4分钟，给人以'珠落玉盘'的感觉，所以也有人称之为珍珠曲。乐曲的副标题为《祈祷》。无论是听者还是弹奏者都会有一种肃然的神圣感，仿佛置身于阿尔罕布拉宫的深幽中。"

音乐和文字相通，聆听中，便真的对那个地方充满神往。很想有一日和大熊牵手于阿尔罕布拉宫的花园中。倘若再有一把吉他，坐在矮墙上，听他弹奏，岂不快哉？

只是，如今，我先来了这里。

阿尔罕布拉宫位于旅游城市格拉纳达，前一晚，我们便住在这里，故而，不需要早起。同时，因为游览的人多，也有严格的时间限制。一上车，小 H 就做安排，说："一会儿，咱们得分两组，我带一组，大仙儿带一组。配备两个导游。因为这里边每一组都有人数要求。当然了，到了里边，两组就会合了。"

大仙儿是团里最年轻的八零后姑娘，高个子短头发，防晒衣配热裤，十分干练，还真是颇有领队的范儿。

走过一条树荫遮蔽的小路，到了阿尔罕布拉宫门前。戴好耳机，分好组，还有些时间，小 H 便讲了起来："阿尔罕布拉宫 (Alhambra Palace)，是西班牙的著名故宫，为中世纪摩尔人在西班牙建立的格拉纳达王国的王宫。'阿尔汗布拉'，阿拉伯语意为'红堡'。为摩尔人留存在西班牙所有古迹中的精华，有'宫殿之城'和'世界奇迹'之称。始建于 13 世纪阿赫马尔王及其继承人统治期间。1492 年摩尔人被逐出西班牙后，建筑物开始荒废。1828 年在斐迪南七世资助下，经建筑师何塞·孔特雷拉斯与其子、孙三代进行长期的修缮与复建，才恢复原有风貌。还有点时间，我们先在外院周边转转，那边有个观景台，可以俯瞰格拉纳达。"

的确，站在观景台，远望，景色宜人。密密匝匝的白墙红顶的房子，中间是成片的绿油油的点缀。由高而低，总会有天边与地表在某一处相交的错觉。厚重的云层便似屋顶上搭出的露台，没准，有下凡的仙女正在荡秋千。

几位姐姐都想在这样的背景下留下自己的身影，于是，我又充当起摄影师的角色。有趣的画面出现，我一言不发地拍照，她们几个秩序井然地排好队，一个接一个，在同一个角度变换着不同的人物。和小茹同名的马姐又笑弯了腰，说："方方，你看，你的粉丝都多乖。"

我也笑了，说："为了节省时间嘛，姐姐们已经很有经验了。并且，刘姐的摄影水平也突飞猛进了，也给我拍了很多好照片。"

"粉丝不嫌多吧？"马姐继续打趣说，"要不要算我一个。"

我揽住马姐的肩膀，豪爽地说："没问题，但，您带着御用摄影师呢，叔叔那大单反，一看就是资深摄影爱好者。"

"叔叔？"马姐错愕地望着我，"你叫我姐姐，叫他叔叔？"

"嗨。"我拍了下额头，兀自笑了。

小茹冒出来，补刀说："叫大哥。"

我们都笑了。

这里确实有个小插曲。从阿布扎比飞马德里的时候，马姐和她老伴儿正好坐在我边儿上。马姐看上去最多五十几岁，而她老伴儿和后边的一对定居北京的上海老夫妻聊天，说了自己已经七十二岁了。当时，我真以为他们是父女俩。但，那亲密程度又不太像。还是快人快语的党姐看出了我的狐疑，嘻嘻哈哈道破，说："什么父女呀，他俩搞对象呢。小马是我小姑子的同学，我们认识多年了，以前自己带着女儿生活很不容易，现在女儿结婚了，这不，找了个老伴儿。交往一年多了，也常跟我们一起出来旅游。是不是，小马？"

马姐也很坦荡，说："我们这是黄昏恋，他比我大十几岁呢。但，很浪漫很有情趣，外表看得出年龄差，心态上却很同步。喜欢旅游喜欢摄影。不抽烟不喝酒，养生，对吃也很讲究。"

其实，叔叔在同龄人里绝对是帅气的，高大挺拔的身板，端正的五官，洪亮的声音，又是风度翩翩的高级技术人员。虽然因为头发白，眼神过于慈祥，有些老态。综合起来，和马姐倒也般配。

我是很理解马姐的，四五十岁的单身女人，想找一个完全心仪又彼此投契的伴儿，等同于奇迹。四五十岁的男人都想找年轻小姑娘呢，这个"人才市场"给予中老年女性可选择的实在不多。找一个年龄稍长，其他方面较为优渥的男人，是最面对现实的正确选择。

"方方，我也当你粉丝吧。"马姐和我并肩往宫殿门口走，"叔叔给我拍的，构图都不怎么样。"

"行。"我痛快答应，"我可以多给你们拍点合影，回去后，摆满房间，随时都能回忆起两个人在旅途中的美好。"

马姐眼中放光，甚是欢喜。一边的叔叔也温和地笑了。

"还叫叔叔呀。"小茹抢白我。

"还是叫叔叔吧，现在流行大叔款。叔叔配大姐，大姐变萝莉。"我为自己的难以改口找到了最好的借口。

马姐掩面而笑，轻靠在叔叔肩头，娇嗔地说："听见了吗？别总不知足，看人家都怎么说，我能冒充萝莉，你还是大叔。"

叔叔还是一脸的笑，特别知足的笑。

虽然，我并不了解叔叔和马姐之间的故事，但，最难得的，就是知足。只有知足，才会幸福快乐。到了一定的年龄，谁都别提爱情。爱情，就是童话里的缤纷花朵，不能摘不能碰，再美，也不现实。而现实，是实实在在的日子，不需要多么绚丽，只要真实只要两个人都有共同的愿望，一起走下去，陪伴着彼此的每一天。可能，有某一个时刻，甚至会跳腾出一些怨愤，因为对方的小小私心和人性本能。却能够因为知足而记起平凡日子里对方的那些细微的好，便隐晦了怨愤，满是感恩。日子便又过下去，岁月里，相陪相伴。深情不及久伴，大抵如此。

想想，人这一辈子，不过一场梦，每一个重要的经历都不过是这个梦境中的强化点而已。不较真，懂知足。不计较，善感恩。这场梦便是美梦。马姐、小茹，还有我，其实我们都在这样努力着。

阿尔罕布拉宫中，有四个主要的内院：桃金娘中庭、狮庭、达拉哈中庭和雷哈中庭。环绕这些中庭的周边建筑的布局都非常精确而对称，但每一中庭综合体的自身空间组织却较为自由。就这四个中庭而言，最负盛名的当属"桃金娘中庭"和"狮庭"。

"桃金娘中庭"是一处引人注目的大庭院，也是阿尔罕布拉宫最为重要的群体空间，是外交和政治活动的中心。它由大理石列柱围合而成，其间是一个浅而平的矩形反射水池，以及漂亮的中央喷泉。在水池旁侧排列着两行桃金娘树篱，这也是该中庭名称的渊源。游客大多聚集在此，想尽办法要拍下全景。而站在窗棂内，再看庭院，颇能感受到它当年的模样：有点儿悠远有点儿封闭。

耳机里传来小 H 的声音："桃金娘树篱的种植则要溯源于 1492 年西班牙占领该地之后。在桃金娘中庭内，可以欣赏两个极佳的建筑外观，其一的主景为一座超出 40 米的高塔，在塔上能够观看引人入胜的美景。周边建筑投影于水池中，纤巧的立柱、优雅的拱券以及回廊外墙上精致的传统格状图案，与静谧而清澈的池水交相辉映，使人恍如处于漂浮空灵的圣地之中。

通过桃金娘中庭东侧，可到狮庭，也是苏丹家庭的中心。在这个穆罕默德五世宫殿中，四个大厅环绕狮庭。列柱支撑起雕刻精美考究的拱形回廊，从柱间向中庭看去，其中心处有12只强劲有力的白色大理石狮托起一个喷泉，它们结合中心处的大水钵布局成环状。

狮庭是一个经典的阿拉伯式庭院，由两条水渠将其四分。水从石狮的口中泻出，经由这两条水渠流向围合中庭的四个走廊。走廊由124根棕榈树般的柱子架设，拱门及走廊顶棚上的拼花图案尺度适宜，且相当精美：其拱门由石头雕刻而成，做工精细、考究、错综复杂，同样，走廊顶棚也表现出当时极其精湛的木工手艺。由于柱身较为纤细，常常将四根立柱组合在一起，这样，既满足了支撑结构的需求，又增添了庭院建筑的层次感，使空间更为丰富、细腻。人们在这样的环境中，很容易放松精神和转换个人心态。在狮庭，同样可以看到与中世纪修道院相似的回廊。它按照黄金分割比加以划分和组织，其全部的比例及尺度都相当经典。所以，这种水景体系既有制冷作用，又具有装饰性。'装饰'在阿尔罕布拉宫具有显著的重要性。在西班牙这类园林中，最有意义的装饰元素包括铺砌釉面砖的壁脚板、墙身、横饰带、覆有装饰性植物主题图案的系列拱门，以及用弓形、钟乳石等修饰的顶棚等。在这些装饰性元素的作用下，中庭回廊的外观显得豪华而耀眼。现在，大家可以自由活动，切忌，不要大声喧哗说笑，但可随意拍照。"

虽然，小H眼里眉梢都透着精明，还有一些傲娇，并不能算是一个亲和敦厚的姑娘。但，有一点，不否认，作为领队，至少她所掌握的知识足够了。可能有人会说，领队是干什么的？背下来这些是他们的工作。可我不这么认为，任何的工作领域，也有技术娴熟和消极怠工的。对于技能高超的，我们都应该给予赞许。

按时间游览，其中的好处就是，画面中不会处处都是人影。我们一行人悠然自得于庭院中，感受着大片阴凉带来的内心喜乐。

我们这一组的宫殿导游是一个二十岁的金发碧眼的美丽姑娘，总是含着笑，让我们觉得甚是亲切。于是，我要她与我自拍。小姑娘痛快应允，还做出萌萌哒表情。在我们按下自拍键的刹那，萍姐夫怂恿萍姐一起入镜，笑逐颜开。

半程下来，很羡慕萍姐。萍姐夫对她简直是无微不至，细心呵护。两口子都是特别厚道温和的人，便常常与我们玩在一起。旅途中，接触一些新朋友，小事情见人品。有的成为好的旅伴，有的，仅仅是路人。这大约就是人与人之间的玄妙，是缘分。而只有品性相通的人才会拥有这样的缘分。

阿尔罕布拉宫的回忆，是一首好听的吉他曲，适合在宁静的夜晚聆听。颤音不断，仿若夜空中无数的繁星闪闪。

八、穿着汉服，当了把瓦伦西亚街头的孩子王
（2016.5.23）

清早醒来，立刻拉开穿帘，探头远望。

昨晚绚丽的夜空一直在脑海中。想着，这个晨日的景观自然也会别有一番情致。

昨晚，真的是意外收获。当车子驶过瓦伦西亚市区，隔着窗子，也能感受到这座城市的明快和活力。瓦伦西亚，一个富饶美丽，极受吉卜赛女郎热爱的港口城市，城内外钟楼林立，共300座，有"百钟楼城"之称。立刻能把人带入黑白片时代的欧洲。可惜，当我们心旌荡漾、满目惊奇之际，车子毫不留情地开走了。

车厢内是一片遗憾的叹息声。小H也不回头，拿着麦克风就说："现在是路过，欧洲跟团游，应该都清楚，住的地方比较偏僻，今晚也不例外。明天，有一上午的时间在瓦伦西亚的城区游逛，所以，都不必多虑，该有的行程肯定少不了。"

好一个偏僻。连城乡接合部都谈不上，基本上应该到了某个村落。酒店前边就是公路。宽阔，且罕见人迹。

我和小茹不死心。这里黑得晚，入住酒店又甚早。不想就这么浪费了旅途中的点滴时光。我俩决定出去走走，管它公路还是村落。酒店门口碰到丑姐和刘姐她们，悻悻然地说："什么都没有，看这天好像还有雨，你俩还是别乱跑了。"

我和小茹对视一眼。都没有丝毫的犹疑，也没想折返回去拿伞。生活中并不清楚，但，旅途中的我俩都是贼大胆，并且毫无骄娇二气。不知疲倦，也不知忧烦。下雨，怎挡得住？

出了酒店向右拐，漫无目的地走着。走到十字路口，竟然看到一片迷人景象。远处高耸的如烟囱一般的建筑，眼前灵秀的盏盏街灯。穿过人行道，则是茸茸的绿色草地。不可少的是树木，零零星星的紫槐树，从未见过的厚壮的两人高的仙人掌。天空很高，云彩很厚。时近傍晚，阳光并不刺眼。气温也略下降，凉爽而怡人。

草地上，偶尔有几个小孩子，在大人的带领下踢足球。洋溢着温馨的快乐。显然，这里虽偏僻，却是一个生活区。果然，踏着青草漫步而去，走至中间，便可以看到左边的房屋林立。全都是两三层的楼宇，陈旧而干净。路边还有绿色的信筒和十分古老的电话亭。恍惚间，像是看到一个穿着裙子的女子投信入箱，即便是背影，也带着情窦初开的浪漫气息。而一个戴着礼帽的男人，昂着头，于电话亭间，微笑着听着电波另一端的柔声细语。

忽然，云层压下来。天阴了，伴着雨星子。这样的雨，最适宜不撑伞，仰着笑脸，让细小的雨花肆意落在发间、颊上。微风起，清爽的，吹干雨滴。喜不自禁的当儿，雨停了。云更厚了。折返回草地，青草上的雨滴如露滴，晶莹剔透，让人心情更加愉悦。继续向前走，看到一簇成片的紫槐树，将房屋和草地隔开，像是一条紫色的溪流，而我和小茹便像是在这条溪流中自由畅游的鱼儿。试问，这世间还有什么比自由自在、纵情纵性更加美妙的呢？人活着，多一份洒脱就多一份喜乐。不碍着别人，便活一个我行我素吧。即便没有王菲那种资本，也可以在固有的小世界里做自己。就像此时，两个四十几岁的中年妇女，坐在湿漉漉的草地上，看着越来越浓重的云层，听着远处传来的乐曲，短裤红衫，假扮着初看世界的少不更事。上天也给了我们最好的回馈，当我们双臂为枕，安静地躺在草地上，心灵起舞时，天边出现了火烧云。红、橙色光穿过空气层探出头来，将天边染成红色。一点点的，红色铺陈，染透天际。火烧云可以预测天气，民间流传有谚语"早烧不出门，晚烧行千里"，就是说，火烧云如果出现在早晨，天气可能会变坏；出现在傍晚，第二天准是个好天气。

没错，昨晚的火烧云预示了好天气。清早的云没有晚上那么浓厚，却有着晨起的爽利，干净透明。离开这个偏僻的酒店，我们前往瓦伦西亚。

大约是因前一晚，多数团友都早早休息了。休息得充沛，个个都神清气爽。奇怪的是，我们这两个天不彻底黑下来不着家的疯女人，同样精神百倍。在旅途中，我就不知道什么叫疲惫，小茹更是。想起昨日车子匆匆驶过，目之所及的那些建筑，今日，一定要统统走遍，不错过每一处的精华。

小 H 清清嗓子，再次一展她颇为熟稔的知识，侃侃而说："昨天的遗憾，今天就可以弥补了。到达市区后，我先带着大家穿过老城区，那里有很多行为艺术家，但，先别着急，等我们到了瓦伦西亚大教堂做一下讲解后，再自由活动，给足三个小时，我觉得足够了。但切记别迷路，这里是西班牙的第三大城市，真迷路了，就难找回来了。给你们一个建议，都以教堂的尖顶为中心轴，不要偏离了，那样，即便迷路了，也会有迹可循。"大家都频频点头，小 H 便继续说，"瓦伦西亚是西班牙第三大城市，第二大海港，号称是欧洲的'阳光之城'，位于西班牙东南部，东濒大海，背靠广阔的平原，四季常青，气候宜人，被誉为'地中海西岸的一颗明珠'。是港口和工业城市，瓦伦西亚是瓦伦西亚自治区和瓦伦西亚省的首府。每年 3 月会在这里举行法亚火节。瓦伦西亚与马德里、巴塞罗那和萨拉戈萨等大城市有铁路及高速巴士相连。以野心勃勃的姿态将新与旧、古老与先锋、海洋与陆地完美混搭。在这座公元 138 年建立的古城里，既有 15 世纪哥特风格的拱顶与浮雕，也有令人惊叹的 21 世纪建筑杰作。昨天大家已经领略了皮毛，这一点毋庸置疑，这里的建筑非常古老也非常美。当然了，这里最著名的建筑便是瓦伦西亚大教堂。瓦伦西亚大教堂建于 3 世纪，在长时间地不断改建和翻修中混合了多种建筑式样。教堂的三个入口就分别是新罗马式（正门）、巴洛克式（南侧宫门）和西哥特式（北侧使徒门）。圣杯礼拜堂中摆放着据说是耶稣在最后的晚餐中使用过的餐具。每天在十点钟的时候，会免费让人们进入参观，并且可以爬到教堂的最高处，一览整个城市的风貌。但，错过那个时间，就要收门票了。好像是五欧元吧。所以，我们赶在十点钟到那里，想进去的，可以先排队进去参观。每年 3 月 15 至 19 日是西班牙瓦伦西亚火节，这也是西班牙传统三大节日之一。虽然我们没有赶上，但我还是跟大家讲一讲。在火节上，来自全球各地的游客和瓦伦西亚当地的人们一起举行各式各样的庆祝活动。而整个瓦伦西亚火节最精彩的节目是点燃夜火：将一些巨大的古怪人像（焚偶）投入火中燃烧。冲天的烈焰漫城四起，有人因而戏称瓦伦西亚为纵火狂的天堂，这倒不是贬损，火节原就是让民众以戏谑的方式发泄情绪，懂得幽默的人才够资格莅临参加。没错，这里的人们把幽默当作最重要的品质，相比，更为热情豪爽。可有一点还是需要注意的，就是那些街头行为艺术表演。如果不准备给钱的话，一定不要随便拍照。逛起来你们就知道了，瓦伦西亚的街头行为艺术表演很多，还有很多的墙上都有涂鸦，很有意思的。总之，在确保安全的前提下，大家可以多走走看看。午餐和晚餐我们合二为一，在去巴塞罗那的途中解决。若是饿了，可以随便买点吃的，冰淇凌、三明治、啤酒和咖啡到处都有，并且价格合理，味道也不错。好了，很快就到了，车子只能停在外边，老城区很狭窄。我们准备好下车，先走到教堂前，应该刚刚赶得上十点钟的免费参观。"

　　不可否认，每当小H这么如数家珍地道出每一个地方的精华，我都会忽略她脸上常见的冷冰冰。年轻女孩子，不能要求太多，专业能力强就值得肯定。

　　九点半就到了教堂前，却要排队等待。等待就是浪费时间。三个小时？按照我和小茹的思路，任何一个地方，八个小时也不够。所以，我们不能白白耽误半小时，于是跟小H打了个招呼，便沿着正对着教堂的那条路走了下去。不远，便是一个路口，衡量了下，右拐，前行。

　　起初，还有些章法，一条条街道，横的竖的，还能记得住。没多久，全乱了。小H也是高估了我们。以为看上去还算是年轻人，又有着多次出国旅游经历的我俩，在城区里游览，不会有任何问题。而实际上，我们正处于反应逐渐迟钝、很多事撂爪就忘的人生阶段。关键是英语还不行，便也辜负了鼻子底下的那张还算灵巧的嘴。索性，先抛开一切，尽情游玩。这么一想，我俩便加快了脚步，又拿出了急行军的节奏，生怕错过任何一条街巷。拐角处的火腿店，超级大的火腿挂在橱窗内，傲视整条街；排放整齐的自行车，等待着主人飞身上车，骑行于充满了艺术氛围和生活场景的街道；角斗场，从马路对面望去，真的很有气势，会让人立刻屏住呼吸，不敢靠近，真的靠近了，又会被建筑上很多细小的地方吸引，特别是画着牛头的门墙，提醒人们这里是牛与人的战场；

大大小小的钟楼，相像又不同，看到一个，转身，又遇见了一个，分分钟将我们包裹在历史的追忆中；充满生活气息的街头艺术墙上涂鸦……真想多拥有一个小时，找一个小馆儿，要上一杯啤酒发发呆。可惜，那是奢侈的期望。三个小时就要过去了，我们还没有去到老城区，最重要的是，我俩迷路了，虽然看得见教堂的顶子，却找不到通往那里的路。我只好硬着头皮用蹩脚的英语问路，自然是鸡同鸭讲。忽然，我灵机一动，从手机里找到行程单，那上面有教堂的图片，指着图片问路，哇，我又多了一项技能。正像小 H 说的，瓦伦西亚的人很热情，先是一个老太太耐心地给我们指路，随后，一位路过的老先生干脆跟我们示意，带我们走过去。老先生和老太太分别的时候还友好地挥手。如此的祥和，于这里又怎会迷路？

老先生送我们到教堂前的路口，便和我们道别而去。而这时，眼前一亮，一道美丽风景于眼前。一位高个子的老先生，虽然腿脚不算灵便，但，紧紧拉着身边娇小老太太的手。背景逐渐近了，竟然是团里那对儿上海老夫妻。我毫不犹豫地拍下这美好的瞬间，疾步跑过去，给他俩看。老夫妻都乐开了花，冲我竖起大拇指说："拍得真好，等到了酒店，有了 WiFi，加上微信好友，把照片发给我们，这可值得珍藏。"

是呀，在异国他乡，一对携手走过大半生的老夫妻，一张牵手的背影相，难道不是在瓦伦西亚，这座美丽的城区，最美的一个画面吗？

停车场附近，遇到一群西班牙儿童，认定我们是中国人，大声地说："你好，你们好。"并把我簇拥在中间。也难怪，我那身汉服裙装自然是表明了我是中国人。小茹忙帮我们拍下这热烈的场面。忽然，党姐冒了出来，加入其中。更多的孩子聚拢过来，没想到在这里，竟然当了一把孩子王。眼角唇角，只有兴高采烈。

喜欢瓦伦西亚的街头，喜欢穿着汉服走在这样的欧洲小街上，喜欢迷路的瞬间努力辨别方向的认真劲儿，喜欢每一个回眸时看到的悠远……

九、巴塞罗那，怎会忘记它的绝世风华
（2016.5.24）

很多人，尤其是居家女人，在外近十天，多会想家。就连小茹都时不时提及她的"闺女"小狗爱丽，眼含思念之情。而我却没有太多的感觉。不是对家没有惦记，而是在旅途中，就会百分之百投入的。人生苦短，现在的我不喜欢做事情瞻前顾后，此时，我远离家人朋友，算是一个游子，便尽情地体会与这个世界的亲密接触。这样，才算不辜负千里迢迢的旅程。更何况，巴塞罗那本就是我非常向往的地方。

虽然巴塞罗那仅仅是西班牙的第二大城市，但，因其众多历史建筑和文化景点成为众多旅游者的目的地，其中之代表是被列入联合国世界遗产的安东尼·高第和多门内克·蒙塔内的建筑作品。而巴塞罗那还是世界最著名的足球俱乐部之一，曾经拥有过克鲁伊夫、科曼、罗马尼奥……

巴塞罗那是典型的地中海型气候，温和宜人，全年阳光明媚，鲜花盛开，不像马德里那样四季分明。冬季和初春几个月雨量大，但很少下雪，气温很少降至零度以下。宜人的气候、著名的金色海岸和充满浪漫色彩的人文环境，更是吸引着数千万国外游客。

记得去年，我干妹妹玄米和一众女伴来巴塞罗那，当时，她发了一个朋友圈，分享了很多照片，却只写了一句话——情迷巴塞罗那。是的，这座热情梦幻的城市，它是地中海上的一颗明珠，百年间，这里成就了一批艺术家的梦想，这里的建筑、艺术就如同其辉煌的历史一样厚重，来到这里，会看到欧洲最伟大的哥特式建筑，看到大师毕加索的精彩画作，还可以瞭望地中海，寻找哥伦布当年出海的身影。

巴塞罗那实际上是两城合一城。老城有一个景色美丽的哥特区和许多建筑遗址，因为这里有不少令人难忘的灰色石头造的哥特区建筑物，包括壮观的大教堂。新城是城市规划的典范，有宽广的大道，两边树木成行，还有大广场。令人感兴趣的中世纪建筑物中有许多教堂和宫殿。巴塞罗那是一座优雅的城市，城郊斜坡缓缓向上连接周围的山丘。从附近的提比达波山和蒙特胡依西山坡上

可以眺望城市极好的景色。远处是蒙特塞拉特山脉,山峰如针尖突起,著名的蒙特塞拉特修道院紧靠山腰。巴塞罗那市是国际建筑界公认的将古代文明和现代文明结合最完美的城市,也是一所艺术家的殿堂,市内随处可见世界著名的艺术大师毕加索、高迪、米罗等人的遗作。

巴塞罗那是一座美丽的城市。市内罗马城墙遗址、中世纪的古老宫殿和房屋与现代化建筑交相辉映,不少街道仍保留着石块铺砌的古老路面。建于14世纪的哥特式天主教大教堂位于老城中央。圣家族教堂是西班牙最大的教堂。连接和平门广场和市中心加泰罗尼亚广场的兰布拉斯大街是著名的"花市大街"。西班牙广场上的光明泉巧夺天工、色彩斑斓。

这样的一座城市,一天的行程,真可谓是行色匆匆。

上午,穿行在车水马龙的兰布拉大街。之所以说是穿行,是我们的速度实在太快。

兰布拉大街被誉为欧洲最美丽的林荫大道之一,全长 1.25 公里,介于哥特区和 El Raval 之间,连接市中心的加泰罗尼亚广场和旧港的哥伦布纪念碑之间。它也是巴塞罗那市中心一条最富盛名的步行街,街边林立着一排排用来遮荫的悬铃木。"兰布拉"一词源自阿拉伯语,意为"河床"。当罗马人到达这里时,兰布拉大街还是一条淤泥充塞、流动迟缓的天然河道。16 世纪时,女修道院和一所大学在河边建起。19 世纪,城墙被推倒,如今已经干涸的河道周边也陆续竖起了新的建筑。起初的一些建筑已经不复存在,但是它们仍以兰布拉大道五个不同部分的名字而被记录了下来。

兰布拉大街实则由多条街道组成,各段街道又有自己的名称,这些街道统称为"兰布拉斯"。从加泰罗尼亚广场一直延伸到港口区的这条长长的"缎带"共分成 5 段,依次是:卡纳雷特斯街、学院街、花卉街、La Rambla de les Caputxins、圣莫尼卡街。

我们想着最有趣的是,一行人走着走着,在一个小小的十字路口等红灯,我和小茹却毫不犹豫地右拐,还引得几位大姐也跟着我们颠颠前行。其余人愣愣地望着我们,不知道是该跟着小 H 一起等红灯,还是跟着我们一起右拐。小 H 愣了片刻便明白了,冲着我俩的背影轻声喊道:"你俩去哪儿呀。走错了吧?

快回来，等会儿渐行渐远，你俩可就傻眼了。"

醒过味儿来的众人都笑了。我俩也不好意思地笑着折返回去。

而大嗓门的丑姐则直接数落道："你俩怎么这么自由散漫？刚才小H说得很清楚，咱们一直直行。你俩不听要求，连等红灯的时间都不愿意耽误，见口儿就拐。可你们这样耽搁的是大家的时间。"

我和小茹频频点头认错。的确是我俩光顾了游玩，而迷离了方向。被丑姐斥责也是应该。

因为我俩的小插曲，小H又特别强调了下说："我们顺着兰布拉大街走下去，为的是去参观港口区，那里有很多帆船，景色很美。晚上，我们还要回到兰布拉，那时候，可以漫步闲逛。所以，都不要随心所欲，一定跟着大家，即便到了港口区，有自由活动的时间，也一定要按时回来。"

只是，在一个多小时后，小H的话又被应验了。团队里最年长的优雅老太太迟迟未归。而我们在桥上的时候，还和她相遇，我还帮她拍照。她儿媳妇急坏了，忙和旅伴大仙儿一起跑回去找她。终于找回来了，儿媳妇皱着眉头挺不开心。优雅老太双手合十表达歉意，喃喃地说："特别不愿意给人添麻烦，结果就是找不到路了，还是添了麻烦。"

"没事的。"我和小茹异口同声说，"也没晚多久，再说，您已经很棒了，七十几岁，自己能这样游玩，多值得我们敬佩呀。"

说这话，我是想到我妈妈，要是她自己在这里也会迷路的。小茹则是出于对优雅老太的欣赏，说话温柔，总是面带友善和笑意，又充满了对旅途和生活的热爱。小茹经常说希望自己七十几岁的时候也能是这般的。对于老人和孩子，没有任何理由不宽容相待。当然，我们也很理解儿媳妇。来时第二段飞机，我和那个年轻貌美的傲娇小媳妇隔着走道。也聊过一会儿。看得出她家里的经济状况很好，曾经北漂在京，如今应该嫁得好夫婿。她听我这么一说，脸上露出笑容，点点头说："我老公生意的确做得比较大，但，我之前也是职场女强人。只是生完孩子后，就全职了，家庭里总得有一个退下来的。有时候，一个人带孩子真的很烦，特别想出来走走。正巧，婆婆也喜欢出来玩，就一起了。"我夸她道："能带着婆婆一起出来旅游的儿媳妇真的很难得，说明你是一个妥帖的好女孩,所以才会有这么安稳喜乐的生活状态。"她淡淡一笑算是认可,话题一转却又说:"其实也吃过不少苦,现在宝宝一岁多点儿,当初是去美国生的宝宝,老公忙得要命,根本无暇顾及,把大肚子的我送到美国就回去了。多亏请的月嫂,是一个在美国七八年的山东人,那将近一年的时间,就跟她相依为命,临走的时候,特别不舍。没有她,我都不知道怎么过来的。经历了那段,我反倒不会特别黏着孩子。反正也有保姆照看,我想出来就出来,跟大仙儿也是在去年,在法意瑞旅游的时候认识的。"原来如此。我是可以认同每一个人的想法的,每一代人的思想和观念都不尽相同,对吃苦的理解也一样,但,这都不重要。重要的是一个八零后的儿媳妇愿意带着七十几岁的婆婆出国旅游,这本身就挺好的了。毕竟婆婆不是妈,谁都别装,大多数的婆媳关系不会如母女。

有过那样的一次交流,我便比较能理解此时儿媳妇脸上的不快,只是优雅老太真的是那种特别温和,不愿意给人添麻烦的老人。于是,我和小茹一起挽着她的胳膊一路安抚着奔向停车场。

从港口区上车,我们前往奥林匹克公园。本来对这个公园没有太多的期待,无非围绕着体育场而已。但,事实是它非常壮丽又充满特色。它坐落在加泰罗尼亚国家艺术博物馆南面的山坡上,站在山坡上一面可以看到蔚蓝色的地中海,另一面可以看到绵延起伏的比利牛斯山脉。有点毕加索风格的塔就是公园的中心,从加泰罗尼亚博物馆穿过一片小树林就可以来到奥林匹克公园。整座公园修建在山坡的向阳面,主体育场位于最高的位置,中轴线同时也是上山的路线,其他场馆分列于中轴线的两侧。这主体育场除了体育比赛以外,还曾经举办过很多世界级歌星的演唱会,麦当娜和迈克尔·杰克逊的身影都多次出现在这里。可以想象,任何一次聚会在这里都会留下激动和难忘的场面。

巴塞罗那奥运会在整个奥运史上算是一座里程碑,那届奥运会很多国家是独立后第一次参赛(东欧、苏联和前南斯拉夫加盟共和国),有的国家是合并后第一次参赛(南北也门、东西德国),还有的是重返奥运(南非)。巴塞罗那对于中国的奥运历史也是很有些渊源的。中国迄今为止唯一举办过的北京奥运会之所以能申办成功,与当时的国际奥委会主席,西班牙人萨马兰奇是有很大关系的,而巴塞罗那就是萨马兰奇先生的故乡。

我们沿着台阶向下走，充满古典色彩的主体育场馆映入眼帘。不可否认，虽说来到西班牙后每一天都是晴朗明媚的，但，今天的天空格外湛蓝。体育场前的台阶上坐了很多人，她们或者彼此依偎，或者独自抱膝托腮，凝神望着远方，整个市区尽收眼底。三三两两的表演者，卖力地演出，并不介意观者给予怎样的报酬，似乎那吉他的和弦声是来自地中海的波涛，能激起所有人内心的澎湃。

此时，我们已经深深觉得，巴塞罗那，真是一座充满了古典浪漫主义气息的城市。

而下午，则是眼睛和心灵的双重震撼。

巴塞罗那这座城市之所以有着这么浓厚的艺术气息，离不开一个人，那就是安东尼奥·高迪。他是西班牙建筑师，塑性建筑流派的代表人物，属于现代主义建筑风格。设计过很多作品，主要有奎尔公园、巴特罗公寓、圣家族教堂等。高迪一生的作品中，有17项被西班牙列为国家级文物，7项被联合国教科文组织列为世界文化遗产。可以说，巴塞罗那很多地方都可以感受到高迪的存在。

高迪于1852年6月25日诞生在离巴塞罗那不远的加泰罗尼亚小城雷乌斯。父亲是一名锅炉工，母亲在家操持家务。他们敦厚善良，是虔诚的教徒，过着简朴、平静甚至有些寂寞的生活。安东尼奥排行第五，也是老小。应当说，安东尼奥生逢其时——就在他出生前不久，国王刚签署了全面改建巴塞罗那的诏令。工商界的富豪们纷纷斥巨资投入巴塞罗那的改建工程。他们在营造新的建筑时都喜欢别出心裁，争奇斗妍。那时，建筑师的职业十分吃香，人们趋之若鹜。安东尼奥也渴望成为建筑师，但如何建造，他的想法与众不同。他不想挖空心思地去"发明"什么，他只想仿效大自然，像大自然那样去建筑点什么。年轻的他在日记中这样写道："只有疯子才会试图去描绘世界上不存在的东西！"他的整个身心都充满了对大自然的爱，而且可以说，还是疾病帮助他培育起了这份情愫。还在很小的时候他就患有风湿病。他不能和其他小朋友一起玩耍，只能一人独处，他唯一能做的事就是"静观"。哪怕一只蜗牛出现在他的眼前，他也能静静地观察它一整天的时间。高迪终生未娶，他与女人似乎是无缘的。

他曾经说过："为避免陷于失望，不应受幻觉的诱惑。"据说，他年轻时曾有过一段罗曼史，但后来那位姑娘另作了选择。她是对的。除了工作，高迪没有任何别的爱好和需求。在生活上他显得有点傻气、疯癫。他常年留着大胡子，成天是一副阴沉沉、让人捉摸不透的表情，或者就像他唯一的朋友和合作者古埃尔所说的"天才往往像个疯子"。

就是这样一个疯子，为世人留下了美幻绝伦的作品。

来之前，我和小茹研究是否参加自费项目，小茹就很坚决地说："不管参不参加自费，圣家族大教堂一定得进去。"

我们的行程中只是外观，要进去就得再花 70 美金参加自费，虽然门票的价格只有几美金，但，我俩最终还是放弃自己买票。第一，觉得小 H 在讲解方面还是比较到位的，算是支持。第二，怕万一买不到票，我俩会遗憾终生。

果然，走进圣家族大教堂，只有一个感念：此处只应天上有。

圣家族大教堂位于西班牙加泰罗尼亚地区的巴塞罗那市区中心，始建于 1882 年 3 月 19 日，目前仍在修建中。官方预计 2026 年竣工。尽管是一座未完工的建筑物，但丝毫无损于它成为世界上最著名的景点之一。虽然该教堂并非主教座堂，但教宗本笃十六世于 2010 年 11 月 7 日造访此教堂时将其册封为宗座圣殿。教堂主体建筑风格是巴塞罗那当地的加泰罗尼亚现代主义。

我们先在小 H 的带领下来到教堂右侧的公园，在公园中心地带，有一处池塘。小 H 站在池塘边儿说："这个角度可以拍到圣家族大教堂的全景，先给大家半个小时，在这里拍下全景，然后我们就进入教堂内部参观，不去参观的，就留在这里。"

果然，这个角度的确能拍到全景，远观，圣家族大教堂甚是粗犷，每一个尖顶都奋力展现，不受任何拘束，如同猛张飞的胡须。难怪有人取笑它"只不过是一堆石块"，而我们的眼里它是能够让人狂喜心碎的建筑。圣家族大教堂是一座宏伟的天主教教堂，整体设计以大自然诸如洞穴、山脉、花草动物为灵感。高迪曾经说："直线属于人类，而曲线归于上帝。"圣家族大教堂的设计完全没有直线和平面，而是以螺旋、锥形、双曲线、抛物线各种变化组合成充满韵律动感的神圣建筑。走近了，会看到那些线条的纹路，会被它紧紧地抓住心，而瞬间屏住呼吸。

待到进入里面，便完完全全地陷入了沉寂之中，因为整颗心都被那份无与伦比的美融化了，再也无法成形。眨眼间，小茹便不见了踪影，我和刘姐一边在教堂内缓步慢行，一边手捂心口，好让那颗心不至于激荡地蹦出来。拐弯处与小茹相遇，她满脸通红地轻声说："太美了，美得我眼泪都流下来了。"

耳麦中传来小H的声音："初期设计人是教区建筑师维拉，教堂风格是学院派的新哥特式，并于1882年奠基，由于基金会与设计人有矛盾，1883年改由年轻的高迪接棒。谁知这项马拉松式的工程竟耗费了高迪几乎毕生的精力。直到1926年去世时设计还没有全部完成。为了突出教堂在城市中的标志性地位，根据景观需要，高迪建议在教堂四周保留相应的空地，形成四星状的广场，以获得最好的视觉艺术效果又尽量少占城市用地。高迪将教堂的三个立面分别以隐喻的手法象征耶稣一生的三个阶段：诞生、受难与复活，并将教堂原有的方塔改为圆塔而且增加到18个——分别代表耶稣和他的12个信徒、4个传教士和圣母玛利亚，而中央最高的一个塔尖象征着耶稣本人。不仅是塔尖的数目具有一定的含义。高迪通过隐喻和装饰把教堂的纪念性推到顶峰，难怪C.詹克斯一再把高迪推到后现代建筑的鼻祖。可惜高迪并没有将设计最终完成，未完成的教堂已成为建筑艺术上的重要里程碑。令人不解的是教堂至今始终不停地在建设，据说是根据高迪艺术传人的理解在进行，连天才本人还不满意的作品，一般传人怎么有能力去完成呢？这边也给我们后人留下很多想象的空间。在设计教堂内部装饰时，他想方设法把圣经故事里的人物描绘得真实可信。为此，他煞费苦心地去寻找合适的真人做模特。譬如，他找到一个教堂守门人来当犹大，又好不容易找了一个6个指头的彪形大汉来描绘屠杀儿童的百夫长。此外，为了在一座门的正面表现被残暴无道的犹太国王希律下令屠杀的数以百计的婴儿形象，他还特地去找死婴，制成石膏模型，挂在工作间的天花板下面，工人见了都觉得毛骨悚然。170米的高塔，五颜六色的马赛克装饰，螺旋形的楼梯，宛如从墙上生长出来栩栩如生的雕像，庞大的建筑显得十分轻巧，有如孩子们在海滩上造起来的沙雕城堡。不过教堂显得有些令人恐怖，你们觉得呢？"

众人皆摇头，没有觉得恐怖，只有内心强烈矛盾。蒸腾雀跃，心就像是一只鸟儿，飞到了那高塔的顶部，俯瞰着。又像是痴傻了般，静止了心房，只有闭目凝神的清浅心愿。

如果说圣家族大教堂让我们了解了高迪的创意和疯狂，那么奎尔公园便让我们体会到了一个艺术家的点滴和与自然融为一体的超脱。从 1906 年到 1926 年，高迪在这里工作和生活了整整 20 年。虽然这个项目最终只完成了门房、中央公园、高架走廊和几个附属用房等"公共设施"部分，但高迪自然主义理念在这里逐步成熟并得到了充分展现。

还是要感谢天公作美。碧空晴朗，蓝天白云，如水墨画般地铺陈。云朵飘动，像白衣仙子，倒也是应景。阳光大好的天气，马赛克拼贴在阳光中闪闪生辉，每一处的马赛克拼图都令人屏气凝神。彩色的蜥蜴其实是控制水匣的活门，往阶梯上走，公园的中心有个大厅，讨生活的流浪音乐家在此演奏着小提琴，厅上的屋檐像巨龙的脊骨盘踞。瓷砖碎片、玻璃碎片和粗糙的石块，最便宜的建材，创造出最华丽的姿态，这应该是高迪的趣味实验之一吧。到处都是感动和惊叹，这里似乎是高第的游戏空间，他任由想象在此飞驰，而以建筑师的专业将它实现。

奎尔公园的入口处是两座包覆着亮丽釉彩，如同童话里的糖果屋，看到这两座建筑的可爱模样，就已止不住好奇，一个公园这样开端，其他部分该是如何展现？的确，这座公园里最有名的当然不是这两座糖果屋，而是世界最长的椅子。说它是长椅并不恰当，其实它打破了对公园长椅的印象，这个全世界最长的座椅，是百柱厅的屋顶边缘，高迪结合围墙与座椅，做出了如同蕾丝磙边的曲折座位，并以彩色瓷砖拼贴，创造出丰富的视觉感受，也带动了活泼的气氛，在此或坐或躺，弯角处可以是单人座、情人座，霸占整个圆弧，就成为五六个朋友聊天的空间。看起来坚硬的座位，其实是经过人体力学考量，让坐的人都能舒适。这个趣味空间，被称为圆形大广场。

来到此，立刻感受到那种与自然融合的气息。轻松自由。不同肤色的游客互相友好地微笑。在那长长的座椅上，我们还和几个白皮肤的男孩女孩热烈手语、拍照。高迪肯定想不到，他为世人留下的作品，会促成这么如同身处梦境而不愿醒来。

公园里有座高迪曾经住过的房子，这反而不是高迪设计。在这座房子前，我们静静而立，表达对高迪的膜拜。

米拉之家是我们这一天于巴塞罗那参观地最后一个高迪的作品。米拉之家建于 1906 年至 1912 年间，坐落在巴塞罗那市区里的 Eixample 扩建区、格拉西亚大道上。而这条大道则是我见过的最有浪漫情调的街道，总是在无意间，在等待红绿灯的路边，在某一段路的拐角，会看到尽情热吻的青年男女，忘我而美好。也会在某个街角，一下子就融入进一片欢畅中，与陌生的人们欢蹦乱跳，心也随之飞扬。

巴塞罗那，怎会忘记它的绝世风华？

十、干杯，在萨拉戈萨的街头
（2016.5.25）

在西葡待了这么多天，其实，对于景点已经没有太多的感念，还能有美得过罗卡角，惊艳过圣家族大教堂的地方吗？

没错，一路下来，这两处是让我和小茹念念不忘、心之激荡的。而到了萨拉戈萨，尽管也有较为宏伟的皮拉尔圣母教堂、萨拉戈萨耶稣救主大教堂、剧院、罗马墙……但两相比较，便都缺乏了吸引力。

与巴塞罗那的热情奔放不同，西班牙的第五大城市萨拉戈萨则透着静谧悠闲。而这一天，该是整个行程中最休闲的一天。我们要在萨拉戈萨待上大半天，下午三点再赶往马德里。

在皮拉尔圣母教堂前，小 H 让大家聚拢过来，说："今天就自由活动，我给大家简单讲一下各个景点的方位，然后便可以随心所欲，时间比较充裕，可以感受下这里慢节奏的生活。"

终于，连我和小茹都不再急行军，而真的是放松了身心，漫无目的地闲逛。毫无章法，亦无目标，却心生欢喜。

萨拉戈萨创建于一个"战略性水资源要地"，三条主要河流（埃布罗河、Gállego 河和 Huerva 河）在这里交汇，埃布罗河在一年中的特定时间段里可以涉水而过。该城俯瞰着河道两边富饶的漫滩。河流与道路基础设施为通往北部和罗马利比利亚中部地区敞开了大门。萨拉戈萨位于一片周围环山的半干旱地区。由雪和冰川化来的水汇聚在一起，流淌至埃伯罗谷地的半沙漠平原，创造出一片片绿洲，构成由一系列不同的、通常是共同存在的人类群体交融而成的文化景观。阿拉贡地区一直在与沙漠化作着顽强的斗争。萨拉戈萨是世界首要的江河管理整体机构埃伯罗水文局的所在地。在该地区有效的水资源管理已经成为区域架构的一个考虑因素，它是社会凝聚的关键、需求的催化剂以及自尊的源泉。同时它也是合作和进程指导的权衡。

站在萨拉戈萨的街头，感觉到的是非常润泽的气候，脸上也湿润润的，甚是舒服。气温大约在二十七八度，不算凉爽，也不热。

走在步行街，会被每一家店门口的装饰吸引过去。可能西班牙人真的骨子里就有那股浪漫不羁，连店门面都花样多多，异乎寻常。简单的，就是两把高脚椅，傲娇状地昂首放在店门两边；花俏的便会用彩色灯泡变幻出花朵的造型，带着生机；萌萌哒的则选用玩偶，立刻回到童趣状……

这么多天，第一次，第一次可以站在一家店门口，痴痴地笑着，不慌不忙。或是跑到街头自行车租赁处，一排排摆放整齐的自行车好像变成了我们的腿，坐在车座子上，假装环游世界的样子。那一刻，我和小茹仿若回到少女时代，清新明媚。终于，终于可以慢下来，在小餐吧要上一瓶啤酒，配着薯片，边喝边看着点车驶过，心情更加舒缓。在西班牙萨拉戈萨的街边发发呆，是不是一件很奢侈的事？恍惚间，真的像是某部电影的画面：电车、教堂的尖顶、慵懒的人们……回眸一笑的某个女郎，和不远处与她相视而笑的幽深眸子的男人。

当然，电车、教堂都在眼前，帅哥只有餐吧的侍应生了。小瓶装的啤酒干醇芳香，一口咽下，回甘撩人。而且超级便宜，1.4欧元一小瓶，还送薯片，再去两趟洗手间，绝对赚了。去过欧洲的都知道，大多洗手间都是收费的，一次一欧洲。如此，当然是赚了。

俩人这么一坐，就不愿意起身。整条街，也没有多少人，那份稀松，更是悠然。这时，迎面走来三个人，冲我们招手，原来是马姐和叔叔，还有超级亮的电灯泡党姐。

"党姐夫呢？"我和小茹异口同声地问，"怎把您一个人抛下了，尽给人家当灯泡来了。"

"他和段工他们几个老家伙也在一家店里喝啤酒呢。"党姐并不介意我们的玩笑说,"我又不喝酒,懒得理跟着他们,就陪着小马两口子闲逛了。"

"您这不是陪着,是标准灯泡。"我和小茹不依不饶地抢白党姐。

党姐嘻嘻哈哈地笑。党姐的性格就是这样,快人快语,大大咧咧。这些天下来,跟我和小茹已经成为最熟悉的团友。故而,我俩跟她说话也是无所顾忌,任由玩笑。

叔叔见我们四个女人一台戏,便笑呵呵地拎着相机站起身说:"你们姐四个儿聊,我上这周围拍拍街景去。"

马姐点头应允,叮嘱道:"别走太远,回头找不到我们了。"

叔叔摆摆手,一副胸有成竹的样子,挺着身板走了。

望着叔叔的背影,我和小茹扑哧笑出声。想起昨晚的事儿,昨日酒店附近有一家大型综合商场,晚上回来,我们便又直奔超市,购买些巧克力。西班牙的超市里有一种大杏仁的黑巧克力超好吃。上次玄米从西班牙带给我一大板儿,很快吃光,这次,我准备多买点儿。只是,偌大的超市里,不会一句西班牙语,找起来很费劲儿。幸好遇到一个卖寿司的华人小姑娘,她热情地做了我们的导购。小姑娘是第三代华人,笑起来两个小梨涡,非常甜美。她家里经济状况不错,却早早出来创业,在超市里租赁了摊位,还雇了伙计。这让我们很是叹服,九零后的小女孩,如此自食其力,虽不是绝无仅有,却也实属难得。有了小姑娘的帮忙,我们顺利地买好了巧克力。却又遇到另一个难题,买得太多,拿不动呀。可就在这时,叔叔出现在我们眼前。他二话没说,就接过我们手中的两大袋子东西,健步如飞地往前走。瞬间惊呆了我们。别看叔叔头发花白了,身手极其敏捷。

我和小茹欢呼雀跃,一个劲儿说:"您这简直就是小伙子呀。"

被我俩半忽悠半认真地夸赞,叔叔也有些洋洋得意,一直帮我们把东西拎到房间门口。

我双手合十,由衷地说:"叔叔,太感谢了,多亏您的帮忙。"

小茹揉我一把,眨眨眼睛说:"还叫叔叔?快改口叫哥。绝对是哥,大哥。"

叔叔笑得合不拢嘴了，昂首挺胸地走了。

马姐和党姐听我们讲完，也笑得不行了。马姐是一脸的骄傲，说："你们还真没说错，别看老头比我大了十几岁，身体却棒极了，心态也超年轻。"

我们都使劲儿点头，很理解马姐对叔叔的小小崇拜。瞧马姐的眼神，真有点儿叔叔的迷妹的感觉。

"你俩应该还没正式登记结婚吧？"党姐脱口而出这么一句，瞬间让气氛有些尴尬。

"嗯。"马姐却很坦然，"没登记。主要是因为两边孩子的原因。老头那边有个儿子，特别优秀，自己开公司很能挣钱，也支持老父找老伴儿，只是也很挑剔，估计是怕有的女人是冲着老头的房子和积蓄来的。所以我开始就很真诚地交了底，虽然我退休金不高，但房子租金每月也万八千，总收入不比老头少。我不贪图他家的钱财，这个岁数，钱财有什么用？有个伴儿，一起开开心心地柴米油盐才重要。老头的儿子是聪明人，看得透人，我俩的事情便得到了他的祝福。下个月还要请我们一起去法意瑞呢。"

"这不是很好嘛？"我们一起问。

"一言难尽。"马姐话锋一转，"是我女婿。我女婿不同意我和老头在一起。"

"他凭什么？算老几呀。"党姐不耻地问。

"可能也是怕我的房子被对方占有吧。"马姐耸耸肩说，"我闺女听女婿的，为了不让闺女为难，索性就这么过吧。也挺好，只要彼此真诚相待。"

马姐说得没错。这个岁数，一纸婚书重要吗？如果因一纸婚书造成子女之间的误会矛盾，那可能得不偿失。这个年龄需要爱情吗？其实，哪个年龄段都需要爱情，但爱情真的是可遇而不可求的。爱情是稀有的矿物质，珍贵又无价。真正阳光并成熟的人，要看淡爱情，爱，不将就，是最无力的声嘶力竭，能够将就，能够高高兴兴地将就，才是智慧。什么都没有互相陪伴相依为命重要。所以，我很理解善良的马姐，也相信无论怎么样，她也能过得很好。

"的确，和老头在一起这一年多，真的挺舒心。"马姐知足地说，"以前一个人做饭一个人吃，真没食欲，现在两个人一起做饭一起吃，便津津有味了。"

超级补刀手党姐忙问："那你家到底谁做饭？"

"简单的我做,要是新鲜点儿的,就老头做。"马姐笑答。

党姐一脸神秘地说:"你们猜我家谁做饭?"

"听您这口气,肯定是只负责吃饭的那个。"小茹笑坏着说。

"嗨,说对了。"党姐昂起头,得瑟着,"我告诉你们,这两口子过日子学问大着呢。在家里,不能逞能,逞能就受累,我就什么都不会,你们姐夫就什么都会了。"

我们四个在萨拉戈萨的街头轻笑。看上去胸无城府的党姐却是生活中的智者,一语道破夫妻相处之道。但,也有一种可能,党姐夫早就看穿了党姐的小伎俩,他,只是愿意去付出,去照顾青梅竹马并会白头到老的党姐。

干杯,在萨拉戈萨的街头,看电车驶过,领略生活的淡淡光色。

十一、人与人之间,都需要磨合

(2016.5.26)

人,真的会随着年龄的增长而产生诸多方面的变化。年轻的时候,特别向往大都市,觉得只有北京才是大气磅礴、值得仰视的,只有巴黎才是让人炫目、充满浪漫色彩的……如今,特忾头去北京,再宽阔的马路,也觉得满是人潮的汹涌。巴黎也去过了,也没体会到印象中的傲然。反倒是越来越觉得已经不算是一线城市的家乡天津更适宜生活,甚至搬到市区边上,过着更清静的日子。

同样,来到马德里,依旧没有觉得西班牙的首都比巴塞罗那,甚至萨拉戈萨有什么优越性。尽管,它有着太多的历史古迹,并不断发展革新,位于欧洲城市前列。

当然了,马德里在西班牙,甚至整个欧洲还是有着很重要的地位的。马德里拥有丰富的文化遗产,它们经历过一段飞速的变迁时期。同时,马德里也是融合了传统艺术与开放的新观念的城市,是欧洲音乐、歌剧、舞蹈、电影、绘画、建筑及设计的先锋。马德里自治区内最受欢迎的体育运动自然也是足球。其中最著名的两支球队要数皇家马德里队和马德里竞技队。这两支队伍从很多年前开始就互为竞争对手,现在又同在西班牙甲级联赛。常常会有德比大战,牵动万千球迷的心。

上午是城市游览，下午会去参观西班牙皇宫。或许是整个旅程快到尾声，小H也有些倦态，颇为没精打采地说："马德里是个相当适合步行漫游的城市，从太阳门往西比列斯广场，或从大广场往王宫方向，沿途尽是艺术、文化、宝藏，到处都是观光客群聚尽情浏览古迹、世界知名的博物馆以及享受夜生活。东方宫和普拉多画宫是世界闻名的艺术殿堂。市内街心公园、喷泉众多，广场各具特色，如：太阳门广场、中央广场、西班牙广场、哥伦布广场等。斗牛是久负盛名的娱乐活动，宾达斯斗牛场规模最大。我们逐个走走，每到一处给大家一点儿自由时间，可以闲逛一下。"

瞧马德里市内现代化的高楼大厦与风格迥异的古建筑摩肩并立、相映生辉。树林、草坪和各种造型别致的喷泉和雕有古代小亚细亚人尊崇的自然女神尼贝莱塑像喷泉引人入胜。宏伟的阿尔卡拉门坐落在阿尔卡拉街头的独立广场上，共有5道拱门，是马德里著名的古建筑之一。财政部、教育部和西班牙的主要银行坐落在阿尔卡拉大街两侧，建于1752年的王家美术学院收藏着牟利罗和戈雅等西班牙美术大师的名作。巍峨的塞万提斯纪念碑耸立在西班牙广场上，碑前有堂吉诃德和桑科·潘扎的塑像，巨大的碑身倒映在前面的水池之中，碑两侧是葱郁的树木，有"马德里塔"之称的西班牙摩天大厦位于广场一侧。著名的马约尔广场位于市区西南，修建于1619年，呈长方形，西班牙国王腓力三世骑马的塑像耸立在广场中央。不远处是太阳门广场，这里有历史上著名的太阳门遗址。只是，天气有些燥，人也有些多。

因为明天再在马德里待上一天，后天就要返家了。可还有一个重要的自费景点塞戈维亚古城没有去。小H便做了调整，把明天市区内的游览全部安排在今天，而明天上午便可以去古城，下午再回到马德里，逛商场购物。整个团队里仍然是我和小茹，萍姐夫妻，丑姐两口子不参加自费。小H便决定明天上午先把我们放在酒店，让我们在酒店自行休息，等着中午他们再来接上我们去马德里。我们立刻觉得这样的安排不合理，即便是行程进行了调整，却也没有闲置酒店这样的安排。于是，我找小H商量，希望她至少安排我们在一个比较繁华的地方，我们可以自己游逛。小H查了下地图，告诉我只能把我们放在途中的一个小小的超市。我当时未知可否，因为还得和其他人商量。但，我答应她无论怎么样，都会帮着带着萍姐和丑姐四人。果然，小茹和萍姐丑姐都不同意小 H 的安排。事实也是，不能因为自费项目而影响了我们正常的行程。如果非得调停，那么至少也得让我们有一个相对满意的结果。于是，萍姐再去和小 H 交涉，小茹则让我和报团的同程网的客服联系沟通。没想到，反馈到小 H 处大约是变了味儿，成了我们投诉她。一下子，年轻气盛本就傲娇无比的姑娘动了气。一大早，就发朋友圈表达愤懑，甚至破口大骂，大意就是说有些人太过于人前一面人后一面，表面上答应得好好的，背后捅刀子。

小茹看了后张大嘴巴地说："这分明是在说你。"

我心里也挺不舒服。说实话，我并不想出头去交涉，如果交涉的话，我也希望和和气气各退一步。只是，一直都是我跟客服联系的，所以反映问题也便是我。但，我也的确说得很有分寸，理解领队，可我们自己的权益也得维护，没别的要求，就是把我们放在一个能称之为小镇的地方，至少我们可以自行游玩半天，我们不可能待在酒店或者在一个便利店耗费一上午的时间。

看我也有些闷闷不乐，小茹又说："我就告诉你，不必非得跟领队多么亲近客气，否则的话，反倒不好据理力争。"

"行了，你别说了。"这是我第一次对小茹表示不耐烦。我心想，凡事都是我去沟通，挨骂的人也是我，ok，这也没关系，那就不要再说别的了。否则，我不是更别扭吗？

我不想让自己别扭。换做以前的我，绝对不会就这么认怂，非得跟小 H 理论一番。我们没有错，我也没答应她，我们维护自己的权益天经地义。但，现在的我，就没有一颗争吵的心。没必要也太累。不过是十几天的缘分，之后谁也不认识谁，何必呢？并且，小 H 毕竟年轻，听到客服的反馈便认定我们是投诉她了。而这一路走来，虽然常常傲娇小公主范儿，却也尽职尽责。那么，只要最后问题解决了，宽容些看待她，反倒是让我内心最舒服的方式。

小茹却有些没完没了了。这让我很沮丧。我俩从 2014 年 3 月，在欧洲的旅游团里相识，到现在两年多，一起去过斯里兰卡、巴厘岛、北海道、厦门，如今又来到西葡。从旅伴到最佳旅伴，关系也在变化。从单纯的旅友已经变为朋友。她有很多优点，热爱生活充满活力。甚至在日常生活中，在不犯二的情况下，相当智慧。我们都属于再婚家庭，且没有孩子，对婚姻对伴侣对生活状态的理解和认知也常常有共鸣。彼此也甚是关心对方。虽说，人无完人，都有缺点，但瑕不掩瑜。可这一次，我真的有些烦了。我为了我们六个人，才被骂的，得到的却是同伴的数落：什么你当初就不该跟她太友善，你查查你的微信，可能就是答应她可以把咱们放在一个小超市了……

我的头晕沉沉了，没有想到这最后的两天竟然发生这样的事情。我不想和任何人说话，而马德里的大街上偶尔可见的纸屑也让我对这座城市失去好感。以至下午到了西班牙皇宫，再三调整自己，都难以达到最佳状态。

马德里皇宫是仅次于凡尔赛宫和维也纳美泉宫的欧洲第三大皇宫。建于1738年，历时26年才完工，是世界上保存最完整而且最精美的宫殿之一。皇宫外观呈正方形结构，富丽堂皇，宫内藏有无数的金银器皿和绘画、瓷器、壁毯及其他皇室用品。马德里王宫也是西班牙国王的正式驻地，位于马德里市中心西部的 Bailén 街。国王胡安·卡洛斯一世和王室并不居住在这里，而是住在马德里郊外较小的萨尔苏埃拉宫。不过，马德里王宫仍然用于国事活动，在没有正式活动时向公众开放。

马德里王宫的正门面对南侧的兵器广场（Plaza de la Armería），相对于王宫代表的世俗政治权力，广场的另一边是代表教会信仰权威的阿穆德纳圣母主教座堂。距离王宫最近的地铁站是歌剧院站。站在正门外的广场上，仰头，蓝天下的一切都变得似梦似幻，心情也稍微好转。

这时候，萍姐和姐夫走过来，萍姐悄声对我说："小 H 刚跟我说了，明天会把咱们放到距离古城不远的一个小镇，那个小镇也很美。"萍姐露出笑容，很满意地继续说，"正常的维权是必须的，这不，最后的结果就算好。"

我先是勉强笑笑，既而真的释然很多，挨了小 H 一顿骂，却能给我们六人换来一个原本就应该的好的结果，多少算是一点点安慰。没办法，生活中很多时候就需要这样的阿 Q 精神。于是，我伸展下双臂，让自己焕发些精神，在西班牙皇宫前为萍姐和姐夫拍"大片"。俩人相当配合，在我的指挥下摆出各种 pose。看着镜头中幸福的两个人，我的脸上终于绽放出真正的开心的笑。

小茹对于这个结果也很满意，搂着我的肩一个劲儿说："好了，亲爱的，让你受委屈了，别影响咱们的心情，明天就是最后一天了，肯定没时间去吃西班牙海鲜饭，咱今晚一定得觅到。好好吃一顿，发泄下，然后便彻底抛脑后了。"

我揉她一下，说："你这张嘴，好赖全被你说了，总之，朋友之间也不能想说啥就说啥，朋友之间更应该互相支持包容和爱护。"

"是呀，我一直都是这样的呀。"小茹眨眨眼，特别认真地说。

我张张嘴，还是咽下了不满，没再继续纠缠。既然朋友之间也不应该太过自由地表达自己，那么何必非得论出一个对错呢？朋友、夫妻，甚至人与人之间都一样，需要磨合。也许，这就是我和小茹之间的磨合。我们都不完美，但至少都对彼此真诚。有这一点，其他便没有那么重要了。

一切峰回路转，我们在欧洲门附近的一家综合型免税商场的六楼，找到一家餐厅。没想到，靠着我蹩脚的几个英文单词，竟然顺利点餐成功。西班牙海鲜饭，啤酒和薯片，热情帅气的大堂经理。只可惜，海鲜饭并没有太过冲击我俩的味蕾。有点咸，饭也有点硬。没关系，吃个特色，吃个环境，吃个心情。

人与人，不一定都能理解，更不一定，都能成为朋友。但，至少，不必记挂怨气和愤懑。就像这西班牙海鲜饭，虽并不合我们口味，但，却也可以吃得很嗨，因为还有好喝的啤酒，还有置身异国置身于不同肤色的人群中的自由感。

这一晚，我和小茹聊到很晚。性格不同，却同样真实真诚，让我们可以更加坦诚相待。外面的月色很好，我们都有点儿想家。

晚安，想家的心。

十二、无志者，坐享其成

(2016.5.27)

可能是昨晚和小茹特别坦诚的交流，让整颗心更加放松。虽然睡得晚，但，醒得并不晚，精气神儿也相当好。

酒店周围的景色不错，我俩抖擞精神，不亏待这最后游玩的一天，在一片绿色草地前深呼吸，在几个大圆口缸前痴笑。想到小时候玩捉迷藏，倘若有这样的缸，小伙伴们一定都会爬进去。最绝妙的是酒店客房的大落地玻璃，向阳，将整个天空折射，玻璃里边是清透的蓝天白云。可谓美轮美奂。

这时，收到我最好的闺蜜大冬瓜的微信："快回来了吧？不知道为什么，这一次觉得你出去了很久，特别想你了。"

我笑她："这还一日不见如三秋了？即使不出门，咱俩也未必两周能见上一面。"

"不对。"大冬瓜反驳我，"咱俩一周最少见一次的，再说，即便见不到，若你在天津，那也和在西班牙不同，不会觉得那么远，不觉得远，想见随时就见。"

"好了好了，啰嗦。"我存心用不耐烦掩饰感动说，"成天婆婆妈妈的，别想了，明天就返程了。"

大冬瓜又发来了一个兴高采烈的表情。我也禁不住乐开了花。怪不得我另一个干妹妹倩倩经常揶揄我俩是好基友。单纯看这微信内容，是会被彼此的老公误会的。幸好，我俩的老公也深知我们这对儿好基友的行事做派说话风格，不仅理解，甚至不屑。

想想，朋友也是需要时间的考验和反复磨合的。年轻的时候，经常会一言不合就吵架，现在可好，死心塌地地把对方当作家人。

这么想来，我更加释怀，和小茹勾肩搭背，迎接我们崭新的一天。

小 H 确实是一个聪明女子，不管是不是误会，至少她跟我想法一致，不过就这么十三天的缘分，没有必要真的撕破脸。于是，在车边相遇的一刹那，她笑着对我说："方姐姐，她们都没有 WiFi，我也没办法跟她们联系，那今天就麻烦你带着她们了。"

我点头应允，答应的事情，我自然会做到。

在中午就餐的餐馆门口，我们六个人下了车，小 H 则带着其他人前往塞戈维亚古城。餐馆坐落在一条小街上，不到十点钟，大多数的店面都没有开门，这条小街便更加幽静安宁，一下子，会让我们每个人有一种自由并舒畅的感觉。心情与这不冷不热的天气一样，好不快意。

我们六个人站在小街的中央，商量这两个小时该何去何从。

丑姐一拍脑门，说："我刚听小 H 说，这里距离古城只有不到十分钟的车程，那，我们走走停停，应该也不会太远，干脆，我们自己去古城。"

萍姐点头，但又提出异议说："可我们不认识路呀，又都不会英语，更何况，在这样的小镇上,连人都很少,会英语的更是寥寥无几,西班牙语,对我们太高难度了。所以,我们怎么能找得到呢?"

　　我和小茹相视一笑,我俩有办法。立刻百度出塞戈维亚古城的图片,正巧迎面走来一个中年男子,于是,又上演了一番哑语问路。边走边问,大约问了三四个人,走了不到二十分钟,塞戈维亚古城便在眼前了。清幽的小街口,矗然而立的古迹。就在这样的瞬间,演幻出了截然相反的情致。一面是生活气息浓郁的小镇,一面是古朴壮丽的古城。双层拱洞,精妙绝伦,成为古城的城墙,与现实分界。站在拱洞下,只有张大嘴巴惊叹的份儿了。这是哪里?好像穿越到了很久远的年代,好像我们就是那个奇迹的见证者。

　　塞戈维亚古城是西班牙的历史名城和著名古迹,是保存最完好的罗马时代的建筑遗迹。它位于瓜达拉马山脚下旧卡斯蒂利亚的高原上,坐落在埃里斯马河和克拉莫尔河交汇处一个陡峭的岬角上。塞戈维亚城由和谐统一的建筑群组成,这些建筑建于中世纪晚期和文艺复兴时期,这也是塞戈维亚城所经历的两个繁荣时期。著名的具128根立柱的渡槽、阿方索六世建造的摩尔人国王的宫殿以及16世纪哥特式大教堂是这个古城的重要建筑。罗马式教堂、穆德哈尔人建筑风格的房屋以及城防建筑也成为具赭石色调的城市风景的一部分。由于拥有许多在漂亮的外观和珍贵的历史价值等方面都十分突出的建筑群,整个塞戈维亚古城成为难得的艺术典范。

　　不跟着大队人马,我们六个人玩得更加逍遥快活。而此时的天际也对得起这里的景象。大朵的白云棉絮般傲然飘荡在湛蓝的空中。随意找到一处观景台,视野都开阔无比,眼前都如画卷。萍姐和丑姐瞬间化身精灵少女,蹦蹦跳跳,欢呼雀跃。甚至坐到墙垣上,抱着双膝,聆听风声。而我,自然又充当起了摄影师,为她们留下这最美好的一刻。猛回头看见这一幕的萍姐夫可吓坏了,忙跑下来,对萍姐喊道:"快下来,快下来,太危险了。为了看风景,也不能玩命呀。五十几岁的人了,坐那么高的地方,晕死了。"

　　萍姐微笑着,慢慢下来,临了,还在墙垣边摆出一个一览众山小的架势。而那侧着的身影,掩不住的是被一个男人深深呵护的幸福感。

　　这一路下来,我们早已经习惯了萍姐夫标准的爱妻狂魔型。真的,萍姐夫真的是一个好男人好丈夫。对妻子温柔体贴，待人善良实诚。在我们原路回来的时候，萍姐夫便把我背后超大的双肩背接了过去，憨憨地说："你们姐几个轻装前行，想怎么拍照就怎么拍照，包，我来拿。"

哇！超级暖姐夫呀。我和小茹异口同声。之后，我们几个女人便撒欢般在小镇上游荡。古城附近的这个小镇的布局、它的街道及其房屋都反映出了不同的文化背景，摩尔人风格、基督教风格以及犹太教风格。这些文化在中世纪共存于塞戈维亚古城，并于16世纪在其工业发展的全盛期达到顶峰。尽管我们看不懂这些不同的风格，却深深投入到小镇的中午散发出的浓郁的生活气息中。火腿店里，热情的小镇人们竟然不约而同地离开柜台，供我们尽情拍照。好想背回去一个大大的火腿，只可惜过于沉重，便只好假装大快朵颐。逗得围观的人们大笑鼓掌。在这样的欢腾中，我们像脱缰的野马走遍小镇的每个角落。时不时会有迎面而来的小镇人冲我们友好地招手。笑容可掬的老先生，优雅怡人的老太太。只是，一个小小的发现，那些老先生很乐意跟我们拍照合影，而老太太们虽然也非常友好，却全都拒绝拍照，保有着一份矜持。

游览了古城，又逛遍了小镇。我和小茹一扫昨日的不快，欢快得像两只小兔子。

午餐在一家中餐馆，老板娘是苏州人，非常温婉漂亮。吃得饱饱的，准备下午血拼。

仍旧是欧洲门附近的那家大型综合免税商场。我们直奔六楼，去买行李箱。因为装了太多的巧克力，我的箱子开裂了。小茹也想换个新的箱子，因为她还要去更多的地方。萍姐和姐夫陪同我俩精挑细选，很幸运，都买到了可心的箱子。后边就可以随意逛了。萍姐夫再展暖姐夫的风范，一手拉了一个行李箱对我们说："箱子归我，你们轻装去逛吧。"

我和小茹激动地握紧双拳齐呼："姐夫太好了，谢谢姐夫，萍姐太幸福了。"

萍姐也乐开了花，望着萍姐夫半认真半打趣地说："是不错。"

我们三个嬉嬉笑笑地抛下萍姐夫，开启女人都爱的逛街模式。女人在购买欲驱使的时候，会真的希望身边能有几个帮着拎东西的。这是女人的自私，也是女人的小情趣。只是，逛了好久，难有入眼的商品。正有些失落，碰见一个华人小姑娘，中文并不灵光，却很努力地一字一句对我们说："这里有很多假货，不要买啦。"

原来如此。我们倒吸一口。幸亏遇到这个好心的小姑娘，守住了荷包的厚度。

既然没有什么好购买的东西，就没必要在这里浪费时间。出了商场，向右，往前再走十分钟，就是皇马的主体育场。来到马德里，怎能不充当下皇马球迷？

大约走了十分钟，可笑的乌龙事件发生。路口有一个正在翻修的建筑，我俩都以为那就是体育场。却找不到可以佐证的标识，也没有狂热的球迷。那一刻，非常羡慕小 H 她们那种英语溜溜的人。而对于我们，便只有望建筑不知所措了。关键时刻，又是手机起了作用，一张照片，再次帮了我们。皇马主体育场在下一个路口，并且是在马路对面。我俩心里颇为得意，不会英文，也能找到有效的办法，这应该是这几年出国旅游得来的点滴经验吧。

果然，球场外很多球迷，不同肤色，就站在那个标识下挥动双臂，如此，好像就已经算是亲临赛场了。

小茹也激动异常，假球迷本色出演。笑着跳着，惹来几个异国帅哥侧目欣赏，甚至主动要求合影。瞬间，小茹变身明星，被一众球迷簇拥。

这真是个不小的收获，靠着我俩的哑语，已经第 n 次摆脱困境。

坐在球场外的路边，我对小茹说："咱俩是不是应该恶补一下英语？"

"你觉得以咱俩四十几岁的高龄还恶补得了吗？"小茹斜眼反问我。

"有点难度，但有志者事竟成。"我撇撇嘴巴，大义凛然地说。

"还是面对现实吧。"小茹乐喷了，"要不然，你学吧，你会了也行，我是无志者，我还是坐享其成吧。"

我们俩笑作一团，在马德里的街头，在皇马主场外，在傍晚余霞中，两个假冒的球迷，人生，什么都要尝试，什么都要经历。

十三、只有向前，方无悔
　　（2016.5.27—5.28）

　　十四天的行程，最后的两天都是在途中，仍旧是阿联酋转机，仍旧要有一个夜航。

　　游子的心就是这般，真的要回家了，便对这里又产生更多的留恋、不舍和珍惜。天涯绝色的罗卡角、惊艳世人的圣家族大教堂、悠闲自得的萨拉戈萨、热烈奔放的巴塞罗那，还有那一个个小镇一座座古城……龙达、米哈斯、塞戈维亚古城……其实，不仅是西葡，凡所未知的远方，都是值得一去的人间天堂。走遍万水千山，世界各地，方觉人生的玄妙，生活的美好。也才能更好地沉淀在最平实的现实中。

　　一大早来到马德里机场，一位位姐姐和阿姨们精神都很好，反倒是年轻人差一些。要进行一天的长途飞行，前一晚必须要休息好，否则就会很辛苦。

　　一切就绪，开始排队托运行李。因为我买了很多巧克力，箱子肯定是超重了，尽管小茹帮我装了一些，可上手一拎，无疑，两个人的箱子都超重了。正在我们发愁之际，党姐如及时雨般地出现，仍旧大嗓门并底气十足地说："这很简单呀，方方和我一组，小茹和你们姐夫一组，我俩的箱子又小又轻，一平均，不就不超重了。"

　　我激动地亲吻了下党姐的额头。党姐一边擦着我的吐沫星子，一边呵呵笑着说："没事没事，这算什么事儿。"

　　很多时候，就是这样，回想第一天和党姐见面，她大大咧咧地超级直爽，让我们以为很可能是一位难搞的旅伴，而一天天下来，她却是最贴心的。不论是乘车久了困顿之际，她递过来的一个酸奶，还是热得晕沉时，与我们分享的一块苹果，都是一位善良大姐的美好给予。而且，党姐还绝对是一个会玩的人。看到一群身穿红白道球衣的球迷，立刻招呼着我们奔了过去，大声说："皇马的球迷，这最后在机场真遇到铁杆球迷了，快快快，怎么着，也得拍个照。"

　　我们每个人都很激动很惊喜，来到西班牙，不参与点儿与足球有关的事情，肯定是遗憾的。不能亲临赛场，和这一片红白色拍个照也算一种补偿。

最有趣的是，我还被一家电视台的主播拦住，对我进行采访。我猛对着镜头笑，可哑语终于无法派上用场。最后，只好摊摊双手难为情地说："I'm sorry, I don't speak English。"弄得主持人一脸狐疑，估计是想这句说得很顺溜呀。

同样狐疑的还有党姐，抓着我的胳膊一个劲儿问："说的啥呀？说的啥？"

"I'm sorry, I don't speak English。"我重复了一遍，然后憋着笑说，"就是对不起，我不会说英语。"

党姐恍然大悟，哈哈笑了起来。

小茹也揶揄我说："行呀，至少这句说得不错，看来有潜力，回去好好学，下次就能跟小H一样和老外随意交流。"

我也笑弯了腰，故意说："实不相瞒，这句还是来之前刚学会的呢。"

"哇，这效率。"小茹假装啧啧赞叹，"一句走遍天下呀。"

不过，很快，被揶揄的就不是我一个人了，而是我们所有人。和那些激情四溢的红白道球迷拍了照，大家便都忙着发此行的最后一个朋友圈：马德里机场偶遇皇马球迷。

几乎同时，每个人的朋友圈都被好心人好意提醒："错了吧，红白道球衣的不是皇马，是马德里的另一支球队马竞。"

当然，也有幸灾乐祸的："今天刚好是欧洲杯两个球队对垒，别得瑟了，当心，一会儿被真正的皇马球迷痛扁了。哈哈哈。"

我们几个笑得前仰后合。冒牌球迷就是冒牌的，连哪支球队穿什么球衣都没弄清楚，就一通得瑟。被糗，一点儿都不冤。不过，我们为什么一定要清楚呢？我们从来没有否认是假球迷，我们才不管哪支球队呢，只好，那一刻，带给我们激情与欢乐，便足矣。

次日上午，北京时间十点多，飞机准时落地。回望T3，下一个旅程，在无限期待中……人生的旅途，每日每时每分每秒，只有向前，方无悔。

方心蜜建：

1.对于英语和我一样，只会些许单词的人而言，西葡之行也只能无奈选择跟团游，错峰出行，最好的时间就是春秋，四五月份和九十月份，有不同的美景。但天气舒服，适宜十几天的行程。最佳温度下，可以最好地感受美景。

2.对于不喜欢购物的人而言，西班牙也没什么太值得购买的。但，超市里的黑巧克力是值得长途背回来的，细腻润泽，口感超级棒，也非常便宜。

3.西葡景点很多，不一定非得都领略，但有些是一定要去的，比如罗卡角、圣家族大教堂、阿尔罕布拉宫……

4.跟团游，需要看清楚费用包含的内容。有些看似便宜，但自费项目很多，如果每一项都参加，那数目可观，还不如直接参加一个零自费的旅游团。

5.西葡的治安相对稳定，随处可见悠闲自得的生活状态。所以，只要结伴同行，可以利用一些自由活动时间去深入体会下当地的生活。

6.西葡地区天黑得很晚，大约十点左右才会彻底黑下来，一般回到酒店的时间却都不晚，六点钟左右。那么不要浪费这段时间，哪怕随意地走入一个生活区，也能感受到很多新奇的东西，哪怕只坐在草地上看晚霞，也非常惬意。

7.很重要的一点，就是上洗手间的问题。除了有些高速路上的卫生间是免费的，绝大多数都收费，所以，要换一些零钱。当然，也可以在一些小店买上一个冰淇凌或者一杯啤酒或者其他东西，再随便去个洗手间，非常划算。

8.吃，在旅途中也很重要。早餐基本上都是酒店里的西式餐饮，普通的酒店也会面包水果牛奶咖啡酸奶齐备，为了一天的行程顺利圆满，早餐吃饱饱的，很有必要。而午餐晚餐基本上都是中餐，尽管通常只有五六个菜，但很新鲜量也足，别挑剔，吃饱了。当然，也可以换换口味，去尝试一下当地的特色，例如西班牙海鲜饭，折合人民币一百多，两个人可以吃得很饱。至于，好不好吃，则仁者见仁智者见智了。

9.购买也是一个重要环节，还是不要在领队带着去的免税商场血拼了，很可能会让自己"血流成河"，因为假货很多，也没有真正的新款。普通的货品，质量很差，几百块，还不如淘宝的东西好。旅游本来就是为了游，购物就省省吧。

10.和任何一个旅伴都不可能永远保持最佳状态，要宽容理解，多想对方的好。

11. 领队都有自己的立场，支持理解的同时，保有自己的一定之规。出门在外和为贵，但，也不是一味地忍让。维权，坚持原则是必须的。

12. 真的不需要换太多西班牙钱币，购物都可以刷卡，一张银联走天下，当然，可以多带两张，因为也有些时候，就会遇到刷不出来的时候，那么带一张备用的，就省却了很多麻烦。

13. 十几天的长途旅行，未必始终保持着最佳状态，没关系，偶尔可以懈怠些，加以调整，才会更好。

第八章
美国之行，异国他乡十八天

走遍全世界，这是贪心的想法吗？是，又怎样？人这一生，总得有点贪念，尽管说贪嗔痴不可为。可我们都不是完人，保留着一点点心底里对最美好事物的"贪"，难道不是一种明媚吗？

美国，没有太久的历史，却也是此生必定要踏足的地方。去年秋天就办好了签证，今年秋季终于可以成行。记得办签证的时候，我和大熊不辞辛劳，半夜乘火车赶往北京。面签很复杂，人多，不摸门道，还觉得很混乱。最后的时刻，前边还有两个被拒签的。一下子，颇为紧张。当签证官打开我的护照时，露出了惊讶的表情，羡慕地说："你去过很多国家呀。"我不敢多言，只笑笑。之后，并没有看准备的那些资料，就顺利通过了。

美国，的确比较遥远。美国之行，自然也会比较久。远而久，自然要和大熊同行，便一直等待他可行的时间。最后确定在十月中旬，在同程网旅游顾问宋洋的帮助下，选定了夏威夷、东西海岸和黄石公园的十八日游。第一次去美国，我想尽量多去一些地方，不介意走马观花。过两年，我最好的两个闺蜜冬瓜和静辉都要陪孩子去美国留学，那时候，可以随时去。未来先不去设定，此刻的行程已经让我内心激荡。真的，不知道从什么时候开始，旅行成了我生命中最重要的事情。只要在旅途中，甚至是准备中，都觉得幸福。

一、夜，在星光与月色中沉入灯海。

（2016.10.11）

这三年来，真的是多次来到首都机场 T3 航站楼。伴着一次次旅游，我的护照也变得厚厚的。

那本盖着各种章的褐色小本子，记载着我所去到的每一个国家和地方。而无论哪里，都有着它的独特，有着属于那一段旅途的极致。无论哪里，都是明白了自己的内心后，为自己的人生刻下的烙印，书写的篇章。

12 日午夜一点的飞机，集合时间是前一日晚上九点。提早一个小时到达，便坐在五楼的餐厅内，靠在隔板上，俯瞰着整个国际出发大厅。敞亮、空荡，却又人来人往。这里，永远的灯火通明，似乎没有白天黑夜的区别，只有来和去的不同。就像是人生的一个个阶段，都是必然，都有它的合情合理。

忽然，眼睛像是被灯光刺了下，有些模糊，有点儿湿润。这些年来，都有怎样的经历？又是怎样承受过来的？只有自己才真的清楚。可始终都要咬紧牙关，继续向前。这是生命特有的机能，永远充满了无限可能。望一眼对面的大熊，幸好，在这些的变化中，有他，一直相伴。

准时到了集合地点，哇，庞大的旅行团，算上领队李先生，一共四十人。瞧见我俩，几位大姐笑呵呵地说："可算来了两个年轻人，不至于彻底成为老年团。"

放眼望去，的确，就我俩还算年轻。可实际上，也是奔五的人了。"喂，装嫩小丸子，这一次，别总叔叔阿姨的叫了。"大熊又嘴欠。

每次我俩出游，我都十分有礼貌地称呼旅行团里的长者为叔叔阿姨。却被大熊揶揄："快五十岁的，叫人家六十岁的叔叔阿姨，肯定是心底当自己是十八岁呀。"

好吧，那这一次，统统叫哥哥姐姐，把大家都叫年轻了。十八天，对人生而言，极短暂。对旅途而言，很长。某种角度，就像是经历一段分离出来的生活，崭新并完整。于这段生活中，同行者便都是彼此人生的参与者。

而团队里最重要的人物应该就是领队了。我们的领队李先生是台湾人，二十几岁时曾留学美国，后来又去澳洲生活了一些年，有着丰富的经验，又有着台湾人特有的温和气质。给大家留下了极好的印象。李先生已经五十出头；看上去却非常年轻。这大约跟他多年保持健身有关。都爱好健身，让我和大熊对他颇有好感。

就要登机了，李先生再三叮嘱："美国是绝对不允许带肉制品和水果入关的，一旦被抽查到，罚款是可观的，所以，这类食物在飞机降落前都要吃进肚子里。否则，它的价值很可能会超过本身的几十倍呦。"

这下子，我跟大熊傻了眼。每次出国旅游都没带过吃的，但往往到最后闻着平时从不吃一口的方便面都会流口水，于是，这次便鬼使神差，带了好多咸鸭蛋和小包装的卤蛋。没办法，除了分给周围的团友，我俩都没少吃。大熊打了个嗝儿，我捂住了鼻子说："鸡屎味儿。"气得他杵杵我的头，又故意冲着我张大嘴巴吹了口气说："为了不浪费，我做了多大牺牲，吃了六个咸鸭蛋黄和六个卤蛋，你还嘲笑我？再说，两口子有福同享有难同当，共享鸡屎味儿。"

我忙用一双手捂住自己的整张脸。拒绝鸡屎味儿。

吃过夜餐，灯熄了。还将飞行近七个小时，便可到达夏威夷。睡觉是最好的消磨方法。再说，已经北京时间深夜两点多，该睡觉了。非常惊喜的是，飞机上客人很少，边儿上的两位大姐已经自行到最后的宽敞空位置去了。我便独占三个位子。大熊帮着放下所有的扶手，将靠背垫放在他的腿上，拍拍，示意我躺下。枕着他的腿，安稳地睡了。我曾经跟闺蜜冬瓜说过，最喜欢的，就是在乘坐夜航时，经常嘴欠、偶尔小气，有时还特别固执拧巴的大熊，主动地让我枕着他的腿，尽量舒服些地睡上一觉。

我曾经无限感慨地对冬瓜说："哎，只有那一刻，会觉得爱情，它来过。"

冬瓜会白我一眼，说："矫情，你让他枕着你的大腿，爱情也一样来过。"

经常出国旅行，八小时的飞行真的不在话下。更何况几乎躺着睡了六个小时。剩下的两个小时都在吃。

乘务员又放饭了。吃完这顿不知是早餐还是午餐的饭，飞机就该降落了。隔窗板都打开了，昼的白迷离了眼睛，清醒了头脑。机翼在云絮中傲然轻移，并不留意隐匿周遭的白衣仙子。

吃饱喝足，大家都更有精神。而一位胖胖的中年男空乘，更是给我们带来快乐和温情。他有着一张亚裔的面孔，我们都猜测他很可能有华裔血统。而性情却是十足的西方人，夸张地笑，热情地说着蹩脚的中文词组。递给我们橙汁的时候会摇摆了肩头，甚至嘟嘴卖萌地说："我爱中国。"

　　餐车对他而言，简直就是喜剧道具，他则在这狭窄的走道，进行着最随心所欲的表演。还真是第一次见到这么不拘一格的空乘，穿着兰白花的衬衫，笑意里带着最热带的风情。让我们一下子对夏威夷充满好感。夏威夷，一定会跟这位空乘大叔一样，充满热情、浪漫和自在。

　　傍晚，抵达夏威夷群岛的欧胡岛檀香山市，这座于每一个角落都散发着梦幻气息的迷人岛屿。

　　酒店距离威基基海滩只有十几分钟。我和大熊放好行李，换上舒服的体恤短裤，就融入到了夜色中。

　　夕阳早已西下，整片海滩异常安静。夜，在星光与月色中沉入灯海。海滩周围的露天餐吧里，歌手在唱着舒缓的情歌，温润了每一个游客的心房。很想，就这么静静地坐着，坐在夜色中……入梦，入情，入心。

二、生命就这样被延长

（2016.10.12）

　　清晨，夏威夷是凉爽的，微风可以吹散所有的烦绪，让整颗心荡漾。不由自主，深呼吸，抛却一些，微笑向前。

　　佩服自己的体力，前一日的长途飞行，并未影响当晚的华灯月影下的游逛。晚睡也并未影响今日的早起。八点半出发，我俩七点钟又向海滩走去。却在途经的一个公园里停住脚步。草地碧绿，茂密柔软。树木伞状，铺天盖地。独木成林在这里，是随处可见的。我和大熊就像是走进了童话世界的两个孩童，眨巴着眼睛，对一切充满了好奇。我正坐在草地上，任由大熊像专业摄影师般的从不同角度狂拍。一位白发苍苍的老者走过来，冲着我们兴高采烈地说着笑着比画着。我俩一脸懵懂。老人干脆伸手示意大熊坐到我身边，又举起他的手机做出给我们拍照的姿势。终于搞懂了，老先生是想帮我们拍合影。告辞的时候他伸开了双臂有些激动地说:"Thank you for you like it here."

老先生的情绪更加影响了我们,也对这里产生了更多的好感。那种松弛、那种舒畅,因为这里的洁净、透明、清丽而轻而易举。

早餐并没有在酒店,而是一家中餐馆。夏威夷当地的导游兼司机黄先生说:"酒店里的早餐其实蛮单调,美国人不重视吃的,一杯咖啡一个甜甜圈,他们会吃得很开心。我们则吃不饱。所以还是带大家吃得丰盛点,给上午的城市游览增加些能力。"

黄先生是福州人,来美国二十几年了。定居在夏威夷是因为这里物价虽高,但只要肯工作,也是能过得不错的。而四季怡人,治安良好,人们的心态平和温良,这些却是钱换不来的。

前往伊奥拉尼王宫的路上,黄先生说:"在夏威夷,导游和司机都是同时兼职的,因为这里车速很慢,一边讲解一边开车,不会有危险的。另外,经过这一早一晚,你们有没有发现一个现象?"

大家面面相觑。

黄先生又说:"有没有发现夏威夷这里有很多特殊人群?"

大家异口同声地回答:"流浪汉。"

"哇,你们观察很到位呀。"黄先生夸奖后,继续说,"这里就是盛产流浪汉。因为夏威夷很好生存。首先,四季温度适宜。最冷的时候多加一件衣服也能在外过夜。另外游客多,讨要起来还是比较容易。特别有趣的是,有很多州,为了骗走本地的流浪汉,会组织他们来夏威夷游玩。结果这些人到了夏威夷都不走啦,都来这里当流浪汉了。这里当流浪汉也很舒服呀。"

一席话让我们都乐开怀。说话很冲的牛大哥嚷道:"行,我们也不走了。"

大家更加哄笑。黄先生也笑了说:"你们怎么可能放弃国内各种优渥条件来这里做流浪汉?不过,一年来住几天还是很享受的。"

团里唯一的天津老乡马哥操着一口乡音说:"就把夏威夷当海南,以后每年来住一个月。"

我们都给他竖起大拇指,牛!霸气!

伊奥拉尼王宫建造于1882年,是夏威夷王国最后两个君主的官邸——国王卡拉卡瓦，和他的妹妹继承人丽莉欧吾卡拉尼。这是美国本土上唯一一座王宫。说是王宫，看起来却真的很普通。黄先生中肯地说："的确，美国人似乎不太注重这些。"

卡美哈美哈国王铜像也没有什么稀奇，卡美哈美哈国王是夏威夷历史上第一个统一夏威夷群岛的国王。在美国五十个州里，只有夏威夷州有过国王的统治。穿过国会所在的贝勒塔尼亚街就是小白宫州长府邸，那里曾经是12位夏威夷州长的府邸。历史上最后一位夏威夷女王莉莉，也曾住在这个地方。

至此，檀香山市区游览便结束。后面要去的是珍珠港。珍珠港，因为它特有的历史，成为这里最著名的景点。1941年12月7日凌晨，这片水域发生了人类有史以来规模最大的海空偷袭战——日本偷袭珍珠港事件。眺望战役中沉没的亚利桑那号的残骸，感受战争带来的伤害。碧海蓝天下，白云飘荡处，谁能想，它曾有的千疮百孔？纪念是为了告诫，我们可以珍惜的，便只有当下。于是，迎日光灼眼，望永世和平。

吃过午饭，我们没有参加自费项目——欧胡岛北海岸大环岛精华游。上午的匆匆观花，让我们意犹未尽，不如，利用下午的时间，就在檀香山市区走一走，走到哪，算哪。走到哪儿，都是景儿。

时差的原因。这里是12日下午2点钟。而国内是13日的早上8点。不禁笑了，生命就这样延长了。再看看我身上的这件红格子纱裙，已经有十一年的历史。好庆幸，竟然留到现在。这是有多念旧啊！我是念旧的，也是贪新的。对于这里，充满好奇，恨不得一刻不停闲。于是，稍作休整，换了套衣服，便和团里的两位北京大姐在大厅会合，开始我们的檀香山市区徒步游。

刘姐和关姐已年过六旬，心态却很年轻。腿脚利落，体力也挺棒。两个人是老同事，这次结伴同游。刘姐热心、关姐贴心，都是厚道人。于是，三个女人在大熊的带领下，在手机导航的指引下，出发了。

出了酒店，我们向右拐，走出去两百米，便到了一条主路。再向左拐。继续向前。这条主路很长，好似没有终点。一侧是护城河，远处的山似在云雾中，与清澈的河水连绵。另一侧是人行道，边上是房屋，民居或是酒店。每一家门前都是花团锦簇，绿植茂盛，每一片叶子都干净得如同被露珠洗过。关姐和刘姐立刻化身成为小姑娘，在一片缤纷中欢蹦乱跳。原本，我们是想把上午匆匆走过的那些地方好好游览下，却不想，计划赶不上变化。每一处都是美景，每一次抬头都能让人炫目，每一次深呼吸都可以嗅到清透的芳香。那又何必执意找寻什么景点呢？走走停停，发现，又发现。在发现中体会惊喜，体会美丽的夏威夷。三个女人嗨翻天了，全都是拍照狂人。惹得大熊一脸嫌弃地说："旅游不是为了拍照，而是享受风景的美丽。照片又一两张就行了，不要在这上面浪费时间。"

我白他一眼，反驳说："旅游的目的就是为了让自己高兴，每个人的高兴点儿不同。我们是女人，我们愿意留下与美景共存的画面，这，没什么不妥。"

关姐和刘姐抿嘴笑着点头。大熊摊摊手，只能服从。简单的斗争胜利后，我们三个更加尽情释放。两位大姐也是各种卖萌，快乐得不亦乐乎。

最后，走到了一处宽阔的大草坪处，草坪绿得晃眼，我们四个全部躺下，厚厚的云层似乎就在眼前，将我们融入绿色。这处草坪真的很大，像是绿海无边。远处仍旧可以看到云雾缭绕的山峰。

"我们走到山脚下吧。"我很想站在那山脚下，看云，看云中的山。

大熊撇撇嘴说："你的地理知识真是体育老师教的，连这点常识都没有。这看着好像不远，实际上远着呢。估计走到天黑也仅仅是看上去不远。"

"哦。"我耸耸肩说，"干嘛都吐槽体育老师？也可能是语文老师教的。远就不去了呗，在这里看也一样，还更有神秘感。"

瘦瘦的关姐在短暂的共处中，已经被我培训得非常善于抓拍。我和大熊在此打斗嬉闹，却没想到关姐偷拍了一组照片。有我重拳击打他的，有互相捏脸的，有假装含情脉脉的，还有俩人一起咧嘴大笑的……看着关姐手机屏幕上的回放，真的能体会到那种开心。在遥远的异国，在一片绿色中，现实早被遗忘，只有内心深处最真实的渴望，对快乐和轻松的渴望。

忽然，云层变脸，有些昏暗。变天了？即使没变天，也该回返了。因为我们走出来三个多小时了，还想赶回去，到威基基海滩看日落。

在夏威夷，迎着舒服的微风，走了将近4万步。半日的自由行，真是相当尽兴。来到一个地方，未必，一定要去遍这里所有的所谓的景点。就这样，似有似无，谈不上什么目的地走，随处可见的惊喜，内心充满了奔放。都化作一种力量，让人觉得，陌生的地方，却有种熟悉的味道。仿佛这一切都在梦境中经历过。一路走来，有你相伴。拐角处，多少个回忆点？在不同的地方，不同的旅伴，组成了叫作缘分的五线谱。轻轻拨动，爱之回声。一束阳光照来，尽情地释放，命运交响曲吧！

靠两条腿，肯定赶不回去了。我和大熊倒是仍旧有无穷的力量，但两位大姐已经凸显疲态。未来还有很多天，不能太过力。于是，我们决定乘坐公交车回去。这时候，大熊的作用又显现出来了。手机一按，立刻知晓，这附近的2路公交车直接可以到达威基基海滩。只是车站在哪里？正好碰到一位华裔男子，便上前询问。可惜华裔男子并不会说中文，叽里呱啦了半天，我们也没明白。最终，还是靠着手机软件，找到了准确的定位。

下了车，才恍然，我们今天真是走了很长的路。因为足足坐了十几站。这是什么概念？又是什么心态？

"心态就是我们玩疯了，走多少路都不在话下。"刘姐这么说着，脚步却有些沉重了。

因对时间的计算不准，虽然没有真的变天，却也没看到日落。赶到时，威基基海滩已经在一片灯海中。收到领队李先生发来的照片，今晚日落的照片。很美。和大熊约定，明天，要在海滩待上一下午，一定要看到日落的过程。想想，必定是华美绝伦的。

关姐和刘姐顶不住了，俩人先回酒店了。

我和大熊又融进了暮色华灯中。在最繁华的步行街穿梭，在路灯下开怀大笑，在超市里砸吧嘴，在商场门口看着胖胖的女子乐队的表演，在舒畅的晚风中感受幸福。

此时，这里是2016年10月12日晚上，天津则是13日下午，生命真的就这样被延长了，世界真的充满奇妙。好想，不眠不休，留住每一分每一秒。

三、好像爱情又来了
（2016.10.13）

夏威夷，曾是年少时那些港台言情小说里，会被提及的地方，代表着浪漫和遥不可及，根本不敢想象，有朝一日，能够踏足。没想到，如今就成了这么的轻而易举，甚至毫无陌生感。不得不说，一切都在进步。

只是时差的缘故，睡得真的很少。可只要从床上爬起来，便如同打了鸡血，浑身充满了力量。

爱睡懒觉的大熊表现不错，没辜负我的再三唠叨："我和小茹每次出游，都不会睡懒觉，不会错过任何一个地方的清晨，哪怕就在酒店周围走走。"

一直觉得，跟小茹是最佳旅伴。两个风一样的女子看到点儿新鲜事物就会变成疯女人。而大熊骨子里绝对是个疯男人，可有时会故作内敛，便会产生小小的不同步不合拍。上一次的土耳其之行便有这样的教训。这一次，我可是小鞭子不停地甩打，时时刻刻提醒他，绝对不可以辜负旅途中的一点一滴、一分一秒。

敲打也得讲究技巧，我是用相当深情的语气配合着超有感情的眼神表达的。

"我人生的最大理想就是跟你一起走遍全世界。"这样说的时候，自己都很感动。大熊报以会心的微笑。突然我话锋一转，"所以，你丫得让我高兴，别跟我斤斤计较，否则以后不跟你玩了。"

于是，深情变成嬉闹。追逐着，在又一个夏威夷的清晨里。河边漫步，除了满眼的绿和碧空中的白，便是远处云雾缭绕间，倘若仙境般的火山。很想走到山脚下，窥探究竟。然，看似在眼前，实则在远方。

幸好，今天上午的日程里有这个安排。司机会带着前往。

吃过早餐，我们便开始了"小环岛游"。车子驶过一派明朗的街，进入景区。不久，便看到最著名的库克船长登岸地钻石头山，这是一座死火山，同时也是威基基海滩上最明显的一个标志。我们这两天看到的隐约的山脉便是这座火山。当地人多会在清晨来这里跑步登山。我们没有这样的时间，只能在车上看看，便继续驱车前往夏威夷卡哈拉富豪住宅区，从夏威夷立州以来，檀香山居住空间日渐不足，因此这里逐渐成为人口密集的住宅区。在此之前，这里到处都是菜园和猪舍，如今，卡哈拉成为高级住宅区，是全欧胡岛居民最想居住的地区之一。本来很奇怪，富人区有什么好游览的。真的来了，却让我这对物质没有太高追求的人也时不时地目瞪口呆。环境太美了。每座院落都非常清丽雅致，以白色为主基调。院子外种满了各种树木，高耸旺盛。遮掩着内里的真实。黄先生讲解道："美国人很在意隐私，所以，大多数房屋都会毫不留隙地被挡住。真的不要试图靠近，这里是可以私藏枪械的。如果靠近了，被误会了，人家主人拿枪出来，打伤或者打死都是不受法律责任的。之前有个新闻，一对八十几岁的老夫妻，家里进了抢劫犯，抢劫犯打伤了老先生，这时候老太太从屋里拿了枪出来，打死了抢劫犯。怎么样？不追责，死了白死，老太太完全没有法律责任。不过，你们看，这一处最豪华的住宅却没有太多遮挡。"说着，黄先生更加放慢了车速，好让大家瞧个清楚。的确，这座占地庞大，以白蓝色为主的房子，却只有一些盆栽的点缀。敞敞亮亮大大方方的，展示着。

"大家猜猜，它的主人是什么人？怎么与那些豪宅不同，并不遮挡呢？"黄先生继续问。

"肯定是华人富豪。"我低声对大熊说。

大熊也点头说："中西方的差异，即便三代以上的华裔也还是会存在的。"

我们猜对了，它的主人是华人，在美国开了五十多家熊猫连锁快餐厅。餐厅遍布各地，超级富豪。看来，中西方的差异的确很大，并深入骨髓。

在一片兴叹中，我们来到恐龙湾，因远看像是一只趴着熟睡的恐龙，而被称作 Hanauma Bay（恐龙湾）。恐龙湾是海底死火山，火山口的一面受海浪万年不变的拍击而倒塌变成像马蹄的形状，所以又被戏称为马蹄湾。喷泉口，则是由火山熔岩形成的海岸洞穴，又有"黑石喷泉"之称，因长期海蚀，只要一有海水涌入，便会向空中喷出 16 米高的水柱浪花，并伴随着隆隆响声，非常具有震撼力。夏威夷的冲浪胜地自然是白沙湾海滩。在这里，会成就很多冲浪高手。

两山之间的隘口即大风口，坐落在 NuuanuPali 州立公园，是欧胡岛一处著名风景点。贯穿整个欧胡岛东岸的 Koolau 山脉，是创造欧胡岛的古火山残骸。连绵不绝的山峰只在大风口一带出现了一个缺口。无论是人，还是风，都理所当然地把这里作为穿越山脉的最佳途径。夏威夷的 62 号公路，PaliHighway，选择在这里穿过 Koolau 山脉，将岛东北角的两座城市 Kailua 和 Kāneohe 与岛中心火奴鲁鲁连接起来。从这里登高而望，岛东北平原的风景尽收眼底。"大风口"，的确是名副其实。站在那里，虽可一览无余。却也可能被吹到海对岸。至于头发的凌乱，仅仅是它给游人一份最普通的见面礼而已。纵然如此，仍想豪放呼喊，与风声呼应，与浪涛拍击。内心里，再有故事的人，也喜欢这样的归真。

下午，再次脱离团队。我和大熊早商量好，之所以参报这个团，正是因为有夏威夷的两个半天，洛杉矶和拉斯维加斯各一天的自由活动时间。我们是不打算参与自费项目。这一次想体会下跟团游中的自由行的感觉。尽管因为语言不通，我俩基本上无法实现自由行，但，这样的自由活动可以弥补下。

昨天的徒步游虽然非常酣畅，但却错过了日落。今天是观威基基海滩日落的最后的机会。于是，我们不想把自己搞得太过亢奋和疲惫，不再打算暴走。干脆，在酒店休息了足足一个小时，缓解了下时差造成的睡眠不足。才换好泳衣前往海滩。

在夏威夷的大街上，穿成什么样都是正常的。酒店距离海滩也只有十分钟的路程。我的泳衣虽然是比基尼类的，但相对保守，下边是小裙子，上边也有外罩的小衫。腰间系上一条长丝巾，基本看上去就像一条粉色套裙。不过，就穿成这样走到海滩，起初还是有点不自在。很快，迎面好几个衣着更为清凉的女孩走过，自然而快活的。我，便也放松了。

这个季节该是夏威夷最舒服的时候。尽管是下午三点多钟，却没有暴晒和酷热。一切都刚刚好，阳光明媚却不刺眼。温度适宜，下水不冷，沙滩上不热。怎一个恰到好处。所有的一切造就了最好的心情。我和大熊完全地享受着这里的舒适和畅快。大熊近大半年也步我后尘开始健身。去年还因为一身肥肉被冬瓜戏谑为"白花花"，而今穿着泳裤奔向大海，确有点游泳健将的体魄。的确，他的游泳水平还是不错的，自称小时候在海河游过。虽然真假难辨，但倒是见过他在泳池和大海里扑腾。我可不行，连狗刨都不会的我，本想摆个 pose。结果一个大浪过来，把我冲击得面部狰狞，胆小鬼的原形毕露，就差喊救命了。

可这样的瞬间却被大熊用手机记录了下来。超囧的动态图一个不落。真是服了他，不过来救我，只想着看我的笑话。这是有多二？干脆别叫大熊了，还是叫熊二吧。

美好的时光总是过得很快，两个小时很快过去。我俩想走到最宽阔的一片海滩，安静地等待日落。

起身前行，边上的一个年轻的美国男子冲着我俩说了两句。没听懂，便笑笑说了拜拜。可当我俩在最干净的一片白沙滩坐下后，那个男子竟然跑了过来。才发现，熊二少拿了我的一只凉鞋。原来刚刚人家就是在提醒我们，不明就里的我们还美滋滋地挥手告别呢。语言不通真是笑话百出。而这个男子的热情和善意却给我们带来了更多的美好。这个傍晚，定然会有最美的日落。

不可否认，这是一座每一分每一秒，都能够听到海的声音的城市。当晨曦映天，它发出清亮的声音；当朗天日灼，它发出舒缓的声音；傍晚来临，落日余晖，它的声音，是柔媚的。像极了一个动人的女子，娇柔中带了那么一点点不羁。随时，都能绘出一幅入骨的画卷。于是，我们只能聆听，聆听……威基基海滩的傍晚是值得等待的。先是泼墨般的重彩，每一张照片都如油画般，大气而绝美。而当晚霞染红天边，便像是一出绝世的华彩，突然地呈现出落日的瞬间。不错眼珠，异常恍惚？这难道不是人间天堂？

豁出去了，甩掉小罩衫，生平第一次，着比基尼在海滩上奔跑跳跃，追逐着余晖和光影。浑身上下，沾满了细细的白沙。你看看我，我看看你，笑着闹着，爱着这里，爱着彼此。恩，此时，好像爱情又来了。

四、反正也改不了

（2016.10.14）

上午九点就要离开夏威夷，乘飞机前往洛杉矶。尽管李先生一再跟我俩说，威基基海滩是看不到日出的。可地理是体育老师教出来的两个人还是半信半疑。便用在这里的最后一个早上去探究一二。

外面天光微明，已经醒来的我刷了下朋友圈，看到一段话："所谓婚姻大概是……有时爱他……有时想一枪崩了他……更多时候是在买枪的路上，看见他爱吃的东西，就买了吃的却忘记了买枪……回家想想还得买枪。"

不禁扑哧笑出声，真是形象，忙转发给熊二。却不成想，很快，这样的感受就冲入我的心头。

夏威夷的晨是光影结合的，会让人恍惚，是灯光映红了天际还是晨曦羞涩了灯明？海滩是宁静的，偶有鸽子落于细沙，悠闲的，仿佛在自家的后花园。与它逗趣，绝不慌张躲闪，像个挺会讨人欢心的孩童，娇嗔扭摆。倏地，飞走了，带着不可名状的笑意，展一把撩人的技艺。并不会懊恼，只觉平添了情趣。的确没有日出，但，这样的晨也是不可辜负的。

却没想到，因为一点点小事，便破坏了这份美好。由于对一张照片构图的不同意见，我和熊二产生了小小的争执。起初，我还是心平气和的。可他却一展臭矫情的本色，没完没了地吐沫星子乱飞。得，我急了。事态升级。我懒得理他，一个人站在海边，梳理情绪。而这位大哥却在背后偷拍我。然后跟没发生任何不快似的，修图做图，发给我，博赞扬。

我真是哭笑不得。这样的性格真是苦了别人善待了自己。对付这种性格的唯一办法就是不能真生气。于是，我顿时气消了，却没停止教育。变脸比变天都快的熊二一个劲儿地点头称是，态度恳切，还请求我跟他一起再在周边走一走。超级主动地勾肩搭背，任由我一脸嫌弃。

在酒店对面的小咖啡亭子买咖啡，始终没搭理他的我却帮他要了卡布基诺。而他也帮我点了黑咖啡。喝一口，真香。白他一眼说："后面的旅途，倘若再有这样的事情发生，以后，就再不跟你一起出来了。我可有的是旅伴，没有旅伴，现在的我也敢一个人出行。只不过更珍惜和你在一起的日子，罢了。"

"不敢了不敢了。"熊二嬉皮笑脸，"你全是对的，我全听你的。"

好吧，杀人不过头点地，教育教育就完了。反正也改不了。

五个半小时的飞行，从随处可见的蓝天白云，到灯火璀璨的洛杉矶，已是深夜。来不及看清这里，还在留恋着夏威夷的白天黑夜。大都市是繁华的，也会有些喧嚣，像是一步又回到了现实。现实有现实的含义，同样值得领略、品味和屏住呼吸。

五、36000 多步，记录下洛杉矶的一天
（2016.10.15）

跟团旅游，尤其是欧洲、美国，就不要奢求住在多么繁华的地带了。不到偏远的郊区就算不错了。

洛杉矶的酒店挺糟糕，房间不隔音，还很脏。早餐就是咖啡牛奶和甜的齁嗓子的小面包。就这些还不管够。忽然闻到方便面的香味儿，便觉得是世间美味了。原来是旁边邻居在放毒。走道上闲聊两句，知道他们一家三口是来美国自驾游的。租车一天才两百多人民币。为了省钱定的酒店都比较便宜，这一家连国内的快捷酒店都比不上的旅馆，每天三百多元。

"三百多在国内也能住得不错。"我脱口而出。

"不能那样算。"那个妈妈笑道，"在美国不能把美金换算成人民币，否则是会让自己伤心的。"

还真是。前天在超市买了一个面包片，八块美金。折合人民币，就是五十几元，惊得我俩目瞪口呆。当然了，夏威夷的物价就是贵，到了洛杉矶，同样的面包也就一两块钱。还是不能折合。不换算的话，会觉得什么都挺便宜。

这一次，我最牛的一件事，便是事先定好了洛杉矶包车一日游。

这一天的洛杉矶的行程是自由活动，多数团友都跟着李先生去参加自费项目了，195 美金，去环球影城。我们对环球影城没兴趣，也觉得价位太高。出行前一周，做旅行计划的时候，无意中在同程网搜到了洛杉矶包车一日游。1363 元的经济型四人车，提供十个小时的服务，路线自拟，负责接送。同程网海外游乐的客服小杨也非常尽责，每天都在跟进。并且在前两天请司机小伟加了我的微信，便于随时联系。这真的是省去了太多麻烦，也省了不少钱。

车上还有两个空位置，关姐和刘姐便跟我俩拼了车。再次成立旅行小分队，共同投入到洛杉矶一日游。

出行前，二哥旭东给我介绍了洛杉矶的所有景点。暑假时，旭东和静辉带着儿子冠庭，一家三口刚刚来美西自驾游，同时给冠庭看看学校。

旭东特别强调说："洛杉矶你最不该错过的就是圣莫妮卡海滩的日落。"

"可我们在夏威夷要待上三天呢，肯定看过日落了。"我是想，旅途中，能多一些感知，不喜欢重复。

"那怎么可能一样？"沉稳的旭东语气都有些不淡定，"圣莫妮卡海滩，会给你不一样的感觉。"

旭东是建筑师，对美学和哲学都很有造诣，既然他这么说，我便把圣莫妮卡海滩放在洛杉矶包车一日游的最后。一定要看一看，究竟有多美。

不得不赞的是同程网的服务，小杨一直在跟踪追访，错过时差，和我沟通。直到跟司机小伟加了微信，我便和小伟去协商路线。

小伟不到三十岁，来美国已经八年，当年的女友也成了妻子，并且有了可爱的宝宝，一家三口安居洛杉矶。

十点半，小伟来接我们，先去好莱坞星光大道。一路上小伟也在帮我们介绍今天要去的景点：好莱坞星光大道、比弗利山庄、盖蒂博物馆、圣莫妮卡海滩和洛杉矶古城。

"十个小时，这五个景点，刚刚好。"小伟很有经验地说，"一般日落在六点二十分左右，我们是十点半出发，八点半回酒店，所以我建议你们把洛杉矶古城放在最后，如果时间不宽裕，可以在车上看看，毕竟，延时了的话，费用比较高。"

我们点头称是。包车，一旦超过十小时并且是晚上，会提高很多费用。

大约一个小时，便到了好莱坞星光大道。小伟把车开进一条巷子说："美国停车很贵，我就把车停在这边，这边可以免费的，你们回走二百米，就到了星光大道。玩多久，你们自己掌握，回来前告之我就行。"

好莱坞星光大道（Hollywood Walk of Fame）建于 1958 年，是条沿美国好莱坞大道与藤街伸展的人行道，上面有 2000 多颗镶有好莱坞名人姓名的星形奖章，以纪念他们对娱乐工业的贡献。除非偶尔因附近施工或其他理由而更换位置外，大道上的星形奖章位置是永久不变的。每颗星皆由一颗水磨石制成：将其制成粉色五角星形并镶上青铜然后嵌入深灰色的方块中。粉色星形内是刻在青铜上的授奖者名字，在此下面则为一环状标志，代表受奖人领取星星的领域。

第一颗星在 1960 年 2 月 9 日颁赠予琼安·伍德沃德，而中国人最喜欢在此寻找留影的则是国际武打明星李小龙的星章。想找到李小龙的星章很容易，只要看哪里中国人扎堆儿就行。

果然，在距离中国大剧院不远处，看到很多国人在兴高采烈地拍照比 V，脸上皆是自豪。我们四个立刻同流，找准机会，合影留念。

只是，除此之外。星光大道并没有给我们太多的新鲜感，除了人多，就是有些凌乱感。没有像小伟说的很可能遇到好莱坞的大明星，而几个小景点也毫无特色。说得残忍些，这也就是日渐萧条的和平路，连繁华时期的滨江道都比不上。半个多小时，我们就萌生去意。

看到我们这么快就回来，小伟略显吃惊："我们时间还算充裕的，你们不用像跟团似的那么赶。"

"非常不赶落了。"我们异口同声地笑着回答，"再待下去，就是浪费时间。"

好莱坞星光大道，并不想追逐明星的气场，只想走一走，看游人来来往往，放空内心的渴望。半个小时足矣。

小伟笑了，说："那好，那我们就去往下一站，比弗利山庄，著名的富人区，非常美的地方。"

只是，最近的一条，也是本该最顺畅的街道却意外阻塞了。只能绕行。摇下车窗，看到一队着统一服装的游行者，有老有少，庄严肃穆。我忙拍下这一幕，拍下这些为了川普摇旗呐喊者。美国真是一个热情四溢的国家，大选牵动着每一个人的心。

比弗利山庄是举世闻名的全球富豪心目中的梦幻之地，位于洛杉矶西部，坐落于清爽宜人的太平洋沿岸和比弗利山山脚下。比弗利山庄虽然面积不大，但却是一个城市，有民选市长、警察局和消防部等职能部门，也是好莱坞明星和洛杉矶富豪们居住的地方，到了这里就像进入人间仙境一般。有"全世界最尊贵住宅区"的称号，是洛杉矶市内最有名的城中城。驱车上去，一片绿色，遮掩了富豪的生活。我们尽量从容，不表现出刘姥姥进大观园的窘态，悠闲地在大街小巷观览。并不羡慕，确有惊叹，世间一切，都有可能。但只要是叫作"家"的地方，不管是比佛利山庄还是西青大寺，都一样是温馨的。

比弗利山庄内很重要的一条商业街便是罗迪欧大道。走到那，会穿过一个跳蚤市场。人们把自己不再需要，又比较完好的物品拿到这里来交换或者贩卖。一下子，为这里增添了不少烟火气。

　　跳蚤市场和罗迪欧大道相距不过几百米，却是天壤之别。罗迪欧大道，包含了所有南加州最名贵的店家，而且每一间名店，都有其独特建筑风格。这里的名言是："买东西不要问价钱，问了就表示你买不起。"好吧，我们承认买不起，别说问，连进都不进，看看，饱饱眼福，也很满足。所有名牌珠宝与服饰在这里找到最华丽的展示所，每家店面均布置得金碧辉煌，气派泱泱如美术馆。而近年来开张的"RodeoDrII"，更为这条名店街增加了60%的零售面积。其室内设计耀眼夺目，有手雕大理石配合黄铜大门，擎天的拱柱将喷泉突显得更加气势不凡，它是世界最贵的购物商场。果然，里面没什么人。哈哈，我们笑着路过，甚是有点儿幸灾乐祸。终于找到小伟说的那辆停在路边的豪车——亮黄色的劳斯莱斯。未能免俗地跟所有游客一样，在车前摆出各种pose，暂时想象成自己家的。罗迪欧，奢侈品的天堂，做个过客，笑看名车驶过香包无数，爱着自己的温饱安康。

　　车子又驶过比弗利山庄，繁而不杂，闹中有静，一抹玫红耀心房。不错眼珠的望着窗外，放空了思想。突然，肚子咕噜噜，才发现，该是吃午饭的时候。我们决定尝一尝美国的麦当劳，李领队说过，这里的麦当劳肯德基也是有别于国内的。

　　和小伟站在柜台前，望着餐牌上的栩栩如生，咽下口水，更觉得饿了。眼巴巴地望着小伟，希望他能速速帮我们点好餐。可小伟却微闭上眼睛。停了好一会儿，才喘了口气点了五份套餐并加了培根，要了两份麦乐鸡。饮料是超大杯子，自己去取，可以无限续杯。

　　坐定了，开吃了。小伟才说："刚才有点晕了。昨晚收工就很晚，从我家到你们那儿比较远，怕晚了，也没吃早餐，真的是饿晕了。一饿，就有点低血糖。"

　　"啊。"我特别抱歉地说，"你早说，我们就早点吃午饭了，或者先帮你买点，这样太危险了。"

　　"没事的。"小伟喝了一大口橙汁说，"其实也习惯了。在美国，生存很容易，像我们这样的，一个月收入三、四千美金，养家糊口绰绰有余。只是，必须付出辛苦。"

"在哪儿都不容易。"熊二若有所思。这两天,我俩正在琢磨着文化移民,但移民后的生活却是需要仔细考量的。小伟的话,无疑给我们泼了盆冷水。人生的重要决定绝不应该是冲动的选择。

一套牛肉汉堡下肚,竟然有一种幸福感。很想小心翼翼地说真是太好吃了。要知道,平素这些都被我视为垃圾食品,不是万不得已肯定不会吃的。牛肉饼鲜嫩细滑,新出锅的薯条香酥无比,特别是那些甜酸辣酱,哇,满足所有口味。

吃饱喝足,我们继续出发。大家都非常关切小伟的身体状况,不仅为了自己的安全,也是出于对一个身在异国的同胞的关怀。小伟气色红晕很多,说:"放心吧,现在元气恢复。"

那还等什么?前进吧。

南加州大学。来到南加州大学,重温校园的清新,让自己最深处的童稚隐显。

刘姐毕竟是六十八岁了,始终记不住校名。熊二的歪门邪思真不少,说:"你们就记住,南瓜加粥。"

"南瓜加粥,南瓜加粥……"刘姐和关姐一路上不停地念叨,最终,俩人乐开花说,"记住了记住了,南瓜加粥大学,南加州大学。"

校园是安静的,简单的拾级而上,体会着莘莘学子的奋斗和成就。路遇一对老教授,热情地跟我们打招呼,不停地指指画画,介绍着,带着一脸的骄傲。大学校园,不管多久的历史,都有着属于青春的印记。

从南加州大学出来,继续往西,沿着405号州际高速公路不远就可以看到:绵延不断的圣塔莫尼卡山脉的山崖上,矗立着一群奇特的建筑,就是闻名遐迩的洛杉矶盖蒂中心,它是一座集匠心独具的建筑、园艺、绘画、雕刻和摄影艺术品于一体的私人博物馆,总耗资达十亿美元。它是洛杉矶一个重要的标志性人文景点,是一座非常现代化的美术博物馆,一个艺术研究中心和一所漂亮的花园。

鸟瞰洛杉矶全景的盖蒂中心是由世界一流建筑师理查德·迈耶设计的。简洁的线条,明快的色调,自然的采光,室内天井与室外花园浑然一体,开放的空间集具细腻与粗糙的和谐美感。保罗盖蒂因石油致富,二十三岁即成为百万富翁,培养出他出类拔萃的文艺鉴赏及收集艺术品的雅好。这样的私人博物馆,足以领略超级富豪的公益之心,还可享受伫于高顶处,俯瞰洛杉矶的小惊诧,一切的一切,都那么渺小。

进出都需要乘坐小火车。旅途中永远有惊喜。七旬老人推着一位花白头发,瘦瘦的,肤白颊红,眼睛清透明亮的老妇人。我们以为是一对老夫妻,却原来,是母子。真是惊诧不已。老妇人已经九十三岁,标准的民国才女。最早的一代留学生。

"每周,儿子都会带我来一次盖蒂中心。"老妇人声音清亮,神采奕奕,"我喜欢看这些艺术品,我不服老的。其实我腿脚也还好的,是他们非要推着我。我当年留学后回国了,后来又来的美国,我的孩子们孙辈们都会说中文的,有的甚至还会说上海话。"

老妇人滔滔不绝,吐字清晰,粉红的口红告诉我们,她仍有一颗少女心。不得不说,在这位老妇人面前,我们都是落伍者,思想和外表统统落伍。不得不说,老妇人确有时髦的资本。虽然岁月无情,却可依稀看到她当面的貌美如花,关键是那颗不老的心。其实,老妇人更像是传统思维下的法国女人,优雅自信,只是老妇人还多了一份柔美温情。大约真的是走过那个年代的知性美女才会有的风采,依如林徽因。

依依不舍地和老妇人告别,她甚至给予我们拥抱。我有一种想流泪的冲动,不知为何,却又异常清晰。不过是匆匆过客,却一定会影响到我们很多很多。

从盖蒂中心出来,不到五点钟。小伟好心地建议说:"距离日落差不多还得有一个多半小时,从这边过去用不了十分钟,不如再去下别处。"

我不假思索地摇摇头,说:"我们就直接去吧,万一今天日落提前了呢?"

熊二鼻子一哼,抢白我说:"日落能提前一个小时吗?有点自然常识好不好?"

"不会提前的话,我们就等着,等待的过程也是美好的。"我仍旧坚持,不知道为什么,我就是觉得今天的日落会提前。我不想错过。

到了圣莫妮卡海滩,我们四个人立刻涌入人群。第一次,没有因为人潮涌动而厌弃，相反，完全有一种世界在此浓缩的感觉。伫立在桥上，远望，鸽子轻快地飞跃，白沙滩上的人影攒动，一号公路在想象中变得无比亲和。

一转身，刘姐不见了踪影。我们忙四下去找，这么多人，真的走散了，可不得了。距离十几米，看到她正跟一个画着中国国旗的女人合影。脸上神色慌张，怯生生地问："是二十美金吗？"

那女人标准京腔："对，二十美金。"

"怎么回事？"我走过去。

刘姐却匆匆塞给女人二十美金，拉着我就走。

"不是叮嘱过你俩不要轻易跟人合影吗？街头合影的都是要收费的。可这二十美金也太离谱了。"我忍不住数落她。

"别说我了。"刘姐可怜兮兮，"我忘了你叮嘱的话，她特别热情地过来跟我拍照，我以为就是帮忙的呢？"

"什么人呀。"我挺气恼，"理解她们谋生赚钱，可也不能瞅准了老太太下手呀。"

"不说了不说了。"刘姐双手作揖，"钱不重要，多看两眼美景弥补过来。"

看着非常沮丧的刘姐，我忙话锋一转说："没错，我们下去，我帮你多拍些照片，弥补损失。"

这只是一个小插曲，这个小插曲，丝毫没有影响到圣莫妮卡海滩的盛世美颜。

圣莫妮卡海滩，醉美的落日，让脑际瞬间空白，如走入幻境的情痴，傻乎乎地忘记了自己，探寻究竟的同时，已无力回首。定于此地，忠于此刻，入世、出世，皆绚烂。

顾不得拍照，只想把这画面死死定格在眼中脑海。无疑，旭东说的没错，圣莫妮卡海滩的日落绝美。最重点的是，真的不到六点就出现了，几乎比平日提前了四五十分钟。如果不是我的坚持，根本就不可能看到这样的华美画面。熊二再无话说，我只好很不情愿地收下他膜拜的"双膝"。第六感，就是这么牛。

晚上八点，回到酒店。关姐径自上楼休息去了。我们三个又请小伟送到距离酒店有四千米的沃尔玛。终于看到平民超市，跟夏威夷比起来，简直就是两个世界。同样的面包片，相差五六块美金。便宜、齐全，二十四小时全天营业。只是，出来的时候却看不到出租车。我们决定步行回去。没走多久，刘姐开始嘀咕："路太黑了，会不会危险？这还得走多久呀，早知道我就不出来了……"

我看看她背后的双肩包，里面有两大瓶子她刚刚买的水。于是，我接过她的包说："我帮你背包，这样你轻便点儿。"

天呀，这两瓶水得有多重？这得有多考验我的力量？足足走了五十分钟，走回酒店，我的双肩已经不听使唤。狼吞虎咽下半包方便面，好几年没吃过的东西却在此刻给了我无穷的内力，哈，可以写一篇文章论方便面的重要性了。

洛杉矶的一天，旅行者，也是运动健将。36000多步，记录下这里的一点和一滴。

六、Good night, Las Vegas！
（2016.10.16）

不知道为什么这样安排行程，只在洛杉矶待了一天，便一早赶赴拉斯维加斯，而两天后再回到洛杉矶。

从洛杉矶到拉斯维加斯，天空仍旧湛蓝，绿色却被黄沙取代。沙漠，是渺远的代名词。隔着车窗，看着地貌的变化，嘴角溢出微笑。就喜欢经历这样的不同，一成不变并不抗拒，如果有变化有不同，那就更心满意足。

洛杉矶一日游的司机小伟发来微信："方姐，正好我一个同事送人去拉斯维加斯，他说如果你们能组上四人团，便可以做一次拉斯维加斯夜游，每人三十五美金。"

我怦然心动，要知道，参加夜游拉斯维加斯的自费，要收取八十美金。可有了昨晚刘姐的踯躅难行，熊二不想为了组团而担负太多责任。我俩一合计，干脆，自己夜游。正好明天的一整天的自由活动，我们也没有参加大峡谷的自费，而是在来之前便在同程网，由客服小杨帮着定了当地大峡谷一日游，费用相差近三倍。但，因为我们住的地方比较偏远，距离接送的拉斯大道还得有十公里，所以，我们必须明日一早自己赶到集合地点。熊二建议我俩把夜游和寻路合二为一，以寻路为主，确保明日的大峡谷一日游。

别说，拉斯维加的酒店虽然偏远，却还是很有档次的，房间大而整洁，一整面的落地窗，可以看得很远，看到远处的楼宇看到湛蓝的天际。心底一下子减缓了舟车劳顿的疲态。一楼的赌场，则告诉我们这里的生活本质。

与我们一起去过澳新和土耳其的旅伴二叔在微信里留言：必须要在拉斯维加斯赌一赌，哪怕二十美金，也不枉去过。

我把熊二推在老虎机前，慷慨地掏出五十元美金，豪气冲天地说："玩吧。"

熊二的眼中放光，大约没有哪个男人不具备赌性，即便被我称为"财迷不会过"的熊二。但他还是又把钱推给了我说："现在最重要的是去寻路，等回来后有时间再玩。"

说着，便专注地查询路线。哇，那一刻，熊二的形象便无比高大了。没有哪个女人不会崇拜把电子产品玩得溜溜的男人。很快，熊二查好了路线，激动地说："太好了，酒店门口就有到集合地点的车，那是拉斯大道上一家有名的酒店，那一带超级繁华，还有很多表演，公交车是二十四小时的，什么时候发车、到站都有明确的时间，并且两个人只需要四美金，如果打车的话，怎么也得四十美金。又省了十倍呀。"

"耶！"我也高兴得仿佛发了财般的。

还等什么，即刻出发。公交车超级准时，五点四十分上车，六点二十到了集合地点。拉斯维加斯的夜来得还是蛮早的。刚认完路，在那家酒店的赌场里转了一圈，再出来，便已经是一派沸腾。人群中，各种肤色各种语言，却因彻夜的灯火通明，将现实拉得很近很近。拉斯大道，各种欢快。每个人，都像是豪赌大赢般，开怀得没有天理。细究内里，却不知有多少人，已然囊中空空？拉斯维加斯，最好的诠释了，今朝有酒，今朝醉。不管怎么样，来了总要小试一把。也算是种经历和体验。ok, lets go！

手牵着手，走在拉斯大道上，看美艳的女郎热舞，瞧飞人从头顶轨道划过，巨大的骰子灯前惊叹三秒钟……时间在不知不觉中溜走。亏了公交车是二十四小时的，忘了时间的两个人，在夜半，乘坐专车般的双层公车返回了酒店。并不累，却怕影响明日的重头戏——大峡谷一日游。集合时间是六点半，为了不迟到，必须提前些，必须让时间充裕些。好吧，已经凌晨，尽管赌场仍旧有太多奋战的人，但，作为过客的我们，还是道一声晚安吧。

Good night, Las Vegas！

七、顺利而归，他说啥是啥
（2016.10.17）

世界奇景对于我们的吸引力有多大，完全可以从仅仅睡了三四个小时，却能毫无障碍性地起床、出发而看出来。

闹钟是四点四十分，却在四点钟已经清醒地睁开双眼。没有一丝犹豫和倦怠，洗漱打扮。迎接新的旅途。

公交车实在太准时了，枉费了我们早下来二十分钟，生怕错过的心思。可因为清晨太过于清静，昨晚四十多分钟的车程，这会儿只用了二十几分钟。距集合时间，我们足足早到了一个小时。好在，在拉斯维基，是不会感觉寂寞的，通宵的赌场、咖啡店，让再多的时间都很好消磨。尝尝美国的星巴克，没有比较就没有伤害。我只想告诉星巴克的忠实拥趸闺蜜大冬瓜，消费卡别再续了，等一年后，陪儿子来这边留学，再喝个痛快吧。

六点半，大巴车准时启动，我们在导游兼司机叶先生的带领下前往大峡谷。叶先生是个胖胖的男子，来美国也十年了。原本对他颇有意见，因为昨日跟他联系的时候多一句都不回答。同程网的客服小杨还说要帮着投诉他，但，见到面，听了他的介绍，便多了些理解。

"你们昨天给我打电话的时候，我都在工作中，我的工作是开车和导游讲解，所以不可能特别耐心地回复你们，真的请多原谅。希望我们这一天开开心心地去，安安全全并心满意足地回。"叶先生说着每日都会重复的话，却让我们体会到了一个在异国他乡安居乐业的人内心的状态，工作、生存，为了养家糊口而周而复始。

而叶先生一不小心流露出来的乡音，让我和熊二一惊。哇，天津人呀。窗外晨曦渐明，车内因为同乡的缘故叶先生在侃侃而谈："对呀，我天津人，以前住河东大桥道附近，十年前来到美国，拿了身份后接来了老婆孩子，卖了天津的房子，在这边买了房，便安居下来。"

"想家吗？"有人问。

"谈不上啦。"叶先生回答得很中肯，"一家三口全都在这儿，这儿便是家了。如果想回国，就休假啦。我们这些移民时间不算久的华人有一个共性，赚钱的时候非常努力，毕竟要生活，想休息想休假想回国探亲也毫不犹豫。毕竟当初移民也是希望过得更轻松。"

眼睛是最好的相机，可以无限内存的摄入所有的美景。科罗拉多大峡谷位于美国亚利桑那州（Arizona）西北部，科罗拉多高原西南部。是世界上最大的峡谷之一，也是地球上自然界七大奇景之一。科罗拉多大峡谷（The Grand Canyon）总面积接近 3000 平方千米。大峡谷全长 446 千米，平均宽度 16 千米，最深处 1829 米，平均深度超过 1500 米，总面积 2724 平方千米。这些惊人的数字，只有真正身临其境才会感知到它的意味。"科罗拉多"，在西班牙语中，意为"红河"，这是由于河中夹带大量泥沙，河水常显红色，故有此名，在大峡谷中，有 75 种哺乳动物、50 种两栖和爬行动物、25 种鱼类和超过 300 种的鸟类生存。整个国家公园是许多动物的乐园。我们这一日要游览的是西峡。西峡分三个区域，每隔五分钟会有一趟游览车，游客自由上下。第一站是牧场，比较光秃，甚至觉得比不上张北草原的牧场。于是，不耽搁，迅速离开。乘车前往老鹰岩。

老鹰岩（Eagle point）在距离科罗拉多河 4000 尺的高空，鹰峰对于当地的 Hualapai 人们来说，是大自然给予的庄重礼物。在这个由大自然雕琢的鹰峰理想观赏点，可以近距离感受到天与地不断碰撞出的完美大峡谷景象。我本心是很想乘坐直升飞机俯瞰山谷的。旭东他们来的时候，只有辉没敢乘坐直升飞机，而旭东是这样描述的："登上超大全景窗的直升机，直升机在峡谷岩壁之间穿行并从峡谷边缘直降 4000 英尺下到谷底，会领略到大峡谷令人窒息的神奇和美丽；在峡谷岩壁间穿梭翱翔，俯瞰峡谷的千沟万壑，层层断面的斑斓色彩是人生不能错过的回忆。随后换乘游船沿着科罗拉多河顺流而下，沿途更是可以欣赏大峡谷的优美风光和壮丽景象。结束游船行程后，直升飞机再次带回峡谷边缘。此时，会特别恍惚，刚刚那一幕幕是现实还是梦幻。可惜，辉恐高，错过了这些。"

更为恐高的还有熊二，坚决拒乘直升机。这个事情上，我没有坚持。因为他恐高是假，害怕是真，我恐高可是真的。当初在斯里兰卡攀登狮子岩，就那点儿高度，我都拿出鱼死网破的劲儿头了，还必须摘掉眼镜，只看眼前。但，我不想熊二错过玻璃桥。来到大峡谷，怎么也要感受下建筑史上的杰作"天空步道"，感受下它给人带来的一个与众不同的峡谷冒险体验。跨越 70 英尺以上的大峡谷边缘，露天的全透明玻璃走道，游客可以在位于 4000 英尺以上的科罗拉多河上"空中漫步"。玻璃桥是让游客真正从 720 度全方位欣赏大峡谷的壮美景色。玻璃桥的设计者曾经这样说："我喜欢翱翔于大峡谷的雄鹰，我的视线跟随鹰的踪迹，身体被大峡谷围绕。"

"去吧，去做一只雄鹰，暂时别做熊二。"我认真地说。

这一次，熊二没有固拗，将双肩包交给我，雄赳赳气昂昂地奔着玻璃桥而去。可是，没过十分钟，他就回来了。峡谷边儿找到我，十分后悔地说："三十五美金白花了，一点儿不刺激。超级短。"

"真的吗？"我睁大眼睛，"刚还听她们说好恐怖呢。还说景色超级震撼。"

熊二耸耸肩，说："没觉得。总之还不如四处看看。"

峡谷边儿人渐多，风又大，安全起见，我们先去对面的旷野。在这里，陌生人都会彼此微笑点头，自然而然地帮着对方拍合照。不管语言是否相通，全都热情高涨。

尽管叶先生给我们安排了四个小时的自由活动时间，但，在景致中，所有的时间都是稍纵即逝的。很快就该午餐了，我们将凭借着手腕上的标签在最后一个景点蝙蝠岩就餐，享受由当地印第安人烹制的正宗的印第安风味的烧烤。没想到，这一餐还是很美味的，硕大的鸡块和糯糯的土豆泥，还有印第安小伙子们露着一口白牙齿的愉快微笑。

这里，真的是可以亲身感受到当地华拉派部落的印第安人的风土民情。当地印第安人尤其尊重自然以及祖先遗留下的遗产，始终保留着它的原汁原味。站在峡谷边，向前一步，神仙也会变成天使。但是，在这里，最勇敢的，就是那些中老年中国妇女们了（国际上被称之为中国大妈）。手持相机的男人们，都在不停地惊呼:"别再往前了,别再往前了。"而女人们超级淡定,搔首弄姿的,一派无所畏惧。这大约就是男女的差异吧!女人对美更有渴望。

而我更是大胆出奇,竟然站到一块巨石上。镜头中,简直就是和峡谷平行了。而实际上还有几米的距离。再渴望刺激,也不能"玩命"。即便如此,也被熊二一通呵斥:"上去就上去了,别再金鸡独立了,怎么就成愣头青了。"

可我刚一下来,一个大妈就立刻上去了,超级模仿秀,也是金鸡独立。我们欢笑成一片。拉斯维加斯,科罗拉多大峡谷,见证了女人们的奇迹。对美的渴望的奇迹。

而在等车回返的时候,却遇到了两位沮丧的阿姨。

站在孤零零的一株枯树下,很失望地说:"我们花了260美金参加的自费项目,可觉得真没什么意思,不如张家界。"

的确,跟领队参加自费都需要260美金,而我们提前预订的当地一日游只需要80美金。想想,我们的领队李先生人真的不错,他肯定很清楚我们自行安排了,却没有一句怨言,只是叮嘱注意安全,并且表示只要我们玩得好,他觉得更好。无疑,李先生是个素质极高的领队。看着这两位年过七十的老人一脸的不悦,我心里又想到妈妈。于是,跟熊二商量了下,再等一班车,然后我俩带着两位阿姨向前走去,帮老姐俩分别拍了一组照片还拍了若干合影。两位阿姨终于绽放笑颜,说:"这下子值了,至少有这些可以留念。"看着她俩心满意足了,我们方挥手告别。

我和熊二彼此看了眼对方,挑眉而笑。在助老这一点上,俩人很一致。这大约就是求同存异中的"同"吧。

好人有好报。回到拉斯维加斯还不到四点钟,车上有几个女孩子请叶先生将她们顺路送到奥特莱斯。我俩一听,异常欣喜。要知道,明天一上午的团内奥莱之行,是属于自费项目,要交八十美金的,尽管李先生把一趟奥莱改为了两趟,那也相当于一人四十美金。

美金是节省了。可拎着大包小包徒步行走在漆黑的拉斯维加斯的夜里,我的心都提到了嗓子眼儿。不知为何,做事小心谨慎的熊二却不害怕在美帝走夜路,尽管领队说过多次了,这里发生抢劫案并不稀奇,灯火通明的不夜城那边倒是没关系，特别不能走的就是夜路。

有惊无险，还是熊二的手机导航起了作用，走了三十分钟，找到了公交车站。坐上车，心妥妥地放下了。

熊二一副大无畏的嘴脸说："跟着一米八五的大高个在一起，别人怕你才是。"

好吧，顺利而归，满载而归，他说啥是啥。

八、一盒冰淇凌，沁润心房

（2016.10.18）

不得不说李先生真的是一位素质极高的领队。我坦承前一日已经去过拉斯维加斯的奥莱。李先生并未多言，只是交待我们需要在十一点半到酒店门口，他会和司机一起回来接我们。

这么多次的出国跟团游，数土耳其的领队小党和李先生人 nice。其实，很理解领队努力推荐自费项目，说起来，谁都需要挣钱养家。但，受不了不合心意就冷言冷语，甚至鼓动团友的。以前也遇到过那样的领队，而李先生还是非常谦谦君子的。

大家去奥莱血拼，我跟大熊径自奔向酒店对面的沃尔玛。还是通过手机搜索，熊二发现不足两百米就有一家二十四小时的沃尔玛。不换算的话，美国超市里的东西实在是太便宜了。买了一个28寸的旅行箱，不过七十美金。把这只箱子全部填满了，也才几百美金而已。逛着逛着，看见团里的牛大哥。牛大哥也七十岁了，总是腰背挺直，语气很冲："你们俩也没去奥莱？不去就对了，凭什么花钱买东西还得给他钱。"

我和熊二勉强笑笑，没敢多言。生怕一句不甚，大哥再向我们开炮。

拉着箱子回到酒店，看见另几位没去奥莱的团友已经在大厅等待。跟熊二差不多高的张大哥主动迎上来说："你大姐没让我去，我早知道你俩也没去，就跟你们出去逛逛了，现在还有半个小时，我帮你们看着行李，你俩想玩就去小试下身手。"

哇，到哪里找这么好的大哥？不愧跟熊二是本家。别说，这几天，张大哥和他家美美的大姐姐已经跟我俩组成最佳旅伴。大姐姐虽说已过六旬,但是模特般的身材,超凡的气质,故,我没忍心叫她张嫂子,而一直叫大姐姐。哈哈,这一叫,便没了一丝乡土味儿,才合称她的高雅不俗。

没想到,来到拉斯维加斯,直到快离开的时候才有时间坐在赌博机前,刚搞清楚玩法,还没投进多少钱,李先生便回来接我们啦。谈不上输赢,也没有恋恋不舍,这些,就图个乐子。

傍晚,再返洛杉矶,晚霞、日落、绿树、灯光……买上一盒冰淇淋,浸润心房。

九、在漆黑的车里,赶紧眯一觉

(2016.10.19)

想要看到最美的风景,自然就要付出一些代价。这十八天,要经历四次内陆飞。而从洛杉矶到黄石小镇,要在菲尼克斯中转,再飞盐湖城,之后乘大巴,还要四五个小时的路程。

这整整一天,飞机,大巴车,舟车劳顿。虽然有心理准备,却仍旧比预估的更加狼狈。特别是中转的时候,飞机晚点,几乎必定会耽误后边的行程。李先生碎碎念地祈祷:"别再晚了别再晚了,否则真赶不上了,那可就麻烦了。"

万幸的是,从菲尼克斯下了飞机,机场的工作人员告知,飞盐湖城的那班机的登机口改在了旁边,所以,尽管还有一分钟,但,我们一转身,就从这架飞机到了那一架。大家悬着的心都放了下来,脸上露出舒展的笑容。

却不想,行李迟迟不到。美国机场的各种服务真是让人无语。好不容易来了,马哥和马嫂发现他们的一个行李包两个轱辘都碎了。我们好生奇怪,这得使出怎么样的洪荒之力才能弄成这样?李先生忙去帮着备案解决,赔偿是必须的,但却不是立刻。

终于要上大巴车了。低头一看,哎,我们的一个箱子的把手也掉了。算了算了,都出来了,没办法了,也不想让已经疲惫不堪的大家久等。只要能尽快到达黄石小镇,直接把把手卸了也成。

却不想,又是足足四五个小时的车程。随着温度的降低,景色也在变。傍晚时分，沿路的风景如画，稍微慰藉了我们零散了的玻璃心。只是车窗阻挡了镜头，便不能完全地表现出它的原态。呈现出来的照片略打折扣，却仍旧惊艳。如油画般，尽收眼底。当一片漆黑，距离黄石小镇上的酒店仍有三个小时。狼吞虎咽地吃下汉堡薯条和墨西哥饼。想想，美国人大约就是这样胖起来的。明天零度，很冷。在漆黑的车内，赶紧眯一觉。为了美景，值得！

十、斑斓黄石，体会绝妙
（2016.10.20）

看到美丽的景色，所有的辛苦都化为乌有。

不，准确地说，当清晨醒来，走出酒店，在稍有些寒冷却无比清透的世界里深深呼吸时，便彻底忘记了昨日的风雨兼程。

独自参团的卢姐，与我在酒店不远处的栅栏前遇见。脸上都是欢欣的笑，不约而同地说："空气真好，这里真美。"

车子驶过，风景如画的黄石公园，让人心激荡。这是世界上第一座国家公园，占地面积九千平方公里。那是什么概念？几乎是半个天津。偶尔可见大肥牛、鹿、黑熊，甚至野狼，冒个头，勾引一下大家的注意，调皮地卖个萌。随处可见的，则是那些枯朽的树木，任性的，或横或竖，躺卧在山坡上、溪流边、岩浆处……没有人去清理。美国人的观念是，这些，都是自然而然的演变，就任其自由自在地风化，才符合规律。特别难得的是，人并不多。据说游客的数量是有限制的，近期，每天不会超过二百人。对自然景观的原汁原味的保护，是来到这里的每一个人最入乡随俗的表现。前日下了大雪，今日天公作美。太阳高照，光束闪耀。把黄石衬托得更加色彩斑斓，烟雾缭绕。

在黄石公园内的第一站，我们先来到诺里斯（Norris）景区，这里是黄石公园泉水最热、最活跃、最多变的地区之一。清晨凉爽的空气拂面，让人为之精神振奋。晨雾与地热构成一幅氤氲的水雾画，远远近近的薄雾围绕身边，五彩光晕幻化其中，一路走来几乎不会有什么人，很有些走入仙境的感觉。我很想更加靠近，便探身站在桥檐边儿，被熊二气愤地拉过来说："我看你是要疯，没听刚才李先生说的，真掉下去，立马融化其中了。"

我还没来得及反驳他，就看见大姐姐气鼓鼓地走过来说："这个老张，偏说我选的景不好。"

"大姐姐，别理他们，咱俩玩。"我嬉笑着。

大姐姐也乐开花，说："对，咱们自己玩，还不搭理他们呢。"

话是这么说，很快，便又会合。忘记了刚才的分歧，一个个全都变为有艺术追求的摄影师。特别是马哥，热情指挥着我们，帮着给大家拍合影。一时，我们又变身成为演员，在如织如画的场景中，演绎着热烈和温情。

接着前往黄石公园内最精华的部分峡谷区（Canyon Country）、黄石峡谷(Yellowstone Canyon)与黄石瀑布(Yellowstone Falls)。在峡谷内健行，眼前的黄石河陡然变急，冲开四溅的水花，形成两道壮丽的瀑布，轰鸣着泻入峡谷。两道瀑布冲刷着峡谷岩石，可如油彩般的色彩不会被冲刷褪色，反而在朝霞下更见鲜艳。

峡谷区 Artist Point 瞭望台，风景优美的瞭望台和交织的黄石峡谷边缘山路成为峡谷区（Canyon Country）的主要亮点。因为昨日的积雪，路有些湿滑，却无法阻挡大家欣赏美景的欲望。没有脚步慢缓的，全都是呼哧呼哧地快速向前，寻找着最好的角度、方位，为自己和这样的奇景留下最完美的画面。

离开峡谷区，去观赏泥火山(Mud Volcano)，又是另一番景象，平静时如一潭死水，喷发时则泥浆涌动，酸雾密布。这里是黄石硫黄浓度最高的区域，喷发的洞窟旁边，形成了一个个硫酸湖，湖边结着许多黄色的硫黄结晶。而豆浆池(Fountain Paint Pot)，以及依颜色和水温而排列的气孔喷泉(A Fumarole)也是生动溢彩。

接着我们将去到中途景区(Midway)，游览大棱镜泉（Grand Prismatic Spring）、七彩池(Grand Prismatic Spring)是黄石公园的标志性景点，也是众多彩池中最大的一个。开阔的水面因不同的温度和菌种，形成极其恣意艳丽的颜色，仿佛是上帝的调色盘一般。而火洞河(Firehole River)则呈现出黄黑的颜色，是因为它的河水中含有大量硫物质。

最后，前往最有名的老忠实泉（Old Faithful）间歇泉，间歇泉区最好地表现了公园的地热特征，分为上间歇泉盆地、中间歇泉盆地、下间歇泉盆地。

整整一天，在清透的公园里，体会到的是绝妙。

十一、不是牙膏，是假牙粘合剂

(2016.10.21)

我原本是超爱喝咖啡的。但后来不知道怎么回事，喝了咖啡就睡不着觉了。而来这里已经整整十天，每天早上都得喝两杯不加糖不加奶的黑咖啡，不仅不影响睡眠，还提高了我的精气神儿。

咖啡、冰水，我的胃都能接纳，也是早餐必备。只要有这两样，就算只有面包片，也觉得可口。一边吃一边给熊二讲："你记得之前播讲过我的《一路走来，一路盛开》那本书的青岛电台的主持人陈勐吗？春天的时候跟他新婚妻子来美国度蜜月，曾经自驾在一个公园里逗留了两天，当时说没有信号没有人烟，只有他俩和车，应该就是黄石公园。只是，当时我没太注意，没看清楚。"

"也可能是今天咱们要去的大提顿公园。"熊二说，"这个公园也很大。"

李先生说在黄石看喷泉和峡谷，在大提顿则是看水看山。果然不错。穿过黄石，大约一个多小时，便到了大提顿国家公园。虽然没有黄石的大气磅礴，却因雪山的清灵、湖水的碧蓝，而更多了一份童话的斑斓。站在湖面前，方觉手中的任何摄影器材都是毫无生命力的，只有眼睛，才可以记录一切。

不过，熊二还是发挥了为艺术不顾一切的精神，几乎趴在地上，拍出了一张全景图，并且将跟前的积雪摄入其中，产生了意想不到的层次感。李先生探头看到，也不由得惊呼，忙叫我转发给他，他要珍藏。熊二有些沾沾自喜，心情大悦，更加积极主动地帮我拍照，任由我一会儿穿上外套一会儿脱掉，一会儿又用大披肩做点缀，竟然没有不耐烦。看来，捧杀在任何时候还都是有效的。我要好好总结，还是用捧杀的方式让他乖乖为我效劳，少一点实事求是的表达，以免让他泄了气，没了劲儿头。

驱车前往盐湖城，一路风景一路迷醉。傍晚时分，在盐湖城的中国城用晚餐。浓郁的中国风，不禁让人产生错觉。这是在美国还是在国内北方的某个城镇？

原以为这一天就这样过去，不算辛苦，也得尝所愿。未料，到了酒店后，我们竟然又组了五人小分队。因为几乎每天都要换酒店，马哥和嫂子搬着坏箱子实在困难，索赔一时也不可能，他们便急于买一个新的箱子。

"我看你们在沃尔玛买的这个就不错，便宜，还是布的，不怕摔。"马哥指着我们的箱子说，"你俩给查查，这附近有沃尔玛吗？有的话陪我们去一趟。"

熊二立刻拿起手机。哈，那一瞬，好像一个特工在通过电子程序分解难题，平添几分帅气。

很快，查出来了。附近的超市都太小了，而最近的大超市确是一家沃尔玛，距离酒店三千多米，需要走四十几分钟。

是打车还是徒步？打车的话，我们四个再加上也想跟我们一起去的李大哥，五个人就得两辆车，真的不合算。再次强调，美国打车很贵的。并且今天的整个行程很轻松，身体里还有很多能量。尤其是我和熊二，每天都健身的俩人反倒很想走走。李大哥不到五十岁，军人出身，应该能应付这来回八十分钟的步行，关键是马哥夫妇，毕竟都是六十岁的人了。

马哥把头摇得跟拨浪鼓似的说："别小看我们，我们这些年，每年冬天都会开车去海南，转年四月份再开车回来，在天津的时候，每天都去银河广场快走，最少走上一个小时。这点路途对于我俩，那就是家常便饭，不在话下。"

那还等什么？夜游小分队出发吧。

五个人，我便再没有和熊二走夜路的恐惧。这回，只有别人怕我们的份儿了。真是有说有笑，不知不觉，四十几分钟就过去了。一片灯光处，终见沃尔玛。脚步更加轻快。

平素，就喜欢逛超市。自从有了网购，已经多年不逛街了。唯一可逛的便是超市。喜欢把琳琅的物品放入小推车，不计后果地据为己有的感觉。每次出国旅游，也喜欢逛当地的超市。澳洲、欧洲和美国的超市都有一种任煮妇心驰骋的感觉，一切应有尽有。马哥二人很快买好了箱子，一大一小，108美金。马嫂豪爽地说："你们尽情买东西吧，回去就都装在这两只箱子里，拉着走，不费劲儿。"

瞬间，我们变成欢快的兔子，在各个货架间穿梭。

一个小时后，真的塞满了两个箱子。五个人打道回府。

同样的路，因为更加畅快的心情，反而觉得短了很多。事实也是，回来比去的时候快了五六分钟。真是买到东西精神爽呀。特别要称赞的就是马哥和嫂子的体力，两个人还真不是吹牛，自始至终，就没有一点儿掉队的迹象，可见平素的运动是多么重要。

可笑的事情发生了。由于没意识到美国的酒店是不提供牙膏的，所以我只带了一个快用完的牙膏，怎么节省，也坚持不到归家时。所以，熊二刚一进超市，就买了一只小牙膏。

丫也是贪图新鲜，有新不用旧，立刻就用起了新牙膏。正等着他发表评论，却看见他张着大嘴走出洗漱间，一脸惊觉。

"怎么了？"我凑近观瞧。

"沾——上——了——"他不能合嘴，含含糊糊地说，"这不是牙膏，不知道是什么，我可能中毒了。"

我推着他回到洗漱间，让他赶紧洗干净。好半天，他才喘了口大气，抬起了身，嘴巴也能合拢了。

"你当时不是查了吗？"我嫌弃地说，"究竟是什么东西呀？"

"等等，"熊二又拿起手机，"我认真查查。"

很快有了结果，假牙粘合剂。

我俩笑弯了腰，笑得抱倒在地。还能不能再搞笑些？不懂英语真可怕呀。

夜，是静的。静是美的精髓。聆听，心在歌唱。笑在心房。

十二、旅途中，需要一些当机立断

(2016.10.22)

不知不觉，美国之行已过大半。而此时此刻，小茹也于十九日到了加拿大。我俩戏称："虽然未能同行，但咱俩离得越来越近，还没有什么时差。"

每天早上，我们都会互通一下行程，发一些昨日的照片。不得不说，加拿大的枫叶太美了。尼亚拉加大瀑布在周围一片艳丽的色彩的衬托下，呈现出无与伦比的气势。点燃人们足够的热情。

"就是因为这么美，所以，即便没有找到旅伴，只身一人，我也要来。"小茹的言语中是无尽的欣喜，"真的是太美了，每一天都在激动中毫无睡意。不过,如果与你同行,就更好了。其实,真的很希望我俩一起,你可以帮我梳各种发型,拍一张张超级文艺范儿的照片。"

是呀,我和小茹虽然是在旅途中结识的,但,多次同行后,早已是朋友。最重要的是,我俩真的在很多方面都有共鸣。非常理性、极度现实,却心怀浪漫和无尽的对美好的追求。

熊二"哼"了一声,假装吃醋地说:"两个贪图享乐的女人,对了,你俩不会是有同性恋倾向吧?"

我把手搭在他的肩上,说:"哥,自信点儿。我俩真的只对男人有兴趣,她爱老刘,我爱熊二呀。"

熊二昂了昂头说:"这还差不多。"

得,几天下来,丫已经彻底接受了新的名字——熊二。

清晨,透亮的清晨,又是一个艳阳天。从黄石到盐湖,又从冬天来到了初秋。

我们先去观瞻犹他州政府议会大楼。远远望去,拜占庭式的圆顶,在太阳光的照耀下,光彩斑斓,绚丽辉煌。其规模和形制可与华盛顿的国会山庄相媲美。于翠绿的草地间抱膝而坐,侧了头,享受片刻的夺目。说是片刻,因在此仅是逗留,须赶在九点去参观摩门教圣殿。盐湖城是摩门教的全球总部,而摩门教是美国最富有的宗教之一。所有的女性义工都称为姐妹,在两位摩门姐妹的带领下,我们走进圣殿。殿内华丽,回声清亮。了解了摩门教的历史与其独特教规,少了神秘,多了祥和。

忽然发现,关姐和刘姐分开行动了。结伴而来的老姐俩不知为何产生了分歧。想了想,没有去调和。很多时候,很多人,都是缘分。或许外人的劝说还适得其反。这是我这几年成熟些后更加通晓的人情世故。

刘姐和另一位团友在一起,我便去陪着关姐。在夏威夷的时候便知道,关姐至今独身,而刘姐刚刚失去老伴。其实,这样情形的老姐们儿,真的不该因为一些鸡毛蒜皮而不理不睬。互相爱护、互相关照、互相为伴,会是彼此的福分。不过,两位姐姐都是善良之人,相信,眼下的不悦必定是短暂的摩擦。

中午,要搭飞机去纽约,再做空中飞人。赶往机场前,来到被称为美国的

"死海"的大盐湖，欣赏这西半球最大的咸水湖。只是，咸味儿浓烈，湖水全无。碧蓝天际下，是如细腻白沙般的盐。走在上面，好像穿越到了古代的大漠，不知何时，便会出现天外飞仙。干枯却也有干枯的美，沉睡的，渺远的，一不小心便可忘记自己是谁的无边空旷。一直坐在我后边的微信名叫"小姑娘"的姐姐特别热情地跟我合影。这一路，她的善良都会在不经意间表现，比如说总怕我穿得太少会冷呀，看到窗外的美景提醒我不要错过呀……"小姑娘"也年过六旬，依稀可见年轻时的俏丽模样，说起话来也非常实诚："退休了，跟老姐妹们一起到处走走，看中国大妈刮起世界风。"

"中国大妈，所向披靡。"熊二凑过来，坏兮兮地说。把一众中国大妈逗得笑开怀。

菲尼克斯转机后，还需要飞五个多小时才能到达纽约。而我的机票还出点儿问题，没有座位号。李先生跟我解释道："美国的航空公司跟我们不同，大多是赔钱的，所以内陆飞都不含餐，并且很多乘客的机票上会没有座位号，因为他们怕有临时退票的，会出现空座，所以会卖出去很多无座的票。等真的没有人退票，无座票真的无座位时，他们会劝说一些不太着急的乘客改签，多给一些折扣。"

"这是什么逻辑思维？"我有些搞不懂，甚至觉得很可笑。

李先生耸耸肩，说："就是这样，这是他们的思维方式。总之，我不喜欢美国，不然的话我当年留学后就不回台湾了。"

"为什么不喜欢呢？美国还是有很多值得称道的地方，尤其是环境。"我有些好奇。

"台湾的环境也很好呀。"李先生笑了笑，话音一转，"主要是我二十出头刚到美国的时候，这里把我深深伤害了。"

原来，当年李先生来美国留学，也是投奔在美国开餐馆的姑丈。结果，到美国还未满一周，就发生一件可怕的事情，几个蒙面持枪的抢劫犯冲进餐馆，把李先生一家人全部用手铐铐起来，抢光了所有的现金和值钱的东西。

"这么恐怖？这么嚣张？"我睁大眼睛问。

"就是这样的，在美国并不是奇怪的事情。"李先生继续说，"我一直强调安全，真不能一两个人走夜路，尤其是一些地区。就在我们离开拉斯维加斯的转天，一个中国领队被抢匪枪杀了，两个抢匪，抓到一个，另一个跑了。抓到了也没什么用，美国没有死刑的。再说有死刑又怎么样，被害者也不在了。所以说，很多国人对美国充满向往，而我这种真的生活过的，觉得偶尔来玩一玩就好了。定居的话，未必是最适宜的。"

　　过客，多数只会看到匆匆而过之处的美妙，而一些问题，是需要时间去发现的。本就是过客，也无需多发现问题。

　　而现在的问题是，五个多小时的飞行怎么会比以前多次更久的飞行还疲惫不堪？睡也睡不着，坐也坐不稳。不得不说，美国内陆飞的飞机内部很低配。座位之间的距离太小，别说一八五的熊二，即便是我，都难以伸开腿。再说美国人都是人高马大的呀！

　　终于下了飞机，接机的司机是一位梳着白色长马尾的六十岁左右的华人。看见他的一瞬间，我跟熊二都愣住了，继而相视大笑，刘先生的造型和长相太像不久前大热的网剧《余罪》里面的老大了。真不知道他的白发是不是故意染的，反正没有满头白发的老态，反倒十足潇洒。

　　从机场到驻地，一个多小时。路越来越黑，我知道，这是被拉到新泽西的郊区了。马哥夫妇颇感庆幸，瞧这意思，后边住的酒店，也很难找到步行四十分钟就可以到达的超市，幸亏已经买了箱子，不然恐怕难有机会买到这么价廉物美的。

　　跟团旅行，还真的需要一些当机立断。

十三、这世间的灯红酒绿，大抵如此吧
　　（2016.10.23）

　　纽约，是美国人口最多的城市，也是全世界最大的都会区之一——纽约都会区的核心。逾一个世纪以来，纽约在商业和金融方面发挥着巨大的全球影响力。纽约是一座世界级城市，直接影响着全球的经济、金融、媒体、政治、教育、娱乐与时尚界，另外联合国总部也位于该市，因此纽约也被公认为世界之都。

早餐后乘车前往华尔街，这里有纽约证券交易所和金融铜牛。铜牛前，多是亚洲面孔的游客在释放热情，摸牛头、牛肚子甚至牛屁股。我没有加入其中，而是站在街头，望着林林总总的楼宇，有一些恍惚，这就是华尔街？随着人流，漫步在华尔街，望着行人匆匆，有一种莫名的紧迫。这种感觉并不是我喜欢的，更接近大自然的、更返璞归真的，才是我的最爱。

一个半小时的自由活动时间，多数团友跟随李先生去参加自费的乘船观看自由女神。我俩则溜达到曼哈顿南街码头，位于纽约曼哈顿下城的东河岸边。走到南街与福顿街交叉口的南街海港之后，会发现这里的低矮旧建筑、海港码头是如此的亲近人群与活力四射。入口处排着长队，望不到头的队伍，都是要乘船近距离观看自由女神的。这样看来，虽然跟李先生去乘船要比自己买船票贵很多，但也情有可原。毕竟可以直接登船，否则，这长队是会排到傍晚的。

沿着河边走，一处开阔地儿，没有什么遮挡物，也可以看到自由女神。用手机镜头拉近，还很清晰。人们熟悉的自由女神像(Statue of Liberty)，正式名称是"自由照耀世界之神"，它是美国国家的纪念碑。今天，它更加深入人心，成为全世界民主自由的象征。雕像高约46米，垫座约27米，腰围约10米，而女神那未露笑容的嘴约1米宽。尽管是非常著名的女神像，却不能激发我太多的情怀。反倒是喜欢坐在东河边，迎着阳光向布鲁克林桥微笑。桥梁，永远是连接内心与现实的纽带。布鲁克林桥在蓝天白云碧海的映衬下，竟然有一种娇媚的光芒。

阳光真好，闭着眼，享受微风徐徐，秋意盈盈。这感觉让我俩心情大悦，忘记年龄，如一对少男少女般牵手、奔跑、嬉戏、扮鬼脸。那一刻，真的，爱情好像来了。哈，不是矫情，很多时候，遇到感情危机的两个人，真的可以选择一次旅行，一个遥远的，没有一个相熟的人的地方，一个清静明透的地方，很可能，在那种安静的时光里，在没有外界干扰的情形下，在只有彼此可以相依的世界里，爱情就会再次光临。当然，大多数人也是需要的，因为爱情早在柴米油盐中变成和弦里老化的那一根，无法再弹出和谐的音。而旅途就像是一个万能的修理师，总有办法将这样的老化修复一些。一些就好。毕竟生活不全靠爱情，但，没有情却会失色很多。而如果连这样的旅行都不能带来转机，那只能承认——缘分已尽。

背靠着背，仰着头，天空似乎很低，低到眼前，伸手，便可触摸到云层般。

伴着一声口哨，看到李先生带着团友们回来了。李先生喜欢用口哨声聚集大家，让我想起七八十年代的台湾电影里，口哨、吉他，料想李先生也是一个文艺男。却不想，温和的文艺男还是与牛大哥发生了口角。原来牛大哥他们也自行活动去了，却没有在规定时间回来。李先生批评了几句，牛大哥的牛脾气上来了，大声吵嚷着："你不就是因为我们没有参加自费才这种态度吗？我告诉你，我经常出国，我什么没见识过？该花的钱我花，不该花的，我凭什么让你赚？"

李先生张大嘴，喘了好几口大气说："你这个人，这是跟我杠上了？我什么时候因为你们没参加自费而为难你们了？我都可以理解的，所有的安排都是公司的安排，我作为领队必须要向你们说明，参不参加是自己的意愿，绝对没有勉强，更不会刁难。怎么就这么不讲理了？"

牛大哥更气了，更大声地吵嚷。这也引来其他团友的不满，纷纷指责他过于计较。

最后，还是李先生妥协了些，先停止了争执，才平息了事端。

我冲着熊二撇撇嘴，摇摇头。我理解牛大哥，却也不赞成他这样对李先生的态度。而究其原因，还是沟通的问题。我和熊二也没有参加任何自费，但与李先生相处融洽，人家也没给我们脸色看。因为我把所有的想法直接跟李先生说得清清楚楚，而得到理解，便更尊重这样的领队。如此，便没有矛盾了。当然，能够沟通，这也需要双方的努力。

旅途中总是会有这样那样的插曲，却不能阻碍我们的脚步，影响我们的心情。继续前往联合国总部，当然，我们只能外观。著名的联合国大厦 (The United Nations)，高 550 英尺，由一组建筑师花了六年时间设计完成。会议大楼里有安全理事会会议厅、经济及社会理事会和托管理事会会议厅，这里是一块不属于任何国家的"国际领土"，也有太多的国际事宜在此被讨论研究。站在楼下，心里却很空乏，想起爆红的段子手薛之谦的那句话："我最大的心愿就是世界和平。"

和平，对于每个人来说都意义非凡，会让我们有空有闲，能够体会阳光的明媚，能够无忧无虑。

午餐后，便来到世界闻名的购物天堂第五大道，闻名全球的纽约第五大道过去一年的租金上涨38%，以年租金每平方米7.4万元人民币名列第一，成为全球最贵的购物街。尽管如此，还是有很多名牌企业设法把自己的分店开到这条纽约市最繁华的街道，向股东和潜在投资者展示着自己的实力。我和熊二逛了两家店，便果断地向中央公园走去。

中央公园号称纽约"后花园"，被第59大街（59th St.）、第110大街（110th St.）、5路（5th Ave.）、中央公园西部路（Central Park West）围绕着，坐落在纽约曼哈顿岛的中央。纽约中央公园是一处完全人造的自然景观，里面设施浅绿色亩草地、树木郁郁的小森林、庭院、溜冰场、回转木马、露天剧场、两座小动物园、可以泛舟的湖、网球场、运动场、美术馆等。不只是纽约市民的休闲地，更是世界各地旅游者喜爱的旅游胜地。中央公园斜对面就是著名的苹果店，挤满了世界各地的游客。只是普通游客很难排队买到心仪的物品，这便让黄牛党有了用武之地。价格便也凭空多了一百美金。

快到集合时间了，我们便溜达着向集合地点走。却在一栋大厦下看到了一片沸腾的场面，很多人在慷慨激昂地演说，很多人在挥拳鼓掌。大甩卖？不可能呀。正好李先生从后面走过来，笑着说："这就是特朗普大厦，特朗普就在楼上，这些是他的拥趸，在演讲拉票。"

我笑弯了腰，竟然把选举拉票当成了大甩卖。特朗普要是知道了，一定会冲上拳台疯狂打拳，以平息自己的气恼。

到集合地，需经过气度非凡的洛克菲勒中心广场，这是城市的和平绿洲，飘扬着联合国的159面彩旗。在广场与5号大道之间的人行道两侧，呈现的是一个又一个的花圃。

洛克菲勒中心（Rockefeller Center）是一个包括十九幢大楼、占地二十二英亩（89029.6平方米）的建筑群。全国电视节目播送基地大都在这儿，国际许多公司的总部也设在这儿。在这里，真的可以体会到那种万众合一。

纽约，这座现代化的大都市，与北京、上海、巴黎大同小异，繁华也拥挤，摩天大楼，各种旗帜。自由女神和第五大道，的确是展现了它的两个极致。

夜来了，第五大道，霓虹闪烁，车水马龙，高楼大厦鳞次栉比。这世间的灯红酒绿，大抵如此吧！

十四、马不停蹄地逛逛逛、买买买

（2016.10.24）

早上醒来，看到读者群的一位身居美国的妹子的留言，问我对纽约的印象。

我不假思索地回答："不喜欢。"

那妹子立刻发给我一个笑脸，然后说："其实纽约的秋天是很美的，只是你们去的商业区不是你喜欢的所在。"

或许吧，只是，这就要离开，自然再也不可能发现纽约的秋之美。

但，万万没想到，车子刚刚驶出不久，我们每一个人便开始屏住呼吸。司机刘先生大声说："都不要睡觉，都不要聊天，欣赏美景吧，这一路，会美得让人窒息。"

刘先生所言非虚。从纽约到布法罗，车程八个小时，竟然没有感觉到疲乏，因为一路上的风景足以驱散所有的倦怠。秋天，本就是一个美丽的季节。而这里的秋天，因为蓝天，因为白云，因为黄绿红，不同颜色的树叶飘零，而更多了一份绚烂多姿。还能怎么美？还要怎么美？秋天是深邃的，深邃到可以让时光停留，停留在此刻。

下午4点半，到了尼加拉小镇。又从梦幻回到了现实，在奥特莱斯，四个多小时马不停蹄地逛逛逛，买买买。不用吃晚饭，也觉得饱饱的，因为好满足。

十五、再美的景色，也只能用眼中的深情留住

（2016.10.25）

当车窗外水汽缭绕，我们便离尼亚加拉大瀑布越来越近了。世界七景之一的尼亚加拉大瀑布，跨越美国和加拿大。据小茹说加拿大那边会更加震撼。但我们从美国这边所看到的，也足以惊心动魄。磅礴的水汽蒸腾，与厚厚的云絮融合，宛若仙境。浪涛翻滚，击打清鸣。似有仙女于浪花上蜻蜓点水，莞尔一

笑,又飘然而去,只留下白衫掠过的淡淡香气。傻傻的,僵了身体,定住了目光,不能动,望不尽。只有两岸的树木,习以为常的风吹叶动。太阳出来的刹那,沸腾的,是每一朵浪花。再美的景色,也只能用眼中的深情留住。匆匆的游客,总是要离开的。一路踩着枫叶,一路相伴相随。真的能抛却所有的烦绪。

团里的几位大姐在议论她们刚刚遇到的一位北京老太太,七十岁,来美国自由行一个月了,还背着大米,并且不会一句英文。

我正将信将疑,李先生笑着走过来说:"刚才那个北京老太太,太有意思了,她用汉语问渡口的美国人公交车站在哪里,弄得那几个美国人一头雾水,还好我经过,当了次翻译。这个老太太也真是奇人,还真有胆量。除了谢谢一句英文都不会,就敢独自一人自由行,都走了大半个美国了。"

还真是如此,我真想见一见老太太,想必她的背后一定有故事。只是,车要开了,只能错过,但,老太太却已成为姐姐们不停感慨的对象。

还让我们感慨的,是那些美国老人。

中午在中餐馆吃自助餐,看见好几位美国老太太老先生,颤颤巍巍的,连拿盘子的手都是哆嗦的,弓着腰,取了食物聚在一起用餐。

这一路上,中餐、晚餐基本上都是自助,如果不是天天吃,算是丰盛而美味。而每到一个自助餐厅,都会看到一些老太太老先生。这一次,我好奇地问老板娘:"这些老人是不是就是附近的居民?"

老板娘是浙江人,很温和,说:"在美国,很多老人都是独居,本身她们就不怎么会做饭,也就是吃面包沙拉,所以,便喜欢来我们这种自助餐馆,十美金左右会吃到很多东西,有时候,我们还会给老人优惠打折,他们就更喜欢来了。有养老金,足以支付。也不会给别人添任何麻烦。那边那个老太太都八十八了。你看,还抹着大红的口红呢。顿顿不少吃,就喜欢吃我们餐馆的炒米饭和炒米粉。"

老板娘说完,笑了,很骄傲的笑。而我却若有所思。这些老人让我大开眼界,从他们的脸上看不到儿女不在身边的落寞,一切都是那么自然、正常。他们接受着老去,接受着孤独,这难道不是人最了不起的品格之一吗?

又是五个小时的车程,傍晚时分,终于抵达了布里斯堡。这座只有5万人的城市，是无比安静的。也好，那就让我们的心，也跟着一起，静一静吧！

晚安，芬芳的夜。

十六、大约是有国会，在给它们撑腰
（2016.10.26）

早上，拉开窗帘，秋色炫目，是那种最喜欢的罩了一层雾气的黄。虽然只有四五度，因热爱，而不觉寒冷。我门来到好时巧克力加工厂，这个拥有百年历史的巧克力品牌，垄断着整个美国的巧克力市场。镇上的所有居民几乎都是好时的员工。他们把这里打造成属于自己的快乐王国。如果不是因为天气这么冷，游乐场会成为孩子们的乐土。走进摆满了各种巧克力的好时展厅，便仿佛嗅到了甜的味道，那种甜能让人焕发青春，甚至回到童年。想起曾经的起士林巧克力，那可是当年的珍贵。

在各种巧克力间，中国大妈们的能量彻底释放。每个人都买了满满一筐，给孙辈送朋友。女人就是这样，无论到哪里，心底都有太多的牵挂。

我和大姐姐算是例外，我俩更钟情于这里充满童趣的布局和那些巧克力的可爱的包装。大姐姐让我抱起几块足有一尺长的超大型巧克力，说："方方，你就张大嘴巴，做出特别想拥有，拥有了特别开心的样子。"

"好咧。"我立刻配合。两个仍有着少女情怀的中老年妇女在自娱自乐间诠释着另一个自己。

不远处，张大哥和熊二是一脸的无奈。

结账的时候，"小姑娘"问我："方方，你发现没，这里和超市里，收银员都是老年人。那边那个老太太都七十四岁了。"

的确，我也早就发现了，收银员几乎都是老人。那么那些年轻人去哪里了呢？这个问题只能请教李先生。

"年轻人会去做一些高精端的工作，比如金融、科研等。"李先生早已见怪不怪，"老年人会觉得还能做力所能及的工作说明自己还有用，年轻人会想着发挥自己最大的能量。他们都觉得这样很好，各自安好。"

观念不同，想法不同。我妈妈七十九岁了，每天都会骑着三轮车去买菜，还要做一日三餐。我就特别心疼，总怕她累着。美国的孩子恐怕只会说："ok,ok!"

　　下午，带着满满的"战利品"，来到首都华盛顿。这座政治文化中心，拥有着林肯纪念馆、华盛顿纪念碑、国会大厦，当然还有白宫。林肯纪念馆聚集了很多年轻人，他们充满虔诚，也充满朝气。几个漂亮的美国小姑娘，还主动跑过来跟我合影玩耍。阳光明朗的笑容，充满了感染力，让我的心也更加跃动。白宫和想象中的有很大悬殊，谈不上富丽堂皇，却是戒备森严的。房顶上有很多狙击手，只能远观。不知道就快卸任的奥巴马，此时是否正在里面办公？国会大厦，在夕阳的映照下，倒多了几分气派。而前面的草地上，有很多小松鼠，自由自在地蹿来蹿去。上前挑逗它们，并不惧人，甚至满是不屑。大约是有国会，在给它们撑腰吧！

　　夕阳西下，华盛顿的夜是质朴的，因由着它的历史，不需要奢靡，不需要霓虹。而我们的美国之行，也即将结束。走马观花，还有很多地方没有去到，但并不觉得遗憾。旅途和人生中的其他事情一样，不可能面面俱到。到了，感受了。狠狠地爱着了这一段的经历，就该知足。

十七、Goodbye，America！

　　(2016.10.27)

　　这么多天，第一次不需要早起，却还是早早醒来。

　　十点钟要赶往机场，行囊已经收好，时间便显充裕。吃过早餐，悠闲地，踏过酒店前的一片绿地，毫无目的溜溜达达地前行。不久便走进了一个生活区，楼房构造简单，草地树木，让这里的人迹稀罕多了些许生气。在路边站一站，在草地上坐一坐。深呼吸，全都是清晨的味道，干净透明，好像一下子梳洗了妆容，浸润了心脾。

　　我和熊二更紧地拉住彼此的手，即使是站在枫树下，也是手牵手。旅途中，爱情会时不时地闪现。心会变得柔软，人会不知不觉地表现出温情。回到家中，过起朝九晚五，便难有这样的情致。没准，在某一个瞬间，还会产生对彼此的咬牙切齿、耿耿于怀，将美好暂时遗忘，就剩下挑剔和不满。那么，好好珍惜此时此刻吧。这样的记忆越深，那样的瞬间便会越短。

旅客终将别去，没有什么不舍，下一个行程，又会去到一个崭新的世界。既然凡所未知的远方，都是值得一去的人间天堂，便永远充满了希望和向往。雨中，淅淅沥沥的小雨中，Goodbye，America！

十八、一路走来，感恩无限
　　（2016.10.28）

　　从华盛顿飞芝加哥，转机，到北京。前前后后，整整折腾一天。而这一路的辛苦却被很多的美好取代。

　　关姐扭了脚，李先生帮她找来轮椅，小卢姐姐便成为关姐的看护，我也会去帮忙，其他人也很关心。关姐是超级怕给别人添麻烦的人，面对大家，充满感激。

　　等待登机的时候，一位大姐坐到我身边说："我刚和我老伴儿说，那两个年轻人真好，这一路上总是那么热情地帮助别人，现在你们这样的年轻人不多了。"

　　我竟然有些不好意思。真的不年轻了，真的是举手之劳，却赢得别人如此的赞赏，这便是人与人之间的真诚吧。

　　漫长的飞行，李先生和马哥、张哥畅饮起来，庆祝这次行程的圆满，感恩着美好的一切。

　　熊二忽然间心脏不舒服，他原本心脏是有些问题，但坚持一年的健身后，已经大有改善。只是，我把他的药打包在了行李箱里。正不知所措，身边的小卢姐姐成为及时雨，一小瓶速效救心丸递到我的手上，说："这些小药我都备着，旅途中救了好几次人呢。"

　　熊二吃了药，好多了，又能贫嘴了说："如果没有小卢姐，你就有谋害亲夫之嫌，我的药得随身带！以后别忘了，不是每一次都能遇到小卢姐的。"

　　小卢姐笑开花，脸色泛红，充满光彩。

　　旅途中，真的会遇到很多人，发生很多事。这些美好，会永远记得。

　　一路走来，感恩无限。

方心蜜建：

1. 初次去美国，建议来一趟较为全面的，比如我这次的东西海岸、黄石公园、夏威夷十八日，虽然走马观花，但却对美国有了一个总体的认知，为今后自由行积累了经验。

2. 如果行程中有自由活动的时候，完全可以在国内先报好当地的一日游，或者干脆包车，省钱还方便。

3. 要多换些零钱，美国是讲究给小费的国家，酒店餐馆都需要付小费，入乡随俗，是必须的。

4. 虽然说一年四季都有不同的美，还是建议在秋天出游，秋天本身就有一种浓烈的美，而在蓝天白云、遍地枫叶的衬托下，美国的秋天会更加醉心。

5. 安全是很重要的问题，夏威夷治安很好，但其他地方，入夜后，绝不能独行，至少要三五成群。

6. 很多景点都有热情地招呼游客拍照的，如果不想付费，千万别应和，不然，会给自己带来麻烦。

7. 美国国内的内陆飞不提供食物，如果时间较长，备点吃的是有必要的，但安检很严格，听好要求，不然，至少会没收食物，并重新过安检，非常浪费时间。

8. 夏威夷一年四季气候宜人，准备好比基尼，充分享受阳光海滩、微风乐曲，滚一身白沙，自由自在。

9. 购物的时候别犹豫，没有时间反复琢磨考量，运动品牌是真心便宜，买了就是赚了。

10. 黄石公园早晚温差大，注意好保暖，不要怕麻烦，可以带着外套，冷的时候是真冷，会有彻骨感，暖的时候便在不知不觉中让穿着棉服的身体发热。

11. 拉斯维加可以赌一把，小赌怡情。

12. 大峡谷感觉上还是挺危险的，不要为了拍照就大无畏地奋勇直前，选好角度，也能拍得不错。乘坐直升飞机感官会好很多，应该很值得。

13. 尼亚加拉大瀑布非常震撼，还是乘游船更直观，渡口的工作人员会发给游客一次性雨衣，但，湿下身也颇有趣。

  14. 打车很贵，最好提前绑定信用卡，下载优步，会便宜很多。而实际上洛杉矶、拉斯维加斯等大城市，公交车都是二十四小时的，时间精准，完全可以代步。

  15. 汉堡类可以吃上一次，味道还不错。中餐自助非常丰盛，但都是一个口味的，品种也差不多。超市里的水果种类又多又便宜，牛油果好吃到爆。但，千万别换算，一换算，幸福感就降低了。

后记
它，被我心底的快乐阻挡

  前两天，巴厘岛之行中结识的小兴兴发了条朋友圈，晒了下北京市居住登记卡，我们一众旅友皆祝贺。兴兴和他美丽爱笑的妻子是一年多前的蜜月游中与我相识的。两个人大学毕业后便北漂在京，如今，总算有了初步的安稳。

  今儿，亚坤在朋友圈说她订婚了。我在恭喜之余也颇感慨。亚坤也是在那次旅途中认识的九零后小妞，漂亮时尚，有点儿小叛逆却又超级贴心可人儿。那时，我们都很奇怪，这么人见人爱的女孩子竟然没有男朋友，还都猴急猴急地想帮她介绍。

  转眼一年四个月，人家不声不响，便订婚了。其实，并不算"闪"，只能说人生的每一个阶段都是早已被安排好的。只要我们按部就班地做好自己，便会有最好的结果。当一切未来之前，急不得，也不必急。

  就像是我们的每一段旅程。有的是计划了很久的，有的是说走就走的，有的是意外收获，但路却都在自己的脚下。

  想来，短短的三年半，却拥有了近二十段旅途。每一段，都有难忘的经历，有值得纪念的地方，有会一直记得的人。每一段，都会让自己成长，好的坏的，照单全收。精进的是自己对于旅途的认知，对人生的希冀，对大千世界的万象万物的热爱。

  我常想，什么才是最好的生活？而我的答案是，没有变化的就是最好的。周而复始，跟从习惯。而我的周而复始里，自然要有一路走来的繁花似锦。生活可以平淡，却不能乏味。而旅途就是平淡生活里迸发出的一首时而缠绵时而激昂的钢琴曲。人，总得有些贪心。倘不过分，便成为追求。就像亚坤，没有放弃寻找情投意合的良人，便有了眼下的幸福准新娘。

去过的地方真的不少了。若问我下一站去哪儿？却一时语塞。九儿、波波、小茹都有很多想法。可能是去的地方多了，见的多了，眼花缭乱，一时难定，但宗旨没变——哪都想去，去哪都好。

小茹这一年自己去了肯尼亚和加拿大，在我的朋友圈开展过的一次风景照大比拼中，她拍摄的加拿大魁北克一条小巷的枫叶照获得最多好评。我戏称这是她自我突破的一年，独自做游侠，感受到了不一样的情怀。

在厦门生活的东北女子袁静和阿霞都经历了一次省亲之旅，北国风光在她们的眼中、照片中呈现出更多的温情。每一寸土地都溢满了情谊，捧起的是落花，融入心扉的是故乡的点点滴滴。

二叔和虹姐各自因为家事而未能如期实现自己的计划行程，但，却把更多的爱给予了家人。

小美从厦门回来后就上班了，高强度的讲师工作让生活充实了很多，却也失去自由。决定年底辞职的她，必须要来一次放逐身心的远游。是芽庄还是北海道？是感受热带风情，还是冰天雪地的通透？

赵二很开心，因为大熊变成了熊二，便觉得跟她彻底地有了亲戚关系，都进入了"二"族。北京的短暂之旅，仅仅是一个起点，往后，还会一起去到更多的地方。

而我那快七十九岁的妈妈，仍旧希冀着来年再给我当"助理"，随我走天涯。

当然，还有熊二，每一次远游，都会获得重新恋爱的感受，在遥远的异国他乡，在只有彼此的世界里，产生那么一点点的升华。

想到这些，会微笑。一路上的"你们"，不管是爱人、家人、朋友，还是初识的旅伴，一路走来，惬意温暖。

喝一口黑咖啡，看不到窗外的雾霾，它已经被我心底的快乐阻挡。

2017 年 2 月　完稿

一路上的"你们",精彩纷呈

夕阳下,容颜娇艳

(旅伴 宋亚坤)

我是"亚坤",没错,就是那个被作者祝福,刚刚订婚的九零后小丫头,噢,不,应该是小女人了。

2015年9月8日,我和妈妈在首都机场见到了这次巴厘岛同行的朋友们,大家欢声笑语,很融洽,好像一家人,熟悉着彼此。

可能因为我是这个大家庭里年龄最小的,团友们都比较照顾我,对我都非常好,当然,我也会甜甜地叫着哥哥姐姐,哄着大家开心。跟方姐和小茹姐一见如故,大抵是因为我们爱摄影爱臭美吧!我和方姐可以不吃饭、不睡觉,可以被暴晒,可以在船上被浪晃得东倒西歪,但是绝对不可以不照相!我们对摄影态度,可算是严肃。出的照片张张经典,爱不释手。

在船上准备浮潜前,我很紧张,但看着海水,清澈之极,很是透亮!我犹豫之间方姐已经下海了,要知道她是连狗刨都不会的。妈呀,太牛掰了。还等什么,我也扑通,下去了。不久她氧气面罩脱落,拼命挣扎,还是呛水了,上来的时候脸色很难看,但是站都站不稳的她却告诉我,"凡是未知的地方,都是值得去的人间天堂"。我戴上面罩,一开始和小茹姐作伴,在海里玩得不亦乐乎,最后漂得太远了,被船硬给我俩拉回来了。根本不尽兴,海底的世界简直是梦幻。在最后涨潮的时候又下了一次海，浪很大，冲掉了面罩，手臂的力量根本冲不过浪，恐惧包围着我的同时，一只手托住了我，是张兴夫妇，一直鼓励我，护着我，带我回到岸上。害怕吗？说不那是假的，但值得，我看到了别人看不到的美景，当然要付出更多的代价。玩，要美，更要尽力。巴厘岛的小镇很美，如梦如画，我站在夕阳下面时，容颜娇艳。

无尽的温暖

（旅伴 波波）

旅游不在乎终点，而是在意途中的人和事，美丽的景色和那些美好的记忆。

2016年3月21日，方方姐要来北京，去央视录制《读书》节目，利用这个机会，畅游下北京。

住在北京十年了，颐和园曾经去过好多次，但这次和方姐、赵二姐同行，心情却有不同。

我是方姐姐眼中幸福的波波，因为我有懂事可爱的孩子，有一直默默支持我疼爱我的老公。但命运似乎对每个人都是公平的，安逸的生活过太久了，总是会有点挫折，我生病了。正是这场病让我认识了《生如夏花》的作者方紫鸾，虽然接触不多，但在她身上我能感受到满满的正能量，第一次读方姐姐的《微加幸福》真的给了我太多鼓舞，从此我不再惊慌害怕，学会了坚强勇敢面对，也才成就了我们三人的这次出游。

方姐姐和蔼可亲、善良美丽；二姐幽默风趣，地道的北京大姐，与她们在一起，也实在是我的荣幸。我们一边走一边聊，觉得哪里都是最美的风景。方姐姐很会拍照，把我们拍得美美的。颐和园不愧是皇家园林，每一处风景都让人心旷神怡。我们乘船在昆明湖上观光，从十七孔桥穿过，欣赏湖面的波光粼粼。我们步行走过长廊，来到佛香阁前，静静地站在佛像前，我就像个孩子默默地许下了心愿，祝愿我们姐妹三个都能幸福、快乐，也祝愿我儿子健康成长，祝愿老公不要为了家庭重任太过辛苦，祝愿我能好好地保重自己，一直陪伴在爱人和孩子身边！

美好的时光总是短暂，三姐妹的游玩也是意犹未尽，而这种陪伴，让我感受到无尽的温暖。期待着,下一次,出游相伴。

做一个满心祝福的送行者

(机场同学 刘静)

忙忙碌碌,失联 25 年。一遍遍设想着见面后的场景,我是称呼她的学名呢,还是像读者一样叫她"方方"?

机场工作,成为我为亲友同学送行的有利条件。第一次给方方送行,是她去北海道,乘坐的是国际的早航班。来到了 T1 国际的进港等候区,不大的区域已经站满了等候的人群。而此时的我紧张、兴奋,心里似乎还扑腾扑腾地跳得有些加速。慢慢穿过人群,在人群中不断地搜索,不远处的长队中一眼就认出了方方和她的旅伴小茹。她俩经常出游,朋友圈里常见身影,别说方方,即便是小茹,我也颇感熟悉。我加快了脚步迎上去,没有紧张,没有尴尬,甚至没有我准备了想象了一晚上的多年不见甚是想念之类的表达,一句"亲爱的,你还是上学时那个样子",简简单单、轻轻松松就让时空往前回转了几圈,一如我们上周还一起逃体育课,一起气得音乐老师罚我们全班静坐,一起偷偷在取暖的炉子上烤馒头片儿……没有过多的问候家常,回忆起当年种种,竟然发现,太多细节都深藏于心。就像第二次送方方和老娘去厦门时,老娘竟然记得当初那个开家长会时负责接待的我。这份情谊真的没有被 25 年岁月的阻隔而冲断。忽然就红了眼圈,还是深深地拥抱一下吧!别的都不说了。

方方的旅途,竟然成就了老同学的重逢。感慨万千的当儿,望着她充满自信的背影,我真的会特别开心地笑。就让我,做一个满心祝福的送行者,静看方方去到一个个未知远方。

同行

(旅伴 史立娟)

人生就是一次充满未知的旅行,常有令人兴奋的事发生。初春的央视之行,录制《读书》节目,就是如此。

三月的北京,微风拂面,花的芬芳、草的清香和淡淡的泥土味道,在空气中融合，使我们的心放松了许多。这是我第一次步入中央电视台的大门，未知而神秘，我作为方姐姐《生如夏花》第二个故事中的主人公——娟儿出现在录制现场，心情无比激动，当方姐姐在台上讲到我的故事时，我的眼睛一次又一次湿润。一路走来，充满了感恩和感动。其实，最初的时候，我也不想把自己的故事、自己的人生结点与他人分享，却在无意的分享后帮了很多人。而这一次的央视之行，是要"露脸"的，我又有些顾虑，却得到老公和儿子的支持。他们觉得这是我人生中精彩的一笔，不容错过。

节目录制后，刚刚还都红了眼圈的姐妹们把央视演播厅变为欢乐的海洋，留下我们夸张的笑脸、美美的容颜。

傍晚了，我们同乘动车返回家乡。在车上我们意犹未尽，讲述着录制中的点点滴滴。对这场意想不到的央视之旅，充满感恩。

人生就是一场旅行，在旅行中遇到的每一个人、每一件事都有可能成为一生中的难忘。一路走来，前进的脚步不能停，我们在同行中学会欣赏，才能领悟更多。

游缘

（旅伴 刘洛建）

2013年9月，澳新之旅认识了大熊和方方，那是方方大病初愈后的第一次旅行，但，当时并不知情。

旅游，说白了，就是从自己呆腻的地方到他人呆腻的地方，但于自己是新鲜的。人文历史，自然风光，感受着不同。但旅途中多半会又派生出自费项目，如自费景点、购物等，导游说得神乎其神，若不参加，不购物，就如吃了多大亏似的。我们仨儿却极其一致，自费项目一概不参加，90澳元景观游，结果全是免费景点，35澳元的温泉浴，在酒店的室外游泳池，我和大熊享受到了同样的温泉水……不是我们怕花钱，是不花冤枉钱，只要是物有所值，需要的会毫不吝惜，比如旅费。方方书中说的找超市，也是为此，确实每每大有收获。

人在旅途，遇到了就是缘分，我们经历了两次旅途，彼此多了一些了解，本不爱运动，四百米的距离都要坐观光车的方方，喜欢上了旅游，想来是和大病有关系的，她可以为了身体的康健，每天坚持跑上六千米。在旅行途中一天3万多步的行走，毫不疲惫。是旅游开阔她的视野，宽广了她的胸怀，健康了其体魄，为她的创作带来了无限素材。旅游改变了她，使之脱胎换骨。

我大方方二十岁，她叫我二叔，但我们年龄的鸿沟并不深，旅途中经常玩笑嬉闹。我也会分享经验，人生就像饺子，岁月是皮儿，经历是馅儿，酸甜苦辣是滋味，不下水煮一下，就不叫成熟。我近乎游遍了祖国的32个省市自治区加港澳台，我希望方方能游遍世界的各个角落，只要不忘了回家的路。

而人生旅途，全程直播，没有彩排，只有努力。

随时准备再出发

（旅伴 九儿）

从小生长在农村，对于像我父母那样，一辈子和土地打交道的地道农民，旅游就是梦。而我的旅游也是从工作后出差开始的，因工，这些年去过许多地方。而我真正想要专门去旅游，却是这两年。过去单位也有带薪假，但总有各种理由从没有休过。而生病以后结识的这些朋友却使我对旅游更加地渴望，也有了更深的认识，那就是：不在乎沿途风景也不在乎路途远近，甚至不在乎目的地，而在于与你同行的人。

五湖四海的姐妹欢聚一堂，虽短暂，却回忆满满。人各有各的脾气秉性，而一行人能融洽得在一起，自然就是因为每个人的真和善。我们都不是特别"自来熟"的那种，甚至有些腼腆。相视一笑时，还会流露出些许的羞涩。却能在短短的大半天内，默默给予彼此温润的情感。从厦门到南靖土楼，没有太多话语，却能心领神会。虽然由于车子密闭，好几个人出现了晕车症状，但丝毫不影响我们游玩拍美照的心情，在方方的速成培训下个个都是美美的拍照达人了。当我们在土楼前，九个人一起拍合影时便成了一道风景，许许多多的相机对着我们，俨然明星。影儿姐将合影买下来，送给了方妈妈。这张合影成了她的宝贝。听方方讲，老娘现在也会经常看着照片念叨着她的女儿们。想起来那个画面我就想流泪，这种牵挂会陪伴我们一生，我们是幸福的。

厦门留下了太多让我回忆的瞬间，也让我有了更多的希望，无论下一个目的地是哪儿，只要有你们同行，恩，随时准备出发！

我们曾经相聚过

（旅伴 赵二）

今漫步长滩，焉知明日凡事诸多！晨静观流水，难料彻夜痴梦几何！

辗转虚年，终将守得云开现月明，忘却了病痛、恐慌，随之而来的，还是人之本能，嬉戏笑闹，抒情赏玩。更珍惜，更懂得充分享受宝贵的后半生。

知性，贤淑，聪慧，美丽，端庄，大方，纤弱……看见这些会联想到世间向往的，梦想中完美的女人！在这段日子里，我所认识的方，就是前世的缘，亦或今生注定来的那一抹虹，来点缀我能看到的美丽天空，该到的躲不开，闪不掉的完美女人！

我与方方，只晓得我们是感性动物，会为了一餐饭，一个眼神，一次短途，而动情此生，约定今世。虽缺少了理性，但却有一股顽皮的、执着的、超有爱的任性。会从简单的旅途中，浅谈间，熔炼出默契、共鸣、挂记、欣赏与不舍。与其称道我中有你，不如说是心心相惜。

我们有个特殊的群体，无论姐妹走到哪里，都会牵扯着彼此。那些岁月，关注着你的足迹，厦门、西班牙、比利时、日本、美国……在意的不是去了哪里，关心的只是你的消息。我能感知到你在用旅途的风景勾兑醉美的心情。

春寒料峭的颐和园踏青，一起逛着美食街，一起乘着地铁，一起坐着公交，一起诉说心底的秘密，一起愁绪难眠的夜晚！虽看似简单，然，又可是常人能理解的"在一起"？

吾自称为"二"，亦是想此生多些糊涂，甘愿此生足矣！有一种感动，是顺其自然，有一种知己，是不常联系。会不会觉得，突然想起一个人的时候，不经意间，感动了自己。

别管以后将如何结束，至少我们曾经相聚过……

回望来时路

（旅伴 于静）

人生最美好的旅行，就是在一个陌生的地方发现一种久违的感动。然后带着满满的欣喜归来。

那时初春，与大家相聚在清新美丽的海滨城市厦门，是一段奇缘。相约南靖土楼和云水谣，终于见到了美女作家方方，有点小激动，还有精神矍铄的方妈妈，温婉知性的九儿姐，善良温柔的影儿姐、姐夫，娇小可爱的简单，风情万种的小茹，漂亮爽直的小美和小侯，竟无过多的寒暄，就已很熟悉了。

经过三个多小时的车程终于到了土楼，因为相聚，每个人都像做梦一般的快乐。尤其是和年近八旬的方妈妈在一起。我们都习惯，挽着她的胳膊像孩子依偎在母亲的身边一样。而在云水谣，我们几个还跑了一次障碍性马拉松。由于山路崎岖坡度和弯度太大，大家都有不同程度的恶心头晕，最后，只有方方、简单、浅笑和我走进了云水谣。也没有想象中的美景，但是，方方用一双善于发现美的眼睛把我们三个人拍得很美。而我作为她的摄影师，不是把她拍的没有脚，就是比例失衡，只有地。真是又尴尬又好笑。哭笑不得的方方耐心地对我们进行了简单的现场培训，那一刻觉得很温馨。不知不觉和大家约定的一个小时马上到了，四个人开启了飞奔模式，石子路，非常的硌脚。方方在前面，我们三个人紧随其后，满头大汗，气喘吁吁，累并快乐着。

后来，我又有了很多段属于自己的旅途。在每一个美丽的地方，我都会屏住呼吸，微笑回望来时路。

落在家中的充电线，并不重要

（旅伴 自然）

春风拂面，步履轻盈，我要去天津站与保姐和娟儿会合。

边走边想，该带的都带齐了？哎呀！充电线忘家了。上了车，我就开讲了："充电线明明放好了，怎么就忘带了呢"。保姐和娟儿都安慰我说："我们都带了，可以串着用"，我还在絮叨着，"充电线……"这时保姐拉长声音说："别纠结了",我扑哧一声笑了,"不说了,再说我就成祥林嫂了",娟儿也笑了。

下了火车去乘地铁,这是赵二在前一天为我们规划的路线,东南西北的指引,哪个口出哪个口进,就差给我们身上装导航仪了,她的细致入微让我们省时又省力。

青春阳光的美女波波和古灵精怪的赵二在地铁口来迎接。我们五姐妹自信满满地向中央电视台走去。

我们有幸作客这档节目,是为支持方紫鸾的纪实文学《生如夏花(乳腺癌患者康复手记)》。我们代表的并不是自己,而是所有同命运的女性,我们要在节目中展现出乳腺癌女人的勇敢顽强、自信乐观的风采,这样我们才能不虚此行。

节目录得很成功。在回津的车上,我们回味着现场观众发自肺腑的阵阵掌声,那敬佩关爱的眼神,让我们充满力量。此刻我想起了忘在家中的充电线,觉得不重要了,因为我们内心中热爱生活,珍惜生命,勇敢无畏,乐观向上的正能量很满很足,这些才是最重要的。

一段旅程,一份友谊

(旅伴 陆雯美)

我叫陆雯美,厦门行中的小美。

一直有个想法:和方方一起出去走走!为何呢?说来话长。初识方方,便有一种莫名的熟悉,仿佛她是和我一起长大的发小闺蜜。看到她游走各地,便很想相伴。

这一次,其实是我们第一次见面,嬉嬉笑笑间,无比接地气儿。一起吃小吃,一起摆 pose,一起犯二卖萌……

在鼓浪屿,我和大家暂时分开,但,因为同处在厦门的蓝天下,便不觉孤单。早早起来看日出,没想到却只看到了"熬夜"到天明的月亮,或许它适应了这个小资城市的慢节奏,也有慵懒情怀;中午吹着海风吃着海鲜,吸收太阳的能量,尽情享受好心情;暖暖的午后,在街角某一家咖啡店,和小侯一起度过奶茶磨牙时光。

最后一天又和大家相聚，厦门大学，这个让人趋之若鹜的花园式校园，没有喧嚣和浮躁，只有静谧与浪漫；能够在观音菩萨的道场南普陀寺吃上一顿斋饭，此次旅游完美收官。特别值得一说的是方妈妈。真是好样的，为了不影响大家，浑身出着冷汗，却强忍着，坚持陪着我们。那时，我真的很想把方妈妈搂在怀里，我想方方正是遗传了妈妈的善良和处处为人着想吧。

相聚总是短暂的，还没和大家待够，就要分开，很是舍不得。我们都非常珍惜这段缘分，因为也许我们这一辈子，就只会见这一次。幸好有微信，这个一下子把人与人拉得无比近距离的软件，便好像仍旧在一起。

结束了一段旅程，开始了不断的友谊。很幸运，在最美的厦门遇见了最美的你们！

痴癫狂，相伴走天涯

（旅伴 小茹）

我承认，我的理想就是走遍全世界，对于行走，到了入魔的地步，我更承认，我热爱生活热爱美，几近痴狂。传统理念下，这与过日子的女人相差甚远。可我又安居乐业，有着幸福美满的家庭。我常想，这世上可有如我一样的女子，执拗着自己的坚持，放逐着自己的天性，用自己曾经的奋斗给自己一个现在喜欢的状态？爱着一切，爱着自己？恐怕很难，真有的话，定是一个跟我一样好命的人。

结果，在美丽的莱茵河畔，我便遇到了，她就是方。

与他们夫妻因在莱茵河畔邂逅而结缘。没想到，将近三年，我俩一路走来，一路疯癫，德法意瑞、斯里兰卡、巴厘岛、北海道、厦门、西班牙，这频率，比与各自老公的相处，也不逊色。

在很多个异国他乡，同室共眠的夜晚，在我们因白天的疯狂而继续兴奋的时候，我俩会笑言：这世上再也找不到一个能如此步调一致，为了看景色不怕苦不怕累甚至不怕死的彼此了。我们也常常互相出点小主意，怎么用撒娇卖萌耍横各种小伎俩，获得另一半对于我们一段段旅途的更多支持。

了解和信任，让我们从旅伴成为闺蜜知己。彼此真心实意地关心爱护着对方，分享着对方的幸福和成长。

在我们彼此的眼中，我们不仅会玩儿，还超级会生活！旅途中朝气蓬勃、活力四射，回到家中又都是称职的主妇。她爱做饭，我爱布置家。一切井井有条，让另一半无话可说的同时，只能选择默默支持。而我俩一边偷着乐一边寻思着下一站去哪儿。

这么多共同点，却有一点儿差异颇大。就是她沉迷于运动加节食减肥。在北海道泡温泉时，我俩称了称净重，我比她重了二十斤，她笑着搂着我的肩膀说："别难过，你看上去真的不像那么重的。"

其实，我真不难过。总觉得奔五的年龄，适当的脂肪可以增加抵抗力，可方方却以没有最瘦只有更瘦的论点坚持己见。我不无忧伤地警告她说："将来你要是饿死了，我一定会哭的。"

携手三年，走过很多地方。除了美景，趣事不断！一切都印证了：这就是两个疯子。我们可以把傍晚的一片草地当作主场，或躺或坐或跑或跳，别人眼中的平常，我们也能耍出花样；我们可以找到酒店后院的一辆自行车，重温着年少时代的纯真故往；我们可以在罗卡角，任裙角飞扬、发蒙满面，甚至走光，仍和风声狂笑；我们可以在马德里的街头振臂高呼，找到了皇马的主场，一通拍照后发现主场在马路对面，这儿是一家商场……

当然，最难忘的还是不顾一切地对大自然的热爱。去年圣诞节，在小樽。狂风伴着鹅毛大雪！那真是我们见过的最大的"鹅毛"。可又怎样？挡不住我俩的脚步，为了不错过每一个角落，愣是迎着暴风雪，狂奔了两个小时，仍然意犹未尽！当我们看到对方被雪装扮得满头白发的那一刻，实在忍俊不禁！彼此大赞这绝对是发扬了神经病的精神。

还是那句话，我的理想就是去到每一个未知远方，当然，要是特别有感觉的，多去两趟也是愿望，而我的旅途中，怎能少了方姑娘？

小茹、方方，痴癫狂全占的俩女侠，相伴走天涯。

独一无二

(土耳其领队 党纯金)

我是土耳其领队党纯金,我的团员们都习惯叫我小党。

土耳其是我最喜欢的国家之一,因为它确是独一无二的,而伊斯坦布尔又是我最喜欢的城市,如果世界上只有一个国家,那地跨欧亚的伊斯坦布尔一定是这个国家的首都。

土耳其有悠久的历史,灿烂的文化,在土耳其我们可以参观特洛伊遗址,世界七大奇迹之一的月亮女神阿尔特弥斯神庙。

伟大的诗人荷马,就生活在现在的土耳其这片土地上。他吟唱的《荷马史诗》成为欧美世界文学、艺术文化永久的源泉。

罗马帝国时代的凯撒大帝在土耳其留下了他的豪言壮语:"我来、我见、我征服,Veni,Vidi,Vici!",罗马帝国的遗迹在土耳其随处可见,以佛所遗址、埃及艳后曾游泳的泳池……当然,还有如诗如画的棉花堡。

土耳其有体现文化融合的圣索非亚大教堂。

作为领队,带领着有趣的客人们是非常高兴的一件事,而方紫鸾和她的朋友们,就是这样的。他们有丰富的文化知识,热爱生活,积极向上,活泼开朗,让我的领队工作更加多姿多彩。使得我们的团队,在土耳其出现恐怖袭击后能够顺利完成行程,到现在我还记忆犹新,一直保留着那个临时组建的旅游群,一直在与大家分享着我的工作所到之处!

作为领队,我还会去到很多地方,但独一无二的土耳其让我难忘,因为那一路走来,充满美好。

我是党纯金,我是一名领队,希望下一段旅途,我们相遇。

意外而就的旅途

(妹妹 玄米)

抵达凯里的那一刻,注定了我将有一次意外而就的短暂旅途。

飞机轮胎被扎,候机大厅太冷,乘客们被安排乘坐中巴车前往市中心的宾馆，等待。

　　一条条盘山路，蜿蜒曲折伸向远方。道路两旁坐落的村庄，寂静得与世隔绝般的矗立着，就是那样在烟霭雾蒙里零落着，在山脚下，在树丛里，在平地上。有的间隔距离很远，有的团聚在一起形成一片。如果是晴天，我能想象出那些阳光爬上山头再晒到地面的光影田园。而这一切，都是我从未可知的所在。

　　竟开始有些小兴奋，突然想起姐姐（方紫鸢）说过的那句话，"凡所未知的远方，都是值得一去的人间天堂"。随即决定，用这半日，去闲逛。

　　市中心离机场并不远，二十分钟后，我们到了。有十几层的楼房，也有低矮的屋舍，穿梭的人群与车辆，瞬间热闹！同一车上有几个同样来自天津的人互相一认，就成了同行伙伴。

　　无意逛到集市里，是一簇簇一摊摊的橙黄色，估计黔东南的橘子丰收了，尝了一个，猝不及防的酸到心里，太合我意。遇到几个挑着担的老头儿，以为是蒜头，一问才知道叫地瓜，白白净净，吃出了人参果的味道，裹着些大山泥土的清香。

　　走着走着，也不再瑟缩发抖，倒是可以好好感受下当地风情。带着花头巾的几个老奶奶，娴熟得在缝纫机前做细活儿，一点也不嫌冷的样子，你一言我一语，有来道趣，打发时光，补贴家用，一举两得。

　　其实我很少有机会来到这样的地方，新鲜，又颇能触动。离开时，天已黑，夜路走得慢，颠簸中可见，半日前经过的那些寂静的房子里发出或明或暗的灯光，让我相信那些人家的温暖，老人康健，孩子善良，彼此心心相印……

　　这样的夜晚，宁静与希望，一直都在！

　　留在相机里的那些照片，不知道多年后还会不会再翻看。

知天命，更要走四方

（旅伴 王泽莉）

　　生活条件好，也退休了，有钱有闲，出游便成为我的生活首选。

　　几年前，开始学习摄影，继而背起单反找几个摄影爱好者结伴旅游。一览我们祖国的大好河山，拍下秀丽的美景。

一路走来，更明白一个道理，知天命，更要走四方。而在我看来，行程不重要，结伴很重要。在结伴人选上，便不可将就。有爱心、助人为乐、团结，彼此信任、心胸宽广的旅伴，才能为旅途增色。

　　幸运的是，我有几个志趣相投的老姐们儿：丽娅、红新、王雁、金华、罗芸、碧茹、赵萍……当然，还有我们的男闺蜜，每次自由行的总策划梦宁和文举。闺蜜出游，不需要彼此磨合，凡事都是一拍即合的。闺蜜是什么？能说知心话的女性，能互诉衷肠的朋友，信任、依赖。恩，没错，闺蜜就是多重身份的理想旅侣。

　　合理分配任务，也是旅行中的重要的事情。每个人都有自己擅长的地方，擅长财务的，负责账目；擅长美食的，负责安排吃喝；有外出经验的，负责安排行程；口才好的，负责讨价还价……每件事情都有人负责，旅途就轻松快乐了。而这样其乐融融的旅途，会让大家每次旅行都意犹未尽。

　　对，已知天命，更要走四方。

我会一直陪着你们在路上

（乳腺医生　高宏）

　　对于工作繁重，连续四年没休过长假，极少陪伴女儿的我，出去走走，是极尽奢侈的事。

　　偶然的机会，看了方紫鸾的《一路走来，一路盛开》，陷入深思。我的患者们也该走出去，到大自然中释放心灵。或许，我也应该。就像书中所写，趁着还不老，趁着走得动，趁着还有时间，是的，就算是再忙，也要挤出时间，我要走出去，我要带领"缘粉之家"的患友们走出去，去拥抱大自然，去呼吸久违的清新空气。

　　仁者乐山，智者乐水，庆幸生活在日照。日照之美是有山有水，蓝天碧海金沙滩，有东方夏威夷的美誉。户外行的目标就是带领大家走遍日照。五莲山、森林公园、金沙滩、花仙子，每一次户外行都能受到心灵的洗涤，看到我早已当作姐妹们的我的患者，为了户外行购置的情侣鞋、旅游背包、墨镜、遮阳帽等装备，品尝到她们用心烹制的餐点，倾听那爽朗的笑、悦耳的歌声，感受到每个人对户外行的渴求，以及置身大自然中难得的身心放松。觉得所有做的一切都值了。对于乳腺癌患者这个特殊的群体，身体恢复只是一部分，心灵呵护尤为重要，是的，我并没有那么忙，和病友们一起尽情地嗨起来吧，户外行，与美丽同行，我会一直陪着你们在路上。

遇到你们，真好

（旅伴 张兴、代雪梅）

我是张兴，巴厘岛大家庭中的"活跃星"。之所以成为活跃星，还得感谢方姐姐的慧眼，在机场，就认定我能成为我们这个十二人的小团体的大管家。

巴厘岛之旅不仅仅是我与代大美（老婆代雪梅的昵称）的蜜月之旅，也是我们这个大家庭的"奇幻之旅"。可能真的就是投缘，我们十二个人很快就亲密得一塌糊涂，紧紧地团结在了一起，建了我们的微信群"巴厘岛大家庭"，当然，活跃星是群主。

转眼已经一年多过去了，旅程中经历的种种依然历历在目，欢声笑语依然回荡在耳边。原始森林漂流，我们急流勇进，一致对外，尽管汗水与河水无情得浸透衣衫，我们激情不减。出海浮潜，清澈的海水，美丽的鱼儿，漂亮的珊瑚，我们贪婪得享受着眼前的美景，忘却了返回时间。"涨潮了，快回来"，汹涌的海水拍打着我们，在海水面前，我们是那么的渺小，身体与方向根本不受自己控制。其他的人已陆续返回游船，海面上只剩我，代大美和亚坤妹妹，我们相互鼓励，相互扶持，最终一起回到了船上。"我的眼镜被猴子摘走了！"随着小茹姐的惊呼声，我们一起与猴子战斗，最终在管理员的帮助下，成功地从猴子手中拿到了眼镜。猴子貌似并不甘心，过了一会，又来摘我的眼镜，在大家的维护下，猴子没有得逞……

想到这些，还是会哑然失笑。蜜月之旅，遇到你们，真好。

不经历风雨怎能见彩虹？

风雨彩虹

（旅伴 郝颖）

爱上旅游，从生命的那个转折点开始。是，没错，就是从我组建"风雨彩虹"群以后，旅游成为我和我的姐妹们，必不可少的生活主题。人，这一生，不管是经历病痛，还是情感挫败，都要找一个释放口，无疑，旅游便有这样的功效。当然，它也能把快乐加倍、放大。

自 2010 年 5 月建群以来，我组织过很多次长短途的旅游，在或长或短的相处中，大家变成亲密的朋友。虽然之前都是网友，但因为相似的经历，相同的对旅游的渴望，相见时便如老友，有非常多的共同话题，其乐融融。分别时，都会像小女孩般的不舍，拥抱，甚至亲吻，那种感情真挚得无以言表。

去年 7 月，我组织大家去延吉投奔群里的忘忧草姐姐，我们一行十六人，从北京出发，在火车上叽叽喳喳，吃的吃，玩的玩，睡的睡，20 多个小时的颠簸竟也一点也没觉得漫长。到达延吉火车站，第一次见到我们的忘忧草姐姐，大家拥围在一起，非常激动。

草姐姐一家子齐上阵，热情地招待我们，给我们准备了朝鲜族特色的紫菜包饭。之前从未谋面，因为"风雨彩虹"而相识相知，这就是我们之间的情谊，别人感受不到的特殊情谊。

第二天，草姐一家三口带我们去看了长白山天池，而我们的运气很好，赶上好天气，天池呈于眼前，真是美极了。

人到中年，经历了，成熟了，活明白了，唯有健康快乐才是最值得炫耀的事情，不管现在还是将来，只要我有一份力就发一点光，带领大家到处旅游，去不同的地方看不同的景，让心情愉悦，快乐康健，"风雨彩虹"，携手相伴，幸福到永远。

我与旅游的不解之缘

（旅游顾问 宋洋）

很多人问我从 2007 至今，竟然一直在做与旅游相关的事情，这个行业竞争大压力大，怎么能这样一直坚持？我的回答只有一个，因为热爱。因为冥冥中觉得我与旅游有着不解之缘。

最初，我还是青涩小丫头，工作是为了生存，但，当看到一个个陌生人因为我的建议而得到美好的旅途，便越来越爱上了我的职业我的工作。

2016年3月年我来到同程旅游，并成为同程旅游落地北京之后的第一批旅游顾问。加入同程，主要是基于两个方面的考量：一是同程做网络起家，技术方面更为成熟稳定；二是觉得同程有着清晰而准确的发展定位——客户至上。我一直把自己定位于"销售+服务"的旅游顾问。其中，服务是根基，销售是必然。基于销售，我们发展线上业务；基于服务，我们转战门店。

旅行对于每个旅游者来说都有一定的特殊意义，因为旅行不只有目的地，还有目的，旅行者就是故事的唯一主角，或是为了爱，或是为了遗忘……我将自己定位为导演，我的职责是让主角最大限度地释放出光彩。

当客人回来之后和我分享旅游中的所见所闻，兴高采烈地分享着各地景色图片时，我顿时感觉非常有成就感。会难抑激动之情地在朋友圈分享大家的照片，好像我也去到了那里，也感受到了美好。

我希望，不管哪天，当我接到一个陌生的电话，认识一个新的旅客，我能帮助他开启一段难忘的奇妙的意犹未尽又心满意足的旅途。那样，我就觉得我很踏实幸福。我想，这就是我与旅游的不解之缘。

别忘了给朋友点赞

（旅伴 傅新）

现在人们都时兴出境旅游，德法意瑞奥五国游、斯里兰卡、马尔代夫，坐豪华游轮、住海滨酒店，只要手头有俩富裕钱儿，能跑多远跑多远。然后你就看吧，朋友圈，微信群，QQ群不时地晒出美照：美景、美食、美人儿、异国风情一连串的发上来，点赞的，夸奖的，羡慕嫉妒的不亦乐乎。

可能是由于身体原因，总认为跟不上旅游团的节奏，点赞过后，我还是选择了国内度假式旅游。

选择一个周边景点密布，比如大山中风景秀丽的农家院，大海边风情万种的别墅式旅店，花上不多的钱包吃包住，住上十天半月，一天玩一个景点，乏了就在驻地休养一天。清晨呼吸着城市里少有的清新湿润的空气，练练八段锦，打打太极拳，菜园里拔几棵菜，鱼塘里再掉一条大鱼，当我还在回味大鱼上钩时的惊喜时，一盘盘的农家菜已经摆了满桌。

如果住在海边，我就提前查看好当地的日出时间，早早起床走到观日出最佳的地方，享受那旭日跳出海面的瞬间。有时也跟当地旅行社去附近景点一日游，玩玩歇歇惬意无比。

每天回到住处我也要在朋友圈晒晒，一来回味身处美景时的那份愉悦，二来也想博得朋友们的一片赞赏。果不其然"宝姐姐你是最棒的"，"景美人更美"，"人比花更美"。整晚我被网络虚拟的鲜花、大拇指拥抱着，心中美到了极点，就这么美美地进入了梦乡。

旅游，玩的就是惊喜、神奇、新鲜、惬意。把这些收获分享给大家，我们都能获得同样的赞美，爱美之心人皆有之，所以，赞美别人和享受赞美同样重要。

记着啊，别忘了给旅游的朋友点赞哦！